初唐四杰（上）

诗词赏析

只为大唐
添锦色

高芸 主编

应急管理出版社
·北京·

图书在版编目（CIP）数据

只为大唐添锦色：初唐四杰诗词赏析：上下册／高
芸主编．－－北京：应急管理出版社，2022
ISBN 978－7－5020－8521－6

Ⅰ.①只… Ⅱ.①高… Ⅲ.①唐诗—诗歌欣赏 Ⅳ.
①I207.227.42

中国版本图书馆 CIP 数据核字（2021）第 281483 号

只为大唐添锦色　初唐四杰诗词赏析（上下册）

主　　编	高　芸	
责任编辑	陈棣芳	
封面设计	书心瞬意	

出版发行　应急管理出版社（北京市朝阳区芍药居 35 号　100029）
电　　话　010－84657898（总编室）　010－84657880（读者服务部）
网　　址　www.cciph.com.cn
印　　刷　河北浩润印刷有限公司
经　　销　全国新华书店

开　　本　710mm×1000mm$^1/_{16}$　印张　26　字数　235 千字
版　　次　2022 年 4 月第 1 版　2022 年 4 月第 1 次印刷
社内编号　20201763　　　　　　定价　88.00 元（上下册）

前言

　　唐朝是我国古代诗歌发展的黄金时代，在众多的唐朝诗人中，初唐时期的四位诗人，虽沉沦下僚、境遇凄凉，但在文学史上却具有开拓性意义，他们就是"初唐四杰"：王勃、杨炯、卢照邻、骆宾王。

　　"初唐四杰"出身都不错，但不幸都家道中落，属于庶族知识分子。王勃、杨炯、骆宾王都有神童之誉，卢照邻也少年聪慧。他们很早就步入仕途，但是由于性格、境遇、家世等诸方面的原因，没能取得较高的政治地位，而是长期沉沦下僚。王勃屡次被贬，仅当过朝散郎、虢州参军等小官，并在二十七岁时不幸溺水身亡；杨炯十岁时就以神童的身份进入仕途，但只是短期担任过太子詹事司直，官终盈川县令，是四人中悲剧色彩最少的一位；卢照邻仅担任过邓王府典签、新都尉两个微职，后半生完全陷入贫病交加的窘境中，并最终不堪疾病折磨而投水自杀；骆宾王一生奔波，长期担任奉礼郎、长安主簿等小官，好不容易升任侍御史，却立即遭到诬陷入狱，出狱后又被贬为小小的临海县丞，他愤而辞官，并加入了徐敬业领导的反武则天起义，兵败后下落不明。可见，"初唐四杰"的政治影响力是可以忽略不计的。

　　"初唐四杰"在文学史特别是诗歌史上的重大影响，主要源于他们对初唐诗坛风气的改造。他们主要生活和创作于唐高宗和武周政权交替时期，当时唐朝的国力上承"贞观之治"，下启"开元盛世"，处于持续的上升期，但是诗坛却与国力不匹配，被宫体诗人所把持，所作诗歌多为题材狭窄、浮艳空洞、过度雕琢，重形式而轻内涵的"上官体"。"初唐四杰"反对以"上官体"为代表的宫廷诗风，提倡清新活泼、言之有物的诗风，虽然未脱齐梁以来的绮丽余习，但已经使诗歌题材从风花雪月的狭小领域扩展到江河山川、边塞江漠的辽阔空间，赋予了诗歌新的生命力。四人均为诗坛改革的勇士，又各有特色，明代学者陆时雍在《诗镜总论》中概括为："王勃高华，杨炯雄厚，照邻清藻，宾王坦易。"由于勇于创新，他们遭到守旧文人的攻击，认为他们行文轻薄，诗圣杜甫在《戏为六绝句·其二》中盛赞四人，并怒斥攻击他们的人："王杨卢骆当时体，轻薄为文哂未休。 尔曹身与名俱灭，不废江河万古流。"后人对此极有共鸣。

"初唐四杰"的代表作如王勃的《送杜少府之任蜀州》《滕王阁序》，杨炯的《从军行》《夜送赵纵》，卢照邻的《长安古意》《曲池荷》，骆宾王的《帝京篇》《于易水送人》《咏鹅》等，都是脍炙人口的杰作。他们的其他作品也往往开风气之先，值得我们细细品读。

为了帮助读者更深入地了解"初唐四杰"，我们编著了这本《只为大唐添锦色——初唐四杰诗词赏析》。作为选集，本书难免有遗珠之憾，但还是尽可能全面地收录了各种题材的作品，并进行了注释、翻译与赏析帮助读者阅读。"初唐四杰"处于唐诗大放异彩的前夜，很多作品处于探索阶段，尚不够成熟，得到的关注和讨论也较少。因此，我们编著本书时遇到了很大的困难，对很多作品的理解无法从前辈那里得到教益，仅靠编者的粗浅见解，无法全面展示"初唐四杰"诗歌的魅力，在这里向读者朋友致歉，并诚恳地请求读者朋友提出批评与建议，有助于我们进步。

目录

（上）

◎王　勃／1

春日宴乐游园赋韵得接字（帝里寒光尽）／2

山亭夜宴（桂宇幽襟积）／4

咏　风（肃肃凉风生）／6

秋夜长（秋夜长）／8

采莲曲（采莲归）／11

临高台（临高台）／16

滕王阁（滕王高阁临江渚）／21

圣泉宴（披襟乘石磴）／23

寻道观（芝廛光分野）／25

散关晨度（关山凌旦开）／28

别薛华（送送多穷路）／30

重别薛华（明月沉珠浦）／32

麻平晚行（百年怀土望）／34

送卢主簿（穷途非所恨）／36

饯韦兵曹（征骖临野次）／37

送杜少府之任蜀州（城阙辅三秦）／39

仲春郊外（东园垂柳径）／42

郊　兴（空园歌独酌）／43

郊园即事（烟霞春旦赏）／45

八仙迳（奈园欣八正）／47

春日还郊（闲情兼嘿语）／49

对酒春园作（投簪下山阁）／51

秋日别王长史（别路余千里）／52

长　柳（晨征犯烟磴）／54

铜雀妓二首／56

　　一（金凤邻铜雀）／56

　　二（妾本深宫妓）／58

易阳早发（饬装侵晓月）／60

深湾夜宿（津涂临巨壑）／62

泥　溪（弭棹凌奔壑）／63

羁　春（客心千里倦）／65

林塘怀友（芳屏画春草）／66

山扉夜坐（抱琴开野室）／67

春　庄（山中兰叶径）／69

春　游（客念纷无极）／70

登城春望（物外山川近）／71

江亭夜月送别二首／72

　　一（江送巴南水）／72

　　二（乱烟笼碧砌）／73

别人四首（其一）（久客逢余闰）／74

赠李十四四首（其三）（乱竹开三径）／76

早春野望（江旷春潮白）／77

山　中（长江悲已滞）／79

寒夜思友三首／80

　　一（久别侵怀抱）／80

二（云间征思断）/ 82

三（朝朝翠山下）/ 83

始平晚息（观阙长安近）/ 84

普安建阴题壁（江汉深无极）/ 85

九　日（九日重阳节）/ 86

秋江送别二首（其一）（早是他乡值早秋）/ 87

蜀中九日（九月九日望乡台）/ 89

落花落（落花落）/ 90

◎杨　炯 / 94

广溪峡（广溪三峡首）/ 95

巫　峡（三峡七百里）/ 98

西陵峡（绝壁耸万仞）/ 100

从军行（烽火照西京）/ 103

刘　生（卿家本六郡）/ 105

骢　马（骢马铁连钱）/ 107

出　塞（塞外欲纷纭）/ 109

有所思（贱妾留南楚）/ 110

梅花落（窗外一株梅）/ 113

折杨柳（边地遥无极）/ 114

紫骝马（侠客重周游）/ 116

战城南（塞北途辽远）/ 118

送临津房少府（歧路三秋别）/ 120

送丰城王少府（愁结乱如麻）/ 121

送梓州周司功（御沟一相送）/ 123

送杨处士反初卜居曲江（雁门归去远）/ 125

途　中（悠悠辞鼎邑）/ 127

送刘校书从军（天将下三官）/ 129

和石侍御山庄（烟霞非俗宇）/ 131

早　行（敞朗东方彻）/ 133

和刘侍郎入隆唐观（福地阴阳合）/ 135

和刘长史答十九兄（帝尧平百姓）/ 138

竹（森然几竿竹）/ 145

夜送赵纵（赵氏连城璧）/ 147

◎卢照邻 / 149

紫骝马（骝马照金鞍）/ 150

战城南（将军出紫塞）/ 151

梅花落（梅岭花初发）/ 154

结客少年场行（长安重游侠）/ 155

咏史四首（选二）/ 159

一（季生昔未达）/ 159

二（昔有平陵男）/ 162

奉使益州至长安发钟阳驿（跻险方未夷）/ 1

至望喜瞩目言怀贻剑外知己（圣图夷九折）/

赤谷安禅师塔（独坐岩之曲）/ 1/0

赠益府群官（一鸟自北燕）/ 172

送梓州高参军还京（京洛风尘远）/ 175

行路难（君不见长安城北渭桥边）/ 177

长安古意（长安大道连狭斜）/ 182

明月引（洞庭波起兮鸿雁翔）/ 190

陇头水（陇阪高无极）/ 193

巫山高（巫山望不极）/ 195

雨雪曲（虏骑三秋入）/ 197

昭君怨（合殿恩中绝）/ 198

（下）

◎卢照邻 / 201

十五夜观灯（锦里开芳宴）/ 201

入秦川界（陇阪长无极）/ 203

文翁讲堂（锦里淹中馆）/ 205

相如琴台（闻有雍容地）/ 207

石镜寺（古墓芙蓉塔）/ 209

春晚山庄率题二首 / 211

　　一（顾步三春晚）/ 211

　　二（田家无四邻）/ 213

江中望月（江水向涔阳）/ 214

元日述怀（笈仕无中秩）/ 216

还京赠别（风月清江夜）/ 218

至陈仓晓晴望京邑（拂曙驱飞传）/ 219

晚渡滹沱敬赠魏大（津谷朝行远）/ 221

和吴侍御被使燕然（春归龙塞北）/ 222

西使兼送孟学士南游（地道巴陵北）/ 224

送郑司仓入蜀（离人丹水北）/ 226

初夏日幽庄（闻有高踪客）/ 229

山庄休沐（兰署乘闲日）/ 231

山林休日田家（归休乘暇日）/ 233

羁卧山中（卧壑迷时代）/ 235

登玉清（绝顶横临日）/ 238

曲池荷（浮香绕曲岸）/ 239

浴浪鸟（独舞依磐石）/ 241

临阶竹（封霜连锦砌）/ 242

含风蝉（高情临爽月）/ 243

葭川独泛（倚棹春江上）/ 244

送二兄入蜀（关山客子路）/ 245

宿玄武二首 / 247

　　一（方池开晓色）/ 247

　　二（庭摇北风柳）/ 248

九陇津集（落落树阴紫）/ 249

游昌化山精舍（宝地乘峰出）/ 250

九月九日登玄武山（九月九日眺山

　　川）/ 251

◎骆宾王 / 254

晚憩田家（转蓬劳远役）/ 255

出石门（层岩远接天）/ 257

至分陕（陕西开胜壤）/ 259

寓居洛滨对雪忆谢二（旅思眇难

　　裁）/ 261

北眺春陵（揽辔疲宵迈）/ 264

夏日游目聊作（暂屏嚣尘累）/ 265

同崔驸马晓初登楼思京（丽谯通四望）/ 267

月夜有怀简诸同病（闲庭落景尽）/ 269

叙寄员半千（薄宦三河道）/ 271

帝京篇（山河千里国）/ 274

畴昔篇（少年重英侠）/ 287

艳情代郭氏答卢照邻（迢迢芊路望芝

　　田）/ 306

从军行（平生一顾重）/ 314

王昭君（敛容辞豹尾）/ 315

渡瓜步江（捧檄辞幽径）/ 317

途中有怀（睠然怀楚奏）/ 319

至分水戍（行役忽离忧）/ 321

望乡夕泛（归怀剩不安）/ 323

久客临海有怀（天涯非日观）/ 325

西京守岁（闲居寡言宴）/ 327

送郑少府入辽共赋侠客远从戎

（边烽警榆塞）/ 328

送费六还蜀（星楼望蜀道）/ 331

别李峤得胜字（芳尊徒自满）/ 332

在兖州饯宋五之问（淮沂泗水地）/ 334

游灵公观（灵峰标胜境）/ 336

夏日游山家同夏少府（返照下层岑）/ 338

冬日宴（二三物外友）/ 340

镂鸡子（幸遇清明节）/ 342

宪台出絷寒夜有怀（独坐怀明发）/ 343

冬日过故人任处士书斋（神交尚投漆）/ 345

送刘少府游越州（一丘余枕石）/ 347

赋得春云处处生（千里年光静）/ 349

在狱咏蝉（西陆蝉声唱）/ 351

秋晨同淄川毛司马秋九咏（选二）/ 353

  秋　蝉（九秋行已暮）/ 353

  秋　菊（擢秀三秋晚）/ 355

陪润州薛司空丹徒桂明府游招隐寺（共寻招

  隐寺）/ 357

棹歌行（写月涂黄罢）/ 359

海曲书情（薄游倦千里）/ 361

蓬莱镇（旅客春心断）/ 363

冬日野望（故人无与晤）/ 365

晚渡黄河（千里寻归路）/ 367

宿山庄（金陵一超忽）/ 369

晚度天山有怀京邑（忽上天山路）/ 371

夕次蒲类津（二庭归望断）/ 373

远使海曲春夜多怀（长啸三春晚）/ 376

早发诸暨（征夫怀远路）/ 378

望月有所思（九秋凉风肃）/ 380

在军中赠先还知己（蓬转俱行役）/ 382

浮　槎（昔负千寻质）/ 385

边城落日（紫塞流沙北）/ 387

咏　怀（少年识事浅）/ 390

在军登城楼（城上风威冷）/ 393

于易水送人（此地别燕丹）/ 395

玩初月（忌满光先缺）/ 397

挑灯杖（禀质非贪热）/ 398

忆蜀地佳人（东吴西蜀关山远）/ 400

咏　鹅（鹅）/ 401

王 勃

　　王勃（650—676年），字子安，绛州龙门（今山西河津）人。唐朝文学家，出身儒学世家，其祖父王通是隋末著名学者，其父王福畤历任太常博士、雍州司功、交趾令等职。王勃才华早露，未成年时就被宰相刘祥道赞为神童。唐高宗乾封元年（666年）应幽素科试及第，授朝散郎，又任沛王府修撰，颇受沛王李贤宠信，为李贤写了《檄英王鸡》一文"讨伐"英王李显的斗鸡，没想到唐高宗认为他在挑拨二王关系，助长他们玩物丧志的风气，于是将王勃逐出长安（今陕西西安）。后王勃在朋友引荐下任虢州参军，有个叫曹达的官奴犯罪，王勃将他藏匿起来，后来因害怕走漏风声，又杀死曹达，自己也犯了死罪，幸亏遇到大赦才没有被处死，他的父亲也被连累贬到交趾（今越南北部）。很多研究者认为，杀死官奴之事其实是由于王勃恃才傲物，遭到同僚忌妒而被设圈套陷害。大约在出狱后，王勃路过洪州（今江西南昌），登上新修复的滕王阁，写下了千古绝唱《滕王阁序》。上元三年（676年），王勃前往交趾探父，返回途中渡海溺水，惊悸而死，年仅二十七岁。王勃与杨炯、卢照邻、骆宾王齐名，并称"王杨卢骆"，亦称"初唐四杰"。当时文坛盛行以上官仪为代表的诗风，"争构纤微，竞为雕刻""骨气都尽，刚健不闻"。而王勃的文学主张崇尚实用，他多创作"壮而不虚，刚而能润，雕而不碎，按而弥坚"的诗文，对转变文风起到了很大的推动作用。他的赋成就极高，其《滕王阁序》佳句迭出，传诵千载。原有集，已散佚，明人辑有《王子安集》。

春日①宴乐游园②赋韵③得接字

帝里④寒光⑤尽，神皋⑥春望浃⑦。

梅郊⑧落晚英⑨，柳甸⑩惊初叶⑪。

流水抽⑫奇弄⑬，崩云洒芳牒⑭。

清尊⑮湛⑯不空⑰，暂喜平生接⑱。

注 释

①春日：立春的那一天。

②乐游园：古苑名，也叫作"乐游苑""乐游原"。故址在今陕西西安南郊。原为秦时的宜春苑，西汉宣帝时改建成乐游苑，唐时成为长安士女节日游玩的胜地。

③赋韵：分韵，限韵作诗。

④帝里：京城，指长安。

⑤寒光：指冬日里的日光，略带寒意。

⑥神皋：京畿一带。

⑦浃：融洽。

⑧梅郊：开着梅花的郊外。

⑨晚英：迟开的花朵。

⑩柳甸：广植杨柳的郊野。

⑪初叶：新叶。

⑫抽：弹奏。

⑬奇弄：美妙的音乐。

⑭"崩云"句：意谓翻涌的云彩带来雨意，令人诗思敏捷，美好的诗句也像春风化雨般洒落在花笺上。化自汉王充《论衡·效力篇》中"贤者有云雨之知，故其吐文万牒以上"句意。崩云，翻涌的云彩。芳牒，花笺，精美的诗笺。

⑮清尊：酒杯的美称。尊，同"樽"。

⑯湛：清澈的样子。

⑰不空：《后汉书·孔融传》载孔融语："座上客常满，樽中酒不空，吾无忧矣。"

⑱平生接：平时的交往。

译 文

长安冬季的日光略带寒意，京畿一带春光融洽。郊外的梅枝上迟开的梅花凋落了，郊野的杨柳正在发芽。流水弹奏着美妙的音乐，翻涌的云彩带来雨意引发诗思洒落花笺。清澈的美酒一杯接一杯，暂时为我们平时的交往欣喜吧。

赏 析

唐高宗乾封元年（666年），朝廷举办了封禅泰山大典。王勃入朝献《宸游东岳颂》，应举及第，被授朝散郎。沛王李贤听说了他的名声，征为府修撰。当时王勃对前途充满信心，但在沛王府却难以施展才能抱负，因为包括李贤在内的诸王每天沉溺于走马斗鸡，是不可能对王勃加以重用的。很快王勃就被高宗下令逐出沛王府，原因是他写了一篇关于斗鸡的游戏文章。本诗是他在长安时所作的一篇宴席上的限韵诗，叙述了立春之日游宴的场景，先描写了京都郊外的春色，接着写开怀畅饮的喜悦。整首诗的情调还是较为积极向上的，表达了诗人对春天的景色以及对友人的热爱之情。

前两句描述了长安京畿一带的春天景色，交代了时令，起到总领全篇的作用。"寒光尽"带来融融暖意，"春望赊"则奠定全诗乐观开朗的基调。三、四句细致地描绘了前往乐游园路上看到的景物，"惊初叶"中的"惊"字，把诗人突然发现春色的刹那间的惊喜之情描绘得栩栩如生。

五、六句描述了乐游园周遭环境以及宾客即席赋诗的场景，别有一番韵味。但因为是限韵作诗，所以在某种程度上限制了诗人的发挥，如"崩云洒芳牒"一句，思想很独特，用词却晦涩难懂。结尾两句写宴饮的乐趣，表达了总体感受，其中"暂喜"二字体现出诗人内心隐含的苦闷，可见这场宴席的欢乐只是暂时的。

整首诗描绘细致，紧扣主题，格调活泼清新，在当时诗坛独占鳌头。

山亭①夜宴

桂宇②幽襟③积，山亭凉夜④永⑤。
森沉⑥野径⑦寒，肃穆⑧岩扉⑨静。
竹晦南汀色，荷翻北潭影⑩。
清兴⑪殊⑫未阑⑬，林端⑭照初景⑮。

注 释

①山亭：建在山上的亭子。一作"松台"。

②桂宇：桂木建造的房屋，指山亭。

③幽襟：指胸襟高雅的人。

④凉夜：秋夜。

⑤永：漫长。

⑥森沉：形容树木繁茂幽深。

⑦野径：村野的小路。

⑧肃穆：严肃而安静，形容气氛庄重。

⑨岩扉：岩洞的门，这里指山亭的门。

⑩"竹晦"二句：竹林掩盖了南面的水边平地，莲花的影子在北边的水池中摇曳。晦，掩盖。南汀，南面的水边平地。汀，一说"阿"。北潭，北边的水池。

⑪清兴：雅兴，清雅的兴致。

⑫殊：尚，犹。

⑬未阑：未尽。

⑭林端：树梢。

⑮初景：初升的太阳。

译 文

一些胸襟高雅的人聚集在桂木建的房屋里，山亭中的秋夜是那么漫长。树木繁茂幽深，村野的小路寒冷无比，寂静的山亭门外气氛庄重。竹林掩盖了南面的水边平地，莲花的影子在北边的水池中摇曳。夜宴高涨的清雅兴致意犹未尽，初升的太阳已经爬上了树梢。

赏 析

这是一首五言古诗，这首诗表达了诗人在一次山亭夜宴上的愉快心情，写出了秋夜山亭四周的景色和彻夜饮宴的兴致，有一种隐逸的意味。

前两句点题，写诗人与友人在"桂宇""山亭"中夜宴的感受，友人的高雅与环境的幽静让诗人诗兴大发，"山亭凉夜永"一句含蓄优美，既与诗题呼应，又为全诗萧瑟的基调做铺垫。中间四句描写山亭的夜景，写出了夜间小路与山亭之门的清幽、寒冷，青苍的竹林和摇曳的荷影更是营造出优美的意境，这都是为了衬托夜宴的欢快。描写由远及近，层次分明，让人有身临其境的感觉。结尾两句显示出纵然天冷夜长，但宾客兴致勃勃，彻夜畅饮。这两句与诗的开头呼应，全诗的萧瑟意味也在此刻一扫而空，可以体会到诗人欣喜的心情。

全诗寄情于景，格调清新。诗中景色幽静，胸襟高远，情兴清雅。

咏 风

肃肃①凉风生，加②我林壑③清。

驱烟④寻涧户⑤，卷雾出⑥山楹⑦。

去来固⑧无迹，动息⑨如有情。

日落山水静，为君起松声⑩。

注 释

①肃肃：拟声词，形容风声。

②加：施加。

③林壑：树林和山谷。

④驱烟：驱散云烟。

⑤涧户：山谷中的住户。

⑥出：显露，出现。

⑦山楹：指山中的房屋。

⑧固：原本。

⑨动息：活动与停息。

⑩松声：松涛的声音。

译文

凉爽的山风肃肃地吹来，树林和山谷都变得凉快、清爽。驱散云烟找到山谷中的住户，卷走大雾，山间的房屋显露出来。风的来去原本没有痕迹，活动与停息好像都带有感情。日落西山，山水安静了下来，风还在不辞辛劳地为您演奏松涛之声。

赏析

这是一首咏物诗，诗人借风喻人、托物言志，重点赞美风的勤奋和慷慨无私的品格。这首诗所吟咏的风，不是人们常见的柔弱的香风，也不是取悦权贵、欺凌百姓的雄风，而是普济世人的慷慨之风，寄托了诗人的生活情趣和众人平等的政治理想。诗人才华横溢，却不得施展，他在《滕王阁序》中满怀激情地写道："无路请缨，等终军之弱冠；有怀投笔，慕宗悫之长风。"这首诗就寄托了他的高远之志。

首句"肃肃凉风生"轻盈直白，以"肃肃"一词写风的飞扬、潇洒。紧接着"加我林壑清"，承接上句，总写不管是树林还是山谷，秋风都遍施恩惠。风原本无目的，然而次句的"加"字，就让它变成有意而为之，好像风迅猛地吹来，目的是给树林和山谷带来清爽，像是急人之所急一样。"我"字增强了诗人的个人情感，突出了诗人开阔的胸怀。三、四句写出了秋风为百姓送凉爽的具体情况。凉风驱散了云烟，卷走了大雾，游走在山间给住户们带来凉爽。风吹散烟雾原本是自然现象，诗人却写成了有目的的活动，把风描写得生动有形。

五、六两句直接对风的品格大加赞赏。"去来固无迹"，指风来去无踪，说明风施惠于百姓并没有目的，是不求回报的。"动息如有情"，借用晋葛洪《抱朴子·内篇·畅玄》"动息知止，无往不足"的意思，表现了风的慷慨，毫无保留，像一个有血有肉、有感情的人。"有情"二字是全诗的诗眼，使用了拟人的修辞手法，把风的形象刻画得生动逼真。这两句诗，叙议结合，有承上启下的过渡作用，自然而然地引出结尾两句："日落山水静，为君起松声。"白天，风为辛劳的人们送来凉爽，日落西山后，又为人们演奏起动听的松涛声。聆听松涛的大部分是隐士或士子，这其中也包括诗人自己。这里与"加我林壑清"中的"我"有异曲同工之效，都表达了诗人主观的思想感情。

这首诗立意新颖、构思精巧，全诗描写飘逸而有情，是一首杰出的咏物诗。

秋夜长①

秋夜长，殊未央②。
月明白露③澄④清光，层楼⑤绮阁⑥遥相望。
遥相望，川⑦无梁⑧。
北风受节⑨南雁翔，崇兰⑩委质⑪时菊⑫芳。
鸣环⑬曳履⑭出长廊，为君秋夜捣⑮衣裳。
纤罗⑯对⑰凤皇，丹绮⑱双鸳鸯，调⑲砧⑳乱杵㉑思自伤。
思自伤，征夫万里戍他乡。
鹤关㉒音信断，龙门㉓道路长。
君㉔在天一方，寒衣㉕徒自香。

注 释

①秋夜长：乐府杂曲旧题，诗题取自魏文帝曹丕《杂诗》："漫漫秋夜长，烈烈北风凉。"

②未央：没有到尽头。

③白露：秋天的露水。

④澄：清澈、明净。

⑤层楼：高楼。

⑥绮阁：华丽的楼阁。

⑦川：河流。

⑧无梁：没有桥。

⑨受节：季节交替。

⑩崇兰：丛兰，丛生的兰草。

⑪委质：凋落在地。

⑫时菊：应时开放的菊花。

⑬鸣环：指身上佩戴的环佩相互碰撞发出声响。

⑭曳履：拖着鞋子。履，一作"佩"。

⑮捣：捶，击打。

⑯纤罗：薄而透气的丝织品。

⑰对：成双。

⑱丹绮：红色而有花纹的丝织品。

⑲调：摆弄。

⑳砧：捣衣石。

㉑杵：捣衣用的棒槌。

㉒鹤关：指边关。

㉓龙门：古代楚国都城郢都的东门。这里指国门，都门。

㉔君：一作"所"。

㉕寒衣：冬天御寒的衣服，如棉衣、棉裤等。

译文

秋夜漫长，还没有到尽头。明月照在秋天的露水上反射出明净的光，远远望着层层高楼和华丽的楼阁。远远相望，河上没有桥梁。北风带来季节交替，大雁向南飞翔，丛生的兰草凋落在地，芬芳的菊花应时开放。环佩叮当、拖着鞋子走出长廊，在秋夜里为丈夫赶制寒衣。纤罗上绣着成对的凤凰，丹绮上有一对鸳鸯，摆弄着捣衣石，胡乱挥动着棒槌。因思念而忧伤，丈夫在万里之外戍守边疆。边关断了音信，国门道路漫长。丈夫在天的另一方，寒衣徒然芳香。

赏析

在诗人的记忆里，唐王朝一直处在战争之中，连年对外征伐。诗人十五岁的时候，即上书宰相刘祥道，批评唐王朝的用兵政策。王勃反扩张的思想在当时是非常难得的，他巧妙地把这种思想融入诗文作品中，以抒发自己的政治理想。这首《秋夜长》是诗人作品中反映现实的佳作之一。

全诗可以分为两部分，"秋夜长"至"调砧乱杵思自伤"为前半部分，描写了女主人公为自己远戍边疆的丈夫赶制寒衣的情景，将她的愁思表现得凄恻动人。她在凄清的秋夜里辗转难眠，于是起身看着明月下的"层楼绮阁"，想去丈夫身边，可惜的是"川无梁"，南飞的大雁、凋零的兰草以及盛开的菊花都引发了她更深的思念。想到寒冷的冬天就要来临，她环佩叮当、拖着鞋子去为丈夫准备寒衣。可她沉浸在无限思念与伤感之中，无心劳作，只是胡乱地"调砧乱杵"，无节奏地随意捶打着。

"思自伤"至末尾为后半部分，"思自伤，征夫万里戍他乡"二句承

上启下，正式点出女主人公愁思的源头。接下来，诗人没有进一步渲染她的忧思，而是用"鹤关音信断，龙门道路长。君在天一方，寒衣徒自香"四句戛然收尾，那绵绵的愁思，尤其是思念远离家乡的亲人的凄苦，让读者感同身受，起到言有余而意无穷的效果。这四句既包含对恋人分离的无限同情，又隐含对统治者穷兵黩武的抨击与抗争。

诗中对人物有极细腻的心理描写，寓情于物，运用了夸张和比兴的手法，表达了女主人公烦乱、悲哀、怨恨、缠绵悱恻等复杂的思想感情。诗人擅长吸取《诗经》、汉乐府的精髓，此诗有民歌风味，但表达感情更为细腻。在"上官体"统治诗坛的时代，诗人能创作出如此深刻地反映社会现实的佳作，实属不易，让那些痴迷写艳诗、宫廷诗的文人望尘莫及，在中国文学史上留下了厚重的一笔。

采莲曲①

采莲归，绿水芙蓉②衣③，秋风起浪凫④雁飞。

桂棹兰桡⑤下长浦⑥，罗裙玉腕轻摇橹。

叶屿花潭极望平⑦，江讴越吹⑧相思苦。

相思苦，佳期⑨不可驻⑩，塞外征夫犹未还，江南采莲今已暮。

今已暮，采莲花，渠今那必尽娼家⑪？

官道⑫城南把⑬桑叶，何如江上采莲花？

莲花复莲花，花叶何稠叠⑭！

叶翠本羞眉⑮，花红强如颊⑯。

佳人⑰不在兹，怅望别离时。

牵花怜共蒂⑱，折藕爱连丝⑲。

故情无处所，新物⑳从华滋㉑。

不惜西津交佩解^㉒，还羞北海雁书迟^㉓。

采莲歌有节，采莲夜未歇，正逢浩荡江上风，又值裴回^㉔江上月。

裴回莲浦夜相逢，吴姬越女^㉕何丰茸^㉖！

共问寒江千里外，征客关山路几重？

注　释

①采莲曲：古曲名，梁武帝萧衍改《西曲》为《江南弄》七曲，此为其一，多描写江南风光以及采莲女劳动生活情态。采莲，即采莲子，是江南百姓重要的生产劳动之一。

②芙蓉：指荷花。

③衣：同"披"，指覆盖在水上。

④凫：水鸟，俗称野鸭。

⑤桂棹兰桡：这里指船。桂、兰为香木；棹、桡为船桨。

⑥浦：水滨。

⑦"叶屿"句：意思是抬眼望去，岸边和小岛之间是一片荷花。潭，水边。

⑧江讴越吹：指江南一带的民间歌曲。讴，清唱。吹，管乐之声。

⑨佳期：美好的时光，男女约会的日期。

⑩驻：留。

⑪"渠今"句：意思是采莲女并不是都出自花街柳巷。渠今，一作"今渠"。渠，伊，她。

⑫官道：大道。

⑬把：采，摘。

⑭稠叠：稠密重叠，密密层层。

⑮"叶翠"句：意思是翠绿的荷叶逊色于采莲女的蛾眉。

⑯"花红"句：意思是红艳的荷花勉强比得上采莲女的红润脸庞。

⑰佳人：指离家的征夫。

⑱"牵花"句：意思是牵动荷花，羡慕它们并蒂开放。怜，爱。

⑲"折藕"句：意思是折断莲藕，喜爱它们丝丝相连。丝，思，谐音双关。

⑳新物：指新长出的荷花与莲藕。因为是别离后长出的，故称。

㉑华滋：长得茂盛。

㉒"不惜"句：不惋惜在西边渡口解下饰物相赠。化用《列仙传》中的故事，郑交甫在江汉之滨见到了两位美人，美人将佩戴的明珠赠给了他，他刚走了几十步明珠就不见了，美人也消失了。西津，西边的渡口。佩解，解下佩戴的饰物。

㉓"还羞"句：还忧虑征夫寄回来的书信太晚。典出《汉书·李广苏建传》：苏武出使匈奴，被扣留十九年，汉朝谎称得到了苏武系在大雁脚上的书信，使得匈奴不得不将苏武放回。北海，本指贝加尔湖，这里指塞外。雁书，即雁足书，系于雁足的书信。

㉔裴回：同"徘徊"，联绵词，这里形容月影移动的样子。

㉕吴姬越女：指江南水乡的采莲女。

㉖丰茸：妆饰繁盛、漂亮。

译文

采莲回去的路上，看到茂盛的荷花覆盖着绿水，阵阵秋风吹起涟漪，野鸭和大雁一起飞走。划船沿长长的水滨前行，身穿罗裙，白皙的手腕轻轻摇动船桨。抬眼望去，岸边和小岛之间是一片荷花，远处传来动听的江南民歌，相思之苦油然而生。相思苦，美好的时光难以停留。边塞的征夫依旧未归，江南采莲却又到了黄昏。黄昏到来，还在采摘莲花，采莲女并不是都出自花街柳巷。在城南的大道上采桑叶，哪能与江上采莲相比？莲花一朵接着一朵，荷叶密密层层。翠绿的荷叶逊色于采莲女的蛾眉，红艳的荷花勉强比得上采莲女的红润面庞。离家的征夫不在身边，怅然回想别离时的难舍难分。牵动荷花，羡慕它们并蒂开放；折断莲藕，喜爱它们丝丝相连。往日的感情无处寻觅，新长出的荷花与莲藕徒然这么茂盛。不惋惜在西边渡口解下饰物相赠，还忧虑征夫寄回来的书信太晚。采莲歌带有节奏，一整夜都在江上采莲，恰逢江风很大，又碰到江月徘徊。徘徊在莲浦之中采莲，遇到的江南水乡的采莲女的妆饰多么漂亮。采莲女们互相询问距寒江千里之外，征夫归来经过的关山到底有几重？

赏 析

此诗采用乐府旧题，在内容和形式上都有所突破，反映了战争给人民带来的深重苦难。

诗中描述的是一位采莲女对征夫的思念之情。前两句以采莲女黄昏采莲归来路上看到的景物为背景。女主人公采莲回来，看到茂盛的荷花覆盖着绿水，荷花繁茂广阔、苍翠欲滴的形象跃然纸上。突然，阵阵秋风吹起涟漪，野鸭和大雁一起飞走，这是运用比兴的修辞手法，暗喻女主人公内心的波动。接下来四句，描写女主人公轻摇着船桨顺流而下，抬眼望去，岸边和小岛之间是一片荷花，远处则传来动听的江南民歌。此情此景，勾起了采莲女的相思之苦，"相思"即为全诗的主旨。然后又用四句点明相思由何而起，是因为出塞的征夫常年在外征战，至今未归，思妇在江上采莲，既为了维持生计，也用来打发时间，内心感到孤寂无依，因此黄昏到来之后，她依然不愿回到孤独、凄凉的家，继续徘徊在荷花之间。

接下来四句，诗意又进一步深入，写思妇的高贵品质。"今已暮"三句，对首句的"归"字进行了呼应，点明此诗描写的是采莲女日暮时的相思之情。虽然黄昏采莲归来，独守空闺的生活让人难以忍受，但采莲女依旧坚守着爱情，坚持自己的操守，"渠今那必尽娼家"用反问的修辞手法，说明女

主人公并没有沦落到花街柳巷，不会因为征夫久未归而变心。不但不会变心，反而比别人更加坚定。"官道"二句用疑问的句式，将采莲女与采桑女进行比较，说采莲女比采桑女在爱情上更加忠贞，这实际上是诗中思妇对自己的剖白。"城南把桑叶"用了汉乐府的典故，《陌上桑》里的罗敷，是一个忠于爱情的典型形象。此诗里的采莲女说自己对恋人的感情比罗敷更甚，由此可见采莲女对爱情的忠贞。

从"莲花复莲花"到"还羞北海雁书迟"，着重借物写人，表达了思妇的离别之苦。莲花盛开，荷叶繁茂，但是翠绿的荷叶逊色于采莲女的蛾眉，红艳的荷花勉强比得上采莲女的红润面庞，以物喻人，突出采莲女的青春好容颜。"佳人不在兹，怅望别离时。"尽管江上景色美不胜收，自己也是年轻貌美，但因为征夫久未归，她怅然回想别离时的难舍难分，心中不免生起悲伤之情。接下来几句转而咏物，"牵花怜共蒂，折藕爱连丝"，实际上是在借物抒情，借荷花的并蒂开放、莲藕的藕断丝连抒发思妇与征夫的深切感情。现在，往日的感情无处寻觅，在采莲女看来，荷花、荷叶再茂盛也难解离愁。此情此景，不禁令人无限感伤。自己为爱情付出了这么多，到头来却受尽离别之苦。"不惜西津交佩解，还羞北海雁书迟"两句用典，说自己不惋惜将饰物赠给征夫，只忧虑他的书信来得太迟，心中不免产生牵挂和疑虑之情。这一节反复从空间和时间上交错来写，将女子的相思之苦写得深刻生动，具有很强的感染力。

从"采莲歌有节"到诗的最后，诗情进一步转换和深化。采莲女在夜间依然不愿归家，她口中唱着有节奏的采莲曲继续劳作。夜晚江上江风很大，明月徘徊，好像是与采莲女做伴。秋风冷月，再一次抒发了她的相思之苦。此处融情于景，从侧面写情语，与上文的"采莲归"详略映衬，更为动人。采莲女在江上来来回回地采莲，恰逢夜间出来采莲的"吴姬越女"，她们穿戴得非常漂亮。相互问候之后，女主人公知道她们的丈夫也在这条寒江的千里之外服役，于是互相探问关山千里的边塞究竟有多远。

由此可见，受尽离别之痛、相思之苦的女子，不止是女主人公一个。这是在前面写女主人公"相思苦"的基础上，描绘了众多劳动妇女在情感上的不幸遭遇，将征夫思妇的一般题材升华为一个有很大社会意义的主题，写得很深刻，实属难能可贵。

王勃这首《采莲曲》，对自然景物的描写有南朝诗人的影子，但所塑造的离愁别恨、无限相思的女子形象，尤其是征夫思妇的主题表达出了深刻而普遍的思想价值和社会意义，是南朝诗人所不及的。王勃在思想上对六朝余风非常不满，但在创作上又难以摆脱其影响，从这首诗不难看出这种迹象。这首诗在某种程度上显示了初唐诗歌从六朝余风向刚健明朗的风格转变的轨迹。诗中运用了复沓和蝉联的表达形式，使诗句情韵婉扬，流转圆美，有民歌的风韵。

临高台①

临高台，高台迢递②绝浮埃。

瑶轩③绮构④何崔嵬⑤，鸾歌⑥凤吹⑦清且哀。

俯瞰长安道，萋萋御沟⑧草。

斜对甘泉⑨路，苍苍茂陵⑩树。

高台四望同，帝乡佳气⑪郁葱葱。

紫阁丹楼⑫纷照耀，璧房锦殿⑬相玲珑⑭。

东弥⑮长乐观⑯，西指未央宫⑰。

赤城⑱映朝日，绿树摇春风。

旗亭⑲百隧⑳开新市，甲第㉑千甍㉒分戚里㉓。

朱轮翠盖㉔不胜春，叠榭㉕层楹㉖相对起。

复有青楼大道中，绣户㉗文窗㉘雕绮栊㉙。

锦衾㉚夜不襞㉛，罗帷㉜昼未空。

歌屏㉝朝掩翠㉞，妆镜晚窥红。

为君安㉟宝髻㊱，蛾眉㊲罢花丛。

尘间狭路黯将暮，云间月色明如素㊳。

鸳鸯池上两两飞，凤凰楼下双双度。

物色㊴正如此，佳期那不顾？

银鞍绣毂盛繁华，可怜今夜宿娼家㊵。

娼家少妇不须颦㊶，东园桃李片时春。

君看旧日高台处，柏梁㊷铜雀㊸生黄尘。

注 释

①临高台：乐府旧题，属《鼓吹曲辞·汉铙歌十八曲》。

②迢递：高大雄伟的样子。

③瑶轩：用玉装饰的栏杆。

④绮构：华丽雄奇的殿阁。

⑤崔嵬：巍峨高峻的样子。

⑥鸾歌：鸾鸟啼叫，比喻美好动听的乐曲。

⑦凤吹：指笙箫等细乐。

⑧御沟：流经宫廷园林的河道。

⑨甘泉：宫名，位于今陕西淳化西北甘泉山。原本为秦代林光宫，汉武帝增筑扩建，在这里接见诸侯王，招待外国使节，夏日也作为避暑之地。

⑩茂陵：指汉武帝刘彻的陵墓，位于今陕西兴平东北。

⑪佳气：指吉祥、美好的气象。

⑫紫阁丹楼：富丽堂皇的阁楼。

⑬璧房锦殿：金玉装饰的宫殿。

⑭玲珑：形容精致巧妙。

⑮弥：终极，极尽。

⑯长乐观：即长乐宫，西汉主要宫殿之一，位于今陕西西安西北郊长安故城东南隅。汉初皇帝在此理政。惠帝后朝会移至未央宫，长乐宫改为太后居所。

⑰未央宫：汉高祖七年（前200年）修建，位于陕西西安西北郊长安故城西南隅。汉朝的政令中心，常用来接见大臣。

⑱赤城：指宫城，因城墙为红色，故称。

⑲旗亭：市楼，古时观察、指挥集市的楼亭，上立有旗，故称。后成为酒楼的代称。

⑳百隧：指市道纵横交错、左右穿插。

㉑甲第：古时权贵大族的府邸。

㉒千甍：千屋，指房屋数量众多，星罗棋布。甍，房梁。

㉓戚里：外戚聚居的地方。

㉔朱轮翠盖：指古代豪门贵族外出乘坐的装饰华丽的马车。朱轮，以朱红漆涂的轮子。翠盖，用翠羽装饰的车盖。

㉕叠榭：重叠的台榭。

㉖层楹：指宏伟高大的楼房。楹，柱子，此处借指楼房。

㉗绣户：有华美雕饰的门户。

㉘文窗：刻有花纹的窗。

㉙绮栊：雕刻精美的窗棂。

㉚锦衾：锦缎的被子。

㉛襞：折叠。

㉜罗帷：丝制的帷幔。

㉝歌屏：歌馆的屏风。

㉞翠：这里借指歌女。下句"红"同义。

㉟妆：梳洗打扮、整理妆发。

㊱宝髻：古代妇女的一种发髻。

㊲蛾眉：像蚕蛾触须一样细长、弯曲的眉毛，形容女子好看的眉毛。

㊳素：指白色生绢。

㊴物色：景物环境。

㊵"银鞍"二句：华贵的车马载着人们驶向这繁华之地，今晚就在妓院留宿了。化用梁简文帝萧纲《乌栖曲四首·其三》"青牛丹毂七香车，可怜今夜宿倡家"诗意。银鞍，以银涂饰的马鞍，此处代指骏马。绣毂，以花纹雕饰的车子。

㊶颦：忧愁，忧虑。

㊷柏梁：即柏梁台，汉代台名。位于陕西西安西北郊长安故城内。

㊸铜雀：即曹操于东汉建安十五年（210年）修建的铜雀台。楼顶以大铜雀装饰，故名。故址位于今河北临漳西南。

译 文

登临高台，高台高大雄伟，超越浮尘。装有用玉装饰的栏杆的华丽雄奇的殿阁是多么巍峨高峻，美好动听的乐曲和那笙箫发出的细声清丽又凄凉。俯瞰长安的街道，只见御沟中长满了茂盛的杂草。高台斜对着的是通往甘泉宫的道路，汉武帝陵墓旁的树长得高大繁茂。在高台上向四方远望，长安气象美好，到处郁郁葱葱。富丽堂皇的阁楼熠熠生辉，金玉装饰的宫殿精致巧妙。东面终极之地与长乐宫相连，西面直指未央宫。宫城的红墙与朝阳交相辉映，绿树在春风中轻轻摇曳。新市上，市楼矗立，市道纵横交错，外戚聚居之地的府邸星罗棋布。装饰华丽的马车奔驰在无尽春光中，重叠的台榭、宏伟高大的楼房相对而立。又有青楼在大道上矗立着，门户上有华美雕饰，窗户与窗棂上雕刻有精美的花纹。锦缎的被子夜间不会折叠，丝制的帷幔白昼不会空着。早晨歌馆的屏风遮掩着歌女，晚上歌女在镜前端详自己。为君梳好美丽的发髻，蛾眉比花丛都要美丽。夜幕降临，狭窄的路上车马扬尘，云彩散去，月光皎洁得如白色生绢。池中有鸳鸯双双飞舞，楼中凤凰成双成对。景物环境这样美好，相会的好时光怎能不理会？华贵的车马载着人们驶向这繁华之地，今晚就在妓院留宿了。倡家少妇不要忧愁，美貌原本就像东园的桃李一样只有片刻繁盛。你看那过去的高台，柏梁台和铜雀台都已满是尘土。

赏 析

这首诗与卢照邻的《长安古意》、骆宾王的《帝京篇》，都是描写长安的七言歌行。这首诗极力渲染长安的繁盛，基调是豪迈乐观的，但同时又对统治阶级的腐朽进行了讽刺与否定，指出长安繁华背后的危机。

全诗可以分为两部分，"临高台"至"叠榭层楹相对起"为前半部分，主要写长安宏伟华丽的亭台楼阁和繁华的街道。前四句中，诗人写自己登临高台，只见高台"迢递"，甚至超越了"浮埃"，极言其高峻，"瑶轩绮构"写其华美，"鸾歌凤吹"写台上音乐的妙绝。站在这样华美高峻的高台上，诗人俯瞰长安，首先看到的是苍茫的长安道和芳草萋萋的御沟，再加上曲折的"甘泉路"、茂密的"茂陵树"，可见长安附近都是"郁葱葱"的，是一片生机勃勃的景象。接下来，诗人的目光转向城内，开始用一系列诗句铺陈城内的建筑。"紫阁丹楼纷照耀，璧房锦殿相玲珑"二句，写出建筑的富丽堂皇、结构精巧，这片建筑群东接"长乐观"，西接"未央宫"，足见其范围之广。"赤城映朝日，绿树摇春风"二句，呼应前文，在金碧辉煌的描写中间插入一抹绿色，清新可喜。"旗亭百隧开新市，甲第千甍分戚里。朱轮翠盖不胜春，叠榭层楹相对起"四句是写实，概括地渲染出长安这座当时世界上最大、最繁华的都市的风采，将景物描写得极尽奢华，引人向往。

"复有青楼大道中"至末尾为后半部分，开始由写物转而写人。在繁华热闹、纵横交错的街道上，诗人把目光凝注在一座"绣户文窗雕绮栊"的奢华的"青楼"之上。烟花之地，向来是达官贵人穿梭来往的场所。那

里"锦衾夜不襞，罗帷昼未空"，无论何时都人烟辐辏，是长安城中的人（主要指上层统治阶级）腐朽豪奢生活的一个缩影。"歌屏朝掩翠，妆镜晚窥红。为君安宝髻，蛾眉罢花丛"四句，写的是青楼中的女子，为了迎合上层人物，不得不日夜梳妆打扮、强颜欢笑，她们是如此卑微，内心的悲欢无人问津。"尘间狭路黯将暮，云间月色明如素"显示出，到了夜晚依然有人乘着华丽的马车乘月到访，体现出长安城中上层人物的醉生梦死。"鸳鸯池上两两飞，凤凰楼下双双度。物色正如此，佳期那不顾？银鞍绣毂盛繁华，可怜今夜宿娼家"六句香艳华丽，将人们极尽奢华的生活展现得淋漓尽致。而这些"今夜宿娼家"的人，偏偏又多是影响着国家命运的上层人物，让人不由得担心起国家的前途。于是在最后四句中，诗人笔锋一转，将读者从繁华盛景拉回现实，发出感慨：美貌原本就像东园的桃李一样只有片刻的繁盛，而过去那无比奢华的柏梁台和铜雀台都已满是尘土。至于在柏梁台煊赫辉煌的汉武帝，在铜雀台夜夜笙歌的曹操，自然也化为黄尘了。其中"片时"写出青春盛景之短暂，"生黄尘"揭示了无论何其繁华最终也是归于颓败的哲理。

全诗语言华丽，结构精巧，思想内涵丰富，体现了诗人对生命的感悟、对繁华易逝的慨叹和对历史兴衰的思考，蕴含哲理，发人深省。本诗内容由于涉及面不够广泛，总体成就不及《长安古意》和《帝京篇》，但依然称得上初唐歌行中的杰出作品。

滕王阁①

滕王高阁临江渚②，珮玉鸣鸾③罢歌舞。
画栋④朝飞南浦⑤云，珠帘暮卷西山雨。
闲云潭⑥影日悠悠，物⑦换星移几度秋。

阁中帝子⑧今何在？槛⑨外长江空自流。

注 释

①滕王阁：故址在今江西南昌赣江滨，与黄鹤楼、岳阳楼并称"江南三大名楼"。

②江渚：江边。

③鸾：鸾铃，卿大夫车前用于装饰的刻有鸾鸟纹饰的响铃。

④画栋：有彩绘的楼阁。

⑤南浦：地名，在今江西南昌西南，赣江至此分流。

⑥潭：这里指长江。

⑦物：四季的景物。

⑧帝子：帝王之子，这里指滕王李元婴。

⑨槛：栏杆。

译 文

滕王阁巍然高耸紧邻江边，环佩叮当、鸾铃鸣响的歌舞早已停止。早晨南浦飞来的轻云掠过有彩绘的楼阁，傍晚珠帘卷起西山阴沉的烟雨。闲云的影子日复一日映在长江水中，时光流转不知过了多少春秋。修建这滕王阁的帝王之子如今在何处？只有那栏杆外的长江独自空流。

赏 析

这首诗的具体创作时间有争议，有研究者认为作于唐高宗上元三年（676年），这一年诗人前往交趾探父，途经洪州时参加了阎都督举办的宴会，即席作《滕王阁序》，序末附这首凝练、含蓄的诗篇，概括了序的内容。

首句直入主题，点明了滕王阁所处的地理位置。一个"临"字写出了

滕王阁的居高之势。这一句极具空间感，下文的描写都从此生发而来。第二句由今及古，写诗人遥想当年兴建滕王阁的滕王李元婴，佩戴着玉佩，乘坐鸾铃马车来到阁上，举行盛大宴会的情景，这一句与上句相对照，不禁让人产生盛衰无常的感慨。三、四句紧承第二句，描写了滕王阁上的"画栋""珠帘"现如今已无人问津，只有南浦的轻云、西山的烟雨来欣赏它们的美丽。这两句不仅写出了滕王阁的寂寞，还写出了滕王阁居高临远之势，融情于景，寄慨遥深。

五、六句通过"闲云"二字呼应上文，进行过渡，很自然地生发了世事变迁、年复一年的感慨。"闲云""潭影"，一上一下，顿生视野开阔之感；"悠悠"二字则点出了时间的漫长。这两句大开大合，点出物换星移、繁华不再的主题。结尾两句以设问句的形式作结。诗人自问自答，进一步抒发了人生盛衰无常而宇宙永恒的感慨。"空"字是全诗的重点，表达了诗人对世事变化无穷的认知。在雕梁画栋盛极而衰、朝云暮雨空自寂寞的变化中，诗人抒发了自己的胸怀：当年修建此阁的穷奢极欲的滕王，如今在哪里呢？恐怕只剩下奔流不息的长江水在感叹着人世间的兴衰吧！

全诗以景写情，委婉含蓄，气度高远，境界宏大，与《滕王阁序》真可谓交相辉映，相得益彰。

圣泉①宴

披襟②乘③石磴，列席④俯春泉⑤。
兰气熏山酌⑥，松声韵⑦野弦⑧。
影飘垂叶⑨外，香度落花前。
兴洽⑩林塘⑪晚，重岩⑫起夕烟⑬。

注 释

①圣泉：位于今四川中江东南的玄武山上。

②披襟：敞着衣襟。

③乘：登。

④列席：依次而坐。席，一作"籍"。

⑤春泉：这里指圣泉。

⑥山酌：山村百姓酿的酒。

⑦韵：指声音互相应和。

⑧野弦：在山村弹奏的乐曲。

⑨垂叶：低垂的树叶。

⑩兴洽：兴味和谐融洽。

⑪林塘：树林池塘。

⑫重岩：连绵的山峰。

⑬夕烟：傍晚的云雾。

译 文

敞着衣襟登上石阶，大家依次而坐俯观圣泉。兰花的香气熏染着山村百姓酿的酒，风吹拂松林的声音和山村里弹奏的乐曲互相应和。低垂的树叶倒映在水中，影子随水波漂荡，凋谢的花朵的香气在空气中四处飘散。在树林池塘边兴味和谐融洽，不知不觉天色已晚，连绵的山峰上显现出傍晚的云雾。

赏 析

这首诗是诗人在蜀地游玄武山时所作，描写的是在圣泉游玩宴饮的情景。诗前有序："玄武山有圣泉焉，浸淫历数百千年，垂岩泌涌，接磴

分流，下瞰长江。沙隄石岸，咸古人遗迹也。兹乃青蘋绿芰，紫苔苍藓，遂使江湖思远，寤寐寄托。既而崇峦左峙，石壑前萦，丹崿万寻，碧潭千顷，松风唱响，竹露薰空，潇潇乎人间之难遇也。方欲以林壑为天属，琴樽为日用。嗟呼，古今代谢，方深川上之悲；少长同游，且尽山阴之乐。盍题芳什，共写高情。"此序是一篇优美的骈文，可以与诗参照阅读。

全诗内容处理得十分得当，主要描写了宴游的场景，照应题目。前两句直奔主题，点明登山宴游之事。三、四句写美酒飘香，兰香弥漫，风吹松林，乐曲应和，场面阔大，意境旷远。"熏"字写出了香气之浓厚，"松声韵野弦"一句写出了松林拂动的声音和乐曲相应和的美妙纯粹。诗人在此处精雕细琢，将香味、声音描写得恰到好处，不落俗套亦不过分渲染。

五、六句转而描写"垂叶""落花"之情态，语言细腻生动，充满情趣。结尾两句意境又铺展开来，诗人将目光定格在高大、连绵的山峰上，烟雾迷蒙，景色绮丽，表达委婉，似乎此次宴游未曾结束，也不会结束，意味深长。

本诗通过描写兰花飘香、风吹松林、"垂叶"影飘、"落花"香度、树林池塘、云雾山峰等景象，展现了圣泉秀丽的景色，表达了诗人愉悦的心情和对圣泉景色的喜爱之情。全诗情调欢畅，结构工整，语言明快，辞藻华美，音律悠扬，是一篇不可多得的佳作。

寻道观①

芝廛②光分野③，蓬阙④盛规模⑤。
碧坛⑥清桂阈⑦，丹洞⑧肃松枢⑨。
玉笈⑩三山⑪记，金箱⑫五岳图⑬。
苍虬⑭不可得，空望白云衢⑮。

注 释

①道观：道教的神庙。此处指昌利观，位于今四川成都。

②芝廛：仙人居住的地方，这里指道观。

③分野：古人以十二星辰划分地上的诸侯国与州郡等，如鹑火对应周、鹑尾对应楚等，称分野，这里指分界。

④蓬阙：即蓬莱宫，神仙住处，此处借指道观。

⑤规模：范围，气势。

⑥碧坛：青石道坛，道教举办法事的地方。

⑦桂阃：桂木制的门槛。

⑧丹洞：这里指道观。

⑨松枢：松木制的门闩。

⑩玉笈：以玉装饰的书箱，这里指道书。

⑪三山：传说中的海上三神山，即蓬莱山、方丈山、瀛洲山。

⑫金箱：以金装饰的箱子，用来珍藏贵重的东西。

⑬五岳图：即《五岳真形图》，是道教传说中免灾致福的符箓。

⑭苍虬：青色的龙。虬，传说中的一种龙，无角。

⑮白云衢：通往仙境的道路。衢，道路，大道。

译 文

仙家道观被光分成两部分，像蓬莱宫一样气势恢宏。道观外有青石道坛，桂木制的门槛庄严清静，松木制的门闩严肃庄重。道书记载了海上三神山的事情，金箱收藏着《五岳真形图》。无法骑青色的龙升天，只能徒劳地远望通往仙境的道路。

赏析

　　昌利观在王勃生活的时代十分昌盛，是当时的一个道教中心。年轻的王勃来观中求仙问道，显示出他对神仙方术的追求及对现实生活的不满。

　　前两句与王维的"分野中峰变，阴晴众壑殊"（《终南山》）有异曲同工之妙。诗人写道观由于光线的影响被分成两部分，看上去仿佛神话传说中的蓬莱宫一样气势恢宏。见此情景，诗人内心必定极其兴奋，便登上山峰一睹道观之真容。以远望道观开头，暗示了诗人费力寻觅之心，照应题目。三、四句采用了互文的手法描写道观的近景。"碧""丹"二字在色彩上对应，一个清幽，一个荣盛，这两种颜色不仅符合道教清素自然的精神，从中也足以窥见当时其繁荣；"坛""洞"在形态上互相对应，一个外放寂静，一个深幽自然；而"清""肃"二字旨在突出道观庄严、肃穆、清静的特点；"桂阃""松枢"二词则暗含显贵门第之意。

　　五、六句中，"三山记"是描写海上三神山的文字，《五岳真形图》则是道家信徒憧憬的仙人符箓。这两句将仙界、人界的形态互相结合勾勒出来，对仗工整。结尾两句由物及人、由景及情，表达自己向往仙人却求而不得的无奈。诗中体现出的道教仙人的观念，既是当时社会尊奉道教的真实写照，也是诗人在官场失意后消极情绪的反映。

　　窥探全诗可知，诗中描写的道观既是真实存在的，又是诗人心目中虚幻仙境的具象化，反映出诗人对静穆无为的心理状态的向往。本诗以道观的位置和外观写起，继而写其庄严、清静的环境，接着写其图书记载各类名胜一事，最后抒发求而不得的无奈心绪，结构清晰，对仗工整，辞藻华丽，意境清幽。

散关①晨度②

关山凌旦③开，石路无尘埃。

白马高谭去④，青牛真气来⑤。

重门⑥临巨壑⑦，连栋⑧起崇隈⑨。

即今扬策⑩度，非是弃繻⑪回。

注 释

①散关：即大散关，位于今陕西宝鸡西南大散岭上，为交通要道，是古代兵家必争之地。

②度：过。

③凌旦：黎明。

④"白马"句：骑着白马高谈阔论过关而去。《韩非子·外储说左上》记载，兒说凭借"白马非马"的诡辩学说在齐国稷下学宫折服了所有学者，但他过关时还是得为自己的白马交税。这里反用其意。谭，同"谈"。

⑤"青牛"句：骑着青牛、散发着真气出关。《列仙传》记载，函谷关令尹喜看到有一股紫气从东方过来，知道有圣人要过关，不久老子果然骑着青牛而来。

⑥重门：指关门。

⑦巨壑：深深的山谷。

⑧连栋：一幢幢挨着的房屋。

⑨崇隈：大山之旁。

⑩策：驱马的鞭子。

⑪弃繻：比喻建立功勋，成为高官。《汉书·终军传》记载，终军早年从济南去长安，过函谷关时关吏给了他一个繻（用丝织品做成的出入关卡的凭证）以便他出关时用，终军却把繻丢弃在地上，说大丈夫既然西来就不会回去。后来终军再过函谷关出使时，已成为高官，不再需要凭繻过关了。

译文

关山在黎明时分露出了真面目，石路上没有飞扬的尘土。我骑着白马高谈阔论前行，仿佛是骑着青牛、散发着真气出关的老子。关门旁边是深深的山谷，一幢幢挨着的房屋依附在大山旁边。今天挥鞭出关，并不是要像终军那样建立了功勋才回来。

赏析

此诗作于唐高宗总章二年（669年）五月，当时诗人因作《檄英王鸡》一文被逐出长安，前往蜀地，路过大散关时创作此诗，描述了此地的地势与风貌，抒发了对长安际遇的不满。

前两句以"关山""凌旦""无尘埃"几个词分别点明地点、时间、环境，"凌旦"与题目中的"晨"字相照应。"开"字用得极为传神，既写出了黎明时分太阳升起光照山峦的动态感，又体现出诗人骑马出关的动态画面，使意境有了动态之美，使画面可观可感。破晓时分，环境清新，石路上连尘埃都没有，此处可见诗人内心的清净自然。三、四句写诗人路上的状态。诗人想象自己像骑着白马高谈阔论的兒说，又如跨着青牛、散发着真气的老子。这里用典故描写自己出关的事实，使诗歌内容丰富而有趣。

五、六句写大散关周围建筑与自然之景。"重门""连栋"是人为修建的楼房，而"巨壑""崇隈"是自然的雕饰，诗人用"临""起"二字将这人为建筑与自然景观联系起来。"临"字写出了深谷的陡峭和深邃，令人震撼；"起"字则把房屋和绵延起伏的山峦融为一体，形象生动，由近及远展现出其磅礴之势。结尾两句化用《汉书·终军传》中的典故，终军过关时把"襦"扔在地上，誓言不再出关，后来果然成就大业。诗人在此处反用此典故，反衬仕途的失意和前途无望的心酸。

此诗语言明快，格调豪迈，感情哀而不伤，虽有失意但没有丧失年轻人的朝气，艺术感染力很强。

别薛华①

送送②多穷路③，遑遑④独问津⑤。

悲凉千里道，凄断⑥百年身⑦。

心事⑧同漂泊，生涯共苦辛。

无论去与住⑨，俱是梦中人。

注释

①薛华：即薛曜，字异华，宰相薛元超之子，其祖父薛收是王勃的祖父王通的门徒，两家累世交好。

②送送：送了一程又一程，形容一直相送，不忍分别。

③穷路：荒凉偏僻的道路，比喻路途艰苦。

④遑遑：惊慌不安的样子。

⑤问津：询问渡口，这里指问路。

⑥断：极。

⑦百年身：终身。

⑧心事：心情，心绪。

⑨去与住：指离开之人与留下之人。

译 文

送了一程又一程，前方有太多艰苦的行程，惊慌不安中独自问路。千里迢迢的路程悲哀凄凉，凄惨寂寞的困境伴随终身。你我的心绪都是四处漂泊、纷乱无依的，我们的生活也同样凄苦辛酸。无论是离开还是留下，我们都会出现在彼此的梦中。

赏 析

诗人曾在蜀中客居两年多，遍游四川各地，此诗就是他在绵州与友人薛华分别时所作。这首诗通过写送别之情，表达了诗人对现实的不满和对凄苦的人生际遇的感叹。

前两句写送行。诗人送了一程又一程，不肯与友人分别，想象着前方道路上无数艰难险阻，而友人又独自一人，想必问路时也是惊慌不安的。"穷""独"二字用得极为传神，一方面把前路的艰苦和友人的辛苦形象地表达了出来，将场景渲染得真切感人。另一方面，这也是诗人和友人人生际遇及悲凉心境的写照，一语双关。三、四句紧承"穷路""问津"，在此进行了深一层的述说：千里迢迢的路程悲哀凄凉，凄惨寂寞的困境伴随终身。这两句是诗人想到自身不顺的仕途和坎坷的命运，以及自己的志向时的有感而发。因此，这两句表面是在写友人在途中可能遇到的艰难险阻，实际是诗人在历经世事后的切身体会。

写到这里，诗人已经将自身命运与送别友人之事融为一体，只觉意犹未尽，情感不足以充分表达，于是发出"心事同漂泊，生涯共苦辛"的感叹。这两句既是对友人的同情与劝慰，也是自我安慰的话，有相濡以沫之意。然而，不论如何感叹，离别都是既定的事实。如此，自然而然地引出结尾两句，言明不管是远行之人，还是相送之人，都会出现在彼此的梦中，以此收束全诗，情真意切，感人至深。这两句表明自己对友人的真诚，也让友人明白，自己亦深知友人的感情。"俱"字体现了双方都有这份深情，更添分量。

这首诗与一般的送别诗不同，诗中没有借助环境的描写渲染离别氛围，而是通过简单的叙事直抒胸臆。诗歌结构完整，语言简练，意境鲜明，感情真挚。后代诗家"兴象婉然，气骨苍然"的评语很好地诠释了此诗的艺术特征。另外，诗人还恰当地使用了叠字增强感情色彩，使诗歌节奏铿锵、音律和谐，同时升华了感情。

重别薛华

明月沉珠浦①，风飘濯锦川②。
楼台临绝岸③，洲渚④亘⑤长天⑥。
旅泊⑦成千里，栖遑⑧共百年。
穷途唯有泪⑨，还望独潸然⑩。

注 释

①沉珠浦：河岸的美称。浦，江岸。

②濯锦川：即锦江。岷江的一个分支，在今四川成都南。据说蜀人织

王勃

锦濯其中则锦色鲜艳，濯于他水，则锦色暗淡，故称。

　　③绝岸：险峻的河岸。

　　④洲渚：水中小块陆地，小洲。

　　⑤亘：绵延。

　　⑥长天：旷远的天空。

　　⑦旅泊：即漂泊。旅，一作"飘"。

　　⑧栖遑：四处奔波。

　　⑨"穷途"句：化用阮籍的典故，《世说新语·栖逸》注引《魏氏春秋》："阮籍常率意独驾，不由径路，车迹所穷，辄哭而返。"

　　⑩潸然：流泪的样子。

译 文

　　明月照着河岸，秋风吹动着锦江的江面。楼台靠近险峻的河岸，水中小洲绵延与旷远的天空相连。在外漂泊经过千里路程，四处奔波的日子将要伴随一生。穷途末路只能掩面痛哭，回望过去的路途不禁潸然泪下。

赏 析

　　这首诗应是与《别薛华》同时所作，是诗人面对送别情景和现实境况有感而发，表达上直抒胸臆，诗人内心的凄苦激愤在这首诗中倾吐无遗。

　　前两句点明了时间、地点和环境，其中包含了诗人对蜀地优美风光的喜爱。三、四句描写陡峭的河岸和连片的洲渚，构建出了水天相接的宏伟景象，场景由近及远，意境开阔旷远。秋水盈盈，平添凄凉之感，悲苦之情便由此产生。

五、六句紧承前文，由景入情。望着一望无际的江水，诗人触景生情，回顾了自己四处漂泊、无处栖身的经历，对于未来便更加迷茫和无奈。结尾两句更是直抒胸臆。诗人面对好友离别、前路漫漫的现实不能自已，只能掩面痛哭，回顾自己走过的路程和漂泊的经历，更让他潸然泪下。本诗反映出遭遇放逐一事对诗人的影响之深，从中可见诗人的积极乐观、豪情壮志开始退去，取而代之的是多愁善感、忧郁凄苦。

这首诗先写景，后抒情，以景入情，场面宏大，意境开阔，感情真挚，描写自然。景色暗淡阴沉、冷峻旷远，感情忧郁凄苦、强烈深沉。情景交融，将内心的愁苦、抑郁一吐而出，朴实而深切。

麻平①晚行

百年怀土望②，千里倦游③情。
高低寻戍道④，远近听泉声。
碉叶⑤才分色，山花不辨名。
羁心⑥何处尽？风急暮猿清。

注 释

①麻平：也叫"麻坪"，位于今四川乐山东。

②怀土望：安居故土的愿望。

③倦游：对游宦生活感到厌倦。

④戍道：通往住宿之地的道路。

⑤碉叶：山间水沟的树叶。

⑥羁心：寄居异乡的情思。

译 文

一生常怀安居故土的愿望，在千里之外对游宦生活感到厌倦。四处寻找高低不一的戍道，聆听或远或近的泉声。山间水沟的树叶勉强能分出色彩，各式各样的山花让人辨别不出名字。寄居异乡的情思什么时候才到尽头？冷风凄厉，傍晚猿的叫声凄清。

赏 析

这首诗作于唐高宗咸亨二年（671 年）王勃旅居蜀中期间，写的是诗人离开麻平时遇到的夜景，表达对羁旅生涯的厌倦和对故乡的思念之情。

前两句写自己厌倦宦游，想安居故土，是诗人仕途不顺以及历经长时间漂泊生活后的无奈感叹，其中有很大的赌气成分，但是也能从中真切地感受到诗人对仕途越来越失望。他无法排解这种苦闷又无奈的矛盾心理，也不知该如何前行。

中间四句写的是自己宦游途中遇到的坎坷和苦恼。在途中为了住宿四处寻找高低不一的戍道，为了饮水不断聆听或远或近的泉水的声音，其间的疲累通过"高低""远近"两组词语隐约传达给读者，可以想见诗人在崎岖不平的道路上迷路及缺水时的困窘之态。"硐叶才分色，山花不辨名"两句既是写景，也是诗人在旅途中的感受。这些景物描写并无"晚""暮"等字眼，但字里行间流露出暮色微茫的苍凉之感，体现了"晚行"的特征。

结尾两句直抒胸臆，"羁心"与前文"千里倦游情"呼应，"风急暮猿清"更是诗人心境的艺术写照。

这首诗写景形象，状物自然，语言淡雅质朴，感情真挚浓厚。

送卢主簿①

穷途②非所恨，虚室③自相依。

城阙④居年⑤满，琴尊⑥俗事⑦稀。

开襟⑧方未已，分袂⑨忽多违。

东岩⑩富松竹，岁暮⑪幸同归。

注 释

①卢主簿：姓名、生平等不详。主簿，各级官署中主要管理文书、处理事务的官员。

②穷途：路已走到尽头，比喻处境困难。

③虚室：这里指静心。

④城阙：即宫阙，这里指朝廷。

⑤居年：居官的年限。

⑥琴尊：琴与酒，均是文士闲居生活的用具。

⑦俗事：世俗的事务。

⑧开襟：敞开胸怀，指欢乐。

⑨分袂：分别。袂，袖口，衣袖。

⑩东岩：东边的山。

⑪岁暮：一年将尽的时候，岁末。

译文

不要恨自己处境困难，静下心来与自己相依。在朝廷居官的年限已满，琴、酒及世俗之事都很少涉及。终于得以敞开胸怀尽情欢乐，我们又即将长久分别。东边的山上长满松竹，等到岁末希望我们一起归来，共同观赏。

赏析

面对将要分别的友人，诗人并没有进行劝诫，也没有沉浸在感伤之中，而是寄希望于未来，希望日后两人能齐头并进。由此，这首送别诗被诗人写得催人奋进。

诗中先写卢主簿居官年限已满，劝他自得其乐。前两句带有几分怨艾之意，既是对卢生簿的宽慰，也有对自己的宽解，但总的来说并无离别的伤感，奠定了全诗的基调。三、四句，诗人说卢主簿居官之时，琴、酒以及世俗之事都很少涉及，赞扬他的尽职尽责，也暗示着官场条条框框之多。

五、六句写两位友人如今就要分离，卢主簿终于得以敞开胸怀与诗人畅饮欢谈，却马上就要久别了，惜别之情跃然纸上。结尾两句写离别和希望，诗人着重表现的不是送别卢主簿的悲伤之情，而是急切地期望着"东岩富松竹，岁暮幸同归"的来临。"松竹"一词值得玩味，表现了诗人像松柏一样有坚韧不拔的品格。

此诗语言简练，情深意笃，慨叹沉郁。

饯韦兵曹①

征骖②临野次③，别袂④惨江垂。

川霁⑤浮烟敛，山明落照⑥移。

鹰风⑦凋晚叶，蝉露⑧泣秋枝。

亭皋⑨分远望，延想⑩间云涯。

注 释

①韦兵曹：其人不详。兵曹，官名，是兵曹参军事的简称，唐时禁卫军、东宫与王府等官署中都设有兵曹参军事，负责掌管印玺和账簿等事务。

②征骖：远行的马车。骖，驾在辕马两旁的马。

③野次：郊野饯行的地方。

④别袂：挥手告别。袂，衣袖，古人衣袖宽大，挥手时衣袖也会上扬。

⑤霁：雨后初晴。

⑥落照：夕阳余晖。

⑦鹰风：深秋的强风。

⑧蝉露：代指露水。

⑨亭皋：水边的平地。

⑩延想：久久地想。

译 文

远行的马车停在郊野饯行的地方，在江边挥手告别一片凄惨。雨后初晴的水面浮烟收敛，明亮的山间夕阳的余晖慢慢下移。深秋的强风吹落树叶，清亮的露水仿佛是秋枝在哭泣。远望的视线被水边平地隔断，久久地想着友人在闲云飘荡的山崖下行进的样子。

赏析

在金秋时节的一个雨后初晴的傍晚，王勃在江滨饯别友人韦兵曹，创作了这首诗。诗中描写了郊野萧条而不失秀美的景色，抒发了自己与友人依依惜别的感情，并隐含了对官场的不适应和对自由、悠闲生活的向往。诗人出身名门、年少成名，但仕途极为坎坷，进入仕途短短六七年的时间里就两次被革职，他不由迷茫起来，不知道前途如何，这种心情在这首饯别诗中有一定的体现。

前两句描写了饯行的位置——"野次""江垂"，即郊野外的江滨。一个"惨"字，写出了诗人和友人感情之深、离情之苦。三、四句写雨后初晴的水面浮烟收敛，明亮的山间夕阳的余晖慢慢下移，景色还是较为明媚的。

但是很快，五、六句描写了吹落树叶的"鹰风"、令秋枝如同在哭泣的"蝉露"，让全诗的基调再次低沉下来，诗人由此想到了友人的旅程和自己的前途，伤别之情更强烈了。结尾两句，友人的"征骖"已经远去，诗人远望的视线已经被"亭皋"隔断了，诗人依然伫立在原地，久久地想着友人在闲云飘荡的山崖下行进的样子。诗人此刻应该也想离开官场，到"间云涯"自在漫游，但是他的仕进之心并不允许他做出这种选择，只能徒然地"延想"了。

此诗写景极具特色，诗人善于捕捉景物的特征，如"鹰风""蝉露"等，积极引发读者的联想，渲染出惜别的气氛，并与自己的经历和感受相结合，真挚动人。

送杜少府①之②任蜀州③

城阙辅④三秦⑤，风烟望五津⑥。

与君离别意，同是宦游⑦人。

海内存知己，天涯若比邻。

无为⑧在歧路，儿女共沾巾。

注 释

①杜少府：名字及生平不详，王勃的友人。少府，唐代县尉的别称。

②之：到，往。

③蜀州：今四川崇州。一作"蜀川"。

④辅：以……为辅，这里是拱卫的意思。

⑤三秦：泛指当时长安附近的关中之地。古为秦国，秦亡后，项羽分其地为雍、塞、翟三国，故称"三秦"。

⑥五津：指蜀州岷江的五个渡口，分别是白华津、万里津、江首津、涉头津、江南津。这里泛指蜀川。

⑦宦游：指外出求官或做官。

⑧无为：不必。

译 文

长安城由古代三秦之地拱卫，遥望风烟笼罩的蜀州岷江的五个渡口。与你作别时心中五味杂陈，因为你我都是奔波在外的宦游之人。只要四海之内有你这个知己，就是相隔天涯海角的距离也像近邻。不要在分别的岔路上过于伤感，像小儿女那样泪湿衣襟。

赏 析

这是王勃供职长安时，一位杜姓朋友要到四川去做官，诗人为他写的

赠别诗，慰勉其勿在离别之时过于伤感。

前两句以景起兴，对仗工整，起笔恢宏。"辅三秦"即"以三秦为辅"，关中一带的苍茫原野拱卫着京城，点出送别的地点。"风烟望五津"则点出杜少府赴任的处所。"望"字将秦、蜀二地联系起来，诗人在长安遥望远隔千里的蜀地，风烟迷蒙遮望眼，渲染了离别的气氛。这一联不说离别，只描绘出京城与蜀地的形势和风貌之不同。举目千里，无限依依，送别的情意自然浮现。三、四句写离别，直抒胸臆。诗人首先感慨离别的情意，与友人难舍难分。接着笔锋陡转，说你我都是远离故土宦游在外的人，既是安慰友人，又是自我安慰，希望能减轻他的悲凉和孤独之感。这一联于惜别之中显现了诗人胸襟的阔大。

五、六句宕开一笔，意境豪迈。距离分不开真正的知己，只要同在四海之内，相隔天涯海角的距离也像近邻，秦、蜀分隔又有何惧？这两句是诗人的名句，化用曹植的《赠白马王彪》"丈夫志四海，万里犹比邻"。这两句表现了诗人的乐观豁达和对友人的真挚情谊，表明君子之间的友谊是不受时间和空间的限制的。结尾两句点出"送"的主题。诗人劝慰友人要放宽心胸，坦然面对，不要在分别的岔路上像小儿女那样泪湿衣襟。全诗气氛愈加豪放。

古代送别诗多写离愁别绪，但这首却不落以往送别诗中的悲凉凄怆之窠臼，语句豪放清新，委婉亲切。"海内存知己，天涯若比邻"两句，成为远隔千山万水的朋友之间表达深厚情谊的不朽名句。

仲春①郊外

东园②垂柳径，西堰③落花津。

物色连三月，风光绝四邻。

鸟飞村觉曙，鱼戏水知春。

初晴山院里，何处染嚣尘④？

注 释

①仲春：阴历二月，即春季的第二个月。

②东园：这里指园圃。

③堰：阻挡水的堤坝。

④嚣尘：比喻纷扰的人世。

译 文

去往园圃的小路被垂柳遮蔽，西坝的渡口边飘落着缤纷的花朵。这样的美丽景色已经持续数月了，周围的美景没有比得过这里的。鸟在村落里飞翔鸣叫，人们便知道天亮了；鱼在池水中欢闹嬉戏，人们便知道春天到来了。山村的庭院里雨后初晴，怎么会沾染人世的纷扰呢？

赏 析

这首诗描写春天的勃勃生机，抒发了诗人对大自然和生活的无比热爱

之情，表现了诗人超凡脱俗、归隐田园的思想感情。

　　前两句描写诗人到"东园""西堰"散步，发现到处春意盎然。三、四句诗人从时间和空间两个方面继续写春光随处可见。"连"表示时间长，"绝"表示范围广，用词简洁、精确。五、六两句中的"鸟飞""鱼戏"描写的是微小的动态，却写出了诗人的感受，"觉""知"非常细腻传神地表达出诗人对美好春光的喜爱之情。此外，前六句描写春天采取由面到点、点面结合的写作手法。前四句是面，"东园""西堰""四邻"是从空间上写春意无处不在，"连三月"是从时间上写春光持续时间长。五、六句是点，"鸟飞""鱼戏"，写出了春意盎然的美好画面。

　　结尾两句诗人笔锋陡转，从另外的角度，即通过写雨过天晴的景色描写出了春天山村的安静与纯净，扩展了春天的内涵，表明春天不仅生机勃勃，而且安静和谐。同时借景抒情，表达了诗人超凡脱俗的心态，以及想要远离尘嚣，归隐田园之情。

　　这是一首美妙的颂春曲，全诗意境幽寂、明净而清新。

郊　兴

空园歌独酌，春日赋闲居①。
泽兰②侵小径，河柳③覆长渠④。
雨去花光⑤湿，风归叶影疏。
山人⑥不惜醉，唯畏绿尊⑦虚。

注 释

①闲居：这里指西晋潘岳的《闲居赋》。

②泽兰：植物名。菊科泽兰属，多年生草本植物。叶对生，披针形，边缘有锯齿，秋季开花，花白色或带紫色，香味较淡。供观赏或作为药用。

③河柳：柽柳的别名，又叫作三春柳、观音柳，落叶小乔木。

④长渠：长长的沟渠。

⑤花光：花的颜色。

⑥山人：指隐士，即诗人自己。

⑦绿尊：盛酒的杯子。

译 文

在空空的院落里，我一人独饮，放声高歌，在春日里吟诵《闲居赋》。泽兰蔓延到小径上，河柳笼罩着长长的沟渠。雨停后，湿漉漉的花朵颜色鲜艳；风停了，树叶的影子更为稀疏。我怎么会怕喝醉呢？只怕杯中无酒，辜负这美好的春光。

赏 析

全诗描述了春雨过后、天气放晴时郊外美丽的景色，突出了诗人对闲适、恬淡的田园生活的满足，委婉地表现了对官场不得志的忧虑和不满，以及归隐田园的意向。

前两句点明全诗背景：诗人官场不得志，在一个雨过天晴的春日，在山园里独酌高歌。"歌独酌""赋闲居"，看似高雅脱俗，实际饱含着诗人对怀才不遇、无所事事的不满乃至忧愤。三、四句描绘的是远景，是写静景之美。"侵"字写出了春日到来，本来生长在水中或水边的泽兰，慢慢地蔓延

到水边的小径上，写出了春景在平面上不断延伸。"覆"字则是写随着春天的行进，河柳已经长得枝繁叶茂，覆盖在长长的沟渠上面的样子。可见，随着平面上和空间上的不断延伸，浓浓的春意已经覆盖了整个天地。

五、六句是写近景，写动景之美，着重写春景的秀丽。诗人对花光、叶影进行了细致描写，"湿"言"光"，"疏"言"影"，与众不同。雨只下一会儿，很快就停了，雨过天晴，阳光下湿漉漉的花朵颜色鲜艳，因此说"花光湿"，"湿"字用得妙。风停了，树叶的影子显得更为稀疏，"叶影疏"，一个"疏"字，便把日光透过树的缝隙照在大地上的情景巧妙地写了出来。诗句写得真切、自然，又富含诗情，用字非常考究。艳丽的花朵、浓郁的树木，色彩鲜明，透露着无限生机，让诗人对这春色移不开眼，完全醉心其中。结尾两句自然而然地写出诗人的感受，表达出对春光的陶醉和无比留恋之情。

诗人用轻松开阔的笔致，描绘了鲜丽的色彩，形成了清新洁净的意境，情景交融，委婉含蓄，值得读者玩味。

郊园①即事②

烟霞春旦③赏，松竹故年心。
断山④疑画障⑤，悬溜⑥泻鸣琴。
草遍南亭合，花开北院深。
闲居饶酒赋，随兴欲抽簪⑦。

注　释

①郊园：郊外的园林。

②即事：用眼前事物当作题材赋诗。

③春旦：春日的清晨。旦，一作"早"。

④断山：峻峭壁立的高山。

⑤画障：画屏。

⑥悬溜：从高处往下流注的水，如瀑布。

⑦抽簪：指辞官引退。古代做官的人，都是束发整冠，用簪连冠在头发上，所以称引退为"抽簪"。簪，古代人用作绾冠或发髻的长针。

译 文

春日的清晨，我欣赏着蒸腾的烟雾云霞，挺拔的松树与竹子寄托了我坚贞不移的品格。峻峭壁立的高山犹如精美的画屏，飞流直下的瀑布发出的动人声响就像弹琴的声音。南边亭子的四周长满了花草，花草将北面的庭院衬托得十分幽深。闲居与世无争，尽情地饮酒赋诗，为了保持这种乐趣决心弃官引退。

赏 析

此诗通过描述醉人的园林春色，表达了诗人希望弃官引退的愿望。

前两句情景交融，其中"松竹"也往往是坚贞节操的象征，表达了诗人的意志，也奠定了全诗的基调。三、四句写了春天的高山、瀑布，把它们分别比喻为画屏、鸣琴，一个"疑"字表达了诗人的主观感受，说明高山与画屏非常相像。虽不见描写色彩、声音的字词，但到处充满了鲜艳的颜色、美妙的乐曲。此处为侧面描写，更激发了读者的想象力，使其兴趣益然。

五、六句又正面描写春天的花草，"合""深"二字说明春天无处不在，春天的蓬勃生机跃然纸上。结尾两句写诗人游园之后的感受，与开头两句

相呼应，表达了诗人留恋于大自然、想要归隐田园的意志。

总的来看，全诗借景抒情，融情于景，采用侧面描写与正面描写相结合的手法，前后照应，紧密相连，显得更加委婉清新，令人回味无穷。

八仙迳①

奈园②欣八正③，松岩访九仙④。
援⑤萝窥雾术⑥，攀林⑦俯云烟⑧。
代北⑨鸾骖⑩至，辽西⑪鹤骑⑫旋。
终希脱尘网⑬，连翼⑭下芝田⑮。

注 释

①八仙迳：道教胜地，在今四川金堂三学寺的南边。八仙，应是指容成公、李耳、董仲舒、张道陵、严君平、李八百、范长生、尔朱先生这八位传说中在蜀地成仙的人。

②奈园：也作"奈苑"，佛寺的别称，这里借指道观。

③八正：就是佛教八正道，这里指道家修行的八个阶段，也就是八道。

④九仙：即九类仙人。《云笈七签》卷三记载："九仙者，第一上仙、二高仙、三火仙、四玄仙、五天仙、六真仙、七神仙、八灵仙、九至仙。"

⑤援：攀缘。

⑥雾术：云中的道路。

⑦林：一作"桂"。

⑧烟：一作"阡"。

⑨代北：代州北边的地区。代州为隋置，唐因之，属于河北道，治所在今山西代县。这里指仙界。代，一作"岱"。

⑩鸾骖：神仙的车驾。

⑪辽西：辽河西边的地区，为今辽宁西部。

⑫鹤骑：神仙骑着飞鹤。

⑬尘网：人在世间，身心常受拘牵束缚，如陷网中，难得自由，故以尘网比喻尘世。

⑭连翼：并翼同飞。

⑮芝田：传说中神仙种植灵芝之地。

译 文

我来到了道观中，欣然接受了八道，到长着苍松的山岩走访众仙。我攀缘着藤萝向上爬，窥见了云中的道路，又爬到林梢上，俯瞰云烟。极目望去，代北仙人的车驾飘然而至，辽西神仙骑着飞鹤也归来了。我多么渴望可以挣脱尘世的束缚和牵绊，与仙人们并翼同飞去到他们种植灵芝之地。

赏 析

全诗写诗人游览八仙逐寻访仙人的过程，表明了自己想要挣脱尘世求仙的志向。全诗中，诗人展开了天马行空的想象，用浪漫主义的笔法描绘出了自己与仙人相见并交流的美妙境界。诗人对当时流行的宗教颇有研究，因而在此诗中运用了很多宗教术语。

前两句，诗人想象自己修习了八道，得以到松林之下、岩石之间寻找传说中的"九仙"。三、四句写在仙人所居之所，他窥见了云中之路，云烟都在自己脚下，足见其高峻。而对神奇的"雾术"以及"俯云烟"的描写，

则富有神话色彩。

接着，五、六句中诗人想象自己有缘看到"代北鸾骖"和"辽西鹤骑"，这种机缘是寻仙者无不孜孜以求的。结尾两句，诗人直接表明心迹，愿意放弃尘世中的所有执着和追逐，与仙人们并翼同飞，来到仙人种植芝草的美好场所。

诗人虽然年轻，但已经饱经世俗名利的牵绊与束缚，自觉如鱼在网，因而渴望看淡红尘、放下名利。全诗富于想象，遣词造句都极尽精致工巧，延续了魏晋游仙诗的风范。

春日还郊①

闲情兼嘿语②，携杖③赴岩泉。
草绿萦新带④，榆⑤青缀⑥古钱⑦。
鱼床⑧侵岸水，鸟路⑨入山烟⑩。
还题平子⑪赋，花树满春田。

注 释

①还郊：返回到城郊的住所。

②嘿语：沉默。一作"嘿嘿"。

③携杖：携带手杖。

④萦新带：比喻漫山遍野，一片春色。

⑤榆：榆树。落叶乔木，叶卵形，花有短梗，翅果倒卵形，称榆钱、榆荚。

⑥缀：连接。

⑦古钱：古时候的货币，这里代指榆荚，因为榆荚的形状像小铜钱。

⑧鱼床：竹木编成的床席大小的器具，上面投饵料浸入水中，供鱼休息。

⑨鸟路：鸟道，高山上的小路。

⑩山烟：山中的烟霭。

⑪平子：指东汉科学家、文学家张衡，字平子，曾经担任河间相，官场不顺，所以作《归田赋》。

译文

我心情闲适，沉默不语，携带手杖去游山玩水。绿草繁茂，漫山遍野一片春色，榆树上缀着一串串青色的榆荚仿佛小铜钱。鱼床沉入临岸的江水中，高山上的小路直入云烟。我想学张衡写《归田赋》，此时田野里满树繁花，春意盎然。

赏析

全诗描绘了春日里的田园景色，表达了诗人对田园生活的喜爱和想要归隐田园的愿望。

前两句交代了还郊的缘由，开篇点题。此处的"兼嘿语"表明诗人在尘世生活里鲜有志趣相合者，所以希望寄情于山水，从山水中找到一丝精神安慰。三、四句写绿草、榆荚这些春日里的典型景物，描写细致传神，富含情思。这两句诗观察、描写独特新颖，清爽活泼。

五、六句笔锋陡转，描写春日动物的活动，展现出蓬勃的生命力。用"侵""入"二字写出了鱼、鸟在春天的蓬勃的生命力，意在表明万物的勃勃生机，用词生动准确。结尾两句与开头相互照应，诗句安排恰当，用张衡作《归田赋》的典故表达诗人想归隐田园的愿望。

全诗写春日野外的优美景色，抒发了诗人悠闲、恬淡之情，也表明了官场失意的苦闷。闲兴中有深思，咏春中含愁绪，借景抒情，意味深远。

对酒春园作

投簪^①下山阁^②，携酒对河梁^③。

狭水牵长镜^④，高花^⑤送断香^⑥。

繁莺歌似曲，疏蝶舞成行。

自然催一醉，非但阅^⑦年光^⑧。

注 释

①投簪：同"抽簪"，指辞去官职。

②山阁：傍山修建的楼阁。

③河梁：河上的桥梁。

④长镜：长长的镜子，比喻又窄又长的水面。

⑤高花：高高的枝上的花朵。

⑥断香：一股股的香气。

⑦阅：欣赏。一作"惜"。

⑧年光：春光。

译 文

辞去官职住进了傍山修建的楼阁，举起酒杯对着河上的桥梁。狭长的水流犹如一面长镜，高高的枝上的花朵送来一股股的香气。许多黄莺鸣叫，像在唱歌一样，零星的几只蝴蝶在成行飞舞。大自然的美景催我喝醉，此行不只是为欣赏春光。

赏析

这是一首颂春诗，布局恰当，富有情趣。

前两句塑造了诗人匆匆归隐田园后的形象："投簪下山阁，携酒对河梁"，显得十分急切又不失惬意。三、四句为静态描写，详细写诗人看到的河水、鲜花等美景，从视觉、嗅觉的角度描写春水和花香。春水狭长和花香浓郁的特点写得尤为细腻生动，角度新颖独特。

五、六句为动态描写，写莺歌蝶舞，兼具声态。从听觉、视觉角度上写春日莺歌蝶舞，一派生机盎然，祥和的景象跃然纸上。这四句一静一动，动静结合，突出春天景物的勃勃生机，也表达了诗人轻松喜悦的心情，诗句清新优美。结尾两句表达了诗人流连忘返之情，与开头两句呼应。

全诗笔触简洁，色彩艳丽，诗人借景抒情，情随景生，含蓄蕴藉，自然畅快。

秋日别王长史①

别路余②千里，深恩重百年。
正悲西候③日，更动④北梁篇⑤。
野色⑥笼寒雾，山光敛暮烟⑦。
终知难再奉⑧，怀德⑨自潸然。

注　释

①王长史：其人不详，根据诗意可以看出他对诗人有恩。长史，官职名。唐制，上州刺史别驾下，有长史一人，官从五品。

②余：一作"长"。

③西候：秋天的季候。古代以秋日配西方，故称秋日为西候。

④动：通"恸"，悲痛。

⑤北梁篇：此指《楚辞·九怀》，其中有"济江海兮蝉蜕，绝北梁兮永辞"的诗句。北梁，北边的桥，这里指送别之地。

⑥野色：原野的景色。

⑦暮烟：晚烟。

⑧奉：侍奉，指相处。

⑨怀德：怀念恩德。

译　文

经此一别，你我相距千里之遥，您对我深深的恩情，让我此生难忘。原本秋天就很伤怀，又恰逢离别更加悲痛。寒雾笼罩在原野上，远山渐渐昏暗，晚烟袅袅升起。终归明白不能再相处，怀念起往日您的恩德，我不禁潸然泪下。

赏　析

此诗为送别诗，全诗寄托离别愁绪于寒雾、暮烟上，情感深沉浓厚，表达了诗人对王长史的感念之情与惜别之意。

前两句用"千里""百年"突出路途的遥远和感念的深厚，是说惜别、感激之情萦绕在自己心中犹如千里之路和百年之时一样漫长，没有尽头。点明主旨，直抒胸臆，蕴含着诗人对王长史的感激和留恋。三、四句借用"西候""北梁"两个典故点明离别的时令和地点。正值秋季，诗人感念万物凋零，悲伤不已，又因为送别王长史，不由得想起《楚辞·九怀》中那令人伤感的文辞。这两句用贴切的典故烘托出分别时凄凉的氛围，曲折而新奇。

五、六句中诗人将笔锋转向写景，先写近景再写远景，但景色都笼罩着浓浓的秋雾、沉沉的暮霭，就如同诗人心头无限的离别之情，挥之不去，萦绕不散。诗人难过而悲凉的心境全都包含在这庄重而凄寒的景物之中，情景交融，含蓄蕴藉。结尾两句诗人自然明白不能再去挽留王长史，心中铭记对方的恩德，不禁潸然泪下。一想到再见遥遥无期，诗人心中更添了几缕愁绪。

全诗格调晦暗而凄冷，感情基调悲哀、低沉，哀情哀景，相互映衬。

长　柳①

晨征犯②烟磴，夕憩在云关③。
晚风清近壑，新月照澄湾④。
郊童樵唱返，津叟钓歌还。
客行无与晤⑤，赖此释愁颜。

注　释

①长柳：村名，也是村旁的渡口名，在汉水之东，村中旧有东汉太尉李固的墓碑。

②犯：接触，登。

③云关：云雾缭绕的关塞，这里指长柳渡边上地势高峻的小山村。

④澄湾：澄净的水湾，指长柳渡。

⑤无与晤：没有可会晤的人。

【译文】

　　早晨出发登上了烟雾笼罩的石阶，傍晚歇息在长柳渡边上地势高峻的小山村。晚风吹过似乎在清扫附近的沟壑，新月照耀着澄净的水湾。郊野的儿童唱着樵歌回来了，渡口的老人唱着钓歌返回。客行在外没有可会晤的人，靠这番景象缓解愁容。

【赏析】

　　这是一首行旅诗。据学者考证，唐高宗总章元年（668年），诗人到六合（今江苏南京六合区）探望父亲，途经江汉时来到了长柳村，欣赏这个依山临水、风景秀丽的小山村的景色，诗人跋山涉水、仕途受挫的苦闷暂时得到了缓解，创作了这首诗。

　　前两句写诗人经过了一天的山路行程，在晚上到达了长柳渡边上的小山村。"烟磴""云关"写出了山路和小山村的高峻，暗示旅途的艰辛。中间四句写诗人在这个风清月明的夜晚看到的山村景色，听到村民夜归的樵唱钓歌，被深深吸引了，在古人的传统意象中，牧童与钓叟都是与世无争、忘却名利的隐者的代称，他们的歌声也往往带有隐逸意味，在倦于争名夺利的诗人想象中尤为可贵。结尾两句，"客行无与晤"是说自己独自远行，没有可会晤的人，实际上暗示自己仕途塞涩，没有能帮助自己的人，内心的苦闷可想而知。而在欣赏到长柳渡边的美景后，诗人的苦闷暂时消释。当然，作为一个暂居此地的旅人，诗人无法真正理解村民的生活和他们的苦乐，但还是受到了感染，显示出对宁静优美的田园生活的热爱。

　　全诗语言清新晓畅、层次分明，开盛唐田园诗的先河。

铜雀妓①二首

一

金凤②邻铜雀，漳河③望邺城④。
君王⑤无处所⑥，台榭⑦若平生⑧。
舞席⑨纷何⑩就，歌梁⑪俨未倾。
西陵⑫松槚⑬冷，谁见绮罗⑭情？

注 释

①铜雀妓：曲名，又作《铜雀台》，主要吟咏与铜雀台有关的故事。

②金凤：台名，即金虎台。

③漳河：山西的东部有浊漳、清漳两条河，向东南流入河南、河北两省的边境，合为漳河。

④邺城：故址在今河北临漳西南、河南安阳北一带。春秋时期开始修建，有南、北二城，曹魏时期增筑，周围二十余里，向北面临漳水，城西北隅建金虎、铜雀、冰井三台。

⑤君王：这里指曹操。曹操曾被封为魏王。

⑥无处所：指曹操去世。

⑦台榭：这里指铜雀台。

⑧平生：平时。

⑨舞席：跳舞的时候用来铺地的席子。席，一作"筵"。

⑩何：一作"可"。

⑪歌梁：古时有歌声绕梁之说，所以称歌舞之地的房梁为"歌梁"。

⑫西陵：曹操的墓地，在邺城西。

⑬松槚：松树和槚树。这两种树常被栽种在墓前，故代指墓地。

⑭绮罗：代指歌伎、舞女。此处指铜雀妓。

译 文

金凤台与铜雀台相邻，邺城临漳河而建。曹操已经去世，铜雀台却一如平时。众多的舞席还有谁靠近，台中的歌梁整齐，还未倒塌。曹操墓地里的松树和槚树如此清冷，谁又能够明白铜雀妓的忧愁呢？

赏 析

这是一首别出心裁的咏怀古迹之作，写曹操死后，铜雀台歌女的凄凉处境。诗人没有去追忆魏武帝曹操的功业，却将目光凝注在受压迫的铜雀妓身上，对她们的悲惨命运表示了深深的同情。

前两句写铜雀台的地理位置，而"铜雀"与"邺城"，在历史上大名鼎鼎，令人自然而然想到一代奸雄曹操。三、四句写铜雀台依旧，人却无处可寻，表面上写出了对曹操的怀念，实际上则表达了对失去依靠的铜雀妓的关切。在封建社会，诗人能够将眼光凝注在底层女性身上，表达出真挚的同情，这一点是难能可贵的。

五、六句借物抒情，意思是铜雀台上的舞席、歌梁仍在，但是来欣赏的人却没有了。结尾两句突出了歌女内心的悲苦，更凸显出她们被弃铜雀台、无人问津的悲惨命运。同时，"西陵"又与开头两句呼应，隐隐体现出对曹操的怀念之情。诗人早年游历过洛阳、冀州，有很大可能到过邺地凭吊铜雀台，因此他的感触才如此真切动人。

本诗感情悲苦，格调低沉，盛衰之感跃然纸上。

二

妾①本深宫妓，层城②闭九重③。

君王④欢爱尽，歌舞为谁容？

锦衾不复襞，罗衣谁再缝？

高台西北望，流涕向青松⑤。

注 释

①妾：铜雀妓称自己的谦辞。

②层城：这里指王宫。

③九重：九层，形容宫苑之深。

④君王：这里指曹操。

⑤青松：苍翠的松树，这里指坟地。

译 文

我原本是铜雀台的歌伎，被困在九重的深宫中。君王去世，欢爱散尽，我该为谁歌舞、为谁修饰容貌呢？锦缎制的衾被不想去折叠，绫罗的衣服也不想缝制了。从高耸入云的铜雀台上向西北望，对着西陵中的青松流下了泪水。

赏 析

《邺都故事》记载，曹操死后，他的侍妾、歌伎都被安置在铜雀台上，早晚备酒食祭奠曹操，每逢初一、十五还要在曹操的灵帐前奏乐歌唱。这样的生活无疑是非常凄苦的，这首诗就表达了诗人的同情和不平，生动感人。

前两句用歌伎的口吻述说自己的悲惨命运，奠定了全诗沉郁悲凉的感情基调。铜雀台高耸入云，歌伎们被困在重重宫门里。一个"闭"字突出了深宫里的歌伎毫无自由的痛苦。三、四句更深一层地描写歌伎心中的孤独。她们原本是靠姿色、技艺取乐君王来谋求生存的，现在曹操死了，还为谁歌舞，为谁修饰容貌呢？她们最终只能老死宫中，如此命运，让人扼腕叹息。

五、六句描述没有任何希冀的歌伎已经心灰意懒，锦缎制的衾被不想去折叠，绫罗的衣服也不想缝制了。"谁再缝"中的"谁"字用得极妙，"谁"与上句的"不"字相对，有双关之意。"谁"其实是"人人"，表明有这样命运的人很多，她们失去自由，失去快乐，没有希望，生不如死。结尾两句承接上句，意味无穷。此恨绵绵，歌伎在那高耸入云的铜雀台上极目远望，只能看到西陵的苍松翠柏，不禁流下眼泪来。她们未必对曹操有什么感情，却无法不留恋曹操活着时铜雀台全盛期的生活状态。

此诗与一般的凭吊怀古诗有所不同，对史事没有大力渲染，而能别寓兴意；不平铺直述，用歌伎的口吻感叹悲惨的命运，感情真挚，让人动容。

易阳①早发

饬装②侵晓月③，奔策④候残星。

危阁⑤寻⑥丹障⑦，回梁⑧属⑨翠屏⑩。

云间迷树影，雾里失峰形。

复此凉飙⑪至，空山飞夜萤。

注 释

①易阳：地名，故址在今河北永年西。

②饬装：整理行囊。

③侵晓月：指黎明。

④奔策：扬鞭策马飞驰。

⑤危阁：高处的楼阁。这里指栈道。

⑥寻：凭依。

⑦丹障：似赤色屏风的连绵高山。

⑧回梁：弯曲的堤堰。

⑨属：凭托、依靠。

⑩翠屏：指如翠绿屏风的险峻山峰。

⑪凉飙：一作"商风"，指秋风。

译 文

黎明之时我整理行囊，迎着夜空中寥落的星辰扬鞭策马飞驰。栈道

凭依着赤色屏风般的连绵高山，弯曲的堤堰依托于翠绿屏风一样的险峻山峰。云遮雾罩，树影迷离不清；极目远眺，高山挺拔之姿隐匿在云雾之中。秋风吹起，渺无人迹的山林间唯有夜晚的流萤起舞。

赏　析

　　整首诗描绘了诗人旅途的所见之景，详略得当，构思精妙。依托时间、光影的变换，诗人从不同观景视角加以描绘，渐次展现沿途景色的瑰丽、奇幻。

　　前两句以拂晓时分的"晓月""残星"点出时间之早，表现诗人不辞劳苦、跋山涉水。"饬装""奔策"两个动作将远行具象化，令人浮想联翩。两句诗总起全篇，笔法清新脱俗、挺拔有力。三、四句由"危阁""回梁"起势，描绘了一幅重峦叠嶂的壮丽美景，山之奇、峰之险，尽在字里行间。"危""回"二字精准独特，是诗人有感所发，并非直言，而是借悬崖绝壁、群山峻岭来抒发胸臆，读来迂回婉转、别具趣味。"丹障""翠屏"蕴含山峰的缤纷色彩、万千姿态，写法别具一格，足见诗人写景的奇思。

　　五、六句变换观景视角，诗人身处缭绕的"云间""雾里"，所见之树、所观之山，都似披上轻纱，若隐若现，尽显朦胧之美。"迷""失"表面写树影迷离、山峰失形，实为诗人内心所感，景中有情，令人神往而沉醉。结尾两句行文极妙，诗人并不直言一天旅途的结束，而是将时间变化藏于"凉飙至""飞夜萤"中，暗示从早到晚的悄然推移，使沉醉忘我的旅人形象跃然纸上。诗人因为醉心于旅途美景，忘却了周遭的一切，才没有察觉到夜晚悄然而至，足见其游兴之浓。空山幽远，流萤飞舞，读来意境清幽、开阔，动静相宜，别有一番舒心、畅怀之意。

　　这首诗情景交织，既精练、生动，又颇具魏晋古诗的风骨，是王勃诗中艺术水平较高的佳作。

深湾①夜宿

津涂②临巨壑，村宇架危岑③。

堰绝④滩声隐，风交⑤树影深。

江童暮理楫⑥，山女夜调砧。

此时故乡远，宁知游子心。

注 释

①深湾：疑为汉水边某渡口附近的山村名。

②津涂：从渡口到深湾中间的路途。

③架危岑：建在高高的山上。

④堰绝：越过堤坝。绝，越过。

⑤风交：风阵阵吹来。

⑥理楫：划船。理，做某件事。

译 文

从渡口到深湾村的路途邻近深谷，村中的房屋建在高高的山上。越过堤坝，沙滩的浪涛声渐渐隐去；风阵阵吹来，只看到深深的树影。傍晚江上的儿童正在划船，夜间山中的女子摆弄砧杵捣衣。此时我远离故乡，这里的人哪里知道游子的愁绪呢？

赏析

这首诗应与《长柳》创作时间相近，地点相隔应该也不远，描述的是诗人的思乡之情。

此诗结构也与《长柳》相似，前两句描绘山村凭险而建，写其位置。"临"字与"架"字形象贴切，将深湾村的高峻描写得绘声绘色。三、四句写自己走向深湾村时听到的声音和看到的情景：越过堤坝，沙滩的浪涛声渐渐隐去；风阵阵吹来，只看到深深的树影。景色幽雅动人，营造出世外桃源般的理想境界。

五、六句写的是村民们暮夜劳动的辛勤：傍晚江上的儿童正在划船，到了夜间山中的女子摆弄砧杵捣衣。在诗人笔下，这些劳作或许带有几分浪漫色彩，实际上却是非常辛苦的，是诗人对劳动人民的苦难进行的一次现实主义的反映，体现出他作为一名士大夫，对劳动人民的生活给予了一定程度的关注。结尾两句表达了思乡之情，经过前面的渲染，显得非常自然。

全诗写景真切，抒情感人，景与情的结合非常自然。

泥　溪①

弭棹②凌③奔壑④，低鞭⑤蹑⑥峻岐⑦。

江涛出岸险，峰磴⑧入云危。

溜急⑨船文⑩乱，岩斜骑影移。

水烟笼翠渚⑪，山照落丹崖。

风生蘋浦叶⑫，露泣竹潭枝⑬。

泛水⑭虽云美，劳歌⑮谁复知。

注 释

①泥溪：水名，又名龙溪水，在今四川茂县南。

②弭棹：停船。

③凌：登上。

④奔壑：连绵起伏的山峦沟谷。

⑤低鞭：垂鞭策马。

⑥蹑：攀登。

⑦峻岐：山间险峻小径。

⑧峰磴：通向峰顶的石阶。

⑨溜急：水流迅急。

⑩船文：划船漾开的水纹。

⑪翠渚：草木葱茏的小岛。

⑫"风生"句：典出战国宋玉《风赋》："夫风生于地，起于青蘋之末。"蘋浦，长有蘋草的水滨。

⑬"露泣"句：化自旧题东方朔《七谏》："便娟之修竹兮，寄生乎江潭。上葳蕤而防露兮，下泠泠而来风。"泣，形容竹子上的露珠好似眼泪。

⑭泛水：泛舟游玩。

⑮劳歌：劳生之歌，即抒发政治失意、生活不得安定的怨愤的诗歌。

译 文

我停船登上了连绵起伏的山峦沟谷，垂鞭策马攀登在山间险峻小径。江面波涛汹涌，有冲岸而出的危险，通向峰顶的石阶高耸入云。水流迅急，划船漾开的水纹散乱无序；山岩陡斜，坐骑的影子变幻莫测。水雾笼罩着草木葱茏的小岛，山间的光映照着红色的悬崖峭壁。细风起于水滨蘋草的枝叶，露珠跌落于潭边生长的竹枝。泛舟游玩虽美，但劳生之歌谁又能懂呢？

赏析

　　这首诗描绘了泥溪的壮美奇景，着重展现了泥溪雄壮、险峻的自然风貌，抒发了诗人对坎坷人生的慨叹。

　　前两句是细节描写，写自己停船上岸、策马登山的场景，衬托出诗人被急湍、险峰震慑而产生的畏惧感。接下来四句通过侧面描写水纹散乱、马影变幻等场景，呈现舟出峡口、骑马翻山时的险象环生。"险""危""急""乱""斜""移"等字运用得生动、精准，动感十足，营造出了惊险的氛围。

　　随后四句描写了一系列景物，写景十分优美，将全诗的紧张氛围进行了一定的缓和，并为结尾两句的抒情张本。结尾两句，诗人感叹旅途艰辛，发出政治失意、生活不得安定的叹息，似乎所有的山险水恶都沦为命途崎岖的映射。

　　诗词开篇写崇山陡峭、水势凶猛，接着写清幽的水面风光，最后倾吐了无限感伤之情。辞藻修饰富有华彩，描写生动形象，波澜壮阔中又见清静幽深。寓情于景，情景交融，构思巧妙，别具一格。

羁　春①

客心千里倦，春事②一朝归。
还伤北园里，重见落花飞。

注释

　　①羁春：春天客居他乡。

　　②春事：春天的景物。

译 文

　　客居千里之外的他乡令人厌倦，仿佛一个早晨春天的景物就全回来了。在北边的园子里，我悲伤不已，又看到落花随风飞舞。

赏 析

　　这首诗创作于诗人客居蜀地期间，描写重见春花飞落的感伤之情。

　　前两句写春回大地而人仍在他乡未归，淋漓尽致地刻画出了诗人羁旅在外的无限神伤。"客心千里倦"一句用于突出千里之外客居异乡的悲沮哀伤，一个"倦"字写尽诗人内心的困顿疲惫，彷徨难安之情呼之欲出。"春事一朝归"一句则借春天到来的迅速，比喻时间逝去之快，饱含诗人盼望归去的急切之心。对比春天到来的迅速，诗人仍羁留异地不得归乡的心情则更显得悲伤难耐。

　　结尾两句写的是春花开了又谢，时间飞快，可诗人仍滞于千里之外的北园，客居的神伤未有丝毫改观。"重见"一句写春花零落，画面凄美哀婉，展现了诗人内心的悲苦。

　　这首诗以景写情，辞藻朴实、简洁、真挚，刻画酣畅，已具备了盛唐诗的轮廓。

林塘怀友

芳屏画春草，仙杼①织朝霞。

何如山水路，对面即飞花！

注 释

①仙杼：仙女用于纺织的梭子。

译 文

春日的芳草绘成秀美的屏风，仙女纺织的梭子织就了清晨的彩霞。不过，这又怎能与青山秀水之路媲美呢？路上能看到扑面而来的飞花。

赏 析

这是一首别致的怀友诗，通过两处景色的比较来显示对友人的关心，可谓"不著一字，尽得风流"。

前两句写景，诗人笔下，春日清晨池边的美景异彩纷呈：芳草如茵，云霞似锦，绚丽多姿。这两句描写的是静止的画面，犹如一幅色彩鲜艳的油彩画。但是结尾两句，诗人笔锋一转，突然说：这又怎能与青山秀水之路媲美呢？这一句制造出悬念，山水间的路有什么奇特之处呢？最后一句揭示答案，原来路上有飞花扑面而来。而在"山水路"上欣赏着"飞花"的，自然就是诗人怀念的友人。

对于身在旅途的朋友，山居的诗人并不直抒心中的思念与关切，而是借由芳草、云霞与飞花的"比美"表露真情，即表面上看青山观绿水，实则在乎的是行路于山水间的朋友。立意新颖，境界高远，寄寓着对朋友的绵长情思。

山扉①夜坐

抱琴开野室，携酒对情人。

林塘花月下，别似一家春②。

注 释

①山扉：山间的居室。扉，门，代指房屋。

②"别似"句：别有一种风味的春光。这里是与官场相比较而言。

译 文

抱着琴坐在敞开门的山间居室中，携带着酒面对着情人。身处林塘之侧，欣赏着花丛与明月，真是别有一种风味的春光。

赏 析

这是一首描写山居生活的诗，诗人在春夜居住在幽静的山庄中，暂时摆脱了官场的束缚，有美景、美酒与心爱之人相伴，因而十分惬意。

前两句写人，诗人"抱琴""携酒"，远离喧嚣、纷扰的官场，来到山中寂静的"野室"，与"情人"相对畅饮、弹琴。这里的"情人"，可能是诗人的妻子，也可能是与他志同道合、志趣相投的友人。总之，这两句诗的氛围恬淡、清幽、和谐，是一幅充满诗情画意的山居图。

结尾两句，诗人与"情人"一同观赏林塘花月的景致，月照芳林、池畔花开，说不尽的优美恬静，与官场形成了鲜明的对照，于是由衷感叹：真是别有一种风味的春光啊！这个"别"字，自然是在说此处与官场的区别，诗人对山居的满足与陶醉之意跃然纸上，并带有孤芳自赏的情调。

这首诗着墨不多，但意境丰富，给读者创造出富有诗情画意的意境。

春　庄

山中兰叶径，城外李桃①园。
岂知人事静，不觉鸟声喧。

注 释

①李桃：樱桃的俗称。

译 文

　　沿着山间兰叶丛生的小道，抵达郊外栽满樱桃树的园子。怎么知道这里有远离人事喧嚣的宁静？因为听到鸟鸣声也不觉得吵闹。

赏 析

　　这是一首写景诗，写的是诗人春天游园的见闻和感想。

　　前两句平白朴素，虽只有简单几笔，却形象地勾勒出春日轮廓，呈现一幅草木旺盛、生机勃勃之景，诗意盎然。诗人写兰叶、樱桃，赞美之情自然随意又纯粹淡然，字里行间溢出对春天的喜爱。

　　结尾两句诗人隐约表明盼望就此远离俗世凡尘，抛却世事纷扰，安静地欣赏山间美景的愿望。而"春庄"就满足了诗人的这一愿望，在这里即便听到鸟儿啼鸣也不觉吵闹。这是诗人心境的写照，更象征了一种淡泊世外的人生态度。

此诗遣词用句简洁明了，动静相宜。诗中所绘兰径、樱园、鸣鸟，幽远宁静，远离尘世喧嚣，读来恬淡安然。

春 游

客念①纷无极，春泪倍成行。
今朝花树下，不觉恋年光。

注 释

①客念：客居他乡的心绪。

译 文

客居他乡的心绪纷乱无止息，我在春日里泪水倍增，成行流下。如今在清晨的繁花芳树下，不知不觉中留恋行将消逝的美好春光。

赏 析

这首诗抒发了诗人游玩时对年华逝去的慨叹。

前两句道明诗人心绪烦乱，悲伤难耐，哭泣不已。"纷""倍"二字更凸显内心思绪的芜杂、浓郁。仅观诗题"春游"，令人产生愉快的遐想，但实际读来出乎意料，诗人不写春游之乐，而是倾吐内心的哀，令读者疑惑、深思。结尾两句加以解释，原来哭泣是因为韶华已逝，但回望碌碌无为的人生，心中倍感焦虑。"不觉"一词，足见诗人对青春岁月的无限留恋。

　　诗以春游为题，却不状物写景，反而着笔于杂乱无序的愁思、成行的眼泪，流露对年光的无限眷恋。全诗直抒胸臆，写尽诗人对青春不再的浓重忧思，言语质朴，写法精练，诗意浓郁，含韵悠长，为读者留足了思考的空间。

登城春望

物外^①山川近，晴初^②景霭^③新。
芳郊花柳遍，何处不宜春。

注 释

　　①物外：超脱于世外。
　　②晴初：雨过天晴。
　　③霭：云雾。

译 文

　　超脱于世外，靠近山川，雨过天晴，日光下的云雾更为清新。秀美的郊野遍布繁花绿柳，哪里会缺少令人怡然的春景呢？

赏 析

　　这首诗描写了诗人登临城楼所见的郊野春景，呈现出一派雨过天晴后的宜人风光。诗人沉醉春色，赞颂自然风光，展露出内心的开阔和明朗。

前两句写远方的山岳、江河及雨后初晴的云雾，山河分明，云雾清新，将春日雨后的景色描绘得自然生动。第三句写郊外遍及各处的繁花翠柳，刻画出春光明媚、绿意葱茏的动人景色。最后用一句反问煞尾，展现了令人怡然的春日风景，彰显了诗人愉悦、欢欣之情。超然物外，抛却烦扰，醉心自然，这就是本诗的思想主题。

这首诗寓情于景，遣词造句简洁明快，令人倍觉舒畅。

江亭夜月送别二首

一

江送巴南①水，山横塞北②云。
津亭③秋月夜，谁见泣离群④？

注 释

①巴南：地名，今重庆巴南区。
②塞北：长城以北。
③津亭：古时靠近渡口的亭子，常用于送别。
④离群：与友人分别。

译 文

长江送离了自巴南而来的水流，崇山横卧，好像镶进长城以北的云端。秋天皎月当空的夜晚，在渡口旁的亭子里，谁看过与友人分别时流下的眼泪呢？

赏 析

这一首主要描写送别之地的景物。前三句均写景，江水、高山、云彩、津亭、夜月，无不笼罩着凄凉的色彩，虽无一个忧伤字眼，离别伤感却自然堆积起来。特别是富有形象性与空间感的"送""横""南""北"等字，纵横万里，带给读者寂寥无边的感受。尾句明白显露，缺乏含蓄深婉之意，但一个"泣"字依然可称情感充沛，似乎要从字里行间漫溢开来。

这首诗景物描写相对平白朴实、简洁明了，不做雕饰也不加堆砌，寥寥几笔却意蕴深远，营造出清寂之感。

二

乱烟①笼碧砌②，飞月向南端。
寂寂离亭③掩，江山此夜寒。

注 释

①乱烟：散乱的雾气。
②碧砌：青色石阶。
③离亭：离别亭，古代郊外送别处。

译 文

散乱的雾气弥漫，笼罩着青色石阶，皎月高悬，映照着南边。四下了无声息，离别亭掩上了门扉，今晚的江水和青山是那么寒冷、凄清。

赏析

两首《江亭夜月送别》是诗人羁留蜀地时写成的送别之作。两诗作为一个整体，所绘之景大致相同，都尽显幽静凄清，所表达的情感也基本一致，那就是茫然、凄楚。不过写作手法略微有些差异。

这一首中诗人并未直接表露离别的伤感寂寞，而是借景物描写侧面吐露心声。诗人在江畔饯别朋友后，环视离别亭，抬头望月，又眺望山水，景色开阔优美，令他有感而发，便将目之所及的景致绘于诗中，呈现出一幅意境幽远、氛围凄清的动人图画。

这首诗似乎纯是写景，实际上却是写诗人惜别友人后徘徊良久的样子，满是哀婉伤感之情。前两句中写友人走后，诗人低头看到离别亭的青色石阶被散乱的雾气笼罩着，抬头看到飞月向南方映照（友人应是向南而行），他此时的感受应该与李白送别王昌龄时"我寄愁心与明月，随君直到夜郎西"相仿。这两句写烟笼月移，显示出送别后夜色的深沉，虽不着送别之类的字眼，但别愁离恨却跃然纸上。结尾两句中，四下了无声息，离别亭掩上了门扉，诗人依然遥望着江水和青山，想着友人在山水间跋涉的场景。一个"寒"字有画龙点睛的妙用，着此一字，境界全出，自古受到诗评者的叹赏。

这两首诗耐人寻味，意义深远，又极具美感，是寄情于景、情景交融的上乘之作。

别人四首（其一）

久客逢余闰①，他乡别故人。
自然堪下泪，谁忍望征尘②。

注 释

①余闰：闰月。

②征尘：路上飞扬的尘土。

译 文

长时间客居他乡，正碰上又是闰月，在异乡与旧相识分别。面对这样的分别场面，不禁潸然泪下，谁还忍心张望路上飞扬的尘土呢？

赏 析

这首诗写诗人在他乡与友人分别一事。

全诗并未提分别场景或周围环境，而是采用叙述、议论的方式抒发感情。前两句就交代分别背景："久客"已经足够凄苦，还恰逢闰月，羁旅生涯也就不得不再多一个月；远在"他乡"已经令人伤心断肠，而难得可以为伴的友人却又要离去，能伴诗人左右的只有孤独和凄凉。这些事情给诗歌平添愁苦之感，离愁别绪也就自然流露出来。

第三句写这一系列伤心事使诗人的境遇难上加难、苦上加苦，但又无力改变，因此与友人分别时，也只能流泪了。尾句的问句形式使感情更强烈，思想更深沉，更添哀情。友人踏上征途的那一刻，说不张望"征尘"是假，久望而伤心欲绝是真。

此诗没有描写送别的场景，纯用主观议论，由于抓住了生活中的独特体验，因此感情真挚动人，令读者感同身受。

赠李十四①四首（其三）

乱竹开三径②，飞花满四邻。
从来扬子③宅，别有尚玄人④。

注 释

①李十四：其人不详，十四是他在家族中的排行。

②三径：院中通往居室的小路，代指隐士居处。典出《三辅决录·逃名》："蒋诩归乡里，荆棘塞门，舍中有三径，不出，唯求仲、羊仲从之游。"

③扬子：指西汉文学家扬雄，字子云，在长安时仕途失意，曾闭门著《太玄》《法言》，很少有人来造访他。

④尚玄人：崇尚玄理的人，指扬雄的弟子侯芭，曾跟随扬雄学习《太玄》《法言》，这里比喻诗人自己和李十四。

译 文

院中通往居室的小径乱竹丛生，院中的飞花飘满四邻。从来扬雄宅一样的寂寞居室中，也有崇尚玄理的人。

赏 析

李十四是诗人的友人，应该也是一位仕途不显的年轻文士，两人志趣相投，都有厌倦官场、隐居林泉之志，因此诗人创作了四首绝句赠给

李十四，这是其中的第三首，借典故写李十四与自己对隐居乐道生活的喜爱。

首句用西汉隐士蒋诩的典故，十分贴切。蒋诩曾任兖州刺史，不满王莽专权而辞官隐居，闭门不出，只留下三条小径供隐士求仲、羊仲行走，此外再不与外人交流。此后，"三径"就成为隐士家园的代称。诗人官场失意，曾隐居较长时间，交往的就是李十四这样志趣相投的友人。"乱竹"与次句"飞花满四邻"，写出隐居环境的优美，也是诗人高雅志趣的象征。

结尾两句再次用典，诗人以扬雄自况，将李十四比作侯芭，可见李十四对诗人秉持着较为恭敬的求学态度。扬雄曾任给事黄门侍郎，王莽当政时因病免职，隐居在长安。他家境贫寒，很少有人拜访他，只有巨鹿人侯芭常常跟随他，并学习他创作的《太玄》《法言》。这两句表明诗人安于著述的高洁志趣，并暗示李十四与自己为同道。虽然并没有明写两人的友谊，但彼此相知之深和两人高洁的精神风貌已经鲜明地展现出来了。

这首诗语浅意深，情景交融，读后令人回味不尽。

早春野望

江旷①春潮②白，山长晓岫③青。
他乡临眺④极，花柳⑤映边亭⑥。

注 释

①旷：空旷，阔大。
②春潮：春天的潮水。

③晓岫：早晨日出时的山峦。

④临晚：登高俯视。晚，一作"眺"。

⑤花柳：一作"花树"。

⑥边亭：江边的亭子。

译 文

江面阔大无边，春天的潮水掀起阵阵白浪，山峰连绵起伏，早晨日出时的山峦苍翠夺目。我在异乡登高俯视，只见江边的亭子与周围的花草树木相互映衬。

赏 析

这首诗通过描写江水、山峦、花草树木等美好的景色，表达了诗人对故乡的思念之情。

前两句先写江水浩渺，春天的潮水掀起阵阵白浪，属横写。接着写高峻的山峰连绵起伏，早晨日出时的山峦苍翠夺目，属纵写。这两句以"江旷""山长"的壮阔景象点明了诗歌的背景，场景阔大，意境深远。

结尾两句写登高远望之景，诗人特意说明"他乡"，旨在突出游子身份。在初春盛景中，诗人独在异乡，登高俯视，看到"花柳"和"边亭"。这些美好的景象和春天的气息使诗人心中产生了淡淡的思乡之情，含蓄内敛。全诗虽未提一句思乡，但诗人在"他乡"向远处一望再望，淡淡的乡愁也便在这不断远望中体现了出来。

此诗中没有细腻的近景描写，诗人只是通过极目远望的方式描绘了春光的远景，在雄浑的气势和阔大的意境中夹杂着些许对家乡的思念。这首诗写景自然，意境深远，场面壮阔，着色轻淡，景浅而情深。

山 中

长江悲已滞^①，万里念将归。

况属^②高风晚，山山黄叶飞。

①"长江"句：这句话是说长江为我悲伤得似乎已经停止流动，极言伤心。

②属：一作"复"。

译 文

长江为我悲伤得似乎已经停止流动，万里之外的游子一心想早日回家。更何况是在这凉风侵袭的深秋夜晚，黄叶在层峦叠嶂的山中四处飘落。

赏 析

这首诗表达了诗人久客他乡、渴望回家的羁旅之愁。诗歌意象丰富且具有代表性，渲染了凄清的氛围，反映了诗人独居异乡的悲凉心境。

首句运用了拟人的手法，有主观色彩，写长江因为自己而悲伤得停止流动。长江不会感到悲伤，感到悲伤的是诗人；江水滚滚流动，未曾有停滞之时，觉得它停止流动的也是诗人。诗人又为何会有这种感觉？接下来一句便道出原因："万里念将归。"诗人久居他乡，远在万里之外，思归之情愈加深切。这一句话直抒胸臆，表达自己独在异乡的愁苦悲凉和渴望回家的心绪，以及无奈的感叹。"悲""念"二字是诗眼，将客居他乡的悲苦和深切的思乡之情很好地诠释了出来。另外，"长江""万里"极言距离之远，从空间上说明了身处异乡的孤独和归乡之难。"已滞""将归"极言时间之久，说明诗人长期滞留他乡，未曾归去。

结尾两句表面上看是写景，但实际上是以哀景衬哀情，诗人借此抒发自己孤独、凄凉的心境。傍晚山中秋风凄冷，落叶纷飞，这萧瑟的秋景既是写实，也是诗人悲苦、凄清的心绪的真实写照。诗人因长期过着羁旅生活，思乡之感也就更显悲凉，而萧瑟、颓败的深秋之景更加深了他的思愁。这两句并未直述内心的愁绪与悲苦，但诗人的感情已经深深地含于其中。此处写景兼具比、兴之意。整体来看，这两句的景物描写是前两句抒发感情的补充和映衬，同时也是以景喻情，深化了诗的意境和主旨。另外，最后一句以黄叶飘零之景作结，是以景结情的写法，产生"此处无情胜有情"的表达效果，使得全诗意境深远、韵味无穷。

整首诗语言简练，写景自然，情在景中，刻画了一个典型的漂泊无依的游子形象。本诗结构分明，三句写景，一句抒情，情景交融，情寓景中，因此所写之景便更意味深长，耐人寻味。

寒夜思友三首

一

久别侵怀抱①，他乡变容色。
月下调鸣琴，相思此何极②？

注 释

①侵怀抱：萦绕心间。

②何极：表示反问语气，此处指相思之情没有穷尽。

译 文

久别后的孤独之感萦绕在心间，客居异乡让我的脸色变得极为憔悴。在月色下弹琴自我安慰，相思的愁苦如何才能停止？

赏 析

这首诗写诗人因思念友人而变得面容憔悴、心情焦虑，以致夜不能寐，只能弹琴解忧，聊以自慰。

首句交代了写诗的原因和背景。长期客居他乡的愁苦和对友人的思念使诗人的心里越来越痛苦，这种孤独之感萦绕在心间，充斥了他的精神，使得他深陷其中无法自拔。正是由于无法排遣的愁绪和相思之情，才导致诗人"他乡变容色"。由此可见其愁绪之深、思念之苦。也是由于这种心境，诗人夜不能寐，只能"月下调鸣琴"，以此来排遣内心的忧愁，自我安慰。尾句更是直抒胸臆，直言这相思之苦难以排遣且无法停止，感情强烈真挚，令人动容。

这首诗采用了直接抒情的写作手法，这既是初唐繁华时期盛行的诗歌风格，也是王勃的代表风格。

二

云间征思①断，月下归愁切。

鸿雁西南飞，如何故人别？

注 释

①征思：指游子的相思之情。

译 文

　　大雁在云间飞翔，将我的相思之情隔断了，在这清冷的月色下，渴望回乡的愁绪越发深切。鸿雁往西南方向飞去，为何我却与友人分别？

赏 析

　　这首诗既有深切的思乡之情，又有与友人分别的愁苦，其愁绪丰富而浓厚。

　　首句"云间征思断"是创作此诗的缘由，在云间南飞的大雁隔断了诗人的愁绪，是说鸿雁没有传来友人的书信，再加上第二句刻画的孤寂的夜晚和清冷的月色，更感相思之切。"征""归"二字使现实的残酷与心中所想形成鲜明的对比，增强了艺术感染力。第三句承上启下，写鸿雁向西南飞去，诗人见此情景，不禁自问："如何故人别？"这又是一组对比，鸿雁南飞反衬出诗人与友人的离别之苦。

　　这首诗语言平淡，笔法奇绝，直抒胸臆，感情深厚强烈。

三

朝朝翠山①下，夜夜苍江曲②。

复此遥相思，清尊湛③芳绿④。

注 释

①翠山：指山峦苍翠。

②苍江曲：指江流转弯的地方。

③湛：澄清。

④芳绿：指美酒。

译 文

每天早晨站在苍翠的山峦下面，每天晚上来到江流转弯的地方。我多次来此处遥寄我的相思，盼望着与亲朋好友在美丽的景色中共饮美酒。

赏 析

这首诗表达的也是对家乡和亲友的思念之情。

前两句以诗人的行为表现抒发心中的愁绪。无论是早晨还是晚上，山脚还是水边，对家乡及亲友的思念无时无刻不萦绕在心头。"朝朝"与"夜夜"连用叠词，渲染出思念之情的急切。

结尾两句是诗人想象的场景，说自己盼望亲友相聚，共饮美酒，陶醉在美丽的景色中，这种美好的想象更衬托出现实的孤独和悲凉。

这首诗虚实结合、情景交融，将诗人思乡怀友之情刻画得真挚诚恳。

始平①晚息②

观阙③长安近，江山蜀路赊④。

客行朝复夕，无处是乡家。

注 释

①始平：位于今陕西兴平东南。

②晚息：夜晚休息。晚，一作"晓"。

③观阙：古代皇帝宫殿前的两座楼台，这里泛指楼台。

④赊：遥远。

译 文

这座楼台离长安那么近，前往蜀地的道路还极其遥远。在路上走了一天又一天，哪个地方都不是我的故乡。

赏 析

这首诗是组诗《入蜀纪行诗》中的一篇，作于唐高宗总章二年（669年）五月诗人离京入蜀途中。

前两句交代了诗歌背景和自己当下的处境，给全诗蒙上了一层羁旅的愁苦氛围。诗人登上始平的一座"观阙"，所处之地离长安很近，离自己要去的蜀地却很远。这两句简单的叙述道出了诗人内心的悲痛和凄苦。

结尾两句则继续深入描写自己的行程情况，并直抒胸臆，表达自己的漂泊凄凉之感和思乡之情。诗人孤身一人离京前往蜀地，山路遥远，朝夕往复，经过无数个地方，却唯独无法踏足自己的故乡。这样直白的叙述方式也加重了诗歌的伤感情绪。诗人四处漂泊，客居他乡，心中本就愁绪万千，再一想到故乡，内心自然更加悲凉。

全诗围绕思乡展开叙述，语言质朴，意境凄凉，感情浓厚，情真意切。

普安①建阴②题壁

江汉③深无极，梁岷④不可攀。
山川云雾里，游子何时还？

注 释

①普安：在今四川剑阁东北。
②建阴：可能是驿站名或寺庙名。
③江汉：长江和汉水。
④梁岷：今重庆境内的梁山和四川北部的岷山。

译 文

长江和汉水深不见底，梁山和岷山高不可攀。身处山川间、云雾中的游子，到底何时才能返回家乡？

赏 析

由于创作游戏文字《檄英王鸡》，王勃被逐出长安。唐高宗咸亨元年（670

年）前后，他游历巴蜀，写下了多首诗歌，此诗就是他在游历普安建阴寺（或建阴驿）时题写在墙壁上的，抒发了官场失意的无奈和自己的思乡之情。

首句写长江与汉水深不见底，次句写梁山与岷山高不可攀，都是紧扣蜀道艰难这一传统意象落笔。这两句明显受到南朝梁诗人刘孝威的《蜀道难》中"玉垒高无极，铜梁不可攀"的影响。诗人客游他乡，艰难的蜀道令他疲累不已，自然产生思乡之念，为后两句做出铺垫。同时，这两句也可以视为诗人对仕途所产生的畏难情绪，屡遭贬谪、沉沦下僚，让他觉得官场也"深无极""不可攀"。

第三句总写蜀地山川云雾缭绕的样子，让游子难以辨认路途，并自然而然地引出了最后一句——"游子何时还"。以问句作结，更体现出诗人对前途的迷茫，因之而起的难以名状的乡愁也就更为动人。

这首诗明写蜀道，暗写仕途，将乡愁和仕途失意紧密结合在一起，情与景纵横交织、虚实相生。

九　日①

九日重阳节，开门有菊花②。
不知来送酒，若个是陶家③。

注　释

①九日：指农历九月初九，即重阳节。

②菊花：赏菊为古人在重阳节的习俗，此外还要登高、饮菊花酒等。

③"不知"二句：化用陶渊明的典故。《宋书·陶潜传》："尝九月九日无酒，出宅边菊丛中坐久，值（王）弘送酒至，即便就酌，醉而后归。"

陶家，指陶渊明家。

译 文

九月九日重阳节这一天，开门就能看到盛开的菊花。在这些来送酒的人中，不知道陶渊明家的人是哪一个。

赏 析

这首诗通过写重阳节菊花盛开的美景，赞叹了陶渊明高洁的情操，抒发了诗人孤寂的心境。

前两句写重阳节遍地菊花盛开。陶渊明是东晋诗人，因厌倦官场生活且心志清高，便辞官归隐田园，又对菊花很是喜爱，便在所住之处种满菊花，有"采菊东篱下，悠然见南山"的佳句。这里表面写菊，实际上已为后文写陶渊明做了铺垫。

结尾两句运用典故，表达了诗人对陶渊明淡泊高洁、洒脱不羁的高雅情操的赞叹。陶渊明喜欢喝酒，友人在重阳节派人给他送酒的典故脍炙人口，这个风流洒脱的故事得到诗人的无限景仰。诗人仕途失意，将目光转向山野隐居生活是非常自然的，而洒脱的陶渊明就成为他的精神寄托，这首小诗就是他心态的写照。

这首诗对典故的运用极为巧妙，又将自己的志趣融入其中，语短意长，令人回味无穷。

秋江送别二首（其一）

早是他乡值早秋①，江亭明月带江流②。

已觉逝川③伤别念，复看津树隐离舟。

注 释

①早秋：秋天的第一个月，即农历七月，又称孟秋。

②明月带江流：指月光随着江水流动。

③逝川：流逝的江水，常用来比喻时间、生命等。典出《论语·子罕》："子在川上曰：'逝者如斯夫！不舍昼夜。'"

译 文

早就身处他乡，又正值早秋，站在江亭上看着月光随着江水流动。已经察觉到流逝的江水带来的离别的伤感，又看到渡口的树隐藏了离别的小船。

赏 析

这是诗人创作的组诗《秋江送别》的第一首，根据诗意判断，应该创作于诗人在巴蜀游历期间，他自己就是客居他乡的游子，又送游子离去，更增一层愁绪。

前两句写出送别的时间、地点，隐含着客居的忧思及种种离情别绪。其中叠用"早""江"，回环往复，节奏紧凑，可见离别已经近在眼前。"早是"二字带有鲜明的主观感情色彩，诗人作为游子，对于令人伤感的秋天的到来比一般人更为敏感。

结尾两句节奏变得舒缓，切合送别时的怆然与别离后的惆怅。第三句化用《论语·子罕》中的名句，写流逝不返的江水增添了别离的伤感，同时也引发了诗人的联想，让他想到自己入仕多年却一事无成，时光白白流逝了，内心更为伤感。尾句，诗人因渡口的树而恼恨不已，原因是它们遮

住了他的视线，使他无法看到友人的小船，把送别的忧伤更推进了一层。

初唐时期，七言绝句的发展还没有成熟，"初唐四杰"的七言绝句作品都很少。王勃此诗虽然技巧尚不纯熟，但是创作思路与手法还是较为高明的，对盛唐七言绝句的定型、成熟起到了先导作用。

蜀中九日

九月九日望乡台①，他席他乡送客杯。
人情②已厌南中③苦，鸿④雁那从北地⑤来？

注 释

①望乡台：眺望故乡的高台。这里指诗人当时所在的玄武山。

②情：一作"今"。

③南中：国土南部，这里指蜀地。

④鸿：一作"鸣"。

⑤北地：这里指长安。

译 文

重阳节那天登上玄武山向家乡的方向望去，在他乡的宴会上喝着送客的酒。已经厌倦了在蜀地居住的苦楚，大雁为什么还要从长安飞过来呢？

赏 析

唐高宗咸亨元年（670年），王勃与同样客居蜀中的卢照邻、邵大震一起登上玄武山。邵大震先赋诗一首，王勃与卢照邻都有唱和。王勃此诗写了自己的羁旅之愁。

首句交代了时间、地点。重阳佳节，诗人却在异乡登高望远，这样的对比让乡愁更加浓厚，突出了思乡之深切。接下来第二句叙述当下情景。诗人在外地的宴会上喝着送客的酒，心中愁绪万千。这两句通过简单的叙述讲明了事情原委，渲染了凄凉、愁苦的氛围，为下文抒情做了铺垫。

第三句直接抒情，抒发自己身居蜀地、无法归乡的苦闷，感情强烈，令人动容。尾句属点睛之笔。大雁南飞本是时序交替的自然现象，诗人却将自己的乡愁加其身上，责问大雁自己想归乡却回不去，它却为何离开北方向南飞来。这一问看似荒唐，但无理而妙，前后对比突出了诗人浓浓的思乡之情，将乡愁推向了高潮。初看这一问好像是诗人看到大雁南飞脱口而出，但其实是诗人用心推敲、独具匠心之处。诗人融情入景，以物的无情反衬自己的有情，真切感人。

这首诗写作手法丰富，语言简练，诗中多用近似口语的表达，如"已厌南中苦""那从北地来"等，表述浅显亲切，简单易懂。全诗虽然只有四句，却将思乡之情淋漓尽致地表达了出来，对于初唐时期绝句多借咏物寓干进之意的现状是一个巨大的突破。诗人还吸收了歌行的句调，结语采用虚词递进的句式，这也极大程度地推动了绝句的发展。

落花落

落花落，落花纷漠漠①。
绿叶青跗②映丹萼③，与君裴回上金阁④。

影拂妆阶⑤玳瑁筵⑥，香飘舞馆茱萸幕⑦。

落花飞，撩乱入中帷。

落花春正满，春人⑧归不归？

落花度，氛氲⑨绕高树。

落花春已繁，春人春不顾！

绮阁⑩青台⑪静且闲，罗袂红巾⑫复往还。

盛年不再得，高枝难重攀。

试复旦游落花里，暮宿落花间。

与君落花院，台上起双鬟⑬。

注释

①纷漠漠：纷乱繁多。

②青跗：绿色的花萼。

③丹萼：红色的花朵。

④金阁：绮丽的楼阁。

⑤妆阶：妆楼前的台阶，这里借指妆楼。

⑥玳瑁筵：珍贵、奢华的宴会。

⑦茱萸幕：有茱萸花纹的帷帐。茱萸，一种植物，香气辛烈。

⑧春人：游春的人。

⑨氛氲：指浓郁的香气。

⑩绮阁：华美的楼阁。

⑪青台：涂饰成青色的华丽楼台。

⑫罗袂红巾：这里借指美女。

⑬双鬟：古代年轻女子梳的两个环形发髻，这里指美人。鬟，一作"环"。

译 文

　　落花四处飘落，纷乱繁多。绿色的叶子和花萼映衬着红色的花朵，我和你一起徘徊在绮丽的楼阁。落花的影子在妆楼和珍贵、奢华的宴会旁轻轻拂过，香气飘到舞馆有茱萸花纹的帷帐上。落花在风中纷飞，杂乱地落入周围的帷帐中。花落之时春色满满，那些出门游春的人是否归来？花朵飘过，浓郁的香气在高大的树木四周围绕。花落的时候春天已经非常繁盛了，游春的人却对落花不管不顾。身处华美的楼阁和青色的华丽楼台间，顿觉清静悠闲，美女在其中来回穿梭。美好的青春年华已经过去，高大的枝头难以攀登。可以试着白天在落花中畅游，晚上在落花中留宿。我们两个一起生活在落花飘飞的庭院里，在楼台上共赏美人的歌舞。

赏 析

　　这首诗充满了伤春情怀，感叹时光易逝、青春不再，而又无能为力的无奈。

　　前两句，诗人从最常见的景象写起，落花四处飘落，纷乱繁多，给全诗奠定了悲伤的感情基调。三、四句从显眼的色彩着墨，给人以视觉冲击，"绿""青""丹"三个色彩连用，层层变换，将一棵植物从叶到花的颜色细腻地描绘了出来；而"叶""跗""萼"三者在位置上依次上升，我们的目光也随之移动，这样的描写使诗歌有了空间感，使画面有了动态感，形象生动。"映"字写出了绿叶、青萼、红花绰约的风姿和互相映衬的姿态，立体感十足。正是在这样美妙的意境中，诗人和友人一起游赏绮丽的楼阁。

　　接下来两句描写周边环境。"玳瑁筵""茱萸幕"两处为实写，写出了宴席的珍贵与奢华；"影拂""香飘"两处为虚写，将落花的形态和香

气形象地描绘了出来，给人以动态之美。"影""香"两种感觉需要细细体会；"拂""飘"两个动作更是见于内心。而诗人恰好捕捉到了落花的香气和其"撩乱入中帷"的飘落之姿。接下来几句从形态、方位、感觉等多个方面描写了春景的繁盛，体现了诗人轻松愉悦、悠然闲适的心境。"春人归不归"一句看似在发问，其实答案已在后面揭晓了，那就是"春人春不顾"，隐含物是人非之感。

接着诗人又写"氛氲绕高树"等繁盛的春景和现实环境的奢华、闲适。最后几句发出感叹：春光不再，盛景难觅，不如流连于落花间，与友人共赏美人、美景。"盛年不再得，高枝难重攀"两句充满苦涩与无奈，"试复旦游落花里，暮宿落花间"两句则饱含自我宽慰的心绪。而结尾两句是诗人对未来的美好展望，希望能趁花落但春未尽之际，与友人共同流连。

这首诗以落花比兴，全诗围绕落花展开，构思精巧，结构清晰，感情跌宕细腻。

杨 炯

　　杨炯（650—约693年），字不详，华阴（今陕西华阴）人。他出身仕宦家族，曾祖、伯父、叔父等均任高官，但祖父与父亲没有入仕经历。杨炯年少聪慧异常，十岁时举神童，待制弘文馆，即在弘文馆中等待皇帝诏命授官。他就这样在弘文馆内一边读书，一边从事校正书籍等工作，待了十六年。唐高宗上元三年（676年），杨炯应制举，得到校书郎的职务。永隆二年（681年），经中书令薛元超推荐，他得到了崇文馆学士一职，很快又升任太子詹事司直，这个官职虽然品级不高，但主管太子东宫内务，是一个重要的职务。不幸的是，武后垂拱元年（685年），他的堂弟杨神让参与徐敬业起义，兵败被杀，杨炯也受到牵连，被贬为梓州司法参军。天授元年（690年），杨炯回到京师与宋之问分直习艺馆。如意元年（692年）迁盈川令，并卒于任上，世称杨盈川。杨炯诗文俱佳，与王勃、骆宾王、卢照邻齐名，同为"初唐四杰"之一。他恃才傲物，自称"愧在卢前，耻居王后"，认为自己的才华虽然不及卢照邻，但是要胜过王勃。他的诗现存三十余首，诗风清新刚健、质朴真切、言之有物，对当时诗坛的浮靡之习进行了有力的冲击。尤擅五言律诗，其边塞诗颇为有名。有《杨盈川集》十卷。

广溪峡①

广溪三峡②首，旷望兼川陆③。

山路绕羊肠④，江城镇鱼腹⑤。

乔林⑥百丈僵⑦，飞水千寻⑧瀑。

惊浪回高天，盘涡⑨转深谷。

汉氏昔云季⑩，中原争逐鹿。

天下有英雄⑪，襄阳有龙伏⑫。

常山⑬集军旅，永安⑭兴版筑⑮。

池台忽已倾，邦家遽沦覆。

庸才若刘禅⑯，忠佐⑰为心腹。

设险⑱犹可存，当无贾生哭⑲。

注 释

①广溪峡：也就是瞿塘峡，又名夔峡，是长江三峡之首。西起重庆奉节白帝山，东至巫山大溪乡，被称为西蜀门户，峡口有滟滪堆（现已炸除）和夔门。

②三峡：指瞿塘峡（广溪峡）、巫峡、西陵峡。

③川陆：水路和陆路。

④羊肠：比喻曲折狭窄的山路。

⑤"江城"句：江城镇守着鱼腹县。鱼腹，春秋时庸国鱼邑，秦时名为鱼复，在今重庆奉节东白帝城。

⑥乔林：高大的丛林。

⑦偃：遮盖。

⑧寻：古时候的长度单位，一般为八尺，也说六尺或七尺。

⑨盘涡：水旋流而成的深涡。

⑩"汉氏"句：指东汉末年。汉氏，指汉代。云，语助词。季，朝代的末期。

⑪英雄：这里指刘备。

⑫"襄阳"句：诸葛亮在襄阳隐居。龙伏，潜藏着的龙，这里指诸葛亮，号卧龙。

⑬常山：郡名，原名恒山郡，汉置，治所在今河北元氏。为避汉文帝刘恒讳，所以改名为常山郡。

⑭永安：在今奉节东长江北岸的白帝城附近，即鱼复县，刘备改名为永安并在这里修筑了永安宫。

⑮版筑：垒土筑墙，营建宫室。

⑯刘禅：三国时蜀汉后主，刘备的儿子，小字阿斗。性情愚昧软弱，前期任用诸葛亮，国力较为强盛，诸葛亮死后开始宠信小人，朝政日昏。263年，刘禅向魏国投降，被押送至洛阳，封为安乐公，蜀汉灭亡。

⑰忠佐：忠诚地协助理政之人。这里指诸葛亮。

⑱设险：在险要之处设防。

⑲贾生哭：西汉文学家贾谊，曾过湘水凭吊屈原，伤痛不已。

译 文

广溪峡是三峡之首，远远望去兼有水路和陆路。曲折狭窄的山路犹如羊肠，江城镇守着鱼腹县。高大的丛林遮盖着广溪峡，流水飞溅形成千寻高的瀑布。汹涌的浪花飞回高天之上，又形成漩涡在深谷盘旋。东汉末

年，群雄逐鹿中原。刘备是天下英雄，诸葛亮在襄阳隐居。刘备在常山郡集结军旅，在永安县营建永安宫。池塘楼台忽然倒塌，国家很快覆没。刘禅这样的庸才，也有诸葛亮这样忠心辅佐他的人。在险要之处设防的话国家就得以保存，我今天路过这里也不会像贾谊那样痛哭流涕了。

赏 析

　　诗人在梓州（今四川三台）任司法参军将近四年，天授元年（690年）秩满离开四川，乘船返京途经长江三峡时，作了三首五言古诗，即《广溪峡》《巫峡》《西陵峡》，生动形象地描写了三峡的美丽景色，对祖国的美好山河大加赞颂，抒发自己寻古探幽之情。其中第一首《广溪峡》，诗句优美，感情丰富，是一首优秀的记游诗。

　　广溪峡为今瞿塘峡，规模雄壮而险峻，为三峡之首。诗歌平铺直叙，首句就切入主题，把瞿塘峡的重要地理位置凸显出来。第二句叙述了诗人在船上由远及近观赏瞿塘峡的景象，"兼川陆"为首峡形势图。此为极目远望夔门外的景象，诗人从大处着眼，意境宏大，突出了瞿塘峡的壮丽雄伟。"旷望"这两个字，描写了诗人此时的神态，他远远地抬头观赏，心中不免生出敬仰之情。船越行越近，远望之后，便是近观："山路绕羊肠，江城镇鱼腹。"曲折狭窄的山路犹如羊肠，诗人在船上抬眼就可以看见，陡峻的山脉尽收眼底，江城镇守着鱼腹县，写出了白帝城的险要地势。

　　"乔林百丈偃，飞水千寻瀑。惊浪回高天，盘涡转深谷"四句，诗人从自己的视角对瞿塘峡壮丽奇异的景象进行了生动形象的描写。悬崖峭壁上遮盖着峡谷的高大丛林迎面而来，只有在这峡中乘舟破浪时才能观赏到，绝壁上挂着千寻瀑布，飞泻而下。这四句诗突出了瞿塘峡的雄壮。

　　第九句开始进行咏史抒怀。"汉氏昔云季"承接前面"江城镇鱼腹"

一句。蜀汉奠定基业之地即为鱼腹，心中有建功立业想法的诗人看到此地不免感叹，追思起英雄刘备与诸葛亮来。"常山集军旅，永安兴版筑"是赞扬刘备的丰功伟绩。"池台忽已倾，邦家遽沦覆"是对蜀国灭亡的深切感叹。此几句跌宕起伏，声势雄壮，一幅变幻莫测的历史画卷展现在读者眼前。

结尾四句为议论，但这议论与说理、抒情、叙事融为一体。"庸才若刘禅，忠佐为心腹"，说明再贤明的忠臣也无法扶持昏庸无能的君主。此处的"若"字用得妙，它增大了斥责的范围，使全诗警醒的旨意更加突出。特别是"设险犹可存，当无贾生哭"，句意精练，用典贴合，感慨悠长。

此诗为五言古诗，全诗布局合理，每四句是一小节，脉络分明，层层递进，意旨突出。将叙事、写景、议论、抒情融为一体，结构严密自然，完全体现了诗的中心思想。诗意雄厚，值得读者品味。

巫　峡①

三峡七百里，唯言巫峡长。

重岩窅不极②，叠嶂凌苍苍③。

绝壁横天险，莓苔④烂锦章⑤。

入夜分明见，无风波浪狂。

忠信吾所蹈⑥，泛舟亦何伤⑦？

可以涉砥柱⑧，可以浮吕梁⑨。

美人⑩今何在？灵芝徒有芳。

山空夜猿啸，征客泪沾裳。

注 释

①巫峡：自重庆巫山东大宁河起，至湖北巴东官渡口止。一称大峡，长江三峡之一，得名于巫山。由于巫峡迂回曲折且较为狭长，所以古人误以为巫峡最长，实际上三峡中最长的为西陵峡。

②窅不极：极为深远。

③凌苍苍：高耸入云。

④莓苔：青苔。

⑤烂锦章：斑斓如同锦绣。

⑥蹈：遵守。

⑦何伤：何妨，意思是没有妨害。

⑧砥柱：也叫作三门山、底柱山，在今河南三门峡，处在黄河中流，因山在激流中矗立如同柱子一般，所以叫砥柱。

⑨吕梁：即吕梁洪，在今江苏徐州东南五十里。有上下二洪，距离七里，排列着巨石，波涛汹涌。

⑩美人：这里指巫山神女。

译 文

三峡共有七百里，人们都说巫峡最长。重重岩石极为深远，层叠的山峰高耸入云。绝壁横空，奇险无比，上面遍布青苔，斑斓如同锦绣。若不是在午夜根本看不到月亮，即使无风的时候波浪也是那么猛烈。我遵守忠信之道，在这里泛舟也不会有什么妨碍。可以经过砥柱山，也可以泛舟吕梁洪。巫山神女现在在哪里？只留下灵芝独自芬芳。空荡的山上有猿鸣叫，远行的客人泪水沾湿了衣裳。

赏 析

此诗与《广溪峡》大致为同时所作，描述的是巫峡的急流险滩。

前四句先写峡，沿用《水经注》的记载写出巫峡的绵长与高险，却毫无斧凿的痕迹，如同己出。"绝壁横天险，莓苔烂锦章"二句，写出绝壁上有着斑斓的青苔，高险与秀美并行不悖。接下来六句，诗人有意将自己的宦途遭遇与山高浪险联系起来，表明自己忠信的节操，并决定坚持这操守，"可以涉砥柱，可以浮吕梁"，决不会改变初心。

结尾四句，气势由豪迈转为凄凉，诗人虽然有报国历险的决心，但遇到的却是怀才不遇的悲凉。所谓"美人"，不只是对巫山神女的美丽神话的联想，也是诗人追求的政治理想的象征。理想无法实现，自己这个满腹才华的"灵芝"也只能在无人的山谷中徒劳地发散芳香了。虽然诗人自己安慰自己"泛舟亦何伤"，但末尾还是"泪沾裳"，仕宦失意的忧伤跃然纸上。

此诗写景如画，境界阔大，融情于景，情真意切又极为委婉，让人回味无穷。

西陵峡①

绝壁耸万仞②，长波③射千里。

盘薄④荆之门⑤，滔滔南国纪⑥。

楚都⑦昔全盛，高丘⑧烜⑨望祀⑩。

秦兵一旦侵，夷陵⑪火潜起。

四维⑫不复设，关塞⑬良难恃⑭。

洞庭⑮且忽焉⑯，孟门⑰终已矣。

自古天地辟，流为峡中水。

行旅相赠言，风涛无极已。

及余践斯地，瑰奇信为美。

江山若有灵，千载伸知己⑱。

注 释

①西陵峡：西起湖北秭归西的香溪口，东止宜昌南津关，为长江三峡中最长的一个。

②万仞：形容山势非常高。仞，古代计量单位，一仞为八尺或七尺。

③长波：连绵起伏的波浪。这里指水流湍急。

④盘薄：同"盘礴"，广大无边。

⑤荆之门：也就是荆门山，在今湖北宜都西北、长江南岸，隔江与虎牙山对峙。

⑥南国纪：这里指江汉。楚国国都纪南城在江汉一带。

⑦楚都：即纪南城（在今湖北荆州市荆州区西北），春秋战国时为楚国国都。

⑧高丘：楚国的山名。

⑨烜：显著，盛大。

⑩望祀：古时祭名，遥祭山川地祇。

⑪夷陵：春秋时楚先王的陵墓。

⑫四维：指礼仪制度。

⑬关塞：关口要塞，往来必经的要道。

⑭恃：凭借，依赖。

⑮洞庭：即洞庭湖，在今湖南北部，长江南岸。

⑯忽焉：快速的样子。

⑰孟门：在今山西吉县西黄河河道中，相传为大禹所开辟，因此代指

大禹功业。由于禹之后杞为楚所灭，故又代指楚国国运。

⑱"行旅"六句：化自北魏郦道元《水经注·江水》："常闻（西陵）峡中水疾，书记及口传悉以临惧相戒，曾无称有山水之美也。及余来践跻此境，既至欣然，始信耳闻之不如亲见矣。其叠崿秀峰，奇构异形，固难以辞叙。林木萧森，离离蔚蔚，乃在霞气之表。仰瞩俯映，弥习弥佳，流连信宿，不觉忘返。目所履历，未尝有也。既自欣得此奇观，山水有灵，亦当惊知己于千古矣。"行旅，旅客。无极已，永不休止。践，赴。

译文

西陵峡耸立的绝壁非常高，连绵起伏的波浪奔流到千里之外。出自广大无边的荆门山，滔滔直达江汉。在楚都全盛之时，常在高丘山上举行盛大的望祀。一旦秦军前来入侵，夷陵被大火焚烧。礼仪制度都不再设置，关口要塞也不再可以依赖。洞庭湖忽然被攻破，孟门也无法坚守。自从天地开辟，长江就在西陵峡流过。旅客互相赠言，长江的风涛永不休止。等到我来到这个地方，发现这里瑰奇的景色实在美丽。江山如果有灵，会将我视为千载以来的知己。

赏析

西陵峡处于长江三峡中的最下游，是三峡之中最长的一个，江面又窄又弯，江水因山势落差曲折回环，水流湍急，水中有很多险滩暗礁，行船时极为凶险。此诗着重咏叹与西陵峡密切相关的楚国的兴衰存亡，突出西陵峡的险峻风光，在诗的末尾才大胆地把险称为美。

诗作由险转而说美，这个过程也是诗人的艺术思路的历程。诗句层层递进，每四句可作为一个诗思推进：前四句用"耸""射"两个字描写了

山水的险，接着交代江水连接着楚国的重要关隘，让人感受到气势不凡；"楚都昔全盛"以下四句是说，楚国虽然有过一段强盛时期，但强秦一入侵，楚先王的陵墓被焚烧，国家从此覆灭，表明了国家的安全仅靠山水的险要是难以维持的；"四维不复设"以下四句，把楚国覆灭作为论据，进行思辨，即如果礼仪制度无法设立，就没有治国的依据，无论关塞如何险要都无法保障国家的安全。

"自古天地辟，流为峡中水"两句，表明西陵峡自开天辟地时就存在。随后六句皆为对《水经注·江水》的巧妙化用，其中"行旅相赠言，风涛无极已"意思是西陵峡之美虽然形成已久，而人们却只知道它的险峻，因此大多"临惧相戒"；结尾四句，用典恰当，诗人亲自来到西陵峡中，感受与郦道元相同，认为这里"瑰奇信为美"。"江山若有灵，千载伸知己"意为江山如果有灵，会将我视为千载以来的知己！西陵峡自古称险要，它的美竟然很少有人发现，所以诗人将自己当作西陵峡的知心朋友，其中不无得意之情。

这首诗多处用典，诗句古韵、高深，辞藻华丽，韵律精妙，有大家风范。

从军行①

烽火②照西京，心中自不平。
牙璋③辞凤阙，铁骑绕龙城④。
雪暗凋⑤旗画，风多杂鼓声。
宁为百夫长⑥，胜作一书生。

注 释

①从军行：乐府旧题，属于《相和歌辞·平调曲》，是边塞诗常用诗题。

②烽火：古代边防报警、告急的烟火。

③牙璋：古代皇帝发兵所用的令牌，分为两块，一凹一凸，皇帝和主帅各执其半。此处指奉命出征的将帅。

④龙城：汉代匈奴地名，是匈奴人祭祀天神祖先的地方。这里借指敌城。

⑤凋：原指草木枯败凋零，此指失去了鲜艳的色彩。

⑥百夫长：一百个士兵的长官，泛指下级军官。

译 文

烽火照耀长安，不平之气油然而生。奉命出征的将帅辞别京城，精锐的骑兵抵达前线包围敌城。大雪纷飞，连军旗上的彩画都失去了鲜艳的色彩；狂风怒吼，与战鼓声交织在一起。我宁愿做个百夫长上阵杀敌，也胜过当个只会寻章摘句的书生。

赏 析

这首诗抒发了诗人渴望投笔从戎、立功边塞的豪情壮志。全诗短小精悍，既揭露了人物的内心活动，又渲染了紧张的战斗氛围，足见诗人笔力之雄健。

前两句点明了事件展开的背景：边塞烽烟四起，威胁长安的安全。但诗人并未直接描写战事的紧张，而是通过描写"烽火"这一具体的景物表现军情的紧急。"照"字烘托了战争在即的紧张氛围，为诗人"心中"的"不平"做铺垫。"自"字则表现了诗人由衷的爱国情怀，从侧面表现了他的精神

境界。这两句充满了爱国热情，为下文埋下了伏笔。三、四句对仗工整，描写了军队出京的宏大场面和军队抵达前线包围敌城的情景。"牙璋""凤阙"典雅而端庄，表现了军队出征时的隆重和庄严。"铁骑""龙城"相互对应，渲染了紧张的战争气氛。"绕"字精妙地勾勒出了唐军包围敌军的情势。

　　五、六句主要从侧面描写了战斗的场面，表现了将士们冒雪作战的无畏精神和奋勇杀敌的激烈场面。诗人并没有直接描写战斗的情形，而是通过描写边疆的环境烘托战斗的激烈。大雪纷飞，连军旗上的彩画都失去了鲜艳的色彩；狂风怒吼，与战鼓声交织在一起。"雪暗""风多"表现了边疆环境的恶劣；"凋旗画""杂鼓声"则分别从视觉和听觉的角度渲染了交战时激烈的氛围，令人感同身受。这样令人血脉偾张的场面，引发诗人在结尾两句中直抒胸臆，抒发了诗人的报国热情：宁愿做个百夫长上阵杀敌，也胜过当个只会寻章摘句的书生。这两句既与开头两句中的"心中自不平"相互呼应，又点明了贯穿全诗的"从军"主题，表现了诗人的报国热情，暗含对朝廷重武轻文的不满之意。

　　这首诗为初唐早期边塞诗的名篇。全诗结构严谨，仅仅四十个字就浓缩了如此丰富的内容，足见诗人的艺术功力。"初唐四杰"在诗歌的内容和形式上，对当时"纤丽绮靡"的诗风进行了开拓和创新，而杨炯的这首《从军行》风格刚健，又以严格的律诗形式来写，这在初唐诗坛上是很难见到的。

刘　生①

卿②家本六郡③，年长入三秦。

白璧酬知己，黄金谢主人。

剑锋生赤电，马足起红尘。

日暮歌钟发，喧喧动四邻。

注 释

①刘生：乐府旧题，属《横吹曲辞》。刘生，不详何人，应是一位任侠豪放之人。

②卿：对男子的敬称。

③六郡：指汉代陇西、天水、安定、北地、上郡、西河六郡。由于靠近戎狄，民风悍勇，男子多习射猎，皇帝侍从羽林、期门等多从六郡的良家子中挑选，许多名将也出自六郡。

译 文

刘生的家在六郡，长大后进入三秦。用白璧酬谢知己，用黄金报答接待自己的主人。他的宝剑刃上生出红色的闪电，骏马踏着红色的尘土。日暮之时他伴随着钟声歌唱，声音喧闹惊动了四邻。

赏 析

杨炯生性耿直，向往边塞生活，写了很多出色的游侠诗、边塞诗，此诗就是他模仿乐府旧题《刘生》所作的，虚构出一位挥金如土、武艺高强的游侠，显示出诗人立功边塞的愿望。

前两句概括了主人公（刘生）的出身和经历：他出生在名将辈出的六郡之地，长大后选择到三秦之地（指京师长安）去建功立业，或许像其他六郡良家子一样加入了皇帝的禁卫军。三、四句写刘生挥金如土、轻利重义的特点。从对待"白璧"和"黄金"的态度，侧面透露出刘生出身富贵之家，却不是贪图享乐的纨绔子弟。

五、六句写刘生在战场上奋勇杀敌、建立功勋，宝剑上的"赤电"与马足的"红尘"，再加上敌我双方的鲜血，给残酷的战场抹上艳丽的色彩。诗人向往边塞生活，宣称"宁为百夫长，胜作一书生"（《从军行》），刘生就是他的理想的化身。结尾两句进一步强化了刘生慷慨激昂、豪放不羁的性格：日暮之时他伴随着钟声歌唱，声音喧闹惊动了四邻。写出刘生自战场立功归来之后，依然慷慨悲歌，豪情不减，更为他的形象增添了几分浪漫色彩。

全诗采用侧面烘托的手法，人物形象鲜明，节奏感很强，读来振奋人心。

骢　马①

骢马铁连钱，长安侠少年。
帝畿②平若水，官路直如弦。
夜玉③妆车轴，秋金④铸马鞭。
风霜但自保，穷达任皇天。

译　文

①骢马：乐府诗题，属《横吹曲辞》，主要写关塞征役之事。骢马，青白色的马。

②帝畿：即京畿，指京城直接控制的区域。

③夜玉：夜光璧。

④秋金：即白金。古人认为秋天在五行之中属金，色白。

(译 文)

　　骢马身上有青色的圆钱式花纹，驮着长安的游侠少年奔驰。京畿一带像水一样平坦，官道像弓弦一样笔直。车轴上装饰着夜光璧，白金铸成了马鞭。在风霜之中保护好自己就够了，至于贫穷还是富贵要靠上天安排。

(赏 析)

　　这首诗与《刘生》相似，都用流畅的语言塑造出放纵不羁、慷慨激昂的少年游侠的形象，是诗人自身胸怀气度的写照，表达了诗人对游侠生活与建功立业的向往。

　　诗题虽然为《骢马》，但只有首句中提到了这匹身上有青色的圆钱式花纹的青白色骏马，第二句中主人公少年游侠就登场了。中间四句描绘了京畿一带平坦而笔直的道路，以及少年那奢华的车轴及马鞭，暗示少年出身长安豪富之家。这六句中骏马和游狭少年相得益彰，语言明白晓畅，没有过多艺术修饰，已为后来盛唐边塞游侠诗指明了道路。

　　结尾两句"风霜但自保，穷达任皇天"，暗示少年离开了繁华热闹的长安，决心冒着风霜到边疆去建功立业、报效国家。到了边疆，他要做的只有保全自己的性命，而把功名利禄置之度外，任由上天（实际指皇帝）安排。诗人保家卫国、建功立业的雄心壮志，都通过这两句表达了出来。

　　全诗意境壮阔，格调爽朗，采用侧面烘托的手法，将一个满怀爱国情怀的游侠少年的形象刻画得真实可感。

出　塞①

塞外②欲纷纭③，雌雄④犹未分。

明堂⑤占气色⑥，华盖⑦辨星文⑧。

二月河魁⑨将，三千太乙军⑩。

丈夫⑪皆有志，会见⑫立功勋。

注 释

①出塞：为汉乐府旧题，多写军旅、边塞生活。

②塞外：即塞北，古时指长城以北地区。

③纷纭：即纷争。

④雌雄：比喻胜负之分。

⑤明堂：古时候帝王宣传政教之处。

⑥占气色：望气。古人认为观察云气可以预测吉凶。

⑦华盖：古星的名字，属紫微垣，共十六星，在五帝座上，现在属于现代星座仙后座。

⑧星文：星象。

⑨河魁：古时候主将布置军帐的方位。

⑩太乙军：形容军士像天上的神兵。太乙，天神的名字。

⑪丈夫：也叫大丈夫，指取得较大成绩的人。

⑫见：一作"是"。

译文

塞北纷争不断，双方尚未分出胜负。在明堂之上预测吉凶，望着华盖星辨别星象。二月军帐中的将领，手下握有三千神兵。大丈夫都有志向，会到边关建立功勋。

赏析

此诗紧紧围绕题目"出塞"，对朝廷将士的一次出征进行了描述。写出了征战将士立志报国的雄心壮志，也写出了诗人自己征战沙场建立功业的决心。

前两句写塞北的严峻形势，"纷纭"二字概括了塞外军情的纷乱，为后文做出铺垫，"雌雄犹未分"一句说明此次出征尤为重要，也暗含诗人想要出塞一决雌雄的斗志。接下来四句暗示我方必能取得胜利："明堂占气色，华盖辨星文"二句，其实是写朝廷出征前进行的准备，具有一定的提振士气的作用；"二月河魁将，三千太乙军"二句写出了边塞将士的勇猛无敌。以上全是战争胜利的重要条件，而"丈夫皆有志"才是决定性因素，写出将士们必胜的信念。所以诗人坚信"会见立功勋"，语气不容置疑，富于气势。

全诗气势恢宏，诗句生动活泼。诗人借天时星象写军队的整肃，气势宏大。

有所思①

贱妾②留南楚③，征夫向北燕④。

三秋方一日⑤，少别比千年。

不掩颦⑥红缕⑦，无论⑧数绿钱⑨。

相思明月夜，迢递⑩白云天。

注 释

①有所思：为汉乐府旧题，属《鼓吹曲辞·汉铙歌十八曲》。

②贱妾：古时妇女对自己的谦称。

③南楚：南方的楚地，泛指南方。

④北燕：北方的燕地，泛指北方。

⑤"三秋"句：化自《诗经·王风·采葛》："一日不见，如三秋兮。"
三秋，三个秋天，指九个月。

⑥嚬：皱眉，这里指流泪。

⑦红缕：即红丝线，这里指红颜色的手帕。

⑧论：一作"能"。

⑨绿钱：即青苔，形状如铜钱。

⑩迢递：遥远的样子。

译 文

我留在南方，丈夫出征去往北方。虽然我们刚分别一天却像过了三秋
一样，短暂的分别却像离开了千年。不掩闺门泪湿红帕，无法数清门前的
青苔。在明月高照的夜里相思不绝，白云飘浮的天空多么遥远。

赏 析

唐初边塞战争不断，诗人感慨万千故而作此诗，写一个独守空闺的
少妇对远征边塞的丈夫的思念之情。诗对女主人公的心理进行了细致的描
写，写出了战争给人民带来的无边痛苦，抒发了诗人对战争的极度厌恶和
对不幸者的深切同情。

前两句"贱妾留南楚，征夫向北燕"，对仗工整，塑造出了一个形单

影只、自怨自艾的思妇形象。诗人以思妇的口吻讲述丈夫出征边塞，她无法与之同行，只能孤独地留守在家。平铺直叙的两句话却写出了思妇的无尽辛酸。"留""向"二字写得精妙，一留一去，同时"向"字表明了空间与时间，"征夫"去"北燕"，象征着征夫即将进入残酷的战斗中。这种分别与平时的离别有所不同，丈夫此去边塞，生死由命，归期难料，思妇的牵挂之情自然流露。"三秋方一日，少别比千年"二句，承接一、二句离别之情描述思妇对丈夫无比的思念之情。此处用典巧妙，写出了思妇在刚刚与丈夫离别后的自怨自艾之状。寥寥数语，就把思妇内心的痛苦描写得淋漓尽致。

五、六句转而对思妇的行为举止进行描写。"不掩嚬红缕"，她痛哭流涕，"不掩"二字用得极妙，比一贯的"掩闺卧"之类新颖而有情趣。诗人留下丰富的想象空间，让读者去遐想体会。"无论数绿钱"，在孤单寂寞时，她把注意力集中在门前的青苔上，那无边绿色实在难以数清，人已远去，苔藓也会越来越多，之后的日子恐怕只有这苔藓与她做伴了。"数绿钱"运用比喻的修辞手法，将思妇百无聊赖的心理刻画得细腻生动。结尾两句中，"明月"本无意，但明月当空的夜晚，却容易勾起人们无边的思念和牵挂。"白云天"表面上是写天空中的白云飘浮游荡，却暗含征夫思归之情。最后一句以"迢递"开头，其重点不仅是描绘了一幅高远无垠的蓝天图，更重要的是表达了征夫的思归其实是思妇心中的想象。言有尽而意无穷，更增添了诗歌的韵味。

此诗韵调和谐，格律工整，色彩繁多。诗句中"红缕""绿钱""明月""白云"等意象绚丽多彩。"三秋""一日""少别""千年"，叠用数量词，意境无穷但又不显重复。短短数句诗，勾勒出一个鲜活的思妇形象，情意缠绵凄怆，让人动容。

梅花落①

窗外一株梅，寒花②五出③开。

影随朝日远，香逐便风来。

泣对铜钩障④，愁看玉镜台。

行人断消息，春恨几裴回。

注 释

①梅花落：乐府旧题，属《横吹曲辞》。

②寒花：气候寒冷时开放的花。此处特指梅花。

③五出：梅花开时分五瓣。

④铜钩障：带有铜钩的屏风。障，即屏风。

译 文

窗外有一株梅花，花朵分成五瓣。影子随着早晨的太阳越拉越远，香气追逐着顺风袭来。流泪面对铜钩做装饰的屏风，满怀愁绪面对着玉制的镜台。远行之人的消息断了，春恨在我的身边不断徘徊。

赏 析

这首诗借赏梅来表现女主人公对"行人"（她的丈夫）的思念，反映了长久的战争对百姓生活的破坏。

　　这首诗可以划分为前后两部分。前四句咏物，女主人公的窗外有一株"五出开"的梅花，"一株梅"暗示了女主人公的孤独，非常巧妙。她闲看着"影随朝日远"，显示出百无聊赖的心绪，而闻着顺风袭来的香气，也无法改变她的愁绪。女主人公的愁绪从何而来？这四句没有交代，给读者留下了悬念。

　　后四句写人，女主人公由于思念无穷尽，于是"泣对铜钩障，愁看玉镜台"，睹物思人，更增添了她的悲愁。结尾两句，终于提示了女主人公为何而愁。初唐时期大力开边，很多人到边塞进行戍守，他们的家人则陷入对远在千里之外的亲人的思念之中，诞生了大量思念远方亲人的诗歌，本诗女主人公就是如此。久无丈夫的消息，侧面体现出当时边关战争的时间之长，引出了她对"春恨"的感慨，含有无尽的愁怨和凄怆。

　　诗中以梅花起兴，用梅花的孤芳自赏衬托思妇的形单影只，突出哀怨之深。全诗借物抒情，转折自然，情思婉转哀伤。

折杨柳①

边地遥②无极，征人去不还。
秋容③凋翠羽④，别泪损红颜⑤。
望断流星驿⑥，心驰明月关⑦。
藁砧⑧何处在？杨柳自堪攀⑨。

注　释

①折杨柳：乐府旧题，属《横吹曲辞》。

②遥：一作"迷"。

③秋容：哀戚的容貌。

④翠羽：比喻美人的双眉。

⑤红颜：指女性美好的容貌。

⑥流星驿：如流星一般迅速的驿马。驿，指驿马。

⑦明月关：指边塞。

⑧薰砧：隐语，指丈夫。典出《古绝句》："薰砧今何在？山上复有山，何当大刀头，破镜飞上天。"薰指稻草，砧指铡草时垫在下面的板子，省略了与"夫"谐音的"铁"，意为铡刀。

⑨"杨柳"句：指折柳，用来表示惜别之意。攀，即攀折。

译 文

边关遥远得没有尽头，征人一去就没有回来。满脸哀戚，眉黛不再鲜艳，离别的眼泪损害了美好的容貌。盼望着流星一般的驿马到来，心儿已经飞到了边塞。丈夫在哪里呢？杨柳已经可以攀折了。

赏 析

本篇描述闺妇思念出征丈夫的苦闷心情。

前两句开门见山，交代丈夫远去出征，"遥无极"极言其远，"去不还"则一语双关，饱含辛酸：一方面是说丈夫去了很久还不回还，另一方面暗示丈夫很可能会战死沙场，再也无法回来。

中间四句从外貌和内心两方面刻画思妇的无限哀怨。三、四句华丽而又凄恻，"翠""红"二字色彩鲜艳，象征着女主人公姣好的容颜。而"凋""损"二字富有肃杀之意，显示出离别对一位美人的伤害有多么大。五、六句显示出女主人公每日都在等待丈夫的消息，心也跟随丈夫飞到了遥远的"明月关"。

结尾两句点明思妇怀夫，"杨柳自堪攀"一句是说，丈夫走时自己折柳送别，如今又是杨柳依依可以攀折的季节，丈夫却还没有回来。这婉转动人的词句，反映出战争给人民带来的痛苦之深，以及诗人对女主人公的深切同情。

此诗语言清丽，情景交融，境界悲凉。

紫骝马①

侠客②重周游，金鞭③控紫骝。

蛇弓④白羽箭⑤，鹤辔⑥赤茸鞦⑦。

发迹⑧来南海⑨，长鸣向北州⑩。

匈奴今未灭⑪，画地⑫取封侯。

注 释

①紫骝马：乐府旧题，属《横吹曲辞》。紫骝，古代骏马名。

②侠客：武艺高强、轻财重义的人。

③金鞭：用黄金装饰的马鞭。

④蛇弓：形状像蛇一样的弓。

⑤白羽箭：末端用白羽毛装饰的箭。

⑥鹤辔：白色的缰绳。鹤，色白如鹤羽。

⑦赤茸鞦：红色的鞦。鞦，套车时拴在马股后的绊带。

⑧发迹：指求取功名。

⑨南海：古代用以指南方地区。

⑩北州：即塞北。

⑪"匈奴"句：化用《史记·卫将军骠骑列传》"匈奴未灭，无以家为也"之句。匈奴，亦称胡，是我国古代北方少数民族。

⑫画地：在地上演示，即谋划兵略。

译文

侠客热爱游历四方，手拿黄金装饰的马鞭驾驭着紫骝马。携带着蛇弓与白羽箭，骏马配着白色的缰绳、红色的鞯。为求取功名来到南方，骏马嘶叫着朝向塞北。匈奴还没有消灭，现在是谋划兵略、求取侯爵的好时机。

赏析

本诗为边塞乐府诗，是我国早期诗歌创作中格律较为严整的五言律诗。此诗题目为"紫骝马"，实则是借写马来描写一位将要守卫边疆的"侠客"，描述了一位驾驭着紫骝马的朝气蓬勃、满怀激情、游历四方的侠客形象，体现了其欲立功边塞的爱国精神。

前两句写"侠客"手持黄金装饰的马鞭，驾驭着骏马，四处游历。文中并未对主人公进行直接描写，反而先浓墨重彩地刻画了主人公的马鞭和坐骑，用以衬托主人公的形象。三、四句依旧使用以物写人的方式，刻画了主人公的兵器——弓和箭，以及紫骝马的配饰——白缰绳与红绊带，再次渲染主人公的形象。其中"白羽箭"既是兵器，也代表着战争氛围，"鹤箭赤茸鞯"则刻画出马匹的威武雄壮。

五、六句承上启下，表面上继续写马，实际上是点明主人公到过的地方，照应了开头的"重周游"。此二句继承前面对紫骝马及兵器等的描写，并引出尾联的抒怀。"长鸣向北州"一句运用虚实结合的方法，表面上写紫骝马朝着塞北悲鸣，实际上写"侠客"的悲愁。"向北州"是因为"北州"被敌寇占领，同族在外族的压迫下陷入水深火热之中。结尾两句表露情感，表达了"侠客"的凌云之志，也展现了"侠客"的真正想法：立功报国，封侯取爵。"匈奴今未灭"承接"长鸣向北州"句，表明了"长鸣"的原因，再次呼应了开头的"侠客重周游"。既表达了"侠客"的豪情壮志，也暗示了诗人本身的际遇和志向。

全诗运笔从容，风格刚健，这位"侠客"对沙场的困苦、个人的生死安危等闲视之的雄壮气概都从对紫骝马的描写中体现出来，他壮志凌云、激情满怀，是初唐时代风貌的绝佳体现。

战城南①

塞北途辽远，城南战苦辛。

旛旗②如鸟翼，甲胄似鱼鳞。

冻水寒伤马③，悲风愁杀人④。

寸心明白日，千里暗黄尘。

注 释

①战城南：属乐府《鼓吹曲辞·汉铙歌十八曲》。

②旛旗：即旌旗。旛，指长幅下垂的旗。

③"冻水"句：东汉陈琳《饮马长城窟行》有"水寒伤马骨"之句。

④"悲风"句：化用《古诗十九首·去者日以疏》"白杨多悲风，萧萧愁杀人"之句。悲风，凄厉的风。

译 文

塞北的路程遥远而漫长，在城南作战使人痛苦而心酸。被风吹动的旌旗就像飞鸟的双翼，反光的盔甲正如鱼的银鳞。河水冰凉以致冻伤了坐骑，阵阵凄风让将士愁闷不已。将士的忠诚如同白天的太阳，漫漫边塞被黄尘遮掩。

赏 析

本诗以战士的视角讲述边塞的军旅生涯，人物形象慷慨激昂，表现出誓死报国的决心。本诗格调雄壮开阔，饱含爱国情怀。清代诗人李调元在《雨村诗话》里评价此诗："浑厚朴茂，犹开国风气。"

前两句用对句开篇，直接点明了战争的位置，紧贴题目，直接描述战争场景，隐喻了"战城南，死郭北，野死不葬乌可食"（《乐府诗集·战城南》）的悲戚画面，情感悲切动人。三、四句采用类似于白描的手法叙述沙场上旌旗猎猎，盔甲映日的景象。运用排比手法把战阵写得极有威势，不仅描写出了将士的威武，还表现了战士昂扬的斗志。读者从中能够深切地感受到诗中主人公的激动与自豪。

战场上生死悬于一线，人心动荡不安、难以捉摸，在一番拼杀之后，人们的感慨也随之产生。五、六句借此进入抒情性的描写。"冻水寒伤马"是化用陈琳的诗句："饮马长城窟，水寒伤马骨。"表面上是写马，实际上是写人。"悲风愁杀人"一句是化用《古诗十九首》"白杨多悲风，萧萧愁杀人"的句意，愈发强烈地抒发情感。凄风阵阵，满目萧瑟，触动了征人的万千离愁。本联客观地表露了广大戍边将士的情感，也流露出了诗人的思想倾向。结尾两句以景作结，"寸心明白日"一句，用词新颖，意蕴悠长，有极强的艺术概括力，表明了将士心系祖国，不畏死亡，想立功边塞以报君王的情怀。"千里暗黄尘"一句既是对战场景物的描写，也是对战争气氛的渲染。虽然战场上被黄尘遮掩，但战士的忠诚如同白天的太阳。

此诗描述戍边将士的征战之苦和忠贞的品质，巧妙设喻，用典精准，主题突出，格调苍凉而悲壮。

送临津①房少府②

歧路③三秋④别，江津⑤万里长。

烟霞驻⑥征盖⑦，弦奏⑧促飞觞⑨。

阶树含斜日，池风泛早凉⑩。

赠言未终竟，流涕忽沾裳。

注 释

①临津：唐朝县名，在今四川剑阁之南。

②房少府：生平不详。

③歧路：岔路，代指分别之处。

④三秋：此处指秋季。

⑤江津：此处指长江。

⑥驻：停留。

⑦征盖：指远行的马车。盖，车盖，借指马车。

⑧弦奏：弹奏琴瑟等乐器。

⑨飞觞：饯别时劝酒。觞，盛满酒的酒杯。

⑩早凉：夕凉，较夜凉而言为"早"。

译 文

　　秋天我们在岔路分别，长江绵绵万里长。烟霞停留在即将远行的马车上，琴瑟之声催促着饯行时相互劝酒。西斜的太阳斜挂在台阶上的树间，池塘吹来的风泛起夕凉。赠别的话还没有说完，眼泪忽然流下沾湿衣裳。

赏 析

本诗是诗人在长安时为友人饯行所作，房少府当初从临津来到长安追求功名，现在却依然官职低微，黯然返回故地，显然是仕途不顺。诗中详细描写了二人分别的场景，展现了二人的深情厚谊。

前两句开宗明义，写出送别的地点（"歧路"）和时间（"三秋"），一旁"万里长"的长江暗示着房少府要去遥远的地方。房少府是蜀中临津人，与长安远隔千里，对古人来说是极为遥远的。三、四句写饯别宴会上的场景：管弦齐奏，主客频频举杯，看似热烈，却难掩离别的伤感。而环绕着马车的烟霞，则营造出离别之时凄迷、萧瑟的氛围。

五、六句写太阳西斜，池风送来夕凉，无不告诉诗人和房少府，时间已经很晚了，他们必须分离了。其中"含""泛"二字贴切而巧妙，显示出诗人很高的炼字功底。结尾两句直抒胸臆，"赠言未终竟"呼应前文，友人即将远行，再会无期，双方自然有千言万语要倾诉，但是时间是有限的，"未终竟"的遗憾终归难以避免。"流涕忽沾裳"并无新意，是送别诗的传统结句，但一个"忽"字，显示出诗人按捺已久的情绪终于喷薄而出，写出了深沉的离愁，同时表达了深切的同情，是颇为真挚动人的。

此诗用深邃、幽暗、凄寒的画面，渲染出哀伤的氛围，用奏乐、劝酒、赠言、流泪等，表达了诗人对朋友的深情厚谊。以景写情，抒发了愁苦而悲切的情怀。

送丰城①王少府②

愁结乱如麻，长天照落霞。
离亭隐乔树③，沟水浸平沙。

左尉^④才何屈，东关^⑤望渐赊。

行看转牛斗，持此报张华^⑥。

注 释

①丰城：今江西丰城。

②王少府：具体不详，丰城人。

③乔树：高大的树。

④左尉：降为县尉。左，贬抑。

⑤东关：指长安东关，当时人们经常在东关之外送别。

⑥"行看"二句：出自《晋书·张华传》。西晋名臣张华夜观天象，发现斗星与牛星之间有紫气冲天，认为与二星对应的豫章丰城之地有宝剑，剑气直冲牛斗。于是，他委托丰城人雷焕担任丰城令去寻剑，雷焕在丰城监狱的屋基下挖出了两把宝剑，剑上刻字，一名龙泉，一名太阿。挖出剑的当天牛斗之间的紫气就不见了。雷焕将其中一把剑赠给张华，另一把自己佩带，后二剑都化龙而去。牛斗，牛星与斗星，古人认为二星在天上的位置对应的是人间的豫章郡（今江西一带）。

译 文

离别愁绪让我心乱如麻，辽阔的天空上日照晚霞。高大的树遮蔽了送别亭，御沟水浸湿平坦的沙地。你被降为县尉多么屈才，抬眼望去东关越来越远。希望你此行回到牛斗之间，他日手持宝剑回报张华。

赏 析

这首诗是诗人在长安送别友人王少府回丰城时所作，借用西晋名臣张

华的典故，安慰仕途失意的友人，勉励他继续努力。

首句直抒胸臆，写诗人因友人离去而产生纷乱的愁绪。第二句中，诗人抬眼远望，看到辽阔的天空上日照晚霞，显得寂寥惨淡。这两句直白、流畅、洒脱，带有民歌色彩，是唐诗草创期的典型特征，别具风味。三、四句，写送别地点的景色，雅致和谐，对仗工整，具有独特的律诗意味，再次突出杨炯对诗歌的大胆探索，富有开拓意义。

五、六句转而抒情，感慨王少府怀才不遇。随着王少府离东关越来越远，诗人的伤感也越来越深。结尾两句，将王少府比喻为西晋时的丰城人雷焕，隐隐有以张华自比之意，勉励王少府到故乡后不要灰心失意，而是努力磨砺自己的才能，找到"宝剑"（仕途和学问上的精进），再回到长安回报"张华"（诗人自喻，也可以理解为朝廷），最终实现政治抱负。这里既是对王少府的勉励，也是诗人对自己的期许。

全诗典雅浑厚又不失含蓄，诗人结合王少府的籍贯与历史上的相关典故，对友人进行了一次巧妙的勉励。

送梓州周司功①

御沟一相送，征马屡盘桓②。
言笑方无日，离忧独未宽。
举杯聊劝酒，破涕暂为欢。
别后风清夜，思君蜀路难。

注 释

①周司功：生平不详。司功，官职名，唐时在州称司功参军，在县称

司功，职位较低。

②盘桓：徘徊，逗留。

译 文

在御沟送别友人，远行的马多次逗留不肯离去。我们互相谈笑的日子还没有多少，离别的忧愁袭来，无法宽解。举起杯来聊且劝酒，擦去眼泪暂且欢笑。离别后清风吹拂的夜晚，思念你时却被艰险的蜀道阻隔。

赏 析

本诗是诗人在长安为友人送行时所作，抒发诗人在御沟旁与将要赶赴蜀地的周司功分别的离情。

前两句点明送别地点，"征马"盘桓不去，实际上是周司功屡屡勒马与送别的诗人交谈，用马的不忍离去暗指人的不忍分别，非常巧妙。三、四句既表明诗人与朋友的深情厚谊，又和当下离别的哀伤构成明显的对比。"方"与"独"的对比尤为强烈，憾恨之意油然而生，真实可感。

五、六句描写的强颜欢笑之状与结尾两句所写的离别后的无穷思念再次构成对比，更显现出二人情谊的绵长。其中，"举杯聊劝酒"，有硬将泪水往肚里咽的感觉，为了不让对方徒增伤感，二人都"破涕暂为欢"，心理描写可谓一波三折，把二人的友谊表达得无微不至。结尾两句，"风清夜"的良宵美景与"蜀路难"带来的艰难之感再次形成对比，"思君蜀路难"一句用典，令读者联想到乐府旧题《蜀道难》，体现出诗人对这位友人的坎坷遭遇，特别是仕途蹇涩的同情。

本诗表现了诗人与周司功的深厚友谊，描写细致入微，感情真挚，读来真切动人。

送杨处士①反初②卜居③曲江④

雁门⑤归去远，垂老⑥脱袈裟⑦。

萧寺⑧休为客⑨，曹溪⑩便寄家⑪。

绿琪⑫千岁树，黄槿⑬四时花。

别怨应无限，门前桂水⑭斜。

注 释

①杨处士：姓名与生平不详。处士，古代德才兼备而隐居不仕的人。

②反初：指出家人还俗。

③卜居：选择居住地。

④曲江：即今广东韶关曲江区。

⑤雁门：战国时期赵地，秦时置郡。位于今山西北部。

⑥垂老：将要老去。

⑦袈裟：为梵文音译词，指佛教僧尼的法衣。

⑧萧寺：佛寺。

⑨客：一作"相"。

⑩曹溪：水名，在今广东曲江东南双峰山下，为禅宗重地。

⑪寄家：在他乡定居。

⑫绿琪：神话中绿玉构成的仙树。

⑬黄槿：木名，即木槿。

⑭桂水：在今湖南，汇入耒水。此指曲江之水。

译　文

　　回到雁门的路途实在太遥远了，将要老去才脱下袈裟还俗。在寺庙无须把自己当作客人，直接在曹溪定居也可以。绿琪树千岁常青，木槿全年开花。分离的愁绪想来是没有穷尽的，用门前曲江之水都无法衡量。

赏　析

　　本诗为送别诗，诗中的主人公是一位德才出众的隐士，长时间居住在南方，到了老去之时，要去曲江定居，因此诗人前来送别。

　　前两句表明杨处士是雁门人，后来以隐士的身份长期隐居于僧院，老去之时择地定居，觉得回故地的路途过于遥远，便打算到曲江去定居。三、四句中，"萧寺""曹溪"皆代表僧院，表明修行不需拘泥于地点。此处，这两句对普通人也有启示意义：不要因一时境况不佳而心生不快，而是要做到"此心安处是吾乡"（苏轼《定风波》），时刻对生活保持乐观态度。

　　五、六句写景，实际上是诗人想象中的景色，"千岁树"与"四时花"，均带有神话色彩，与杨处士的身份极为契合，显示出杨处士卜居之地的美好，也象征着杨处士的美好品行。结尾两句以江水为喻，显示出自己与杨处士的深厚友谊以及离别后的无限惆怅。"别怨应无限"直抒胸臆，"门前桂水斜"则含蓄蕴藉，仿佛无限的江水载着离愁，令读者回味不尽。

　　本诗抒发分别时的哀伤。杨处士辞别了孤寂的寺庙，回归多姿多彩的世俗，令诗人欣慰。但与友人的分别，让诗人在欣慰中感到一丝离别之愁。全诗格调总的来说是轻快的，所写景色雅致宜人，情景交融，意蕴绵长。

途 中

悠悠辞鼎邑①，去去指②金墉③。

途路④盈⑤千里，山川亘百重。

风行常有地，云出本多峰。

郁郁园中柳⑥，亭亭山上松⑦。

客心殊不⑧乐，乡泪独无从。

注 释

①鼎邑：指长安。

②指：一作"拒"。

③金墉：即金墉城，位于今河南洛阳东北。

④途路：路程。

⑤盈：超出。

⑥"郁郁"句：《古诗十九首·青青河畔草》有"青青河畔草，郁郁园中柳"之句。

⑦"亭亭"句：东汉刘桢《赠从弟·其二》有"亭亭山上松，瑟瑟谷中风"之句。

⑧不：一作"未"。

译 文

　　远远地离开了长安，去往金墉城。路程超过了千里，山川横亘百里。风行空中常有地籁和鸣，白云常在峰峦众多的地方出没。园中有郁郁葱葱的柳树，山上有亭亭而立的青松。我的心中非常悲伤，思乡之泪不知该往何处抛洒。

赏析

这首诗写于诗人从长安前往洛阳途中，大概作于诗人被贬为梓州司法参军之时，他当时先到洛阳，再由洛阳南行入蜀。

前两句叙述诗人离开长安前往洛阳的情形。首句叠用"悠悠"二字来表达诗人失魂落魄的情态，形象生动。下句叠用"去去"，使得人物形象愈发鲜明，描绘出诗人心事重重的状态。用"鼎邑"来对"金墉"，用词端整。结合后文可知，诗人在途中心事重重，路途千里之遥，山水连绵，让人望而却步。三、四句抱怨行役之苦，语气哀怨。诗人并非升官赴任，也并非去边塞戍守，因此既没有豪情，也没有游览景色的闲情。前四句概括了诗人当时的心理活动。

五、六句既体现了征途的艰险，也渲染了胸中的波澜，可以看作诗人在路上的见闻，也可以看作诗人的心理活动：由于恃才傲物，平时大众对自己的议论已不少，何况现在置身于风口浪尖，现在的种种流言，不正如从山峦中涌出的浮云吗？这里是诗人内心愤懑的表现。七、八句是对景物的描写，直接引用古人诗句，郁郁葱葱的"园中柳"在诗人眼中不过是离别的象征，徒增伤感。亭亭而立的松树，则暗示诗人在逆境中保持自身坚贞的品质。

结尾两句，"客心殊不乐"表明诗人愁思的深沉。下面自然地以"乡泪独无从"作结。诗人的哀伤之泪独自流淌，有苦无处诉。这既是因为身边没有伴侣，也是因为精神上的孤寂，没有知音，没人理解自己。这才是诗人真正悲痛之处。

在诗人所处的年代，文人们"争构纤微，竞为雕刻""骨气都尽，刚健不闻"，诗人则坚决抵制当时的"上官体"而提倡"刚健"。本诗读来清新刚健，气骨苍然。诗中或是化用名句句意，或是采意入诗，在沿袭中自创意境，读来自然浑成。全诗不长，但转折自如，情节跌宕，手法得体，寓情于景，格调重而不滞。加之叠词的运用，愈发增强了诗的音韵之美。

送刘校书①从军

天将下三宫②，星门③召④五戎⑤。

坐谋⑥资庙略⑦，飞檄⑧仵文雄⑨。

赤土流星剑⑩，乌号⑪明月⑫弓。

秋阴生蜀道⑬，杀气⑭绕湟中⑮。

风雨何年别，琴尊⑯此日同。

离亭不可望，沟水⑰自西东。

注 释

①刘校书：名字、生平不详。校书，古代负责校理典籍的官员。

②"天将"句：此句描绘将领受命出征。天将，天上的神将，此处指唐将。三宫，指紫微、太微与文昌三个星座，此处喻朝廷。

③星门：军门。

④召：召集。一作"启"。

⑤五戎：古代的五种兵器，此处借指军队。

⑥坐谋：即"坐论"。唐及五代之制，宰相面君议事，君主赐茶命坐，谓之坐论。

⑦庙略：朝廷的谋略。

⑧飞檄：紧急檄文。檄，指军书。

⑨文雄：即文豪。

⑩"赤土"句：《晋书·张华传》记载，"华以南昌土不如华阴赤土……

因以华阴土一斤致焕。焕更以拭剑，倍益精明"。流星剑，古代一种宝剑名。

⑪乌号：古代良弓名。

⑫明月：比喻弓引满时如满月。

⑬蜀道：蜀中道路。

⑭杀气：形容战斗气氛。

⑮湟中：位于今青海东北部，因湟水流经此处，故名。

⑯尊：古代酒器，此处指酒。

⑰沟水：御沟之水。

译 文

大将从朝廷出发，军队被召到军门前。朝廷的谋略有待你去坐论，紧急檄文等待文豪来书写。华阴赤土擦拭流星剑，乌号弓引满如满月。秋日蜀道之中阴云密布，杀气萦绕在湟中。哪一年的风雨中我们离别？今日我们同在琴酒为伴的饯别宴席上。远远地看不到离亭了，我们在这御沟之水旁各分西东。

赏 析

本诗是诗人在长安送友人从军时所作。我们从中可以感受到边塞军功对文士的吸引力，这自然也是诗人所期盼的。

诗的前八句，完全没有对离别的忧伤进行渲染，反而大肆渲染朝廷的军事行动，想象刘校书到达疆场之后的战斗生活，隐含的意思是预祝刘校书在从军后大展宏图，建功立业。前两句描写军容之威，"天将下三宫"劈头而来，气势磅礴，为全诗定下基调。三、四句写军情之急，"坐谋"之胸有成竹与"飞檄"之迅捷如风形成对比，突出刘校书谋略过人、才思敏捷的特点。接下来四句写大唐军队武器的精良以及战场上杀气腾腾的场面，包括刘校书在内的大唐将士们手持"流星剑"与"明月弓"，在"蜀道"及"湟中"等战略要地与敌人对峙，工整的对仗及恰到好处的修饰之语，让这四句情景兼美，辞章俱佳，侧面突出了人物的英武形象。从中我们不难读出诗人对军旅生活的向往以及他由衷的爱国热情。

结尾四句呼应了主题，开始正面写送别之情。"风雨""琴尊""离亭""沟水"这些送别诗的传统意象，在诗人笔下却显得气势雄浑，颇有几分令人感奋的力量。诗人用对水流的描写，表达了绵长的分别之情，永不停息的流水，正如诗人绵长的离思。虽然写惜别，但并无一般赠别之作的哀伤情绪。

此诗善用衬托、映照等手法，诗中形象鲜明，情景交融，气势雄浑，离情深厚。

和石侍御①山庄

烟霞非俗宇，岩壑只幽居。
水浸何曾畎②，荒郊不复锄。
影浓山树密，香浅泽花疏。
阔堑③防④斜径，平堤夹小渠。
莲房⑤若个实，竹节几重虚。
萧然⑥隔城市，酤醴焚枯鱼⑦。

注 释

①石侍御：生平不详。侍御，监察御史、殿中侍御史唐代都称侍御。

②甽：田间的水沟，这里指疏通水沟之意。

③阔堑：宽阔的沟渠。

④防：护。

⑤莲房：莲蓬。

⑥萧然：悠闲。

⑦"酌醴"句：引用三国魏应璩《百一诗》："田家何所有，酌醴焚枯鱼。"醴，甜酒。枯鱼，干鱼。

译 文

山庄烟雾缭绕，远离世俗，山峦溪谷之间适合隐者居住。水沟没有疏通过但土地湿润，山庄边的荒郊不需要耕锄。山上繁茂的树木投下浓密的阴影，沼泽中稀疏的花朵释放淡淡的芳香。宽阔的沟渠保护着歪斜的小路，平坦的堤坝夹着一条小小的水道。一部分莲蓬已经长满，中空的竹子不知道长出了几节。这里与城市隔绝，多么悠闲，一边喝着甜酒，一边烤着干鱼。

赏 析

诗人受邀到石侍御的山庄做客，主人咏诗一首，诗人作此诗唱和，以朴实无华的语言着重描绘了山庄周围的景色，烘托出山庄的幽雅僻静，创造出清新的意境，同时体现出诗人的审美观。

前两句，"烟霞"与"岩壑"，均带有超凡脱俗的意味，往往与高洁的隐士生活联系在一起，这两句概括出石侍御山庄的高雅、幽静，奠定全诗的基调。三、四句，显示出这里人工雕琢的痕迹非常少，保留着自然的本色。也在侧面显示出，主人是个暂居此处的富贵之人，因此不必靠耕种糊口，削弱了诗的隐逸意味。

接下来六句，视角由远及近、层层递进，描绘出山庄超然世外、清净优雅的景色，侧面烘托出主人的高洁志趣。"影浓山树密，香浅泽花疏"二句为绝妙佳句，写出自然之景的宁静纯美，令人心生向往。随后两句，诗人用平铺直叙的手法描写山庄的沟渠、小路、堤坝、水道，是人力与自然、散漫与规整的结合，别具一格。"莲房若个实，竹节几重虚"二句可称佳句，莲与竹均为道德高尚者的象征，二者虚实相生，隐含对主人品格的赞美。

结尾两句，终于出现了人的活动，主客双方在这个远离城市的悠闲庄园中一边喝着甜酒，一边烤着干鱼，极尽悠闲、恬淡之趣。其中，"酌醴焚枯鱼"一句直接引用前人诗句，却做到了浑然无迹、如同己出，更增加了山庄生活的高雅情趣。

此诗语言洗练清新，通篇不加雕饰，体现出超乎尘世的清爽气息。

早　行

敞朗东方彻，阑干①北斗斜。
地气俄成雾，天云渐作霞。
河流才辨马②，岩路不容车③。
阡陌④经三岁，闾阎⑤对五家。
露文沾细草，风影转高花。
日月从来惜，关山犹自赊。

注　释

①阑干：纵横的样子。

②"河流"句：化自《庄子·秋水》中"秋水时至，百川灌河。泾流之大，两涘渚崖之间，不辩（辨）牛马"之句。

③"岩路"句：化自汉乐府《长安有狭斜行》中"长安有狭斜，狭斜不容车"句。

④阡陌：田间纵横交错的小路，这里泛指道路。阡，田间南北走向的小路。陌，田间东西走向的小路。

⑤闾阎：古代里巷内外的门，这里代指村庄。

译 文

东方的天空敞亮开朗，纵横的北斗七星已经西斜。地上的气体瞬间凝结成雾，天空的云彩渐渐变成彩霞。刚刚能看清河对岸的马，狭窄的山间道路容不下一辆车。在道路上已经奔波了三年，路边村庄里看到了三五户人家。露珠沾在细草之上，风的影子在高处的花朵上盘旋。我向来珍惜时光，但是去往关山的旅途还是那么遥远。

赏 析

这是一首边塞诗，描写的是战士们清晨前往边疆途中看到的优美景色，以及由这些景色带来的感受，抒发了对自然的热爱和对战士们风餐露宿、一心报效国家的赞美与敬佩之情。

诗的前四句写的是视觉感受：东方的天空敞亮开朗，纵横的北斗七星已经西斜。地上的气体瞬间凝结成雾，天空的云彩渐渐变成彩霞。景色辽阔，色彩绚丽，并紧扣"早"字，侧面写战士们日夜兼程、风餐露宿地赶路，写出从军的艰辛。之后的"河流才辨马，岩路不容车"二句，继续渲染早行的艰辛。这六句中"俄""渐""才""不"等副词的运用十分准确，显示出诗人炼字的才能。

"阡陌经三岁，闾阎对五家"二句，进一步加深了旅途的苦闷：在道路上已经奔波了三年，路边村庄里看到了三五户人家。既写出旅途的奔波之久，又显示出途中的人迹罕至，更增添了疲累、寂寥之感。接下来"露文沾细草，风影转高花"二句再次写景，笔触轻快明朗，可见战士们的兴致并没有消沉下去，而是立刻高昂起来。他们情绪转变的原因在结尾两句中揭晓了："日月从来惜，关山犹自赊。"为了早日到达边塞，保卫疆土，他们极为珍惜时间，因此才在东方泛白之际早早登程。这两句将全诗的格调瞬间提振起来，堪称点睛之笔。

全诗对仗工整，音韵和谐，意境旷阔清新，既有乐府诗的明朗，又不失律诗的严谨。

和刘侍郎①入隆唐观②

福地阴阳合，仙都日月开。

山川临四险③，城树隐三台④。

伏槛⑤排云出，飞轩⑥绕涧回。

参差凌倒影，潇洒轶浮埃⑦。

百果珠为实，群峰锦作苔。

悬萝⑧暗疑雾，瀑布响成雷。

方士⑨烧丹液⑩，真人⑪泛玉杯。

还如问桃水⑫，更似得蓬莱⑬。

汉帝求仙日⑭，相如作赋才⑮。

自然金石奏⑯，何必上天台⑰。

注 释

①刘侍郎：其人不详。侍郎，唐代时为六部长官的副手，主管文书的书写。

②隆唐观：唐道观名，后避唐玄宗李隆基讳更名为崇唐观，故址在今河南登封。

③四险：四周的险要处。

④三台：本义指灵台、时台、囿台，是古代君主所建。东汉许慎《五经异义》："天子有三台：灵台以观天文，时台以观四时施化，囿台以观鸟兽鱼鳖。"

⑤伏槛：倚着栏杆。

⑥飞轩：疾驰的车。轩，有围棚或帷幕的车。

⑦轶浮埃：超脱于尘世之外。轶，超越。浮埃，附着在物体表面的尘土，这里指尘世。

⑧悬萝：悬挂着的松萝。萝，指松萝。

⑨方士：古代自称能够寻找神仙、炼制丹药以求取长生不老的人。

⑩烧丹液：指炼丹药。

⑪真人：道家称修真得道或成仙的人。

⑫问桃水：即寻访桃花源，典出东晋陶渊明《桃花源记》。

⑬蓬莱：神话中的海上三神山之一。出自《史记·封禅书》："自威、宣、燕昭使人入海求蓬莱、方丈、瀛洲。此三神山者，其传在渤海中。"

⑭"汉帝"句：汉武帝沉迷求仙，宠信方士，建设了很多求仙的建筑，白白耗费无数人力、财力。

⑮"相如"句：西汉辞赋家司马相如曾作《大人赋》等，极力渲染神仙遨游四方的盛况，暗含对汉武帝沉迷求仙的讽谏。

⑯金石奏：指取得丹药。金石，代指丹药，其中包含汞等金属、雄黄

等矿物质。

⑰天台：即天台山，在今浙江天台北。南朝宋刘义庆《幽明录》记载，东汉剡县人刘晨、阮肇入天台山采药时迷路了，遇到了两位仙女，结为夫妇。半年后两人下山回家，发现时代已是东晋，村庄完全变了样子，还找到了他们的七世孙。不久，两人再次上山，从此再也没有回来。

译 文

隆唐观是阴阳二气相合之地，日月仿佛从这里升起。山川靠近四周的险要处，遥看城边的树隐藏着帝王的三台。倚着栏杆看到层云涌出，疾驰的车绕着山涧回来。远远地看到光芒从下方照射，洒脱地超越尘世之外。百果的果实都剔透如珍珠，周边爬满苔藓的山峦艳丽如锦屏。悬挂着的松萝仿佛雾气一样，瀑布的声音如雷一般炸裂。方士在这里炼制丹药，真人在这里畅饮仙酒。我仿佛是寻访桃花源的客人，又像是找到了蓬莱山。汉武帝徒劳地在别处孜孜求仙，司马相如的辞赋写不出这里的风采。在隆唐观中就可以取得丹药，何必登上天台山。

赏 析

隆唐观是唐高宗调露元年（679 年）武则天与唐高宗同游嵩山、拜访著名道士潘师正后赐建，后成为文人雅士频繁造访的胜地。诗人和刘侍郎同游隆唐观后，刘侍郎赋诗，诗人作此诗唱和，描写隆唐观的形胜及四周的美好景色，并用桃花源、汉武帝求仙、司马相如作赋、刘阮上天台等典故，赞叹隆唐观如同仙境。

前八句集中描写了隆唐观所处位置的高峻、险要，"阴阳合""日月开"从大处落笔，带有囊括天地的气势。三、四句视角拉近，着眼于隆唐观所处的位置，极尽险峻之趣。五、六句，诗人伏在观中栏杆上，俯瞰层云从脚下涌出，疾驰的车从远处绕着山涧回来，恍然间有身处仙境的独特感受。尤其是"参差凌倒影，潇洒轶浮埃"二句，描写日月光芒在隆唐观下方照射，洒脱地超越尘世之外，用夸张的手法写出此地高耸入云的壮观景象以及超越凡俗的洒脱飘逸，为后文描写隆唐观成为神仙钟情之地做出铺垫。

中间四句写隆唐观四周之景，极尽奇绝佳丽之态。"百果珠为实，群峰锦作苔"二句鲜艳华美，让读者眼前浮现出珍珠般晶莹剔透的挂满枝头的果实，以及艳丽的爬满苔藓的山峦，这样的美景令人向往不已。"悬萝暗疑雾，瀑布响成雷"二句非常优雅美妙：悬挂着的松萝仿佛雾气一样，景色幽雅动人，耳边突然传来炸雷般的瀑布奔流之声，却并没有显得喧闹，而是更加凸显出隆唐观的幽静。令读者很自然地联想到南朝梁诗人王籍的"蝉噪林逾静，鸟鸣山更幽"。

结尾八句集中用典，有求仙者推崇的方士、真人，有传统中的仙山蓬莱山和天台山，而汉武帝和司马相如的典故，隐隐透露出几分神仙之说为虚幻的冷峻。总的来说，这八句是在赞美隆唐观作为人间仙境，得到神仙的钟情，在这里能够得到仙药，长生不死。隆唐观是被唐高宗和武后称为神仙的潘师正的住处，在诗人眼中自然仙气飘飘，胜似蓬莱仙境。这几句的思想境界不高，但是对典故的运用十分纯熟，作为与达官显贵之间酬答往来之作，其技巧也非常成熟。

全诗笔触洒脱，辞藻华丽婉媚，刻画细腻，没有摆脱当时流行的宫廷诗风，因此在诗人的作品中并不突出，但是其写景手法还是有独特之处，读来韵味盎然。

和刘长史①答十九兄②

帝尧平百姓，高祖宅三秦。

子弟分河岳③，衣冠动缙绅④。

盛名恒不陨，历代几相因⑤。

街巷涂山⑥曲，门闾⑦洛水滨。

五龙金作友⑧，一子玉为人⑨。

宝剑丰城气，明珠魏国珍⑩。

风标自落落⑪，文质且彬彬⑫。

共许刁元亮⑬，同推周伯仁⑭。

石城俯天阙，钟阜⑮对江津⑯。

骥足方遟骋⑰，狼心独未驯。

鼓鼙⑱鸣九域⑲，风火集重闉⑳。

城势余三板㉑，兵威乏四邻。

居然混玉石㉒，直置㉓保松筠㉔。

耿介酬天子，危言数㉕贼臣。

钟仪琴未奏㉖，苏武节㉗犹新。

受禄宁辞死，扬名不顾身。

精诚动天地，忠义感明神。

怪鸟㉘俄垂翼，修蛇㉙竟暴鳞㉚。

来朝拜休命㉛，述职下梁岷。

善政驰金马㉜，嘉声绕玉轮㉝。

三荆㉞忽有赠，四海更相亲。

宫徵㉟谐鸣石㊱，光辉掩烛银㊲。

山川遥满目，零露坐沾巾。

友爱光天下，恩波浃㊳后尘。

懦夫㊴仰高节，下里继阳春㊵。

注 释

①刘长史：即刘延嗣，曾任润州（今江苏镇江）司马、梓州长史，后迁汾州刺史，卒于任上。

②答十九兄：刘延嗣被贬为梓州长史，其同族中排行十九的兄长赠诗来安慰，刘延嗣作诗回赠。

③河岳：黄河和五岳，代指全国各地。

④缙绅：旧时官员将上朝时所持的笏插在衣服的大带子上，后用缙绅代指官吏。缙，插。绅，古时用来束衣服的大带子。

⑤相因：相袭，相承。

⑥涂山：在今安徽蚌埠，是传说中大禹大会诸侯的地方。

⑦门闾：家庭，门庭。

⑧"五龙"句：隐喻刘延嗣的姓。五龙，是古代神话传说中的五行之神，人面龙身，代指五行。金作友，繁体的刘（劉）字中有一个金字。

⑨"一子"句：赞美刘延嗣有玉一般高洁的美德。典出《诗经·白驹》："生刍一束，其人如玉。"

⑩"明珠"句：比喻刘延嗣是国家的栋梁之材，如明珠般宝贵。典出《史记·田敬仲完世家》："魏王问曰：'王亦有宝乎？'威王曰：'无有。'梁王曰：'若寡人国小也，尚有径寸之珠照车前后各十二乘者十枚，奈何以万乘之国而无宝乎？'威王曰：'寡人之所以为宝与王异。吾臣有檀子者，使守南城，则楚人不敢为寇东取，泗上十二诸侯皆来朝。……吾臣有种首者，使备盗贼，则道不拾遗。将以照千里，岂特十二乘哉！'梁惠王惭，不怿而去。"后人将这个典故进行了一定的改造，用"魏国明珠""照乘珠"等来代指人才。

⑪落落：形容心胸开朗、豁达。

⑫"文质"句：即文质彬彬，形容温文尔雅、彬彬有礼。出自《论语·雍

也》："质胜文则野，文胜质则史，文质彬彬，然后君子。"文，外在表现。质，内在品格。彬彬，文雅的样子。

⑬刁元亮：即东晋大臣刁协，字元亮，协助晋元帝司马睿抑制门阀势力，被叛乱的王敦杀害。

⑭周伯仁：即东晋大臣周颢，字伯仁，得罪了王氏家族，王敦发动叛乱后，他被王敦和王导杀害。

⑮钟阜：即今江苏南京的紫金山，又名钟山。

⑯江津：长江边的渡口。

⑰遐骋：向远处驰骋，比喻前途远大。

⑱鼓鼙：又作"鼓鞞"，大鼓和小鼓，是古时军中的乐器。

⑲九域：九州。

⑳重闉：多重城门。

㉑"城势"句：比喻城池即将陷落。三板，典出《史记·赵世家》，智伯联合韩、魏两家攻赵城晋阳，掘汾水灌城，城墙被水淹得只剩三板高了。板，同"版"，古代筑墙时所用的夹板，一板高三尺。

㉒混玉石：指不分贤愚。

㉓直置：只是。

㉔松筠：松树和竹子，比喻人的坚贞节操。

㉕数：责备，列举对方的罪状。

㉖"钟仪"句：《左传》记载，钟仪是春秋时期楚国的贵族，担任郧地（今湖北安陆）的长官。一次战争中，楚国被郑国打败，钟仪被俘后又被献给晋国。晋侯得知他善于弹琴，就让他弹奏一曲，他弹的都是楚地的曲调。晋侯因他不忘故国，非常感动，就放他回到了楚国。

㉗苏武节：《汉书·苏武传》记载，苏武被匈奴扣押后，又被迁到北海附近牧羊。苏武在那里以野鼠、草的果实为食，不论昼夜都拿着象征自己汉使身份的旌节，节上装饰的牦牛尾的毛全都脱落了。

㉘怪鸟：即传说中的鹏，是一种不祥之鸟，象征着奸佞之人，这里是对徐敬业的蔑称。

㉙修蛇：传说中为害人间的巨蛇，代指徐敬业。西汉刘安《淮南子·本经训》记载："猰貐、凿齿、九婴、大风、封豨、修蛇皆为民害。"

㉚暴鳞：鳞甲脱落，比喻失败。

㉛休命：美善的命令，指天子的旨意。

㉜金马：即金马门，汉代宫门名，是学士待诏的地方，这里代指朝廷。

㉝玉轮：即月亮。

㉞三荆：比喻兄弟，这里指十九兄。典出唐代《艺文类聚》卷八九引周景式《孝子传》："古有兄弟，忽欲分异，出门见三荆同株，接叶连阴，叹曰：'木犹欣聚，况我而殊哉！'还为雍和。"

㉟宫徵：古代五音中宫音与徵音的并称，泛指乐曲。

㊱鸣石：撞击后声音传得很远的石头。

㊲烛银：精光如烛的银子。

㊳浃：原意为湿透，这里指浸润。

㊴懦夫：诗人自谦之辞。

㊵"下里"句：指用自己粗陋的诗句唱和刘延嗣高雅的诗句。下里，楚地通俗的民间歌曲。阳春，楚地高雅的民间歌曲。出自战国宋玉《对楚王问》："客有歌于郢中者，其始曰《下里》《巴人》，国中属而和者数千人。其为《阳阿》《薤露》，国中属而和者数百人。其为《阳春》《白雪》，国中有属而和者，不过数十人。引商刻羽，杂以流徵，国中属而和者，不过数人而已。是其曲弥高，其和弥寡。"

译文

帝尧划分出百个姓氏，汉高祖刘邦在三秦定居。刘姓子弟分布在全国

各地，他们中不乏做官之人。刘氏的盛名长期不会陨落，而是世代相承。有的居住在涂山之下，有的生活在洛水之滨。刘姓在五行之中属金，诞生了一位高洁如玉的子孙。刘长史就像丰城宝剑一般气冲牛斗，又像魏国明珠一样是国家的栋梁。他的心胸开朗、豁达，他的为人文质彬彬。他赞许不畏叛贼王敦的刁协，推崇被叛贼杀害的周颙。从润州城上俯视天阙山，紫金山正对着长江边的渡口。刘长史正想像骏马一般向远处驰骋，徐敬业的狼子野心却没有被驯服。叛乱的鼓声响彻九州，烽火燃遍多重城门。城池即将陷落，四邻州县也不发兵来救援。叛军不分贤愚粗暴对待，刘长史只是保持着自己坚贞的节操。他用正直之心报答天子，用严词数落乱臣贼子的罪行。他就像被送到晋国、尚未奏琴的钟仪，又像刚被匈奴囚禁、旌节尚新的苏武。享受朝廷俸禄不肯逃避死亡，为了名节不惜牺牲生命。他的精诚之心撼动天地，忠义之气感动神明。敌人像怪鸟收敛翅膀跌落，像修蛇鳞甲脱落死去。刘长史来到朝廷接受天子的旨意，奉命到蜀地担任官职。他在蜀地的好政策在朝廷传扬，美名绕着月亮传到各地。十九兄忽然赠给刘长史一首诗，两人虽然分隔两地但感情却更加亲近。他们的情谊像鸣石奏起的音乐，又像精光如烛的银子的光辉。他们遥隔山川各自落泪，眼泪奔涌沾湿了头巾。他们的友爱光耀天下，他们的恩泽浸润后世。我敬仰刘长史的高风亮节，用粗陋的诗句唱和他高雅的诗句。

赏析

光宅元年（684年）九月，武则天让自己的儿子李旦登基当了傀儡皇帝，自己临朝称制，将朝政牢牢操控在手里，做着篡位的种种准备。身在扬州的名将李勣（原名徐世勣，唐高祖李渊赐姓李）之孙徐敬业对此极为不满，于是发动叛乱，渡过长江攻打润州。润州刺史李思文（为徐敬业的叔父）和司马刘延嗣固守不降，但最终润州城还是被攻陷，两人被俘。徐敬业劝刘延嗣投降，刘延嗣严词拒绝，并历数徐敬业的罪行，被关入监狱。叛乱平定后，刘延嗣改任梓州长史，与被贬为梓州司法参军的杨炯成为同僚。杨炯被贬也与徐敬业有关，原来他的堂弟杨神让加入了叛军，兵败被杀，杨炯受到牵连被贬官，成为刘延嗣的下属。一个是坚贞不屈的功臣，一个是"乱臣"的亲属，这种微妙的关系促使杨炯极力想与刘延嗣交好。于是，在刘延嗣写诗赠给他同族的十九兄后，杨炯写下了这首唱和之作，诗中对刘延嗣极尽赞美，重点赞扬了刘延嗣在润州面对叛军时坚贞不屈的节操以及他与十九兄的崇高情谊，虽然不免溢美之词，但总的来说，刘延嗣的行为还是值得被赞美的，显示出诗人对他的仰慕之情。

前八句都是在赞扬刘姓祖德。刘姓是帝尧时代就出现的古老姓氏，而汉高祖刘邦更是让这个姓氏发扬光大。随后刘氏分枝散叶，出现了很多"衣冠动缙绅"的显赫之人，且盛名世代"相因"，各地均有刘氏郡望。"五龙金作友，一子玉为人"二句，正式引出主人公刘长史。"玉为人"是对一个人的极高赞誉，但结合刘长史的生平事迹来看，丝毫没有谄媚之意。接下来六句是对刘长史品格、气节的持续赞美，"共许刁元亮，同推周伯仁"二句，体现出刘长史在平日里就有忠心许国的雄心壮志，因此才能在临难之时毫不畏惧，慷慨赴死。

接下来的二十句是全诗的核心，描写刘长史在润州司马任上的光辉经历。"石城俯天阙，钟阜对江津"二句写的是润州城的重要位置。他正要在这个军事重镇大展宏图，不料徐敬业"狼心独未驯"，悍然起兵前来攻打。"鼓鼙鸣九域，风火集重闉"二句，写出叛军声势浩大，不断攻城略地。"城势余三板，兵威乏四邻"二句则言简意赅地刻画出润州城险峻的局势。城池即将被攻陷，四邻州县却不肯发兵救援，更凸显出刘长史在危急时刻的忠贞。城被攻破之后，叛军不分贤愚一概粗暴对待，"混玉石"三字，为后文刘长史光芒四射的突出表现埋下伏笔。"耿介酬天子，危言数贼臣。钟仪琴未奏，苏武节犹新。受禄宁辞死，扬名不顾身"六句，有

正面刻画，有用典烘托，也有概括性的评论，刘长史面对叛军不畏死亡、坚守气节的光辉形象跃然纸上。接下来诗人说，刘长史的忠诚感动神明，叛军"垂翼""暴鳞"，土崩瓦解了。事实上，刘长史虽然不是导致徐敬业起义失败的核心人物，但是他和刺史李思文将叛军挡在润州城下一段时间，又及时派人向朝廷汇报，为叛乱的平定做出了重要的贡献。

结尾十四句写刘长史改任梓州长史，以及十九兄赠诗、刘长史答诗、诗人唱和的经过，赞美了刘长史和十九兄的动人情谊，并再次表达了自己对刘长史的敬仰之情。其中，"懦夫仰高节，下里继阳春"二句，极力贬抑自己、赞美对方，侧面显示出诗人作为"乱臣"之兄、获罪被贬后诚惶诚恐的心态，令人同情。

这是一首酣畅淋漓的五言排律，诗人用慷慨激昂、典雅流畅的语言，为我们塑造出一位有着高尚品德和忠贞气节的官员形象，是一首感染力很强的叙事兼议论的诗歌，并具有一定的史料价值。

竹

森然①几竿竹，密密茂成林。
半室生清兴，一窗余午阴。
俗物不到眼，好书还上心。
底事②忘羁旅，此君③同此襟。

【 注 释 】

①森然：茂盛的样子。

②底事：何事，什么事。

③此君：指竹。典出《晋书·王徽之传》："（王徽之）尝寄居空宅中，便令种竹。或问其故，徽之但啸咏指竹曰：'何可一日无此君邪！'"后此君成为竹子的代称。

译 文

几株茂盛的竹子，竟然成了一片密密的竹林。给我半间房屋带来了清凉的兴致，在午间给窗前带来阴凉。眼中看不到俗物，读起好书就更加专心。什么事能让我忘掉羁旅在外的烦恼呢？只有竹子和我的胸襟。

赏 析

这是一首咏物诗，诗人借客居他乡时窗前的几株竹子，抒发了羁旅之思以及自己像竹子一般高洁的情操。

前两句，说竹子仅有"几竿"，却"密密茂成林"，足见这些竹子格外茂密。正因为其茂密，所以才能令"半室生清兴，一窗余午阴"，在炎炎夏日之中给诗人带来难得的清凉感受。

"俗物不到眼，好书还上心"二句，既是写实，也是抒怀：竹子挡在窗前，使诗人不必看窗前出现的种种"俗物"，暗喻自己的卓尔不群；自己不被打扰，读起"好书"来也能更加专心，一举两得，更体现出诗人对竹子的喜爱。结尾两句，诗人点明自己羁旅在外，只有竹子能令他暂时忘却羁旅之苦，让读者更深入地理解诗人为何对竹子如此钟情。"同此襟"三字画龙点睛，以竹喻人、以人喻竹，让全诗的主题更加深刻。

这是一首情景交融的咏物诗杰作，诗人托物言志，将自己的情怀融合在对竹子的描写中，为后世咏物诗做了表率。

夜送赵纵①

赵氏连城璧②，由来天下传。
送君还旧府③，明月满前川。

注 释

①赵纵：诗人的朋友，赵州（今河北赵县）人，生平不详。

②"赵氏"句：化用《史记·廉颇蔺相如列传》的记载，把赵纵比喻为价值连城的和氏璧。连城璧，价值连城的玉，即和氏璧。

③旧府：指赵纵的故乡。

译 文

赵人那无价的和氏璧，千百年来受天下人的赞叹。今夜送你回故乡，月光洒满了面前的流水。

赏 析

本诗虽是送别诗，却气魄宏大。赵纵来自赵地，诗人为他饯行，不免想到传诵千古的和氏璧的故事。从诗意来看，赵纵是一位德才兼备的名士，可能因仕途不顺，故而辞官还乡。诗人惋惜他的境遇，流露出对现实的不满。

首句用和氏璧来比喻赵纵的德才。玉向来是才华、节操完美无瑕之人的象征，更何况是传说中天下无双的和氏璧，赵纵那无人可及的品貌以及诗人的敬佩之意溢于言表。次句"由来天下传"，则是借和氏璧的美名，进一步形容赵纵天下闻名。诗人运用比兴的手法，表面上写和氏璧的盛名，实则写赵纵出众的才华，显得自然而得体。诗人借他人之口吐露自己的想法，表达出对友人诚挚的欣赏之情。

第三句乍一看是平铺直叙，实则呼应开篇，含义深远，紧扣一个"送"字，暗喻"完璧归赵"的典故，使情感沛然而出，传达了诗人对友人真挚的祝愿。尾句直接描写景象，呼应一个"夜"字，用明月暗喻玉璧，璧明如月，月洁似璧，同时进一步衬托赵纵。一个"满"字，既描绘出了月光洒满水面之景，也抒发了诗人的无穷别情。而孤冷的月光洒满水面，也使诗人的孤寂之意达到顶点。此外，尾句也暗含对友人"完璧归赵"的庆幸，显示出诗人憎恶官场、想要逃避现实的情绪。

本诗行文巧妙，意境高远，读来回味无穷。全诗熔叙事、写景于一炉，善用典故，文字简练，形象鲜活，语浅意深。

卢照邻

卢照邻，生卒年无法确考，字升之，晚年自号幽忧子，幽州范阳（今河北涿州）人。他出身望族范阳卢氏，自幼聪慧，博学能文，十余岁便南下求学，学成后奔赴长安干谒求仕，在名臣来济的推崇下名声大噪。唐高宗永徽五年（654 年）任邓王李元裕府中的典签，主管文书之事，颇受器重，随邓王辗转各地十余年。邓王病逝后，他调任益州新都（今四川成都新都区）尉，任期满后没有离开蜀地，在那里游历了两年之久，曾与王勃互相唱和。后寓居洛阳，曾因得罪权贵入狱（一说他入狱是在担任新都尉之前）。咸亨三年（672 年）在长安出入秘书省，但没有获得官职。次年，因染病到长安向名医孙思邈求治，并与长安名士交游。上元年间（674—676 年），到长安附近的太白山隐居，因服食丹药中毒而落下残疾，脚不能伸直，一只手不能活动。大约在调露年间（679—680 年），赴洛阳龙门山学道，后又到河南中部的具茨山隐居，事先为自己造好坟墓，后终因不堪病痛的折磨自投颍水而死。卢照邻是"初唐四杰"之一，他前期的诗壮志凌云，多清新壮丽之作；后期的诗则悲凉幽寂，以抒发仕途失意、贫病交加的忧愤为主。他擅长七言歌行，五古、五律及五言排律也多有佳作。他的诗歌创作主张抒发性情、反映现实生活，反对当时盛行的"以繁词为贵"的诗风，对后世诗歌影响深远。《全唐诗》存其诗两卷。

紫骝马

骝马照金鞍，转战入皋兰①。

塞门风稍急，长城水正寒。

雪暗②鸣珂③重，山长喷玉④难。

不辞横绝漠，流血⑤几时干？

注 释

①皋兰：皋兰山，位于今甘肃兰州。

②雪暗：大雪密布。

③鸣珂：马因配饰玉石，行进时发出响声，故得名。珂，莹白如玉的美丽石头。

④喷玉：马扇动鼻翼或嘘气时喷出洁白的飞沫。

⑤流血：即"汗血"。汗血马是古时一种良驹，传说在奔跑之后流的汗像血一样。

译 文

紫骝马配着明亮的金鞍，转战到了皋兰山。边关的风逐渐变急，长城边的水正是最冷的时候。大雪密布，马身上的鸣珂变得沉重；山路绵延，马连嘘气都变得艰难。不辞辛劳地驰骋于极远的沙漠，马四处奔走时的血汗何时才会干？

赏 析

这是一首边塞诗。诗人将边关一些典型景物的断片连缀起来，戏剧性强烈，以马喻人，表达了对边关将士的赞美，隐含对无止境的战争的厌倦。

前两句节奏是比较欢快的，紫骝马的身上配着明晃晃的名贵鞍鞯，背负着骑士转战到皋兰山。皋兰山是一个极具象征意义的地点，西汉之时，名将霍去病就曾在此地与匈奴展开大战，打通了汉朝与西域的河西走廊（后人考证霍去病未在皋兰山与匈奴人作战）。如今骑士来到这里，自然也是与异族作战。接下来二句，环境变得恶劣起来。风急，骑士只觉面如刀割；水寒，马饮之后腹中冰冷。

"雪暗鸣珂重，山长喷玉难"二句，显示马已经劳累到了极致，连身上小小的装饰都觉得沉重无比，连嘘气都变得艰难。马背上的骑士的境遇又能好到哪里去呢？结尾两句一语双关：表面上是说这匹汗血宝马四处奔走时的血汗何时能干，实际上是在说战士们奋战流血的日子何时才会结束。诗的内涵因这两句一下子变得深刻起来。

这首诗将比兴手法运用到了极致，借自然环境的险恶和马匹前进的艰难，强调紫骝马的坚强勇猛，以此赞美边关将士奋勇搏杀、战死沙场、保家卫国的大无畏精神，深切地流露出诗人对边关恢复和平安定，不再有牺牲的强烈盼望。诗句下笔有力，字字铿锵，细节塑造自然鲜明，极具画面感。

战城南

将军出紫塞①，冒顿②在乌贪③。
笳④喧雁门去，阵翼⑤龙城南。
雕弓⑥夜宛转⑦，铁骑晓参驔⑧。

应须驻白日，为待战方酣⑨。

注　释

①紫塞：北方边塞。

②冒顿：西汉初年匈奴君主名，挛鞮氏。前209年弑父即位，创建军事政治制度。西汉初年，常进犯边境。这里比喻异族君主。

③乌贪：汉代西域国名，全称"乌贪訾离国"。这里比喻异域。

④笳：即胡笳，古时一种管乐器，汉代在北部边塞、西域等地风行，声音悲伤凄凉。魏晋之后，演奏军中乐歌常用笛、笳。

⑤阵翼：打仗时队伍分开排列在两边。

⑥雕弓：雕刻花纹的弓。

⑦宛转：队伍曲折前进的样子。

⑧参骥：绵延不绝的样子。骥，一作"潭"。

⑨"应须"二句：应让太阳在此驻足，因为战斗正在酣畅之时。典出《淮南子·览冥训》："鲁阳公与韩构难，战酣，日暮，援戈而撝之，日为之反三舍。"

译　文

将军前往北方边塞，讨伐驻扎在乌贪的冒顿。在胡笳奏乐之声中北出雁门关，队伍在龙城之南排列两边。士兵们背着雕有花纹的弓曲折前进，铁骑在清晨绵延不绝。应让太阳在此驻足，因为战斗正在酣畅之时。

赏　析

此诗以汉喻唐，是首拟古诗，描述了一场与敌人猛烈厮杀的边关大

战，赞扬了将士们顽强战斗、保家卫国的英雄气概和卓越功勋。

前两句对仗严整，交代作战主体，同时点明大战发生的地点。冒顿是匈奴首领，彪悍骁勇，长期让西汉王朝不得安宁。面对如此强大的敌人，"将军"必然也是勇猛过人，非同一般。两相对照，预示了大战的来临。"乌贪"对"紫塞"，指明交战位于异域。"笳喧雁门去"呼应前两句，道明"将军"为何"出紫塞"，即匈奴猖獗，汉军为维护国家安宁稳定而奋勇杀敌。由此引出了"阵翼龙城南"一句，汉军除了迎面出击，同时进行两面围攻，排兵布阵直至"龙城南"，直入敌军大本营。汉军不怕牺牲、勇猛无畏的气势在诗句中喷薄而出。

"雕弓夜宛转，铁骑晓参驔"二句，详细地刻画了边境将士们行军作战的情形。他们背着弓箭，骑着战马，长途奔袭敌人。此处描写构思独特，营造出一种严阵以待的紧张氛围。"宛转""参驔"二词，反映了大军纪律严明、行军迅速的特点。结尾两句动人心魄。本诗并未直接说明这场战事的结束，然而白天马上过去，将士们仍在奋勇杀敌，战斗的艰难和漫长让他们内心焦急万分，于是不禁想要呼唤太阳留下，给予他们时间好与敌人一决胜负。呼唤太阳驻足是不可能实现的，但这种夸张展现了将士们顽强的斗争精神。尾句"战方酣"三字，没有点明输赢，但实际上胜负已分，因为"阵翼龙城南"——汉军已直捣敌人的巢穴。"龙城"被攻破只是时间问题罢了，因此战士们才迫切想"驻白日"，一举建立功勋。

这首诗赞颂了将士们浴血疆场、不怕牺牲的精神，诗人用精妙的词句描绘出辽阔悲壮的作战场面，对氛围的渲染非常出色，读来动人心魄。

梅花落

梅岭①花初发，天山②雪未开。

雪处疑花满，花边似雪回③。

因风入舞袖，杂粉向妆台。

匈奴④几万里，春至不知来。

注 释

①梅岭：即大庾岭。五岭之一，位于今赣、粤交界处，因古时其上多种梅树而得名。一作"梅院"。

②天山：即祁连山。

③雪回：雪花盘旋起舞。

④匈奴：我国北方游牧民族的一支。战国时在燕、赵、秦以北的地方活动。这里指北方地区。

译 文

大庾岭的梅花刚刚开放，祁连山还未冰消雪融。雪堆积的地方仿佛开满白梅，而白梅盛开处如同雪花在盘旋起舞。梅花被风吹拂飘入舞动的衣袖中，又挟带着胭脂细末飞向梳妆台。几万里辽阔苍凉的北方地区被皑皑白雪笼罩，因不见梅花开放，也就不知道春天已然来到。

卢照邻

赏 析

　　诗人看到梅岭盛开的白梅，想起了万里之外的边疆，之后进一步想到边关征戍的将士，深化了诗歌的主题。

　　诗人抓住了梅花与雪花颜色和形态的相似性，将二者互做比喻。前两句，"开"字一语双关：一为"开花"，又指"开化"，北方的雪还没"开"，就是指北部边疆地区原始落后，条件艰苦。三、四句，诗人觉得有雪堆积的地方仿佛开满白梅，而白梅盛开处如同雪花在盘旋起舞，在巧妙的联想之中将两地交织在一起，形成一组对比鲜明又相映成趣的画面。

　　"因风入舞袖，杂粉向妆台"两句，既可以说是在写梅花，也可以说是在写雪花，继续把两个洁白无瑕的世界融为一体，画面美丽奇特，给人以极大的视觉享受。结尾两句诗意顿时得到升华，诗人想到遥远的北方边塞到处被大雪覆盖，征戍的将士们饱受苦寒困扰，见不到梅花，因而也无法知晓春天的到来。诗人从小处着笔，描写细致含蓄，非常动人。

　　诗人首先描绘春季南方梅花盛开，其次写北部边塞春天仍覆盖白雪的景象。两相映衬，对比鲜明，比喻自然而贴切，用语朴素清新，营造出辽阔、壮美的意境。

结客少年场行①

长安重游侠②，洛阳富财雄③。
玉剑④浮云⑤骑，金鞭明月弓。
斗鸡⑥过渭北⑦，走马向关东⑧。
孙宾⑨遥见待，郭解⑩暗相通。

不受千金爵⑪，谁论万里功？

将军下天上⑫，虏骑⑬入云中⑭。

烽火夜似月，兵气晓成虹。

横行⑮徇知己⑯，负羽⑰远从戎。

龙旌⑱昏朔雾⑲，鸟阵⑳卷胡风㉑。

追奔瀚海㉒咽，战罢阴山㉓空。

归来谢天子，何如马上翁㉔？

注 释

①结客少年场行：乐府旧题，属《杂曲歌辞》，多吟咏少年舍生取义、任侠畅游之事。

②游侠：舍生取义、急人之困的人。此处指侠义之举。

③财雄：财力雄厚。

④玉剑：宝剑。

⑤浮云：骏马名。

⑥斗鸡：一种用鸡相互争斗的娱乐活动，流行于唐朝。

⑦渭北：渭水以北。

⑧关东：即函谷关之东。

⑨孙宾：指东汉末年豪侠之士孙嵩，字宾石（一作宾硕），北海安丘（今山东安丘）人。当时名士赵岐得罪宦官，逃亡在北海以卖饼为生。孙宾石看出他与众不同，于是将他藏匿在家里的夹壁中数年，宦官死后赵岐遇赦，得以为官。

⑩郭解：字翁伯，汉河内郡轵县（今河南济源轵城）人，年少时经常因为琐碎小事杀人，有时也帮别人复仇。其人讲义气而不自夸，以德报怨，备受众人仰慕，后被汉武帝下令杀死。

⑪千金爵：比喻尊贵的爵位。

⑫"将军"句：将军从天而降，比喻将军奉皇帝之命抵抗侵略者。

⑬虏骑：敌军骑兵。

⑭云中：秦设郡，汉沿袭之，治所位于今内蒙古托克托。东汉时迁到今山西阳曲。唐玄宗开元十八年（730年）设在今山西大同。

⑮横行：纵横奔腾，在战场上所向披靡。

⑯徇知己：为朋友而不惜付出生命。

⑰负羽：身背羽箭，指行军打仗。

⑱龙旌：绘有龙的旗帜。指中军帅旗。

⑲朔雾：北方的雾气。

⑳乌阵：兵法中的阵名。

㉑胡风：北风。

㉒瀚海：沙漠。

㉓阴山：即阴山山脉，在今内蒙古南部，东北与内兴安岭连接。

㉔马上翁：骑马打仗的人，即侠客。

译　文

长安城中游侠的侠义之举受到重视，洛阳城中多有财力雄厚之人。身佩宝剑，骑着浮云马，手持金鞭，背着明月弓。为斗鸡来到渭水以北，为赛马奔往函谷关之东。孙宾石遥遥待他为友，郭解暗暗与他相交。不接受显贵的爵位，更别说万里封侯的功勋。将军从天而降抵抗侵略者，原来是敌人的骑兵入侵了云中郡。夜间的烽火像月亮一样明亮，士气在清晨凝成了彩虹。纵横奔腾在沙场上，为朋友不惜付出生命，背着羽箭远远去从军。中军帅旗在北方的雾气中变得黯淡，乌阵在北风中翻卷。追杀敌人直到沙漠深处，战争结束后阴山已经空无一人。归来拜谢天子的赏赐，说："您觉得我这个马上的侠客怎么样？"

赏 析

唐高宗显庆五年（660 年），卢照邻抵达庭州（今新疆吉木萨尔一带）并停留了一年多，这期间他抒写了多篇描绘将士们行军打仗生活的诗作，此诗就是其中一首。诗人讲述少年游侠在国家危难之际毅然奔赴战场，为国杀敌的英雄壮举，歌颂了其奋勇果敢、保家卫国的无私、无畏精神，字里行间也将自己渴望在边塞建功立业的迫切之情表露无遗。

此诗可分为两个部分。前半部分为前十句，叙述了少年游侠从戎前的自在洒脱，他参加斗鸡、赛马比赛，挥鞭策马奔驰，广交天下俊杰，在长安、洛阳一带畅快悠游，不在乎功名利禄。"玉剑浮云骑，金鞭明月弓"二句表明他擅长骑马射箭，"孙宾遥见待，郭解暗相通"二句表明他交际能力出众，且结交的都是天下豪侠名士。"不受千金爵，谁论万里功"二句是全篇的警策之语，尽显少年的胸襟抱负。恰恰是这种建功边陲的远大志向，让他不顾一切奔赴边塞，投身战场。

诗的后半部分即后十二句，写狼烟四起，敌人来犯，国家陷于危难，少年侠客毫不犹豫从军参战。"烽火夜似月，兵气晓成虹"二句极写"虏骑"的嚣张气焰和战争的激烈。鏖战之后大败敌寇，少年终于载誉而归。末尾两句"归来谢天子，何如马上翁"，可谓画龙点睛，将一位潇洒豪放的少年游侠形象描摹得活灵活现，字里行间洋溢着蓬勃的少年意气。

诗人先写少年侠客从戎前的洒脱不羁，后写他纵横疆场、奋勇杀敌。全诗于大处着笔，场面开阔，生动鲜活，余韵悠长。

咏史四首（选二）

一

季生①昔未达②，身辱功不成③。
髡钳④为台隶⑤，灌园⑥变姓名。
幸逢滕将军⑦，兼遇曹丘生⑧。
汉祖⑨广招纳⑩，一朝拜公卿⑪。
百金孰云重？一诺良匪轻⑫。
廷议斩樊哙，群公寂无声⑬。
处身⑭孤且直，遭时⑮坦而平。
丈夫当如此，唯唯何足荣⑯？

注 释

①季生：即季布，楚国人，是项羽麾下大将。守信重诺，以行侠仗义闻名天下。他曾数次围困刘邦，刘邦大败项羽后，重金悬赏缉拿季布。季布藏在侠客朱家那里。朱家劝夏侯婴为季布说情，后刘邦赦免季布并拜为郎中。

②未达：还没有显贵。

③"身辱"句：《史记·季布栾布列传》："彼必自负其材，故受辱而不羞，欲有所用其未足也，故终为汉名将。"

④髡钳：古时一种刑罚，需削发，用铁环束紧脖子。

⑤台隶：最卑微的奴隶。

⑥灌园：指种田。

⑦滕将军：即夏侯婴，沛县（今江苏沛县）人，做县吏时与刘邦交好，跟随他打仗，因功封滕令奉车，号滕公。

⑧曹丘生：辩士，楚国人。季布在曹丘生的赞颂宣扬下，声名愈盛。

⑨汉祖：即汉高祖刘邦。

⑩招纳：招揽接纳。

⑪公卿：即三公九卿，中国古代官员制度中的高官。

⑫"百金"二句：典出《史记·季布栾布列传》：曹丘生引楚人谚曰："得黄金百，不如得季布一诺。"匪轻，指比百斤黄金重。

⑬"廷议"二句：史书记载，匈奴单于写信侮辱吕后，樊哙口出狂言，要率十万人荡平匈奴。季布认为应将樊哙斩首，因为他当面欺君。朝堂上群臣都大惊失色，吕后退朝，不再谈论攻打匈奴一事。樊哙，沛县人。年少时经营狗肉生意，追随刘邦起兵。鸿门宴上，项羽想杀刘邦，樊哙当面怒斥项羽，刘邦因此脱身。樊哙凭赫赫战功被封为舞阳侯。群公，即奉承吕后和樊哙的众多大臣。

⑭处身：立身处世。

⑮遭时：指适逢好时候。

⑯"丈夫"二句：是说有志之士应当像季布一样孤高耿直，不能唯命是从。唯唯，一味附和，恭顺服从。

译文

过去季布还没有显贵，受到屈辱且没有什么功勋。剃去头发，脖子束上铁环成为最卑微的奴隶，改变姓名为人家浇菜种田。幸好遇到了滕公夏侯婴，以及曹丘生。汉高祖广纳贤才，季布短短时间内成为公卿。谁说百

金无比贵重？季布的一个承诺一点儿不比它轻。在朝堂上扬声请杀樊哙，众位大臣没有一个人敢出声。他立身处世孤高耿直，适逢好时候而心胸坦荡平和。大丈夫就该像季布这样，一味附和有什么光彩的？

赏 析

在"初唐四杰"的咏史诗中，卢照邻之作独占鳌头。他笔下的《咏史四首》，分别吟咏季布、郭泰、郑泰和朱云这四位汉代名士。此为组诗之首，讲的是顽强不屈、孤高坦荡、宠辱不惊、一身正气的季布。唐初战事四起，帝王贪功好战，群臣常瞒报虚报，不实之风、阿谀谄媚之气弥漫，卢照邻在诗中深刻揭示和抨击了这种污浊的政治风气。

整首诗包括四个部分，四句为一部分。第一部分刻画了季布早期屈身成奴的凄惨境遇。项羽败亡后，季布被刘邦重金悬赏通缉，后来成为朱家的奴隶。朱家掩护他，并给了他土地和房屋，于是季布隐藏身份靠种地过活。这四句言简意赅，概括出季布的这段经历。

第二部分叙述季布有贵人相助，坎坷命运迎来转机，同时颂扬夏侯婴任人唯贤、刘邦宽宏大度的高尚品德。历史上，朱家替季布求情，用"臣各为其主用"的道理阐明季布贤能过人、卓尔不群，非但不能惩罚，反而要重用。于是夏侯婴向刘邦进言宽恕季布。季布被宽赦后任郎中，又在辩士曹丘生的赞颂宣扬下名声大振。

第三部分展现了季布正气凛然、不畏强权的精神，他在朝堂上请杀樊哙，痛斥其不切实际、阿谀谄媚，铿锵有力，震惊四座。"百金孰云重？一诺良匪轻"，来源于楚国谚语"得黄金百，不如得季布一诺"，表明季布一诺千金，性情耿直，也为后两句"廷议斩樊哙，群公寂无声"埋下伏笔。季布的直言阻止了一场大战的爆发，保住了家国安宁。

第四部分以四句议论结尾，歌颂了季布的孤直无畏，表达了诗人的仰慕之情。至此全诗将叙述与议论融合交织，娓娓道来，流露出诗人对贤才志士的颂扬和仰慕，对奉承谄媚者的蔑视，进一步抒发了诗人自身高洁的意志品格。

诗中既叙述了季布的坎坷遭遇，又选取了典型事件加以强调刻画，淋漓尽致地凸显出季布正直、诚信的高尚情操。

二

昔有平陵①男，姓朱名阿游②。

直发上冲冠③，壮气④横三秋。

愿得斩马剑，先断佞臣头⑤。

天子玉槛折，将军丹血流⑥。

捐生不肯拜，视死其若休。

归来教乡里，童蒙远相求⑦。

弟子数百人，散在十二州⑧。

三公不敢吏⑨，五鹿何能酬⑩？

名与日月悬，义与天壤俦⑪。

何必疲执戟，区区在封侯？

伟哉旷达士，知命固不忧。

注 释

①平陵：西汉昭帝的陵墓，位于今陕西咸阳西北。朱云因从鲁国迁居到这里，所以被称为"平陵男"。

②阿游：即朱云，字游。少年当过游侠，汉元帝时担任槐里令，因多次忤逆权贵受到惩罚。

③冲冠：头发竖立撑起帽子，指极度生气。

④壮气：豪壮之气。

⑤"愿得"二句：朱云在朝堂群臣面前公然请杀奸臣张禹，他说："臣愿用陛下赏赐的尚方斩马剑，斩杀一个奸臣以儆效尤。"斩马剑，宝剑名，剑刃锋利。佞臣，狡诈谄媚之臣。

⑥"天子"二句：《汉书·朱云传》记载，成帝时朱云上奏，希望用尚方斩马剑，斩杀成帝宠臣张禹，成帝勃然大怒，命士兵将他拉出去斩首，朱云抱着柱子不肯放手，竟折断了宫殿的玉石栏杆。左将军辛庆忌叩头流血，为其求情，才让朱云免于一死。后来准备修理栏杆，成帝命令不必修补，用于表彰直言敢谏的忠臣。玉槛，指玉石栏杆。将军，即左将军辛庆忌。

⑦"归来"二句：指朱云被赦免后，回乡教书。童蒙，即懵懂无知的孩童。

⑧"弟子"二句：指朱云的门生遍及全国。十二州，古代星占学按照十二星辰划分十二州：星纪（扬州）、玄枵（青州）、娵訾（并州）、降娄（徐州）、大梁（冀州）、实沈（益州）、鹑首（雍州）、鹑火（三河）、鹑尾（荆州）、寿星（兖州）、大火（豫州）、析木（幽州）。

⑨"三公"句：华阴县丞上奏举荐朱云做御史大夫，替换贡禹。元帝询问公卿，太子少傅匡衡认为不行。后来丞相薛宣希望留下朱云辅佐自己，朱云问："你想让我当你这个年轻人的下属吗？"薛宣便不敢任用他了。三公，汉朝将丞相、太尉、御史大夫称为三公。这里指薛宣。不敢吏，不敢任命为下属。

⑩"五鹿"句：五鹿充宗怎能应对他的诘难？五鹿，指西汉大臣五鹿充宗，也是著名的经学和易学的研究者，在一次论辩中被朱云折服。酬，应对。

⑪与天壤俦：与天地相提并论。

译文

昔日有一位平陵男子，姓朱名叫阿游。他愤怒之时头发竖立撑起了帽子，豪壮之气犹如肃杀的秋天。他对皇帝说希望得到尚方斩马剑，先斩断佞臣张禹的头颅。他不肯屈服折断了宫殿的玉石栏杆，辛将军为救他叩头流血。他宁肯舍弃生命也不下拜屈服，看待死亡就像暂时休息一样。回到家乡后他开始教书，懵懂无知的孩童远远都来向他求教。他的弟子多达数百人，分散在全国各地。三公不敢让他当自己的属吏，五鹿充宗怎能应对他的诘难？他的名望和日月同悬，他的义气可以与天地相提并论。何必疲劳地手持长戟，争取区区的封侯之位？朱云这样的旷达之人多么伟大，乐天知命所以从不忧愁。

赏析

这首咏史诗写的是朱云，描述了他坚持正义、犯颜直谏、回乡教书的人生历程，展现了他不畏权贵、忠义直勇、开阔豁达的胸怀气度。

这首诗前十句详写朱云的性格特征和行事作风，着重叙述了其反对奸臣张禹一事，凸显了他疾恶如仇、直言敢谏、忠勇无畏的精神气概。前两句为直叙，单刀直入，不加修饰，却令人记忆深刻。三、四句用典，气势豪迈，一个爱憎分明、壮怀激烈的侠士形象浮现在读者眼前。随后六句叙事，概括了朱云不畏权贵，与佞臣张禹及盲目宠信张禹的汉成帝的斗争，言简意赅、气势磅礴。"愿得斩马剑，先断佞臣头"两句广为传诵，用语坚定，字字有力，表现了对奸邪佞臣的极度仇恨以及将之铲除的巨大决心。

诗的中间四句写朱云归乡后教书育人，桃李满天下。"弟子数百人，散在十二州"选用数字，侧面写出朱云的极高声望。接下来四句，写出朱云不慕权贵、才华过人的特点，三公不敢让他当自己的属吏，以能

言善辩、精通易学著称的五鹿充宗却被他的才学与口才折服，诗人列举这两个事实，让朱云的名士形象和高风亮节更为丰满、信实。"名与日月悬，义与天壤侔"二句显示出诗人对朱云的无限景仰，称颂他的高尚气节。

结尾四句，表面上是替朱云不得封侯抱屈，实际上是在抒发自己怀才不遇的怨愤。他虽然是赞美"天命"的"旷达士"，但显然无法见贤思齐。卢照邻生活在唐高宗和武则天统治时期，他在诗中赞扬朱云不畏强权的忠贞，可以看出他对当朝政局风气极为不满。

诗词详略得当，省去了细枝末节，摘选了能充分反映人物性情的典型事例进行概括修饰，语言精当，刻画深入。从大处着笔，人物鲜明，富有极强的感染力。

奉使①益州至长安发钟阳驿②

跻险③方未夷，乘春聊骋望。
落花赴丹谷④，奔流下青嶂⑤。
葳蕤⑥晓树滋，混漾⑦春江涨。
平川看钓侣⑧，狭径闻樵唱。
蝶戏绿苔前，莺歌白云上。
耳目多异赏，风烟有奇状。
峻阻⑨将⑩长城，高标吞巨舫⑪。
联翩⑫事羁靮⑬，辛苦劳疲恙⑭。
夕济几潺湲，晨登每惆怅。
谁念复刍狗⑮？山河独偏丧。

注 释

①奉使：奉命出使。

②钟阳驿：在今四川绵阳西南。

③跻险：攀登险峻的山道。

④丹谷：红色的山谷，指开满鲜花的山谷。

⑤青嶂：绿色的山峦。

⑥葳蕤：草木繁茂、枝叶下垂的样子。

⑦滉漾：水面广阔的样子。

⑧钓侣：一同垂钓的人，这里指垂钓者。

⑨峻阻：与后面的"高标"都指高山。

⑩将：如同。

⑪巨舫：即"巨防"，巨大的屏障。

⑫联翩：鸟儿飞翔的样子，此处指连续不断。

⑬事羁靮：骑马行役。羁靮，马笼头与缰绳，代指马。

⑭疲恙：因疲劳而生病。

⑮刍狗：古代祭祀时用草扎的狗，用后即弃，比喻轻贱无用之物，为作者自喻。典出《道德经》："天地不仁，以万物为刍狗。"

译 文

攀登险峻的山道还没有到平坦之处，趁着春光姑且远望。落花飘入开满鲜花的山谷，奔腾的溪水从绿色的山峦流下来。早晨的树枝叶繁盛下垂，向四处蔓延，广阔的春江水上涨。看到江边的平地有人垂钓，听到狭窄的山路传来樵夫的歌声。蝴蝶在青苔前嬉戏，黄莺在白云上歌唱。耳目都得到奇特的享受，风烟全有别致的形状。高山如同长城，形成巨大的屏障。连续不断地骑马行役，辛苦疲劳使我生病。傍晚几次渡过漻漻的河

水，清晨登山总是充满惆怅。谁会惦念我这轻贱无用之人呢？唯有山河在为我感到悲伤。

赏 析

这是一首行旅诗，当作于诗人担任邓王府典签期间。这是他第一次入蜀，蜀地的山川景物令他印象深刻，因而创作了这首诗，既描写了蜀地的美丽风景，又抒发了自己沉沦下僚、怀才不遇的忧愤，是古人行旅诗的一贯风格，属于诗人的早期作品，因而创作上没有太大的突破。

前两句，诗人写自己艰难地跋涉在蜀道之间，被美丽的春光吸引，从而驻足"聊骋望"。接下来八句全为写景，落花、丹谷、溪流、青山、树木、江水、蝴蝶、青苔、黄莺、白云……这些色彩艳丽、动静交融的景物让诗人目不暇接。"平川看钓侣，狭径闻樵唱"两句则补足了人的活动：水边垂钓的人与自然景物完美融合；远处传来的"樵唱"，则有"蝉噪林逾静，鸟鸣山更幽"之妙，更增幽雅。景物如此美好、繁多，难怪诗人在接下来两句中发出"耳目多异赏，风烟有奇状"的赞叹。

结尾八句，诗人的惊喜很快就被沉重的忧伤代替，因为再美丽的景物也不过暂时愉悦耳目罢了，他还是要在"辛苦劳疲恭"中继续前行。他的人生之路也像这蜀道一样，充满坎坷和失意。《旧唐书·卢照邻传》载："初授邓王府典签，王甚爱重之，曾谓群官曰：'此即寡人相如也。'"可见诗人虽得邓王爱重，但不过将他视为文学侍从，并没有荐拔他。因此，诗人在结尾二句无比愤懑地写道："谁念复刍狗？山河独偏丧。"他锐意仕进，却常年不得志，其失意懊恼哪里是靠美景就能平复的？正因为有前面清丽景色的反衬，此处的惆怅才显得更为深切。

全诗前后两部分泾渭分明，写春景则险峻清丽，写心情则失意懊恼，情致十分委折。

至望喜^①瞩目言怀贻剑外^②知己

圣图夷九折^③，神化^④掩三分^⑤。

缄愁^⑥赴蜀道，题拙^⑦奉虞薰^⑧。

隐辚度深谷，遥裛上高云^⑨。

碧流递萦注，青山互纠纷。

涧松咽风绪，岩花濯露文^⑩。

思北^⑪常依驭^⑫，图南^⑬每丧群^⑭。

无由召宣室，何以答吾君^⑮。

注 释

①望喜：唐时望喜驿，在今四川昭化南。

②剑外：指蜀地剑阁以南一带。

③"圣图"句：指天子希望将九折坂变成坦途。夷，使平坦。九折，即九折坂，在今四川荥经之西。

④神化：朝廷的德化。

⑤三分：即魏、蜀、吴三国。这里代指蜀地。

⑥缄愁：写诗诉说愁思。

⑦题拙：题写拙作，自谦之语。

⑧虞薰：或曰虞歌，即《南风歌》，代指天子的恩泽。

⑨"隐辚"二句：指车马在山路上行进。隐辚，指马车。遥裛，指远行的马。裛，系马的带子，代指马。

⑩露文：露珠。

⑪思北：指思念京城。

⑫依驭：倚靠着车驾。

⑬图南：《庄子·逍遥游》载："北冥有鱼，其名为鲲。……化而为鸟，其名为鹏。……鹏之徙于南冥也，水击三千里，抟扶摇而上者九万里……背负青天，而莫亡夭阏者，而后乃今将图南。"后以"图南"比喻人的志向远大。

⑭衰群：离开同伴。

⑮"无由"二句：指没办法像贾谊一样被召入宣室，因此没有机会回答君王。宣室，古代宫殿名。《史记·屈原贾生列传》记载，汉文帝曾在宣室与贾谊长谈。

译文

天子希望将九折坂变成坦途，朝廷的德化施及蜀地。我写了这首诗诉说愁思之后踏上蜀道，题写拙作歌颂天子的恩泽。马车行过深谷，远行的马来到白云深处的山道。清澈的水流曲折注下，高耸的青山互相攒聚。风在涧中的松林间吹拂，露珠洗涤着岩上的花朵。思念京城常常倚靠着车驾，向南去常常离开同伴。无法像贾谊一样被召入宣室，我哪有机会回答君王呢？

赏析

此诗描写经蜀道入蜀途中所见之景，刻画了路途之坎坷，表达了对京都的依恋和言路不通的愤懑。

诗的前四句颂扬了朝廷治理蜀地的功效，说自己受命前往蜀地是朝廷的恩典，"圣图""神化""虞薰"等语，皆是对皇帝的谀辞，属于官样文章。不过，"缄愁"二字还是注入了诗人的感受，可见他不是感恩戴德地踏上蜀道的。据考证，此诗为诗人被邓王推荐到长安后被任命为小小的新都尉后所作，他觉得自己没有被量才授官，心中郁愤可以想见，"题拙"二字也相应带有几分怨怼之意。

接下来六句写的是入蜀途中所见之景，五、六句写幽深的山谷和高峻的山峰，与"蜀道难"的传统意象相合，但没有过分渲染其艰难。随后四句景色更加清幽，清澈、曲折的水流，高耸而攒聚的青山以及松风岩露，渲染出一幅苍逸劲健的秋景图。这些描写总的来说是较为平和的，没有附着诗人强烈的感情，可谓怨而不怒。

结尾四句呼应开头，"思北常依驭，图南海丧群"二句可谓脉脉含情，一位留恋帝都、忧思满怀的文人形象浮现在读者面前。结尾二句用西汉名士贾谊之典。贾谊向来被视为怀才不遇的典型，但诗人对他被汉文帝召入宣室一事依然艳羡不已，再次表达诗人对君王的依恋之意，同时暗含对于言路堵塞的愤懑之情，盼望着有一天能被重用。

全诗意境深远，融情于景，含蓄悠长。

赤谷①安禅师②塔

独坐岩之曲，悠然无俗纷。

酌酒呈丹桂③，思诗赠白云。

烟霞朝晚聚，猿鸟岁时闻。

水华竞秋色，山翠含夕曛。

高谈十二部④，细藛⑤五千文⑥。

如如⑦数冥昧⑧，生生⑨理氤氲⑩。

古人有糟粕，轮扁情未分⑪。

且当事艺术，从吾所好云⑫。

注 释

①赤谷：位于今陕西眉县。

②安禅师：生平不详。禅师，对佛教弟子的尊称。

③丹桂：即月亮。据传月亮上有桂树，故而以"丹桂"称月。

④十二部：指佛经。佛经依体例可分为十二种类别。

⑤覈：核查。

⑥五千文：即《道德经》，全文五千余字。

⑦如如：佛教用语，谓众生皆具的法性理体。如，理的别名。

⑧冥昧：幽暗蒙昧。

⑨生生：此处指玄学。

⑩氤氲：迷茫难辨。

⑪"古人"二句：古人之言也有糟粕，我的感情与轮扁没有分别。轮扁，《庄子·天道》中的一位制作车轮的老匠人，他认为古人的书是无用的糟粕。

⑫"且当"二句：指从心所欲。芝术，两种仙草，道家修行所用之物。

译 文

独坐在幽深的山谷，悠然远离纷扰的世俗。斟满美酒献给明月，将相思的诗歌赠给白云。烟霞朝起晚又落，四季都听得到猿鸟的啸鸣。水流和花朵竞相增添秋色，夕阳的余光映照苍翠的青山。高谈十二部佛经，细说老子《道德经》。如如之理幽暗蒙昧，生生之道迷茫难辨。古人之言也有糟粕，我的感情与轮扁没有分别。还是去山中种仙草吧，跟随自身的爱好而行。

赏 析

本诗回顾了安禅师生前达到的玄妙境界，抒发了自己也想脱离尘世纷扰的心绪。

全诗可分为四部分，每四句为一部分。第一部分描写安禅师塔附近的环境。诗人在山谷间的安禅师塔之畔端坐，只觉得已经远离世俗。他欣赏着山中幽寂清丽的景色，端酒呈月，赋诗赠云，诗兴与酒兴一起勃发。"丹桂""白云"均为禅境中常见意象，与塔畔整体的肃穆氛围相得益彰。第二部分写烟霞和猿鸟都与诗人相伴，"水华"和"山翠"愉悦着他的耳目。同时，读者也能够自然而然地联想到，安禅师在世时也是这样烟霞相伴、猿鸟相依、山水相娱，其情趣之高雅、品格之高洁自不待言。

第三部分写诗人讲读经典、修身养性的情况，他与友人谈佛论道，那玄微的真如至理以及大自然生生不息之道，都是他谈论、研究的目标。第四部分带有几分禅宗"顿悟"的意味，诗人突然想到轮扁的观点以及自己的爱好。正如明智的人认为古人之言也有糟粕一样，诗人觉得自己也不应拘泥于浩如烟海的典籍，于是他将十二部佛经与《道德经》置于一旁，决心去山中种仙草，选择过随心的生活。这种独特的感受，既有安禅师塔的幽雅环境的影响，也是诗人长久以来向往隐逸生活的意趣的写照。

在本诗中，诗人把诗意、禅理和自身才华融汇在一起，造就了这首不可多得的玄妙精微的禅诗。诗中通过对人物的生活状态和环境的描写，刻画出了一个精通玄理、举止闲适的禅师形象。语言生动，转折自如，意蕴悠长。

赠益府①群官

一鸟自北燕，飞来向西蜀。

单栖剑门②上，独舞岷山③足。

昂藏④多古貌，哀怨有新曲。

群凤从之游，问之何所欲？

答言寒乡⑤子，飘飘万余里。

不息恶木枝，不饮盗泉水⑥。

常思稻粱⑦遇，愿栖梧桐树。

智者不我邀，愚夫余不顾。

所以成独立，耿耿⑧岁云暮⑨。

日夕苦风霜，思归赴洛阳。

羽翮⑩毛衣⑪短，关山道路长。

明月流客思，白云迷故乡。

谁能借风便，一举凌苍苍。

注 释

①益府：即益州府，位于今四川成都。

②剑门：位于今四川北部，地势险峻。

③岷山：山名，位于四川北部。

④昂藏：形容气度不凡。

⑤寒乡：指北方。北方寒冷，故有此名。

⑥"不息"二句：西晋文学家陆机《猛虎行》："渴不饮盗泉水，热不息恶木阴。"恶木枝，《文选》李善注引《管子》："夫士怀耿介之心，不荫恶木之枝。恶木尚能耻之，况与恶人同处！"盗泉，其地在今山东泗水一带。

⑦稻粱：水稻和高粱，谷物代称。此处指朝廷的俸禄。

⑧耿耿：焦虑之貌。

⑨岁云暮：指一年将尽。

⑩羽翮：鸟的羽毛，也泛指鸟类。

⑪毛衣：禽鸟的羽毛。

译 文

一只鸟从北燕出发，飞到了这西蜀之地。孤单栖息在剑门之上，独自起舞于岷山脚下。气度不凡有上古的风貌，创制了哀怨的新曲。群凤跟随它翱翔，问它有什么想要的。它说它生在北方，飘然飞翔了万余里。不在贱劣的树木上栖息，不饮盗泉之水。常常想遇到稻粱的招待，希望到梧桐树上栖息。智者不来邀请它，愚人也对它弃置不顾。所以它只能独立此处，在焦虑中一年将尽。到了晚上被风霜所苦，想要回到洛阳。它的羽毛如此短，关山道路又如此长。远行者的思念随月光流动，白云迷住了故乡的路途。谁能借给它便利的风，让它一举飞上高高的天空。

赏 析

此诗是诗人因官场黑暗，辞官出游时所作，叙写自己的仕蜀经历，赠给益州府官员，透露出自己个性耿介以致日益孤危，不得已辞官的隐情，并表达强烈的思乡之情。

诗人在诗中用飞鸟自喻，对自身的仕宦经历做了详细叙述。前四句总写其孤身于蜀地做官，乡音断绝，萧索凄凉之态。"一鸟""单栖""独舞"，反复渲染自己的孤单，诗人孤高自许的兴味溢于言表。接下来，"昂藏多古貌，哀怨有新曲"两句概括出了诗人仕途不顺的失意，同时暗含自己创作才华的自负以及曲高和寡的无奈。随后十句，寓言色彩更加浓重，诗人以群凤之问叙述其仕途不顺的原因。诗人虽然出身一流门第范阳卢氏，但家道已然中落，没有为他的仕途提供太多助益，所以自称"寒乡子"，无

奈"飘飖"来到遥远的蜀地。他虽然希望在这里得到"稻粱遇",可以像凤凰一般栖息在梧桐树上,但是由于他"不息恶木枝,不饮盗泉水",表现得过于不合群,以致遭到嫉恨,落得个"智者不我邀,愚夫余不顾"的不幸遭遇。表明诗人是因不愿同流合污,坚守道义而遭到打压,以致只能辞官而去。"所以成独立,耿耿岁云暮"二句表达了诗人在政治上的忧患意识。

诗的结尾八句流露出了强烈的思乡之愁。"日夕苦风霜,思归赴洛阳"二句,写诗人因不堪忍受现状而想辞别蜀地去往洛阳并由洛阳返乡之意。想到自己在官场上的孤危处境和路途的坎坷遥远,诗人脑海中的故乡变得可爱而难以触碰。"羽翮毛衣短,关山道路长"两句对仗工整,以比显示出诗人处境的悲惨,连还乡都变得艰难。因此诗人希望遇到贵人,助自己一臂之力。这个夙愿很明显不限于还乡,还有政治方面的诉求。

本诗对于理解卢照邻仕蜀时期的心境及其行动的逻辑有着重要意义。诗人寓情于景,以鸟写人,形象生动,通过拟人的艺术手法,使鸟具有人的思维和行动,以对话的方式,展露了自己的愁绪。诚挚而自然,朴素而新颖。

送梓州高参军^①还京

京洛^②风尘远,褒斜^③烟露深。
北游君似智^④,南飞我异禽^⑤。
别路琴声断,秋山猿鸟吟。
一乖青岩酌^⑥,空伫白云心^⑦。

注 释

①高参军：姓名与生平不详。参军，古代官职名，负责参谋军事。

②京洛：古时对洛阳的别称。

③褒斜：指褒斜道，栈道名，地势险要，在今陕西境内。

④"北游"句：《庄子·知北游》中有"知北游于玄水之上"之句。智，即"知"。

⑤"南飞"句：我向南行却不像大鹏那么逍遥。化自《庄子·逍遥游》："有鸟焉，其名为鹏。背若泰山，翼若垂天之云。抟扶摇羊角而上者九万里，绝云气，负青天，然后图南，且适南冥也。"

⑥青岩酌：青山之畔的饯别酒宴。

⑦白云心：指思念之情。

译 文

遥远的京洛之地风尘滚滚，褒斜道上烟浓露深。您像知一样向北自在游览，我向南行却不像大鹏那么逍遥。离别的路上琴声断绝，只能听到秋山之中猿鸟的鸣声。一旦告别青山之畔的饯别酒宴，只能徒然怀着思念之情。

赏 析

卢照邻不仅善于创作七言歌行，他的律诗也十分新颖别致，其中以送别类诗篇最为独特。唐高宗咸亨元年（670年），诗人在蜀中秋满赋闲，但没有还京，而是在蜀中游历，这首诗就是他秋游梓州时送友人还京之作。

前两句写离人别去的所在及经由道路。高参军要由蜀地北归，旅途坎坷而艰险：遥远的京洛之地风尘滚滚，褒斜道上烟浓露深。高参军前路的

风尘仆仆之状仿佛呈现在了读者眼前。三、四句化用《庄子·知北游》中的典故，将高参军与自己的行迹进行对比，抒发仕宦不遇的感慨："智"向北游历，获得了大道，寓意高参军在学问、仕途上有所精进；"我"向南飞翔，却无法像大鹏那样"抟扶摇羊角而上者九万里，绝云气，负青天"，自在逍遥，有所凭依。

五、六句描写送别场景，送别的琴声因行人远去而断绝，能听到的只有猿鸣鸟唳之声，这种对比突出了送别之地的萧瑟之感，而"琴声断""猿鸟吟"更是烘托了悲怆的气氛，令读者也不由动容。结尾两句寓意深刻，当是作者痛定之后的反思，批判自己不应该对仕途如此孜孜以求，并产生了归隐之心。"白云"二字含蓄雅致，蕴意无穷，体现出诗人很高的炼字才能。

这首诗遣词典雅、用典精准、韵味无穷，是一首独具特色的送别佳作。

行路难①

君不见长安城北渭桥边，枯木横槎②卧古田。
昔日含红复含紫，常时留雾亦留烟。
春景春风花似雪，香车玉舆恒阗咽③。
若个游人不竞攀，若个倡家不来折。
倡家宝袜蛟龙帔④，公子银鞍千万骑。
黄莺一一向花娇，青鸟双双将子戏⑤。
千尺长条百尺枝，月桂星榆⑥相蔽污。
珊瑚叶上鸳鸯鸟，凤凰巢里雏鹓⑦儿。
巢倾枝折凤归去，条枯叶落任风吹。

一朝零落无人问，万古摧残君讵知？

人生贵贱无终始，倏忽须臾难久恃。

谁家能驻西山日⑧？谁家能堰⑨东流水？

汉家陵树满秦川⑩，行来行去尽哀怜。

自昔公卿二千石⑪，咸拟荣华一万年。

不见朱唇将白貌，惟闻素棘与黄泉⑫。

金貂有时换美酒⑬，玉麈但摇莫计钱⑭。

寄言坐客神仙署⑮，一生一死交情处⑯。

苍龙阙⑰下君不来，白鹤山⑱前我应去。

云间海上邀难期，赤心会合在何时？

但愿尧年⑲一百万，长作巢由⑳也不辞！

注释

①行路难：乐府古题，属《杂曲歌辞》，多咏叹世路艰难及贫困孤苦的处境。

②槎：树的枝杈。

③"香车"句：指贵人的车马塞满道路。香车玉舆，贵人华贵的马车。阗咽，形容拥挤。

④宝袜蛟龙帔：指女子华丽的装束。宝袜，腰彩，是古代女子束于腰间的丝带。蛟龙帔，指织有蛟龙花纹的女性衣饰。

⑤"青鸟"句：意为成对的青鸟带着小鸟游戏。

⑥星榆：指星星。古人认为天上遍种白榆，典出汉乐府《陇西行》："天上何所有，历历种白榆。"

⑦雏鹓：幼凤。鹓，相传是与鸾凤同类的鸟。

⑧驻西山日：让西落的太阳停在空中。

⑨堰：堵截。

⑩秦川：关中渭河南北沃野千里，是秦国故地，因称秦川。

⑪二千石：汉朝郡守俸禄为二千石，也就是月俸百二十斛。

⑫"惟闻"句：眼前只有满是荆棘的坟墓。素棘，指长棘的荒地。素，一作"青"。黄泉，指人死后埋葬的地方，即坟墓。

⑬"金貂"句：化用晋阮咸之子阮孚用金貂裘换酒之事，出自《晋书·阮孚传》。金貂，皇帝左右侍臣的冠饰，用黄色紫貂的尾巴做成。

⑭"玉麈"句：化用晋王衍故事。典出《世说新语·规箴》："王夷甫（衍）雅尚玄远，常嫉其妇贪浊，口未尝言'钱'字。妇欲试之，令婢以钱绕床，不得行。夷甫晨起，见钱阂行，呼婢曰：'举却阿堵物！'"玉麈，即修行之士手中所持的麈尾。莫计钱，不言钱。

⑮神仙署：官署的美称。

⑯"一生"句：《史记·汲郑列传》中有"一死一生，乃知交情"之句。

⑰苍龙阙：指宫殿。

⑱白鹤山：指传说中的仙境。

⑲尧年：太平盛世。

⑳巢由：指上古隐士巢父和许由。这里泛指隐居的人。

译 文

您莫非看不到长安城北的渭水桥边，枯木断枝倾卧在垄亩之中吗？当初此树姹紫嫣红，四周烟云环绕。春光烂漫之时，春风吹落百花如雪，贵人的车马塞满道路。游玩的人谁不兴奋地攀缘？哪个倡家不竞相来折？艳丽的乐伎束着腰彩、披着蛟龙帔，出游的贵公子有数不尽的骑着银鞍骏马的随从。黄莺鸟在花朵旁嬉戏，成对的青鸟带着小鸟游戏。数不尽的枝条彼此重叠，天上的月亮与星星相互映衬。美如珊瑚的枝叶是鸳鸯休息的地方，鸟巢里栖止的是幼凤。有朝一日巢木摧折，鸾凤离去，只留下风吹枯木的萧瑟之景。一朝残败了就没人在意，千百年的摧残又有谁会关心？人世间的高低贵贱流转不穷，荣耀短暂不能作为永远的依靠。谁能让西落的太阳停在空中？又有谁能堵截东流的河水呢？汉朝皇陵的树木遍布秦地，改朝换代之后徒然令人哀叹。那些俸禄二千石的高官，都想尽办法把富贵永远传承。不见当年的青春美貌，眼前只有满是荆棘的坟墓。金貂有时候也可以拿来换酒，常常摇动玉麈不言钱财。告诉官署中各位一句话，生死患难之际才能看出真正的友情。时候到了，你没有进入官殿，我则在白鹤山前成仙。云间或海上的缥缈仙山难以寻找，我们的一片诚心不知何时才能相会。只希望太平盛世长久延续，我即使一直做隐士也没关系。

赏 析

《行路难》旧题多用于抒发愤懑沉郁之气，本诗相较前人诗歌更为舒缓，诗中多次转韵，显露了闲适之情；诗中的声律、修辞等方面受六朝诗作影响较大，展示出了诗人所处时代的诗歌特色。

本诗可分为两部分。第一部分从开头至"万古摧残君讵知"，大量运用比兴手法，其中"长安城北渭桥边"是诗人的虚拟，即物起兴，通过看到枯木断枝倾卧在垄亩引发联想。"昔日"领起下面十四句，对"枯木"曾经的华丽时光做了浓墨重彩的渲染，使人读来产生恍如隔世之感。那姹紫嫣红的艳丽，仙境般的雾气，美如雪的花，艳如珊瑚的枝叶，可谓极尽华贵。在它的"千尺长条百尺枝"上，有戏春的黄莺、双宿双飞的鸳鸯、还未长大的凤凰等，虚实相生，极尽渲染之能事。树旁更有贵人的车马塞满道路，艳丽而华美的乐伎争奇斗艳……活画出迷人的世态风情画。在诗人的带领下，读者仿佛进入了一场奇幻奢华的梦境，但又隐约产生一

种盛极必衰的担忧。果然，接下来诗人笔锋一转，用一句"巢倾枝折凤归去"将这梦幻无情打碎，所谓荣枯咫尺，沧桑须臾。从语句的运用来看，规整的偶句与猝然的转折，避免了单调重复；复叠的词语增添了韵律感与和谐之美。"一朝零落无人问"与"万古摧残君讵知"是诗中第一部分的关键，与桓温"树犹如此，人何以堪"的人生感喟异曲同工，点破了世事人情。

第二部分从"人生贵贱无终始"至结尾。这部分由隐而显，从对"枯木"的描写转为对"人生"的描写。"终始"即开始与结束，没有终始即无限。白驹过隙般的人生与无穷无尽的岁月构成哲学上的思考，一系列抒情意象也就借此展开了。"谁家"以下十六句营造出超脱时空的意境，以奇崛的视角，突破了时空的局限性，赋予了诗歌更深邃的意义。其中太阳与流水的不可阻拦，用突兀的设问引发思考；世事的变迁，即使帝王陵寝也无法避免；而显赫的贵族终究只留下一堆白骨。这几句层层深入地点明富贵的虚幻，感情的脆弱，仙佛的虚妄。"金貂换酒"与"玉尘"化用晋人的典故，看似肆意放纵、参透生死、不理世俗，却难掩内心的无限苦闷。接下来诗人寄语官署中的列位，生死患难之际才能看出真正的友情，极言其珍贵。随后诗人表达了与"坐客"迥异的人生追求：你们追求仕途，还未抵"苍龙阙下"，我却已在白鹤山前羽化成仙。海上神秘无踪的仙山难以寻觅，我与列位只怕再难相见了。这里表面上显示了诗人灰心失意乃至放纵的想法，但骨子里还是对美好的追求。于是诗人最后两句说"但愿尧年一百万，长作巢由也不辞"，可见他对于人世并未忘怀，对太平盛世依然渴望不已。"但愿""长作"显露出诗人的诚意。

"初唐四杰"对于当时诗体、诗风的进步有重要贡献，最明显的一点便是扩大了眼界，把对象由狭小的宫廷转向复杂而多姿多彩的社会，直面社会现实。他们都带着哲学家一般的气质，对于世事变迁有着超乎常人的敏感，因而能够在艺术美感之外，触碰到人生的深层价值，把过去的遗存、现在的境遇与未来的求索相结合，构造出超越时空的结构，营造出深邃动人的意象，本诗就是这样一首杰作。此诗扭转了前人矫揉造作的诗风，把思绪由贵族生活移向社会，投向现实人生。诗中用树木的荣枯暗喻人世的变迁，用舒缓的文风描绘了时间的无情流逝、社会复杂的兴衰、个人被时势裹挟的无奈等，表达了诗人对人生的思考和对美好的追求。全诗即物起兴，感情真挚，意境深邃。

长安古意

长安大道连狭斜①，青牛白马七香车②。

玉辇③纵横过主第④，金鞭络绎向侯家。

龙衔宝盖⑤承朝日，凤吐流苏⑥带晚霞。

百丈游丝⑦争绕树，一群娇鸟共啼花。

啼花戏蝶千门侧，碧树银台⑧万种色。

复道⑨交窗⑩作合欢，双阙⑪连甍⑫垂凤翼。

梁家⑬画阁中天起，汉帝金茎⑭云外直。

楼前相望不相知，陌上相逢讵相识。

借问吹箫⑮向紫烟⑯，曾经学舞度芳年。

得成比目⑰何辞死，愿作鸳鸯不羡仙。

比目鸳鸯真可羡，双去双来君不见？

生憎帐额绣孤鸾⑱，好取门帘帖双燕。

双燕双飞绕画梁，罗帷翠被郁金香⑲。

片片行云⑳着蝉鬓㉑，纤纤初月上鸦黄㉒。

鸦黄粉白车中出，含娇含态情非一。

妖童㉓宝马铁连钱㉔，娼妇㉕盘龙㉖金屈膝㉗。

御史府中乌夜啼，廷尉门前雀欲栖[28]。

隐隐朱城临玉道，遥遥翠幰没金堤。

挟弹飞鹰杜陵北，探丸借客[29]渭桥西。

俱邀侠客芙蓉剑，共宿娼家桃李蹊。

娼家日暮紫罗裙，清歌一啭口氛氲。

北堂[30]夜夜人如月，南陌朝朝骑似云。

南陌北堂连北里[31]，五剧[32]三条[33]控三市。

弱柳青槐拂地垂，佳气红尘暗天起。

汉代金吾[34]千骑来，翡翠屠苏鹦鹉杯[35]。

罗襦[36]宝带为君解，燕歌赵舞为君开。

别有豪华称将相，转日回天[37]不相让。

意气由来排灌夫[38]，专权判不容萧相[39]。

专权意气本豪雄，青虬紫燕[40]坐春风。

自言歌舞长千载，自谓骄奢凌五公[41]。

节物风光不相待，桑田碧海[42]须臾改。

昔日金阶白玉堂，即今唯见青松[43]在。

寂寂寥寥扬子[44]居，年年岁岁一床书。

独有南山桂花发，飞来飞去袭人裾。

注　释

①狭斜：狭窄的小巷。斜，巷子的别称。

②七香车：用多种香木造成的华美小车。

③玉辇：本指皇帝所乘的车，这里泛指豪门贵族所乘的车。

④主第：公主的府第。第，封建社会官僚和贵族的大住宅。

⑤龙衔宝盖：车子上华美的伞状车盖，支柱上端雕有龙形，如衔车盖

于口。宝盖，即华盖。古时车上张有圆形伞盖，用以遮阳避雨。

⑥凤吐流苏：车盖上雕有凤凰，其嘴端挂着流苏。流苏，一种装饰物，以五彩羽毛或丝线制成的穗子。

⑦游丝：春天虫类吐出的在空中飘扬的丝。

⑧银台：原指仙人居住的地方，此处指豪门贵族的居所。

⑨复道：又称阁道，连接楼阁的架高的木制通道。

⑩交窗：花格图案交错的木窗。

⑪双阙：宫门两旁的望楼。

⑫甍：屋脊。

⑬梁家：本指东汉外戚梁冀家，以豪奢著称。此处指长安贵族。

⑭金茎：铜柱。汉武帝于建章宫内立铜柱，高二十丈，上置铜盘，名仙人掌，以承甘露。

⑮吹箫：指春秋时萧史吹箫的故事。出自《列仙传》：“萧史者，秦穆公时人也。善吹箫，能致孔雀白鹤于庭。穆公有女，字弄玉，好之，公遂以女妻焉。日教弄玉作凤鸣，居数年，吹似凤声，凤凰来止其屋。公为作凤台，夫妇止其上，不下数年。一旦，皆随凤凰飞去。故秦人为作凤女祠于雍宫中，时有箫声而已。”

⑯向紫烟：指飞入天空。

⑰比目：即比目鱼，比喻夫妻、情人相伴相爱。

⑱“生憎”句：即怕过孤单的生活。生憎，最厌恶，最恨。帐额，帐子前的横幅。鸾，传说中凤凰一类的神鸟。

⑲“罗帷”句：是指罗帐翠被熏以郁金香。罗帷，罗帐。翠被，以翠鸟羽毛织成的华贵被子。郁金香，古代一种名贵的香料。

⑳行云：流动的云，比喻女子头发蓬松美丽。

㉑蝉鬓：古代妇女的一种发式，把鬓发梳成蝉翼般的样式。

㉒上鸦黄：古代妇女为了美观，在额上用黄色涂成弯弯的月牙形，称

额黄。鸦黄，嫩黄色。

㉓妖童：泛指打扮艳丽、以唱歌为生的儿童。

㉔铁连钱：指马的毛色青而斑驳，有圆钱式的花纹。

㉕娼妇：指上文所说的豪门贵族家的歌伎舞女。

㉖盘龙：钗名。出自西晋崔豹《古今注》："蟠龙钗，梁冀妻所制。"这里指金屈膝上的雕纹。

㉗屈膝：铰链。用于门、窗、屏风等物，这里是指车门上的铰链。

㉘"御史"二句：形容权贵骄纵恣肆，游侠横行，致使御史和廷尉并没有实权。御史，官职名，专司弹劾。廷尉，官名，掌管刑狱。

㉙探丸借客：汉时长安有刺客组织，成员以市井不法少年为主，专以刺杀官吏为业，分派任务时以抽取不同颜色的弹丸为凭据。

㉚北堂：指倡家。

㉛北里：唐代长安地名，当时为妓女的聚居地，因在城北，故名北里。

㉜五剧：指交错纵横的道路。

㉝三条：指通达的道路。

㉞金吾：即执金吾，这里泛指禁卫军。

㉟"翡翠"句：鹦鹉杯里的屠苏酒好似翡翠。指禁卫军军官在倡家饮酒。屠苏，美酒名。

㊱罗襦：丝绸做的短衣。

㊲转日回天：形容权势极大，可以左右皇帝的意志。

㊳灌夫：字仲孺，西汉初年将军，性情刚强直爽，曾借酒辱骂丞相田蚡，被田蚡诬陷杀害。

㊴萧相：指西汉开国功臣萧何，官至相国。

㊵青虬紫燕：均为骏马的别称。

㊶五公：指汉朝五个位高权重的官员，即张汤、杜周、萧望之、冯奉世、史丹。

㊷桑田碧海：农田变成大海，比喻世事变化很大。出自晋葛洪《神仙传·王远》："麻姑自说云：'接侍以来，已见东海三为桑田。'"

㊸青松：喻指坟冢。

㊹扬子：指西汉文学家扬雄，字子云，在长安时仕途失意，曾闭门著《太玄》《法言》。

译 文

　　长安城的大道连着狭窄的小巷，青牛白马与七香车来来往往。豪门贵族的车在公主的府第前穿梭，车夫挥动镶金的马鞭络绎不绝地拥向王侯之家。衔在雕龙口中的车盖迎着朝阳，悬在雕凤嘴上的流苏向着晚霞。飘摇着的长长的游丝都绕在树上，一群娇小的鸟儿围着花儿啼叫。成群的蜂蝶在宫门旁嬉戏飞舞，豪门贵族的居所仿佛有万般色彩。空中的复道和木窗上雕刻着合欢花的图案，宫门两旁的望楼连着屋脊好似凤凰垂翼。长安贵族家的华丽楼阁仿佛起于半空，又像汉武帝建的铜柱直入云霄。隔楼相望尚且互不相识，在路上遇见又哪里知晓对方？问那位箫声像萧史一样飞入天空的女子，她说曾经学习舞蹈度过青春年华。她说若能像比目鱼一样和心爱的人长相守，就算死了也心甘情愿；若能像鸳鸯一样和心爱的人长相伴，宁愿做凡人不羡慕神仙。比目鱼和鸳鸯真是令人羡慕啊，它们成双成对地去来难道您没有看见？最恨的是帐前的横幅上绣了只形单影只的鸾凤，愿将它变成门帘上贴的双飞燕。一对一对的飞燕绕着雕花的梁柱上下飞舞，华丽的罗帐和以翠鸟羽毛织成的华贵被子用郁金香熏过。片片流云一样的鬓发梳成蝉翼般的式样，在额头涂上新月状的额黄。一个个涂着额黄、面容粉白的女子从车中走出，千娇百媚，风情万种。打扮艳丽的歌童骑着青色斑驳的马，歌伎、舞女的车门上的铰链装饰着镶金蟠龙。御史府中静得可以听到乌鸦的啼叫，廷尉府门前寂静得麻雀都来栖

息。车上隐约可以看到王城矗立在平坦的大道旁，车上装饰着翠羽的帘幕隐没了远处的河堤。有人在杜陵以北带着弹弓和鹰打猎，有人聚集在渭桥以西谋划刺杀官吏。佩着宝剑的侠客受到邀请，一同歌宿在倡家的桃李小径。妓女们在傍晚时分便穿上轻薄的紫罗裙，清歌一曲口中散发出浓郁的香气。北堂之人夜夜光鲜靓丽如明月，南陌每天早晨离开的马匹如云。南陌、北堂通过大道和城北的妓院相连，交错纵横的道路与各个闹市相通。柔软的柳条、槐枝低低垂下轻拂着地面，车马杂沓的声音和扬起的尘土也在夜晚出现。宫中的千骑禁卫军结队而来，鹦鹉杯里的屠苏酒好似翡翠。丝绸短衣上的衣带为您解开，燕赵地区的媚歌艳舞也为您上演。豪华的排场堪与将军、宰相相比，权势极大的贵族互不相让。颐指气使排挤像灌夫一样的将军，独断专权容不下像萧何一样的宰相。独断专权、颐指气使，还自称英雄豪杰；乘着青虬、紫燕这样的宝马，显得春风得意。口出狂言，自称眼前的歌舞空前绝后；骄奢自大，自夸手中的权势远远胜过五公。其实世间的荣华富贵哪能长久，桑田变碧海也只是转瞬之间的事。昔日黄金的台阶、白玉的殿堂，如今只剩下长着青松的坟冢。想当年寂寥的扬雄居所，年复一年只有一床书籍相伴。只有南山上还有一些桂花年年开放，花瓣往来飞舞打在人的衣裙上。

赏 析

这是一首历来为人称道的七言古诗，问世之时曾震动诗坛，是中国诗歌史上划时代的作品。自汉魏六朝以来，就有不少以长安、洛阳为背景，描写上流社会骄奢淫逸生活的作品，有的诗歌还会对其进行讽刺，但无论是艺术手法还是思想价值都无法与此诗相比。此诗铺张扬厉，借写汉代长安的现实生活来反映初唐的社会现实，表达了诗人对骄奢、庸俗的上层生活的批判。

全诗从结构上可分为四部分，每部分又可依次分为若干个小节。从首句到"娼妇盘龙金屈膝"为第一部分，主要描写了长安豪门贵族追求享乐、穷奢极欲的生活场景。首句大气地刻画了长安的街道，四通八达的大道连着各种小巷，密密麻麻。第二句转入描写街景，青牛白马与七香车来来往往。这两句以简洁的笔墨开篇，统领全诗。其后写贵族车马的华丽。"玉辇"展现了贵族非同等闲的身份，"纵横"表现了人之多，"络绎"表现了贵族飞快的生活节奏，"宝盖""流苏"尽显贵族的豪奢，"承朝日""带晚霞"则生动地展现了香车宝马川流不息的盛大场面。这几句一气呵成，从侧面表现了长安豪门贵族争竞豪奢的风气。接下来描写的是长安热闹的街景、豪华的府第宫苑，"争""共"衬托了长安闹市的热闹，"花"字引出下句的描写，使全诗更为灵动。这几句文采飞扬，诗人并没有详尽地铺陈王公贵族宅邸的绚丽宏伟，而是剪取一些金碧辉煌的画面，使读者窥见这些豪华建筑的全貌。这些描写构成了全诗的背景，从而引出了下文在其中活动的人物。其后描写了在这富丽堂皇的府邸之中生活的歌伎舞女们的情感和生活。诗人用了大量的笔墨对此进行描写，使读者得以从中窥见贵族们生活的全貌。歌伎舞女们虽生活在繁华喧闹的楼阁里，心中却也渴望着美好的爱情。这几句由"借问"引出，以内心独白的方式从侧面表现了饱受压迫的底层女性对爱情的向往。"比目""鸳鸯""双燕"的出双入对与"孤鸾"的凄凉形成鲜明对比，"何辞死""不羡仙""好取""生憎"等词语写出了人物内心的决绝，清晰地勾勒出了其内心强烈的渴望以及现实的苦涩。"得成比目何辞死，愿作鸳鸯不羡仙"一句则是流传千古的爱情名句。之后描写的是豪门贵族家歌伎舞女的房间以及她们的妆容。在她们化完妆之后，便被主人带着出游了。"翠被"表现了歌女房间的香艳，"蝉鬓""纤纤"表现了歌女的妖娆。"妖童"句与开头的"青牛"句相照应，同时也意味着对长安热闹的白昼的铺陈告一段落。这一部分诗人用笔极简，但读者可从诗句中推知豪门享乐的状况，足见诗人笔法的精妙。

从"御史府中乌夜啼"到"燕歌赵舞为君开"为第二部分，主要描写了在夜幕笼罩下，长安城中形形色色的人物的夜生活。"御史"两句化用前人典故。"乌夜啼"点明时间，"雀欲栖"则巧妙地暗示了御史、廷尉这一类执法官员没有实权的现实。"隐隐"句描写了黄昏时的景象，叙述自然地由喧闹的白昼过渡到夜晚。夜幕下的长安暗流涌动，这里既有在"杜陵北"打猎的人，又有在"渭桥西"暗杀官吏的刺客，而那些臭味相投的人好像约好了一样"共宿娼家"。在倡家的人们迷恋妓女的舞姿，陶醉于其浓郁的香气。"北堂"内歌舞升平，"夜夜人如月"；"南陌"则人来人往，"朝朝骑似云"。这里在时间上由"夜"至"朝"，昼夜相继，足见长安长年累月的繁荣景象。"南陌""北里"从地理位置上相互照应，"五剧""三条"表现了长安街道的繁荣。"弱柳"二句则暗示了此地是王侯贵族的聚集之地，甚至禁卫军也玩忽职守，"千骑"来此饮酒作乐，这为整幅画面添上了浓墨重彩的一笔。"罗襦"句暗示了众人荒淫的场面，"燕歌"句极陈其声色娱乐。诗人笔下各色人物纸醉金迷、腐化堕落，表现了诗人对贵族生活的忧心和不安，隐含对国家前途命运的担忧。

从"别有豪华称将相"到"即今唯见青松在"为第三部分，主要描写了长安的豪门贵族除情欲难以满足外，还有一种权力欲，这驱使豪门贵族们相互排挤、相互倾轧。那些豪门人物钩心斗角，权势之大甚至能"转日回天"。"意气"二句用了西汉灌夫和萧何的典故，指出了文臣武将之间相互排挤的现实。那些得意者甚至自诩永世富贵，狂妄自大到可笑的地步。"自言""自谓"充满了讽刺意味。接着诗人笔锋一转，写出了荣华富贵最终都会随时光流逝而烟消云散的悲哀。这几句一扫前文华丽堆砌之气，平实朴素的语言与前文形成了强烈的对比，更突出了一切终会消逝的悲哀。

最后四句为第四部分，以落寞著述的扬雄与长安豪门贵族对比，寄寓了诗人怀才不遇的感慨。"年年"句表达了诗人致力著述、洁身自好的志向，与前文形成了强烈的反差。这几句揭示了物质上的富有终不能持久，文学上的造诣才能流芳百世的道理，体现了诗人的高尚情操，表达了诗人对长安豪门贵族的腐朽生活的鄙夷和批判。

在初唐诗歌中，这样的鸿篇巨制是极为少见的，即便是在整个唐代也是不多见的，难怪明代诗论家胡应麟会赞叹这首诗"七言长体，极于此矣"（《诗薮·内编》）。从整体来看，全诗铺排自如，富丽堂皇，错彩镂金，气势恢宏。诗人饱含激情，一气呵成，用笔详略得当，使得全诗极具艺术价值。

明月引①

洞庭波起兮鸿雁翔，风瑟瑟兮野苍苍②。

浮云卷霭，明月流光。

荆南兮赵北，碣石兮潇湘③。

澄清规④于万里，照离思⑤于千行⑥。

横桂枝⑦于西第⑧，绕菱花⑨于北堂。

高楼思妇，飞盖⑩君王。

文姬⑪绝域⑫，侍子他乡⑬。

见胡鞍之似练⑭，知汉剑之如霜⑮。

试登高而骋目⑯，莫不变而回肠⑰。

注 释

①明月引：乐府诗题，属《琴曲歌辞》。引，序曲之意。

②"洞庭"二句：写洞庭湖水波涌起，大雁飞翔，秋风阵阵，四周

苍茫旷远。洞庭，即洞庭湖，我国第二大淡水湖，位于湖南北部，长江南岸，素有"八百里洞庭"之称。瑟瑟，指风声。苍苍，苍茫旷远，没有边际。

③"荆南"二句：月光照向南荆，洒向北赵，澄清碣石山，流泻湘江，意为天地万物都沐浴在月色中。荆南，即南荆，古为楚国。赵北，即北赵，古赵国之地，旧址在今河北、山西一带。碣石，山名，在今河北昌黎西北。潇湘，指湘江。

④清规：指月亮。月圆如规，明净皎洁，故称。

⑤离思：分别后的心绪。

⑥千行：这里指泪水。

⑦桂枝：指月亮。传说月上长有桂树，因以其指月。

⑧西第：东汉权臣梁冀的宅第，代指贵族府第。

⑨菱花：菱花镜，这里以镜喻月。

⑩飞盖：本指高大的车盖，这里泛指车。

⑪文姬：东汉才女蔡琰，陈留圉县（今河南杞县西南）人，名士蔡邕之女。兴平年间，被乱兵俘掠，后嫁南匈奴左贤王，在匈奴之地居住了十二年，被曹操赎回后，创作了《悲愤诗》和《胡笳十八拍》（疑为伪托）等杰出作品。

⑫绝域：极远的地方。这里指匈奴所处的蛮夷之地。

⑬侍子他乡：意思是侍子客居他乡，变为游子。侍子，侍奉父母的儿子。

⑭胡鞍之似练：胡人的马鞍如同白练。胡鞍，胡马的鞍座。

⑮汉剑之如霜：形容汉剑白亮锋利。汉剑，指汉高祖刘邦斩白蛇所用之剑。

⑯骋目：极目远望。

⑰回肠：形容愁绪万千，忧虑不安。

译 文

洞庭湖水波涌起，大雁飞翔，秋风阵阵，四周苍茫旷远。浮云飘动，云雾消散，明月洒下皎洁的月光。月光照向南荆，洒向北赵，澄清碣石山，流泻湘江。澄净的月光照耀万里之地，分别后的心绪转换为千行泪水。月亮照着贵族的府第，又像菱花镜一样环绕北堂。照着高楼上的思妇，还有车中的皇帝。照着身处蛮夷之地的文姬，以及在异乡变为游子的侍子。看见胡人的马鞍如同白练，得知汉剑白亮锋利。如果登高极目远望，没有不改变脸色而心中愁绪万千的。

赏 析

这首诗是卢照邻沿袭古题所作。全诗以"明月"为中心展开叙述，主要表达了离别之人相思的愁苦。

诗的开篇就是壮阔凄清的场景描写，用秋天特有的意象渲染了凄冷萧瑟的氛围。前两句化用"袅袅兮秋风，洞庭波兮木叶下"（屈原《九歌·湘夫人》）的诗意，洞庭湖水波涌起，大雁飞翔，秋风阵阵，四周苍茫旷远。这些景物紧紧牵动着离别之人的愁思，使其烦乱的心绪延伸至遥远的他乡，延伸在孤寂浩渺的暮色中。意境雄浑，场面阔大，"起""翔"两个动词使画面有了动态感，"瑟瑟""苍苍"两个叠词的使用不仅增加了诗歌的音律美，还使苍冷、凄清的意境得到深化。

"浮云卷霭，明月流光"至"绕菱花于北堂"这八句，诗人紧扣题意，围绕皎洁的月光照耀大地万物展开叙述。无论南荆还是北赵，碣石山还是湘江，或是贵族的"西第""北堂"，天地万物无不沐浴在月光之下。这几句通过罗列多个地方来展现月光所照范围之广，结构工整，叙述生动，为下文抒情做了铺垫。

"高楼思妇"以下六句由月及人，运用典故叙写游子、思妇的离别之

愁。高楼上的思妇，车中的皇帝，身处蛮夷之地的文姬，客居他乡、思念父母的游子，无论是谁，面对这迷人的月色，都会泛起阵阵乡愁，会想到远方的亲人。随后，诗人将我们带到了边塞和古老的战场上。胡人的马鞍如同白练，汉剑白亮锋利。残酷的战争使无数战士埋骨边塞，也让无数思妇伤心断肠。结尾两句以议论收束全诗：如果登高极目远望，没有不改变脸色而心中愁绪万千的。

诗人现存的作品中骚体不多，这首诗是其中出色的一首，言辞秀丽，意境深远，情思缠绵，风格疏朗隽永。诗歌的意象变换复叠，句式错落有致，意境深远，描绘出了深秋月色下的离别之人的思愁和孤寂，兼具诗情、画意，情景交融。它的一个典型特色就是意境美。全诗将萧瑟的秋风、结队南飞的大雁、水波荡漾的湖水、旷远无边的原野等凄清肃杀的秋天景色和思妇、游子的离愁别绪交织在一起，表达丰富而有层次，营造出一个悲凉凄清的意境，带领着读者的思绪在这深远的意境中体会其离别之苦，其诗情画意，顿现眼前。还有一个特色就是它的音韵美。这首诗是杂言乐府诗，每句字数不固定，句式有长有短，参差错落，最少的有四言，而最多有八言，每一句都随诗人的心境和情绪而起伏。这样长短句交错的写法能让声调语气有高低变化，或悠扬舒缓，或紧张急促，前后交织，抑扬顿挫，产生独特的音韵美。

陇头水①

陇阪②高无极，征人一望乡③。
关河别去水，沙塞④断归肠。
马系千年树，旌⑤悬九月霜。
从来共呜咽，皆是为勤王⑥。

注 释

①陇头水：乐府旧题，属《横吹曲辞》。

②陇阪：指陇山。

③一望乡：一作"望故乡"。

④沙塞：即沙漠边塞。

⑤旌：古代竿头用牦牛尾巴或五彩羽毛装饰的旗子。这里指战旗。

⑥勤王：指为王事尽心。

译 文

陇山高得没有尽头，戍边将士正在那里遥望家乡。关河的水辞他而去，沙漠边塞令思归之人断肠。马儿拴在千年的树上，战旗上凝着九月飘落的繁霜。自古以来共同哽咽之人，都是为王事尽心而远征的将士。

赏 析

唐高宗显庆五年（660 年），诗人奉命出使庭州，在途中路过陇山，便写下了这首诗。这首诗通过对陇山景物的描写，表达了为王事尽心尽力的远征将士对家乡的思念之情。此诗虽沿用乐府旧题，但并非简单的模仿，而是将自己的实际经验和切身体会融入其中。

诗歌前两句点题，写陇山高得没有尽头，戍边将士在那里遥望家乡。"高无极"显示出戍守之地环境的恶劣，也象征着归乡之途的艰难，奠定了全诗写乡愁的基调。三、四句是自然环境的描写：关河的水辞他而去，沙漠边塞令思归之人断肠。关河之水尚能流往远方，自己只能在"沙塞"之上徒然断肠。环境冷峻而凄厉，感情则沉郁悲凉，令人动容。

五、六句将边塞战场独特的景致展现了出来：马儿拴在千年的树上，战旗上凝着九月飘落的繁霜。这两句思接千载，"千年树"目睹了边地自

古以来无尽的杀戮、别离与思念，更增添了诗的伤感意味；而眼前战旗上的"九月霜"也倍增肃杀之感。结尾两句以议论收束全诗，诗人对当时的统治者武后非常不满，也对自己的际遇感到愤懑不平，因此在这两句中指出戍边将士的不幸，都是因为要"勤王"，感情愤慨，令人动容。体现了诗人对政治现实的残酷的深切体会，抒发了诗人想要报国而又对无休止的战争深感厌倦和无奈的感情。

此诗景象阔大，意境苍凉，感情深沉、凄切，情寓景中，自然流露。

巫山高①

巫山望不极，望望下朝氛②。
莫辨啼猿③树，徒看神女④云。
惊涛⑤乱水脉，骤雨暗峰文。
沾裳即此地，况复远思君⑥。

注 释

①巫山高：乐府旧题，属《鼓吹曲辞》。内容多是有关巫山神女的事。巫山神女，出自战国宋玉《高唐赋》《神女赋》，其中她称自己"妾在巫山之阳，高丘之阻，旦为朝云，暮为行雨。朝朝暮暮，阳台之下"。这些描写神秘浪漫，成为后世文人吟咏不尽的题材。巫山，在长江三峡之中，渝鄂交界地带。

②朝氛：清晨的云气。

③啼猿：巫山猿较多。

④神女：指神女峰，在重庆巫山东。

⑤惊涛：指长江水波涛汹涌。

⑥"沾裳"二句：我在此地已经忧愁得泪落沾襟，何况还思念着远方的你。

译 文

巫山一眼望不到头，望见清晨的云气降下。无法分辨猿在哪棵树上啸叫，徒劳地看着神女峰上的白云。长江水波涛汹涌扰乱了水流，骤雨让山峰的纹理变得黯淡。我在此地已经忧愁得泪落沾襟，何况还思念着远方的你。

赏 析

以巫山为题材的诗文有很多，这首诗就是其中之一，主要描写了巫山的自然环境。诗人根据神秘的巫山神女这一意象，描写了高峻的巫山、波涛汹涌的长江水和急促的大雨，抒发了悲凉、急切的情思。后人据诗意推测这首诗是诗人见景抒情之作，也许是作于唐高宗咸亨二年（671 年）诗人走水路离川返洛阳途中路过巫山之时。

前四句描写了巫山连绵不绝、清晨云气腾腾的自然景色和"啼猿""神女"等意象，给诗歌增添了神秘的气息，使其有了神话般的朦胧感。四句中用了三个"望"字和一个"看"字，表现出所绘之景、所写之物的壮阔，生动逼真。

五、六句对仗工整，其中"惊涛""骤雨"两个词写出长江、巫山雄浑壮阔的场景和气势及其变化无常的自然现象。"乱水脉"和"暗峰文"观察细致、描写生动，显示出诗人在景物描写方面的深厚功底。最后两句直接抒情，"即此地"和"远思君"的对比加深了诗意的动人力量，点明了主旨，表达出诗人对远方友人的无限相思之情，真挚自然。

卢照邻善于作七言歌行，但其五言古诗也有较高的造诣，这首诗就是一篇佳作。全诗奇峭浓烈，委折有致，虽用乐府旧题，但写得极有新意，开创了以乐府旧题写自身真实感受的先河。

雨雪曲①

虏骑三秋入，关云②万里平。

雪似胡沙③暗，冰如汉月④明。

高阙⑤银⑥为阙，长城玉作城。

节旄⑦零落尽，天子不知名。

注　释

①雨雪曲：又名《雨雪》，乐府旧题，属《横吹曲辞》，多写边塞征战之事。

②关云：边塞上空的浮云。

③胡沙：胡地的沙漠。

④汉月：汉地的明月。

⑤高阙：古地名，状如门阙，位于今内蒙古杭锦后旗西北。战国时期赵武灵王向北开疆拓土，自阴山下到高阙为塞。

⑥银：指冰雪。下文中的"玉"同义。

⑦节旄：古时使节所持旌节上装饰的牦牛尾。

译　文

敌人的骑兵在秋天入侵，与边塞上空的万里浮云平齐。雪像胡地的沙漠一样黯淡，冰像汉地的明月一样明亮。高阙仿佛银子做成的楼阁，长城仿佛是美玉砌成的城墙。旌节上牦牛尾的毛已经落尽了，天子却不知道他们的姓名。

赏 析

　　此诗是一首边塞诗，内容中有显著的戏剧化元素，体现出较强的反讽效果。全诗并未着重从正面写战争情形，但长城凄冷、肃杀的景象已经将戍边将士大量死亡的残酷现实揭露出来。

　　前两句写敌人的骑兵与边塞上空浮云平齐，可见敌人声势之盛以及军情的急迫。"三秋"和"万里"对举，气势恢宏，并极力渲染出敌情的危急。同时，这两句诗巧妙地将南朝梁文学家虞羲名作《咏霍将军北伐》中"长城地势险，万里与云平。凉秋八九月，虏骑入幽并"四句隐括在内，非常巧妙。接下来四句用华丽的辞藻将冰雪比喻为"胡沙""汉月"，将冰雪中的高阙和长城形容为用银子、美玉装饰而成，豪华而精美，形象写出了边塞凄冷苦寒的景象。这四句中，诗人从大处着笔，将环境与气氛烘托得雄浑壮阔，显示了将士们不畏苦寒、一心抗敌守边的爱国精神。而结尾两句中，戍边将士们或被敌人杀害，埋骨此处，或"节旄零落"被敌人拘禁而始终不肯屈服，但是天子却连他们是谁都不清楚，充满了豪迈不平之气，并极具讽刺意味。

　　诗歌辞藻华丽，比喻生动，反衬出戍边将士的坚忍与辛苦。最后一句中表达出的"天子不知名"的怨气，奇情壮采，意味深长。

昭君怨①

合殿②恩中绝③，交河④使渐稀。
肝肠辞玉辇⑤，形影向金微⑥。
汉地草应绿，胡庭沙正飞。
愿逐三秋雁，年年一度归。

注 释

①昭君怨：乐府旧题，属《琴曲歌辞》。相传是汉王昭君始创。王昭君，名嫱，字昭君，汉元帝宫人，南郡秭归（今湖北秭归）人。汉刘歆《西京杂记》记载，汉元帝的嫔妃非常多，召幸时都是通过画像选择。后宫众嫔妃争相以金银财宝收买画师，让其把自己画得美一些，但王昭君貌美气傲，没有奉出分文，于是画师故意将她画丑，致使她入宫五六年都没有见到皇帝。后匈奴呼韩邪单于向汉朝求婚，王昭君便自请前往。当她穿着华丽的服装向皇帝辞行时，光彩夺目。汉元帝追悔莫及，一怒之下将毛延寿等画师斩首。入匈奴后，王昭君被称为宁胡阏氏，为汉匈和平做出了杰出贡献，后世文人创作了无数歌颂或同情她的作品。今内蒙古呼和浩特市南有昭君墓，世称青冢。

②合殿：指合欢殿，汉未央宫的殿名。

③中绝：断绝，中断。

④交河：地名，故址在今新疆吐鲁番境内。西汉至后魏，车师前王在此定都，后被高昌吞并。唐灭高昌后改置交河县。

⑤玉辇：皇帝乘的车，用玉装饰。

⑥金微：即金微山，指今阿尔泰山。

译 文

合欢殿中恩情断绝，交河的使者也逐渐减少。辞别玉辇肝肠寸断，形单影只地走向金微山。汉地的草应该已经绿了，胡人王庭中风沙正在飞舞。多想跟随秋天的大雁，每年都能回到故乡。

赏 析

后人多作吟咏王昭君的诗歌来表达内心的哀怨等感情，初唐诗人上官仪所作的《王昭君》是唐代较早歌颂王昭君的诗歌之一，卢照邻此诗与上官仪的诗歌相比更为清新遒劲，形象也更为鲜明。这首诗写王昭君辞别汉宫，独自一人与匈奴和亲，在胡地幽怨哀伤的心绪和对故乡的深切思念。诗人一生仕途不顺，多次受到谗言和诽谤，这首诗表面上哀叹王昭君的不幸，实际上是在感叹自己一生郁郁不得志，没有好的际遇。

诗歌首句发出感叹，说合欢殿的恩情断绝，这是昭君自请和亲的重要原因。诗人在此熔炼西汉班婕妤《怨歌行》中"弃捐箧笥中，恩情中道绝"的诗意，一方面点明了王昭君的背景，另一方面也暗含遭抛弃之后的哀怨之心。第二句是第一句的深化，进一步叙述"恩中绝"。和亲后的最初一段时间，朝廷还会派使节前去探望王昭君，但后来去探望的次数越来越少了，可见朝廷已经忘却了忠义之人。前两句令人伤心的残酷现实使王昭君想起了往事："肝肠辞玉辇，形影向金微。"当初自己辞别皇帝、离开故乡时肝肠寸断，一个人前往遥远的胡地。孤苦伶仃而又无人牵挂，何其悲凉！

知道自己无法回到家乡，对家乡的思念也就更深切。五、六句中，王昭君看到胡人王庭中风沙正在飞舞，想到汉地的草应该已经绿了。一边是漫天风沙飞舞，一边是青草悠悠，两相对比，更表现出王昭君的思乡之情和无法抑制的哀伤。诗人寓情于景，通过两个地方景色的对比，抒发了王昭君的忧伤和哀怨。结尾两句直抒胸臆，真挚感人。通过讲述现实处境、回忆辞别故乡时的场景和对比两地景色，王昭君终于克制不住自己的感情，发出深切、幽怨的嗟叹：多想跟随秋天的大雁，每年都能回到故乡。这里其实也已经暗含了结局：她当然不可能像大雁那样来去自如，所以她的愿望是无法实现的。

这首诗结构清晰，对仗工整，韵律和谐，情深意切，归思绵绵。最后四句构思巧妙，言语真挚，用词贴切，是脍炙人口的佳句。

初唐四杰

只为大唐
添锦色

诗词赏析

（下）

高芸 主编

应急管理出版社
·北京·

图书在版编目（CIP）数据

只为大唐添锦色：初唐四杰诗词赏析：上下册／高
芸主编． -- 北京：应急管理出版社，2022

ISBN 978 - 7 - 5020 - 8521 - 6

Ⅰ. ①只…　Ⅱ. ①高…　Ⅲ. ①唐诗—诗歌欣赏　Ⅳ.
①I207. 227. 42

中国版本图书馆 CIP 数据核字（2021）第 281483 号

只为大唐添锦色　初唐四杰诗词赏析（上下册）

主　　编	高　芸	
责任编辑	陈棣芳	
封面设计	书心瞬意	

出版发行　应急管理出版社（北京市朝阳区芍药居 35 号　100029）
电　　话　010 - 84657898（总编室）　010 - 84657880（读者服务部）
网　　址　www. cciph. com. cn
印　　刷　河北浩润印刷有限公司
经　　销　全国新华书店

开　　本　710mm×1000mm$^1/_{16}$　印张　26　字数　235 千字
版　　次　2022 年 4 月第 1 版　2022 年 4 月第 1 次印刷
社内编号　20201763　　　　　定价　88.00 元（上下册）

目录

（上）

◎王　勃 / 1

春日宴乐游园赋韵得接字（帝里寒光尽）/ 2

山亭夜宴（桂宇幽襟积）/ 4

咏　风（肃肃凉风生）/ 6

秋夜长（秋夜长）/ 8

采莲曲（采莲归）/ 11

临高台（临高台）/ 16

滕王阁（滕王高阁临江渚）/ 21

圣泉宴（披襟乘石磴）/ 23

寻道观（芝廛光分野）/ 25

散关晨度（关山凌旦开）/ 28

别薛华（送送多穷路）/ 30

重别薛华（明月沉珠浦）/ 32

麻平晚行（百年怀土望）/ 34

送卢主簿（穷途非所恨）/ 36

饯韦兵曹（征骖临野次）/ 37

送杜少府之任蜀州（城阙辅三秦）/ 39

仲春郊外（东园垂柳径）/ 42

郊　兴（空园歌独酌）/ 43

郊园即事（烟霞春旦赏）/ 45

八仙迳（秦园欣八正）/ 47

春日还郊（闲情兼嘿语）/ 49

对酒春园作（投簪下山阁）/ 51

秋日别王长史（别路余千里）/ 52

长　柳（晨征犯烟磴）/ 54

铜雀妓二首 / 56

　　一（金凤邻铜雀）/ 56

　　二（妾本深宫妓）/ 58

易阳早发（饬装侵晓月）/ 60

深湾夜宿（津涂临巨壑）/ 62

泥　溪（弭棹凌奔壑）/ 63

羁　春（客心千里倦）/ 65

林塘怀友（芳屏画春草）/ 66

山扉夜坐（抱琴开野室）/ 67

春　庄（山中兰叶径）/ 69

春　游（客念纷无极）/ 70

登城春望（物外山川近）/ 71

江亭夜月送别二首 / 72

　　一（江送巴南水）/ 72

　　二（乱烟笼碧砌）/ 73

别人四首（其一）（久客逢余闰）/ 74

赠李十四四首（其三）（乱竹开三径）/ 76

早春野望（江旷春潮白）/ 77

山　中（长江悲已滞）/ 79

寒夜思友三首 / 80

　　一（久别侵怀抱）/ 80

二（云间征思断）／82

三（朝朝翠山下）／83

始平晚息（观阙长安近）／84

普安建阴题壁（江汉深无极）／85

九　日（九日重阳节）／86

秋江送别二首（其一）（早是他乡值早秋）／87

蜀中九日（九月九日望乡台）／89

落花落（落花落）／90

◎杨　炯／94

广溪峡（广溪三峡首）／95

巫　峡（三峡七百里）／98

西陵峡（绝壁耸万仞）／100

从军行（烽火照西京）／103

刘　生（卿家本六郡）／105

骢　马（骢马铁连钱）／107

出　塞（塞外欲纷纭）／109

有所思（贱妾留南楚）／110

梅花落（窗外一株梅）／113

折杨柳（边地遥无极）／114

紫骝马（侠客重周游）／116

战城南（塞北途辽远）／118

送临津房少府（歧路三秋别）／120

送丰城王少府（愁结乱如麻）／121

送梓州周司功（御沟一相送）／123

送杨处士反初卜居曲江（雁门归去远）／125

途　中（悠悠辞鼎邑）／127

送刘校书从军（天将下三官）／129

和石侍御山庄（烟霞非俗宇）／131

早　行（敞朗东方彻）／133

和刘侍郎入隆唐观（福地阴阳合）／135

和刘长史答十九兄（帝尧平百姓）／138

竹（森然几竿竹）／145

夜送赵纵（赵氏连城璧）／147

◎卢照邻／149

紫骝马（骝马照金鞍）／150

战城南（将军出紫塞）／151

梅花落（梅岭花初发）／154

结客少年场行（长安重游侠）／155

咏史四首（选二）／159

一（季生昔未达）／159

二（昔有平陵男）／162

奉使益州至长安发钟阳驿（跻险方未夷）／

至望喜瞩目言怀贻剑外知己（圣图夷九折）／

赤谷安禅师塔（独坐岩之曲）／170

赠益府群官（一鸟自北燕）／172

送梓州高参军还京（京洛风尘远）／175

行路难（君不见长安城北渭桥边）／177

长安古意（长安大道连狭斜）／182

明月引（洞庭波起兮鸿雁翔）／190

陇头水（陇阪高无极）／193

巫山高（巫山望不极）／195

雨雪曲（虏骑三秋入）／197

昭君怨（合殿恩中绝）／198

（下）

◎卢照邻／201

十五夜观灯（锦里开芳宴）／201

入秦川界（陇阪长无极）／203

文翁讲堂（锦里淹中馆）／205

相如琴台（闻有雍容地）／207

石镜寺（古墓芙蓉塔）/ 209

春晚山庄率题二首 / 211

　　一（顾步三春晚）/ 211

　　二（田家无四邻）/ 213

江中望月（江水向涔阳）/ 214

元日述怀（筮仕无中秩）/ 216

还京赠别（风月清江夜）/ 218

至陈仓晓晴望京邑（拂曙驱飞传）/ 219

晚渡滹沱敬赠魏大（津谷朝行远）/ 221

和吴侍御被使燕然（春归龙塞北）/ 222

西使兼送孟学士南游（地道巴陵北）/ 224

送郑司仓入蜀（离人丹水北）/ 226

初夏日幽庄（闻有高踪客）/ 229

山庄休沐（兰署乘闲日）/ 231

山林休日田家（归休乘暇日）/ 233

羁卧山中（卧壑迷时代）/ 235

登玉清（绝顶横临日）/ 238

曲池荷（浮香绕曲岸）/ 239

浴浪鸟（独舞依磐石）/ 241

临阶竹（封霜连锦砌）/ 242

含风蝉（高情临爽月）/ 243

葭川独泛（倚棹春江上）/ 244

送二兄入蜀（关山客子路）/ 245

宿玄武二首 / 247

　　一（方池开晓色）/ 247

　　二（庭摇北风柳）/ 248

九陇津集（落落树阴紫）/ 249

游昌化山精舍（宝地乘峰出）/ 250

九月九日登玄武山（九月九日眺山川）/ 251

◎骆宾王 / 254

晚憩田家（转蓬劳远役）/ 255

出石门（层岩远接天）/ 257

至分陕（陕西开胜壤）/ 259

寓居洛滨对雪忆谢二（旅思眇难裁）/ 261

北眺舂陵（揽辔疲宵迈）/ 264

夏日游目聊作（暂屏嚣尘累）/ 265

同崔驸马晓初登楼思京（丽谯通四望）/ 267

月夜有怀简诸同病（闲庭落景尽）/ 269

叙寄员半千（薄宦三河道）/ 271

帝京篇（山河千里国）/ 274

畴昔篇（少年重英侠）/ 287

艳情代郭氏答卢照邻（迢迢芊路望芝田）/ 306

从军行（平生一顾重）/ 314

王昭君（敛容辞豹尾）/ 315

渡瓜步江（捧檄辞幽径）/ 317

途中有怀（睊然怀楚奏）/ 319

至分水戍（行役忽离忧）/ 321

望乡夕泛（归怀剩不安）/ 323

久客临海有怀（天涯非日观）/ 325

西京守岁（闲居寡言宴）/ 327

送郑少府入辽共赋侠客远从戎

　　（边烽警榆塞）/ 328

送费六还蜀（星楼望蜀道）/ 331

别李峤得胜字（芳尊徒自满）/ 332

在兖州钱宋五之问（淮沂泗水地）/ 334

游灵公观（灵峰标胜境）/ 336

夏日游山家同夏少府（返照下层岑）/ 338

冬日宴（二三物外友）/ 340

镂鸡子（幸遇清明节）/ 342

宪台出絷寒夜有怀（独坐怀明发）/ 343

冬日过故人任处士书斋（神交尚投漆）/ 345

送刘少府游越州（一丘余枕石）/ 347

赋得春云处处生（千里年光静）/ 349

在狱咏蝉（西陆蝉声唱）/ 351

秋晨同淄川毛司马秋九咏（选二）/ 353

　　秋　蝉（九秋行已暮）/ 353

　　秋　菊（擢秀三秋晚）/ 355

陪润州薛司空丹徒桂明府游招隐寺（共寻招

　　隐寺）/ 357

棹歌行（写月涂黄罢）/ 359

海曲书情（薄游倦千里）/ 361

蓬莱镇（旅客春心断）/ 363

冬日野望（故人无与晤）/ 365

晚渡黄河（千里寻归路）/ 367

宿山庄（金陵一超忽）/ 369

晚度天山有怀京邑（忽上天山路）/ 371

夕次蒲类津（二庭归望断）/ 373

远使海曲春夜多怀（长啸三春晚）/ 376

早发诸暨（征夫怀远路）/ 378

望月有所思（九秋凉风肃）/ 380

在军中赠先还知己（蓬转俱行役）/ 382

浮　槎（昔负千寻质）/ 385

边城落日（紫塞流沙北）/ 387

咏　怀（少年识事浅）/ 390

在军登城楼（城上风威冷）/ 393

于易水送人（此地别燕丹）/ 395

玩初月（忌满光先缺）/ 397

挑灯杖（裹质非贪热）/ 398

忆蜀地佳人（东吴西蜀关山远）/ 400

咏　鹅（鹅）/ 401

卢照邻

十五夜①观灯

锦里②开芳宴③，兰缸④艳早年。

缛彩⑤遥分地，繁光远缀天。

接汉⑥疑星落，依楼似月悬。

别有千金笑⑦，来映九枝⑧前。

注 释

①十五夜：即正月十五日夜，指元宵节。

②锦里：锦官城，指四川成都。

③开芳宴：唐代习俗，是夫妻之间举行的一种特定的宴席，由男方主办，向外人传递夫妻间的恩爱。主要形式是夫妻坐在桌子两旁宴饮、观赏演出。此外，由女方主办的类似宴席称开华宴。

④兰缸：燃兰膏的灯具，这里指精巧别致的灯具。

⑤缛彩：缤纷的色彩。

⑥汉：银河。

⑦千金笑：千金一笑。形容美人的笑容美好、难得。

⑧九枝：古灯名，即九枝灯，一干九枝。

元宵节的锦官城里举办开芳宴，精巧别致的灯具让年初显得极为艳丽。从远处看缤纷的色彩似乎把大地分隔开，繁多的灯光高远地点缀着天空。与银河相接的灯光仿佛是星星从天空坠落，与高楼相依的灯火就像月亮悬在那里。还有美人那难得的笑容，在九枝灯的映照下分外美好。

赏析

这首诗写的是成都元宵夜举行的热闹、盛大的灯会。

全诗围绕灯会的盛大、灯火的繁多及色彩的艳丽展开描写。前两句为总写，起势堂皇，语言隽美，用别致的"开芳宴"揭开灯会的序幕，"锦""芳""兰""艳"等字，华美多彩，绮丽动人。中间四句写得非常巧妙：灯火绚烂，色彩纷呈，如星似月，天地相接，缀成一片。诗人笔下生花，将元宵灯会的盛景进行了生动细腻的描摹。"缛彩"极言其绚美，"繁光"写出灯之多、之广，"分地""缀天"上下辉映，极尽壮美。"疑星落""似月悬"用了夸张与比喻的手法，渲染出花灯的璀璨、繁多，绝美异常。

结尾两句是画龙点睛之笔，元宵佳节的灯会热闹非凡，不可或缺的当然还有美人的"千金笑"。在古代，元宵之夜是一年中最热闹的时候，人们举行盛大的灯会，赏灯游玩，还会载歌载舞，尽情游戏。另外，有心上人的青年男女也经常在这个时候向对方表达倾慕之意（举办开芳宴等），热闹而浪漫。那在"九枝灯"前笑语嫣然的"千金"，不知引动多少少年的翩然情思，也引发了读者的遐想。

这首诗言辞华丽，景象亮丽，意境新颖，感情爽朗婉惬。

入秦川界

陇阪长无极，苍山望不穷^①。

石径萦^②疑断，回流映似空。

花开绿野雾，莺啭^③紫岩^④风。

春芳勿遽尽，留赏故人同^⑤。

注 释

①"陇阪"二句：陇山绵延没有尽头，苍山一眼看不到边。陇阪，指陇山，在今陕西陇县西南。

②萦：盘绕曲折。

③莺啭：黄莺啼鸣。

④紫岩：紫色岩石。

⑤"春芳"二句：春天的美丽不要那么快就走到尽头了，我还想与友人一起观赏。

译 文

陇山绵延没有尽头，苍山一眼看不到边。岩间小路盘绕仿佛断了一样，曲折的河流像是映衬在空中。繁花开放的绿野被云雾笼罩，黄莺在紫色岩石上的风中啼鸣。春天的美丽不要那么快就走到尽头了，我还想与友人一起观赏。

赏析

　　这首五言律诗是诗人由蜀入陕，途经陇山时所作，寥寥几句就将西北高原春天雄伟壮丽的自然景观具体生动地刻画了出来。

　　前两句写陇山的外部观感：陇山绵延没有尽头，苍山一眼望不到边。写出了陇山壮阔的景象。诗人登山远望，山峰连成一片，视野开阔，使人心情舒畅，其中"长无极""望不穷"是对陇山样貌的艺术概括，将连绵不尽的陇山的壮丽景象简单形象地概括了出来，表达清晰鲜明。

　　中间四句开始详细描绘陇山的自然景观："石径"盘绕弯曲，"回流"曲折延伸，"绿野"上繁花开放、云雾缭绕，山中微风和煦，黄莺在"紫岩"上啼鸣……这些山行者普遍可见的景象使全诗内容有了很广的概括面和丰富的含义，使诗歌饱含生活情趣，组成了一幅包含着山、水、石路、草、鸟等丰富意象的山行图，诗情画意顿现眼前，浑然一体。从中可以看出诗人不仅善于观察、体会生活，捕捉具有特色的镜头，还具有很高的艺术表现能力，将物象以准确、生动的言辞形象鲜明地刻画出来。特别是"萦疑断"三个字写出了在绵延群山万壑间盘亘的石路的盘绕之态、曲折之姿，也展现出了石路在山间花草树木的掩映下若隐若现的景象；"映似空"写出了溪流在山间流动的曲折、迂回的典型特征，使人感觉澄澈明净、清新舒朗。

　　前六句均为写景，将陇山的山水花鸟等自然景观进行了生动形象的描绘，结尾两句则由景入情，转而表达自己对美景的喜爱和对友人的思念之情。诗人欣赏美景时想到时光易逝，美丽的春景不会永远停留，从而抒发自己无法和友人一起登高赏景的深切的惋惜之情。但诗人并未直抒胸臆，而是通过挽留春景的方式来体现这层寓意：春天的美丽不要那么快就走到尽头了，我还想与友人一起观赏。对友人的思念也就溢于言表了。这两句表达简洁，感情真挚。

这首诗写了陇山美好的自然春景，使人感觉心情舒朗，表达了诗人对大自然的喜爱之情。全诗情景交融，结构明晰，言辞清丽。

文翁①讲堂②

锦里淹中馆③，岷山稷下亭④。
空梁无燕雀，古壁有丹青⑤。
槐落犹疑市⑥，苔深不辨铭⑦。
良哉二千石，江汉表遗灵⑧。

注 释

①文翁：西汉名臣，名党，字仲翁，庐江舒县（今安徽舒城）人，景帝末担任蜀郡守，"仁爱好教化"，在四川成都广建学宫，蜀郡因此文风大振。

②讲堂：儒师教学的堂舍。

③淹中馆：淹中学馆。淹中，春秋鲁国里名，是孔子讲学的地方，旧址在今山东曲阜，古文《礼经》所出之处，后成为儒家学术中心的代称。

④稷下亭：稷下学宫的亭子，指学者讲学议论的地方。稷下，指战国齐都城临淄西门稷门附近的地区。齐威王、宣王曾在这里兴建学馆，招揽众多文学游说之士讲学议论，也是各学派活动的中心。历史上大名鼎鼎的孟子、荀子、邹衍、申不害、鲁仲连等学者都曾在稷下学宫讲学，为百家争鸣的中心。

⑤丹青：指壁画。

⑥ "槐落"句：这里指看到槐花落下而想到槐市。槐市位于长安城东南，是诸生交流的场所。

⑦ "苔深"句：是说讲堂碑石苔藓太厚而无法辨识铭文。铭，石上刻着的文辞。这里指后人为纪念文翁而写的碑铭。

⑧ "良哉"二句：这位郡守是多么贤良啊，江汉之畔的人民都在颂扬他的精神。二千石，汉制，郡守俸禄为二千石，也泛指州牧、郡守等中央高级官员。文翁当时是郡守，这里借指文翁。江汉，长江和汉水。遗灵，先贤们遗留下来的道德精神。

译 文

成都出现了淹中学馆，岷山建起了稷下学宫的亭子。空荡荡的屋梁上已经没有燕雀飞舞，古老的墙壁上还留着壁画。看到槐花落下而想到槐市，讲堂碑石苔藓太厚而无法辨识铭文。这位郡守是多么贤良啊，江汉之畔的人民都在颂扬他的精神。

赏 析

此诗是诗人在成都去文翁讲堂游览时所作，当时诗人奉命出使益州，便去参观了这一名胜古迹。

诗的前两句以儒家发迹之地的淹中学馆和战国时文人聚集的稷下学宫作比，赞美文翁让成都变成了文化昌盛的城市。三、四句描写了文翁讲堂荒凉破败的景象，与前两句对文翁做出的业绩的高度赞扬形成鲜明对比，饱含着诗人无限的感慨。这或许和诗人怀才不遇有关。"槐落犹疑市，苔深不辨铭"二句写出诗人看到槐花落下而想到槐市，但是讲堂碑石苔藓太厚而无法辨识铭文，这让他迅速回到现实。

前六句写得肃穆深沉，仿佛文翁的神灵依然在此处徘徊，由此引发了结尾两句的感慨。诗人感叹道，这位郡守是多么贤良啊，江汉之畔的人民都在颂扬他的精神。这两句表达出诗人对文翁的无限敬仰之情。

这首诗的思古伤今之情真挚动人，言辞精练，情韵深远。

相如①琴台②

闻有雍容地③，千年无四邻。
园院风烟古，池台松槚春④。
云疑作赋客⑤，月似听琴人⑥。
寂寂啼莺⑦处，空伤游子神。

注 释

①相如：司马相如，字长卿，西汉著名辞赋家。

②琴台：位于今四川成都，据说是司马相如弹琴的地方。

③雍容地：指琴台。雍容，仪表举止等温文尔雅。

④"园院"二句：花园与院落中的风烟还是古时的样子，池塘和高台边的松树与槚树四季常青。松槚，松树和槚树，材可制棺，因此常代称墓地。疑琴台也是司马相如的墓地，故云。

⑤作赋客：指司马相如。司马相如擅长作赋，又曾长期客居梁孝王刘武的梁园（在今河南商丘），故以"作赋客"称之。

⑥听琴人：指卓文君。丧夫后家居，后与司马相如相爱，一同私奔到成都。《史记·司马相如列传》记载，"及饮卓氏，弄琴，文君窃从户窥之，

心悦而好之，恐不得当也。既罢，相如乃使人重赐文君侍者通殷勤。文君夜亡奔相如，相如乃与驰归成都"。

⑦啼莺：一作"啼乌"。

译文

听说琴台是一个雍容的地方，千年以来四周都没有邻居。花园与院落中的风烟还是古时的样子，池塘和高台边的松树与桫树四季常青。云彩似乎是弹奏《凤求凰》的司马相如，而明月就像当年听到琴声而芳心动荡的卓文君。寂寂无声只有黄莺啼鸣的地方，徒然地伤害了我这个游子的精神。

赏析

卢照邻的诗歌语言直率，风格俊爽，诗意统一，主题则不固定。这首诗通过写月夜琴台幽清、宁静和孤寂的景象，表达了诗人四处漂泊、久客他乡的哀愁。

司马相如是西汉著名的辞赋家，他是四川成都人。卢照邻访问的是与司马相如有关的古迹——琴台，在今成都市南。前两句点明琴台的雍容，以及那里"千年无四邻"的孤寂与空旷，奠定了全诗的感情基调。三、四句诗人深沉地感慨自然万物生命长久，但字里行间流露着时光易逝、人生短暂的哀叹，两相对比，更显哀愁。

"云疑作赋客，月似听琴人"二句用拟人的手法跨越千年，云彩似乎是弹奏《凤求凰》的司马相如，而明月就像当年听到琴声而芳心动荡的卓文君。这里显示出诗人对司马相如的怀念。结尾两句，黄莺啼鸣给诗人发出提醒：此处早已没有了司马相如的琴声，于是诗人直抒感情，认为这里的一切都在徒然地伤害自己这个游子的精神。

这首诗托古抚今，触物生悲，情思幽怨。有趣的是，一百年后，在四川过着羁旅生活的杜甫也来琴台访问游览，且也作了一首怀古诗《琴台》，以此来纪念这一古迹。杜甫诗的最后四句"野花留宝靥，蔓草见罗裙。归凤求凰意，寥寥不复闻"与这首诗的后四句有很多相似之处，当是受到此诗的影响。

石镜寺①

古墓芙蓉塔②，神铭③松柏烟。
鸾沉仙镜底④，花没梵轮前⑤。
铢衣⑥千古佛，宝月⑦两重圆。
隐隐香台⑧夜，钟声彻九天。

注 释

①石镜寺：南朝梁时所建，故址在今四川成都北武担山。石镜，相传是古蜀王为其爱妃所建。

②芙蓉塔：墓塔，其底座为莲花形，故得此名。

③神铭：碑铭。

④"鸾沉"句：比喻蜀王妃葬于石镜之下。仙镜，即石镜。

⑤"花没"句：用佛说法时天上像下雨一般降下曼陀罗花一事。花，比喻蜀王妃。梵轮，又称法轮，佛法的喻称，指佛传法时像车轮一样不断前行，不拘泥于一人或一处。

⑥铢衣：传说中神仙穿的衣服，重量以铢计。铢，古代重量单位，二十四铢为一两。

⑦宝月：指石镜与明月。

⑧香台：焚香礼佛的高台。

译 文

古墓中有芙蓉塔，碑铭前遍植松柏、烟雾缭绕。鸾鸟沉入石镜之下，花朵在佛法前消失。佛的铢衣千古传承，石镜与明月自古至今都那么圆满。隐约的高台在夜间焚香礼佛，寺中的钟声响彻九天。

赏 析

此诗作于诗人在蜀地期间，描写了成都城北武担山上石镜寺中的景象，充满浓郁的宗教气息，侧面体现出诗人对佛法有较为浓厚的兴趣，可见他晚年笃信佛教是早有预兆的。

开头两句，写石镜寺中墓塔、碑铭及松柏的状况，"芙蓉塔""松柏烟"，造语华美、意境深远，营造出一种苍凉、肃穆的氛围，奠定了全诗的基调。三、四句，既写物，又写人，并将二者进行了和谐的统一，使物与人浑然一体，令读者得到迷离、空灵的阅读感受。

五、六句，将寺中清幽的景色与诗人对佛法的独特体验结合起来，让读者感受到诗人玄邈幽沉的情思。结尾两句，通过描写夜晚寺中的香台和钟声，更加突出石镜寺的幽雅和宁静。将浓郁的宗教意味与优美的景色描写完美融合，是本诗的一大特色。

全诗用华丽的辞藻，营造出石镜寺苍茫静穆的意境，言近而意远，将审美的诗心和对佛法的感受进行了融合，令读者回味无穷。

春晚山庄率题①二首

一

顾步②三春③晚，田园四望通。

游丝横惹④树，戏蝶乱依丛。

竹懒⑤偏宜水⑥，花狂不待风。

唯余诗酒意，当了一生中。

注　释

①率题：即兴题写。

②顾步：独自徘徊。

③三春：指暮春。

④惹：悬挂。

⑤懒：困倦下垂。

⑥宜水：形容适宜生长在水滨。

译　文

在暮春的夜晚独自徘徊，向四周望去田园通达开阔。空中飘荡的游丝在树间悬挂着，蝴蝶在草丛间自由自在地飞舞嬉戏。困倦下垂的修竹适宜生长在水滨，狂放不羁的花朵不等风吹就已然醉倒。只留下诗与酒对我有意，我将在其中终了此生。

赏析

诗人晚年在长安附近的太白山下居住，后迁至河南中部的具茨山下，购置数十亩田地，疏通河道引颍水，在住宅周围环绕。两首《春晚山庄率题》应是在此期间所作。这是第一首，写的是诗人在暮春时节极目四望，田园清雅，以诗酒为乐。

前两句点明时间、地点及当时的情境。"三春"即暮春，正是春天最繁盛的时节，诗人在暮春的夜晚独自徘徊，与题目形成呼应。向四周望去田园通达开阔，这两句表达简洁，语言质朴，清晰地描绘出一幅畅达开阔的山村景色图。三、四句中的"横""乱"二字传神地写出了"游丝""戏蝶"的动态美，将自然界的寻常景象描写到了极致，形象生动，具有视觉冲击力。

"竹懒偏宜水"一句运用比拟的修辞手法，"偏"字更展现出修竹风情万种的娇慵情态，描写生动细腻。此句写顾影自怜的竹，下一句则写狂放不羁的花。春景恼人，与其说花"不待风"，不如说是人狂放。整体上看，暮春时节的山村景色令人心旷神怡，景色与心情复叠，主观感情与客观景色融为一体，显示出山水田园诗的风格，彰显出浑厚雄壮、纵情万物、放浪不羁的盛唐气象。结尾两句中，面对美丽的山村春景，诗人却并未感到开心，而是产生了迟暮之感：只留下诗与酒对我有意，我将在其中终了此生。诗人作诗自然少不了酒，"当了"二字体现出诗人内心的愤懑和愁苦。天地万物都自得其乐，而诗人却郁郁不得志，而且痼疾缠身、痛苦不堪，在这样的处境下，美景自然会引起内心的哀愁，令人伤感。

此诗语言平淡简洁、境界寂寥悠远，引人感怀遐想。

卢照邻

二

田家无四邻，独坐一园春。

莺啼非选树^①，鱼戏不惊纶^②。

山水弹琴尽^③，风花酌酒频。

年华已可乐，高兴复留人^④。

注 释

①非选树：不会选择树木。

②纶：指钓丝。

③"山水"句：欣赏着高山流水尽情抚琴歌唱。

④"年华"二句：美好的年华已经足够喜人了，高涨的兴致又留人住下。

译 文

田家山庄四周没有邻居，独自占有这一园春光。黄莺啼叫不会选择树木，鱼儿嬉戏不会惊扰钓丝。欣赏着高山流水尽情抚琴歌唱，微风吹拂下在繁花前多次饮酒作乐。美好的年华已经足够喜人了，高涨的兴致又留人住下。

赏 析

这一首写诗人独坐春园，在宜人的景色中抚琴饮酒作乐。

第一首写暮春夜晚山庄外的景色，诗人独自徘徊，心旷神怡。这一首则描绘春夜山庄里面的景色。前两句简明地写出山庄的清幽、寂静。"独坐一园春"一句，显示出诗人自得其乐的感情，以及对田园生活的向往之意。三、四句采用了否定句式，产生了比正面描述更加强烈的效果。"非选树"可见黄莺处处啼鸣，"不惊纶"则写鱼儿自在嬉戏，诗人在自然之间优游自在的情趣也得到更深入的展现。

五、六句是说欣赏着高山流水尽情抚琴歌唱，微风吹拂下在繁花前多次饮酒作乐，这与李白《山中与幽人对酌》诗中的"两人对酌山花开，一杯一杯复一杯"二句有异曲同工之妙，不同的是，李白诗表达直率，此诗表达含蓄。结尾两句，仔细品味可以发现是诗人的自我安慰，结合上一首可以看出，他并没有什么可喜悦的，不过是想在美景、美酒、诗歌中了此残生罢了。

诗人对山庄景色的描写，体现出了其淡泊宁静的高洁志趣，其中也含有孤芳自赏之意，同时也体现出诗人对山水风光、山村生活的喜爱之情。这两首诗并未写成五言古诗，而是以新兴的五律完成，风格俊爽，言辞清朗，清新雅致。

江中望月

江水向涔阳①，澄澄写②月光。
镜圆珠溜③澈，弦满④箭波⑤长。
沉钩⑥摇兔影⑦，浮桂⑧动丹芳⑨。
延照相思夕，千里共沾裳。

注 释

①涔阳：洲渚的名称。
②写：倾泻而下。

③珠溜：光洁滑溜如珍珠般的水滴。

④弦满：圆月。

⑤箭波：形容江水流动迅速有如飞箭。

⑥沉钩：这里指弯月在水中的倒影。

⑦兔影：玉兔的影子，指月亮上的阴影。

⑧桂：月桂，传说中月亮上的桂树。

⑨丹芳：月桂散发出芳香。

译文

江水流向涔阳，澄澈的月光倾泻而下。圆如镜子的明月，在珍珠般的水滴上洒下闪烁光点；圆月照耀，江水流动迅速有如飞箭。弯月的阴影在水中摇曳，摇动的月桂仿佛散发着芳香。在月光广照的夜晚我产生相思之情，想必千里之外的亲人也在和我一样泪湿衣裳吧。

赏析

唐高宗咸亨二年（671年），卢照邻离开四川赶赴洛阳，坐船顺长江而下，途经襄阳。此诗叙述船驶离三峡后，刚进入湖北管辖地时遇见的美妙夜景。

前两句起总领全诗的作用，旨在引出月光，"澄澄写月光"一句虽然平铺直叙，但韵味无穷。"澄澄"写出月光与江水的澄澈，"写"字则将月光普照千里的气势展示了出来，并带有一种动态之美。接下来的四句，诗人以夜晚月光铺洒江面这一清秀壮丽的景色为背景，营造出一种真假难辨的境界。诗人先后将月亮比作镜子、满弓、钓钩，运用比喻和想象的表现手法，将夜空中的明月与江水中的月影进行对比，而"珠溜""箭波""摇""动"等字眼，为这幅深沉静美的月景图带来了动感，写出了月影在江中晃动的清澈、明净的形象。

结尾两句，诗人想象相隔千里之遥的亲人像自己思念他们一样也在思念着自己，更加显示出诗人深长的相思之情。此时，诗人已近洛阳，离目的地越来越近，见到亲人的渴望越来越迫切，这种心情也在诗句中得到了体现。

此诗为相思曲，诗中对月亮进行了描摹，比喻与想象相结合，以动衬静，寄情于景，自然流畅，灵动有韵。

元日①述怀

箴仕②无中秩③，归耕有外臣④。

人歌小岁⑤酒，花舞大唐春。

草色迷三径，风光动四邻。

愿得长如此，年年物候⑥新。

注 释

①元日：正月初一。

②箴仕：古人出仕前会卜问吉凶，这里代指官职。

③中秩：中等的官职。

④外臣：方外之臣，这里指隐士。

⑤小岁：古代于冬至后第三个戌日行腊祭，腊祭次日为小岁。此处指元日。

⑥物候：万物应节候而异，称为物候。

译 文

我的官职还未做到中等，还不如归隐田园做个方外之臣。在元日里人们高声歌唱，开怀畅饮，为了迎接这大唐春日盛开的花朵跳起舞来。鲜嫩的绿草遮盖了隐士居处，优美的春天景色引来了四下的邻居。希望每天都像今天这样愉快，每年的四时物候都像这样鲜活。

赏 析

诗人年轻时孜孜求官，后来因为疾病归隐，在太白山中居住，远离了官场的纷扰，陶醉于安逸的田园生活，这首诗就表达了他的这种心境。

前两句写诗人深感官职卑微，不能有大的作为，所以归隐田园，过着自给自足的隐居生活。此两句表明了诗人对是否做官或者官职大小满不在乎的态度，呈现出痴迷隐退、怡然自得的生活情趣，以及飘逸洒脱之感。实际上还带有一定的怀才不遇的隐痛。三、四句紧紧围绕"元日"二字，写在元日里人们高声歌唱开怀畅饮，为了迎接这大唐春日盛开的花朵跳起舞来。读到此处，仿佛让人置身于人们在节日里载歌载舞的安定景象之中，场面壮丽，气贯长虹。

五、六句描写了诗人清幽高雅的居住环境。鲜嫩的绿草遮盖了隐士居处，优美的春天景色引来了四下的邻居。在如此优美的地方饮食劳动，更显出诗人飘逸洒脱的风姿、纯净坦荡的内心以及超尘脱俗的思想境界。所以，五、六两句很好地衬托了人物形象。结尾两句再次点题，照应了三、四句，抒发了诗人的美好愿望：希望每天都像今天这样愉快，每年的四时物候都像这样鲜活。由此可以看出，诗人虽然已经归隐田园，却依然牵挂着国运民生。此处，诗的意境得到了进一步升华。

此诗突出了诗人与世无争的心境和对田园生活的无比喜爱之情，以及对年景的重视。诗歌对仗工整，韵律和谐，极为精妙。

还京赠别

风月清江夜，山水白云朝。

万里同为客，三秋契不凋①。

戏凫②分断岸，归骑③别高标④。

一去仙桥道⑤，还望锦城⑥遥。

注 释

①契不凋：友谊亲密不衰。

②戏凫：嬉戏的野鸭。凫，野鸭。

③归骑：回来的马。即策马归来。

④高标：这里指蜀中高山。

⑤仙桥道：这里指蜀道。仙桥，升仙桥，在今四川成都北，传说是李冰建造的。东晋时期常璩的《华阳国志·蜀志》记载："（成都）城北十里有升仙桥，有送客观。司马相如初入长安，题市门曰：'不乘赤车驷马，不过汝下也。'"诗人此处隐用此典。

⑥锦城：即锦官城，三国蜀汉时管理织锦之官驻此，故名。故址在今四川成都南，后来成为成都的别名。

译 文

月明风清的夜晚漫步清江之畔，白云弥漫的清晨游历山水之间。我们都客居万里之外，三年间友谊亲密不衰。嬉戏的野鸭在断开的岸边分离，

我策马归来告别了蜀中高山。来到了蜀道上，回望锦官城是那么遥远。

赏析

　　此诗为赠别诗，是诗人进京参选，与友人分别时所作。

　　诗的前半部分写诗人与友人之间的情谊。前两句，诗人叙述了自己和友人在月明风清的夜晚漫步清江之畔，又在白云弥漫的清晨游历山水之间，可见二人志趣相投，时常一起漫游。三、四句交代了二人都是客居他乡的游子，自然产生惺惺相惜之感，三年间友谊始终亲密不衰。

　　诗的后半部分写自己离开成都去往京城的情景。"戏凫分断岸，归骑别高标"两句寄情于景，抒发了诗人的离别之情。诗的末尾两句说明了离别的地点，以及诗人对友人的留恋之情。结尾两句用典，抒发了诗人对于此次参选信心满满，肯定能像司马相如一样衣锦回到蜀道上。后来诗人并未选上，实在是出乎他的意料。因此他在散文《对蜀父老问》中表达了自己落选之后的愤愤不平之情。

　　全诗表达了诗人对友人留恋的心境，友谊深厚，不忍分别，借景抒情，平铺直叙，蕴含情趣。

至陈仓①晓晴望京邑

拂曙驱飞传②，初晴带晓凉。
雾敛长安树，云归仙帝乡③。
涧流漂素沫，岩景霭朱光④。
今朝好风色，延瞩⑤极天庄⑥。

注 释

①陈仓：汉魏以来的攻守要地，在今陕西宝鸡东。

②飞传：驿车。

③仙帝乡：天帝的居所。这里指京都。

④"岩景"句：山岩的影子让红色的阳光显得晦暗。岩景，也就是岩影。霭，晦暝的样子。朱光，日光。

⑤延瞩：极目远望。

⑥天庄：这里指京都，即长安。

译 文

清晨的曙光驱动驿车，天气刚刚转晴，还带着早上的凉气。烟雾藏住了长安的树，白云回到了京都。山涧中的河流漂着白色的水花，山岩的影子让红色的阳光显得晦暗。今天早上的天气实在是很好，我极目远望看到了长安。

赏 析

此诗是卢照邻从成都赶往长安参选，路过陈仓时所作，描写了诗人大清早在陈仓极目远望长安看见的美丽景色，表达了诗人对长安的无比向往之情。

诗的前两句，表现了诗人想早点儿到达长安的急迫心情，而天气刚刚转晴，还带着早上的凉气，更增添了他的惬意。三、四句写遥望长安的场景，实际上陈仓距离长安尚远，他只怕看不到"长安树""仙帝乡"，却心向往之。

五、六句对仗工整，写山涧中的河流漂着白色的水花，山岩的影子让红色的阳光显得晦暗，呈现出一片清新秀丽的景观，实际上也是诗人此

时欢快内心的写照，显示出他对前途充满信心。结尾两句，天朗气清，极目远望已经看到了长安，也预示着前途一片光明，反映出诗人乐观的人生态度。

这首诗境界清新辽阔，情意深厚。

晚渡滹沱①敬赠魏大②

津谷③朝行远，冰川④夕望曛⑤。

霞明深浅浪，风卷去来云。

澄波泛月影，激浪聚沙文⑥。

谁忍仙舟⑦上，携手⑧独思君。

注 释

①滹沱：滹沱河，发源于山西，在河北与滏阳河相汇成子牙河。

②魏大：生平不详。大，指在家族同辈兄弟中排行老大。

③津谷：通往渡口的山谷。

④冰川：积满冰雪的原野。

⑤曛：昏暗。

⑥沙文：沙滩的纹理。

⑦仙舟：舟的美称。

⑧携手：手拉手。

译 文

清晨行走在通往渡口的山谷，路途遥远；到了傍晚，看到昏暗的积满冰雪的原野。深深浅浅的浪花上霞光闪烁，来来往往的云彩被风卷动。清澈的水波上漂浮着月影，奔流的浪花冲刷出沙滩的纹理。怎么忍心在小舟之上，与友人携手时唯独您不在身边，只能满怀思念。

赏 析

这首诗是诗人夜间乘舟渡河时，忽然思念友人魏大后所作，描写了水上的风浪，抒发出对友人的无尽思念。

前两句描写的是登舟前的见闻：清晨行走在通往渡口的山谷，路途遥远；到了傍晚，看到昏暗的积满冰雪的原野。这样寂寥、广阔的景象，最易引发行人的思念之情。中间四句，描写的是江上清净纯美的景色，笔墨集中描绘江上的风浪，实际上是在衬托自己因思念魏大而激荡的心境。通过对滹沱河景象变换的描写，暗示出时间不知不觉地流淌，含蓄深沉地表现出对魏大难以割舍的友情。结尾两句直抒胸臆，点明主题，是说自己与友人携手时唯独魏大不在身边，抱憾之情显得尤为深切。

全诗笔力苍劲，描写生动，情真意切，含蓄动人。

和吴侍御①被使②燕然③

春归龙塞④北，骑指雁门⑤垂。
胡笳⑥折杨柳，汉使⑦采燕支⑧。
戍城⑨聊一望，花雪⑩几参差。
关山有新曲，应向笛中吹。

注 释

①吴侍御：生平不详。侍御，唐代的监察御史、殿中侍御史都称侍御。

②被使：奉命出使。

③燕然：古山名，即今蒙古国境内的杭爱山。东汉和帝永元元年（89年），车骑将军窦宪领兵出塞，大破北匈奴，登燕然山，刻石勒功。

④龙塞：也就是卢龙塞，在今河北迁安西北。

⑤雁门：也就是雁门关，长城要口之一，故址在今山西之北。

⑥胡笳：乐器名。古代北方民族的一种吹奏乐器。

⑦汉使：这里指吴侍御。

⑧燕支：草的名称，可用作红色染料。燕，一作"条"。

⑨戍城：边城。

⑩花雪：也就是霰，俗称雪珠。

译 文

在春天回到卢龙塞之北，骑马直到雁门关的边上。在胡笳声中折下杨柳，担任汉使去采燕支草。姑且在边城上远望，雪珠纷纷落下。新谱了一曲《关山月》，应该用笛子来吹奏。

赏 析

吴侍御奉命出使燕然山，诗人前去饯行，吴侍御赋诗一首，已佚，这首诗是卢照邻的和诗，主要描述塞北风光，抒发诗人的豪情壮志，格调积极乐观，表达了诗人向往边塞生活，想要建功立业的远大志向。

诗的前两句，交代了出使的时间和地点。由于出使时间是在春天，所以少了肃杀之气，多了几分开朗之意。接下来的四句是诗人想象中的塞北生活。诗人畅想吴侍御在胡笳声中折下杨柳，还会去燕然山上采摘燕支草。虽已到了春天，"戍城"所处之地依然有雪珠纷纷落下。虽然这些描写不乏凄凉之意，但总的来说还是优美且富有趣味的，有助于消解吴侍御的离乡之苦。诗的结尾两句表达了积极向上的情绪，也是对吴侍御的鼓励。诗人希望吴侍御思乡情浓之时，可以谱写一曲《关山月》，在笛声中宣泄乡愁，从而继续努力完成使命，建功立业。

此诗下笔轻捷明朗，语句简洁平易。

西使兼送孟学士①南游

地道②巴陵③北，天山④弱水⑤东。

相看万余里，共倚一征蓬⑥。

零雨悲王粲⑦，清尊别孔融⑧。

裴回闻夜鹤，怅望待秋鸿。

骨肉胡秦⑨外，风尘⑩关塞中。

唯余剑锋在，耿耿气成虹⑪。

注 释

①孟学士：生平不详，有学者认为是孟利贞，官至弘文馆学士。学士，为官职名，此处疑指弘文馆学士，为弘文馆的长官。

②地道：狭窄的山间道路，此处指长江三峡一带狭窄处。

③巴陵：即今湖南岳阳。

④天山：唐朝的西州（今新疆吐鲁番盆地一带）、伊州（今新疆哈密

中部）北部一带的山脉。

⑤弱水：古代水名，古代称弱水的河流很多，此处无法确考。

⑥征蓬：随风飘零的蓬草。比喻漂泊远行之人。

⑦王粲：字仲宣，东汉末年文学家，"建安七子"之一。曾避长安战乱客居荆州十余年，郁郁不得志，创作了大量伤感的文学作品，如《登楼赋》《七哀诗》等。诗人这里以王粲自比。

⑧孔融：字文举，东汉末年文学家，"建安七子"之一，是孔子的二十世孙。好酒，喜爱延揽人才，曾说"坐上客常满，尊中酒不空，吾无忧矣"。这里将孟学士比作孔融。

⑨胡秦：胡与秦。形容相隔很远。

⑩风尘：比喻旅途艰辛劳累。

⑪"唯余"二句：比喻壮志仍在。耿耿，比喻剑光耀眼。

译文

孟学士要途经三峡一带狭窄的山间道路前往巴陵的北边，而我途经天山前往弱水的东边。我们所去之地都远在万里之外，这次分离都像随风飘零的蓬草。雨中我像王粲避难荆州一样西去，一杯清酒送别孟学士像孔融赋闲那样南游。夜里徘徊听到鹤的鸣叫声，怅然远望等待大雁在秋天归来帮忙传递信息。我与至亲相隔很远，关山要塞中的旅途艰辛劳累。唯有剑锋一般的壮志仍在，剑光耀眼凝成了彩虹。

赏析

这首诗是初唐优秀的五言排律之一，许多诗论家对其赞不绝口。此诗对盛唐诗人影响很大，描写的是诗人到蜀地任新都尉的同时送友人南游之事，将羁旅之愁和别友之悲交织在一起，反映出诗人矛盾、复杂的心理。

卢照邻当时是怀着一种极其复杂、矛盾的心情离开长安远赴蜀地的，实在是无奈之举。诗的前两句交代分别后各自要到达的目的地，诗人要到弱水的东边，而孟学士要去往巴陵的北边，三、四句写他们所去之地都远在万里之外，这次分离都像随风飘零的蓬草。"零雨悲王粲，清尊别孔融"两句把自己比作王粲，把友人比作孔融，称颂了孟学士具有东汉名士孔融一般优秀的品质。字里行间诉说自己赴蜀有王粲避难荆州的悲伤，而孟学士像孔融赋闲那样南游。两句诗紧紧围绕题目，处处流露出对世道的不满和愤慨之情。

七、八句是想象与友人分离后相思成疾，辗转反侧，只能在夜里徘徊，听到鹤的鸣叫声，怅然远望等待大雁在秋天归来帮忙传递消息，意为等待着孟学士的书信。"骨肉胡秦外，风尘关塞中"两句对仗且对比鲜明，这里是说诗人的至亲都远在蓟北或塞外，自己却远离故土多年漂泊在外。写不幸的身世，目的是突出友谊对自己的重要性。结尾两句是把自己比喻成锋利的宝剑，虽然不受重用，但赤胆忠心依然气势如虹。

此诗自然流畅，首尾贯通，而又富于变化。诗人采用了融情于景等手法来表达自己内心的浓情厚谊，景色悲凉，情真意切，意境壮烈，含蓄蕴藉。

送郑司仓①入蜀

离人丹水②北，游客锦城东。
别意还③无已，离忧自不穷。
陇云④朝结阵，江月夜临空。

关塞疲征马，霜氛落早鸿。

潘年⑤三十外，蜀道五千中⑥。

送君秋水曲，酌酒对清风⑦。

注 释

①郑司仓：生平不详。司仓，官职名，主管财政税收及仓库之事。

②丹水：俗称丹河，发源于陕西商洛，与淅水汇合后流入汉水。

③别意还：一作"客恨良"。

④陇云：陇山上的云。

⑤潘年：指年龄三十出头。典出西晋潘岳《秋兴赋》序言："晋十有四年，余春秋三十有二，始见二毛。"后以"潘年"代指三十出头的年纪，隐含早衰之意。

⑥"蜀道"句：是说蜀地在五服之中。古代王畿外围，以五百里为一区划，由近及远分为甸服、侯服、绥服（一曰宾服）、要服、荒服，合称五服，四方相距为五千里。

⑦"送君"二句：在秋水转弯处送别你，我们对着清风再斟满一杯酒。曲，指水的转弯处。酌酒，这里指饯行时劝酒。

译 文

在丹水之北送别故人，你将要到成都之东游历。别恨没有止境，离忧哪有尽头。陇山上的云在早上集结，江上的月在夜晚照临。关塞绵延会让远行的马疲倦不已，霜寒之气让早飞的大雁停下来休息。我的年龄三十出头，蜀地在五服之中。在秋水转弯处送别你，我们对着清风再斟满一杯酒。

赏析

　　此诗描写了诗人与郑司仓的深厚友情。郑司仓生平不详，但从他担任司仓这一低微官职说明他也是官微职轻，怀才不遇，与诗人有着同样的遭遇。

　　全诗共十二句，分为三部分。前四句为第一部分，表达了诗人和友人的惜别之情。诗人刚从蜀中返回长安，郑司仓却即将离开长安去往成都之东，时机如此不巧。接下来的两句"别意还无已，离忧自不穷"，就表达了这种聚时无多的离愁。

　　中间四句为第二部分，诗人想象郑司仓在蜀道中行走的情景。"陇云朝结阵，江月夜临空"两句，描写了行人长途跋涉的场景。前面一句写出了山路的直通云霄，后面一句写出了水路凄清的夜景。接下来的两句平铺直叙，描写行路的艰辛。"关塞疲征马"想象征马的疲惫，衬托出行人的辛苦。"霜氛落早鸿"说明了蜀道天气寒冷，霜寒之气让早飞的大雁停下来休息，从侧面说明行人所遭受的风霜之苦。诗人对友人的无比关切之情，便在这些想象中展露无遗。

　　结尾四句为第三部分，诗人借送别表达仕途不顺的愤慨。"潘年三十外"用典，表达了对年华早衰的感叹。"蜀道五千中"，是说蜀地在五服之中，表明郑司仓在外做官辛苦奔忙。结尾两句，写诗人在秋水转弯处送别郑司仓，伤感之情油然而生，于是对着清风再斟满一杯酒。两人就在这凄凉的氛围中无奈地离别，带给读者怅惘之意。

　　此诗结构合理，虚实结合，融情于景，不但表达了对友人的惜别之意，而且表达了自己生不逢时、仕途失意的感叹之情，感人至深。

初夏①日幽庄②

闻有高踪客③，耿介④坐幽庄。

林壑人事少，风烟鸟路⑤长。

瀑水含秋气，垂藤引夏凉。

苗深全覆陇⑥，荷上半侵塘。

钓渚⑦青凫⑧没，村田白鹭翔。

知君振奇藻，还嗣海隅芳⑨。

注 释

①初夏：夏季的第一个月，即农历四月。

②幽庄：清幽寂静的山庄。

③高踪客：这里指隐士。高踪，高尚的言行事迹。

④耿介：坚守气节。

⑤鸟路：即鸟道，指危险狭长的山路。

⑥陇：田垄。

⑦钓渚：水中可供垂钓的小洲。

⑧青凫：野鸭。

⑨"知君"二句：我知晓隐士才华卓著，等待着你的美名流传到我这偏远的海边。振奇藻，发挥独特的才能。海隅，即海边。

译文

听说有一位隐士，坚守气节住在清幽寂静的山庄。山林中人迹罕至，危险狭长的山路上烟雾缭绕。瀑布的水含有秋天的凉意，下垂的藤蔓招引来了夏天的凉爽。田垄已经被长高的禾苗完全覆盖，半个池塘都被荷花所遮盖。水中可供垂钓的小洲上有野鸭出没，白鹭在水田上自由翱翔。我知晓隐士才华卓著，等待着你的美名流传到我这偏远的海边。

赏析

此诗作于卢照邻辞官隐居之后，表达了他对田园生活无比向往之情。

此诗前两句描写了一个古代隐士的"乌托邦"。此处远离尘嚣，清幽寂静，是隐士们的理想居所，在这里隐士可以坚守气节。这样美好的地方，当然也是诗人所向往的。三、四句写幽庄所处的山林中人迹罕至，危险狭长的山路上烟雾缭绕，愈加突出寂静之意。

五、六句，诗人由山路转而写林边的瀑布。瀑布的水含有秋天的凉意，下垂的藤蔓招引来了夏天的凉爽。不难想象，如果有幸在这里小住几日，是极为舒适惬意的。接下来两句，写田垄已经被长高的禾苗完全覆盖，半个池塘都被荷花所遮盖，除了增添幽庄的美丽之外，还暗示出隐士不会为维持生计而发愁，因为荷花与庄稼足够他生活所需。

"钓渚青凫没，村田白鹭翔"二句动静合宜，氛围优雅祥和，诗人遥看水中可供垂钓的小洲，现在正有野鸭出没，而白鹭在水田上自由翱翔。这种田园之美真是令人神往，同时也暗喻隐士忘记了人世的喧嚣与尔虞我诈的机心，这才引来野鸭和白鹭与自己做伴。结尾两句，诗人赞美隐士才华卓著，希望他的美名尽快传扬到各地。

诗人官场失意，命运坎坷，又由于性情孤傲，难以忍受世俗的侵扰，因此很早就有隐逸的意向。这首诗塑造了一个幽庄隐士的形象，是

诗人所钦羡的，这样一位隐士可能真实存在，也可能完全出于诗人的虚构，是他想象中的隐士生活的写照。全诗即景写人，融情于景，自然淡雅。

山庄休沐①

兰署②乘闲日，蓬扉狎遁栖③。
龙柯④疏玉井⑤，凤叶下金堤⑥。
川光摇水箭，山气上云梯。
亭幽闻唳鹤，窗晓听鸣鸡。
玉轸⑦临风奏，琼浆⑧映月携。
田家自有乐，谁肯谢青溪⑨。

注 释

①休沐：休息沐浴，这里指休假。

②兰署：也就是兰台，汉代宫内藏图书之处，指秘书省。

③"蓬扉"句：指到草屋中休息游玩。

④柯：树干。

⑤玉井：用石头砌的井。

⑥金堤：堤坝的美称。

⑦玉轸：用玉制作的琴柱，这里指贵重的琴。

⑧琼浆：传说中神仙饮的水，代指美酒。

⑨青溪：这里指仙境。晋郭璞《游仙诗十九首·其二》："青溪千余仞，中有一道士。云生梁栋间，风出窗户里。借问此何谁，云是鬼谷子。"

译 文

在兰台任职时得到了悠闲的日子，到草屋中休息游玩。树干稀疏地长在用石头砌的井边，风吹树叶落到了堤坝上。河水中的光芒摇曳如同水箭，山上雾气凝结仿佛登上白云的梯子。幽静的亭子中听到鹤唳，清晨窗外传来鸡鸣之声。贵重的琴在风中奏响，美酒在月光下随身携带。田家生活自有乐趣，哪有必要去寻找仙境。

赏 析

此诗为诗人出入秘书省时所作，诗题一作《和夏日山庄》，写炎热的夏季在山庄避暑的情景。诗人远离官场来到山间，一片清新的天地呈现在他面前，此处无官场的尔虞我诈，也无世事的困扰，抒发了诗人对隐士情趣的赞美之情。

前两句交代诗的背景，诗人在"兰署"为官，得到休假的机会，于是到"蓬扉"之中狎游。接下来六句为规整的对句，描写山庄的美景，树木、水井、堤堰、河流、山峰、白云、幽亭、晨窗……这一切都是朴素且美丽的，但诗人用了"龙""凤""玉""金"等富丽堂皇的字眼来点缀，与全诗的朴素情趣并不和谐，显然是受到了传统宫廷诗的影响。好在"亭幽闻唳鹤，窗晓听鸣鸡"二句生动活泼，带给读者几分清新的感受。

"玉轸临风奏，琼浆映月携"二句延续上文风格，依然将宫廷诗的风格带入了对隐逸生活的描写中，写出了诗人弹琴饮酒，尽情欢乐的场景。结尾两句化用郭璞《游仙诗十九首·其二》中"青溪千余仞，中有一道士"句意，显示出对隐士生活的肯定。

诗人勾勒出一幅优雅清丽的山庄美景图，心情无比舒畅闲适。全诗用笔爽朗疏畅，情志超俗豪放，读来令人身心愉悦。

山林休日①田家

归休乘暇日，馌稼②返秋场。

径草疏王彗③，岩枝落帝桑④。

耕田虞讼寝⑤，凿井汉机忘⑥。

戎葵⑦朝委露⑧，齐枣⑨夜含霜。

南涧泉初冽，东篱菊正芳⑩。

还思北窗下，高卧偃羲皇⑪。

注 释

①休日：即休沐，官员的假日。

②馌稼：给田里的耕作者送饭。

③王彗：即地肤，俗称扫帚菜，是一种常见的一年生草本植物，干燥茎可做扫帚，干燥果实有药用价值。

④帝桑：帝女桑，神话中的神桑，因炎帝的女儿在这种桑树上成仙而得名，这里代指桑树。

⑤"耕田"句：比喻农夫互相礼让。典出《史记·周本纪》："西伯阴行善，诸侯皆来决平。于是虞、芮之人有狱不能决，乃如周。入界，耕者皆让畔，民俗皆让长。虞、芮之人未见西伯，皆惭，相谓曰：'吾所争，周人所耻，何往为，只取辱耳。'遂还，俱让而去。"寝，息，止。

⑥"凿井"句：化用《庄子·天地》："子贡南游于楚，反于晋，

过汉阴。见一丈人方将为圃畦，凿隧而入井，抱瓮而出灌。搰搰然用力甚多而见功寡。子贡曰：'有械于此，一日浸百畦。用力甚寡而见功多。夫子不欲乎？'为圃者仰而视之。……忿然作色而笑曰：'吾闻之吾师，有机械者必有机事，有机事者必有机心。机心存于胸中，则纯白不备。……吾非不知，羞而不为也。'"汉，指汉阴丈人。机，机心，机巧功利之心。

⑦戎葵：即蜀葵，二年生草本植物，原产中国四川，嫩叶及花可食，茎皮含纤维，全草可入药。

⑧委露：指朝露堆积。委，堆积。

⑨齐枣：一作"荠草"。

⑩"东篱"句：化用陶渊明《饮酒二十首·其五》："采菊东篱下，悠然见南山。"

⑪"还思"二句：化用陶渊明《与子俨等疏》："尝言五六月中北窗下卧，遇凉风暂至，自谓是羲皇上人。"偃，安然躺卧。羲皇，即上古三皇之一的伏羲。

译 文

在闲暇无事的日子里回乡休假，看到给田里的耕作者送饭的人正返回秋天的场院。长满草的小径分布着稀疏的地肤，岩石旁长有零落的桑树。耕田的人不会产生虞、芮之人之间的诉讼，凿井的人像汉阴丈人一样没有机巧功利之心。蜀葵上朝露堆积，齐枣上有夜间降下的霜。南涧的泉水开始凛冽，东篱的菊花正芬芳盛开。还想要在北窗之下，像伏羲时代的人一样安然躺卧。

赏 析

这是诗人的早期作品，写的是秋天休假时在农村的见闻和感受，并隐含着他的退隐之思。

开头"归休乘暇日"一句点题，第二句"馌稼返秋场"就开始描写农村生活，诗人看到给田里的耕作者送饭的人正返回秋天的场院，产生了兴趣。于是，他脚踏分布着稀疏的地肤的小径，走在长有零落的桑树的岩石旁，来到了田间。"耕田虞讼寝，凿井汉机忘"二句用典，写出田间和谐、悠闲的景象，仿佛身处传说中的上古三代之世。"虞讼寝""汉机忘"当然是诗人的想象，农民们生活艰苦、劳作繁重，互相之间也会产生各种各样的争端，但这都是诗人无从得知的，他只是作为一个旁观者，将眼前的景象与自己的想象融合起来，创造出悠闲而毫无机心的意境。"戎葵朝委露，齐枣夜含霜"二句接写农村景色，清新淡雅。

"南涧泉初冽，东篱菊正芳。还思北窗下，高卧偃羲皇"四句，揭示了诗人对农村生活大加赞赏的原因：他厌倦了官场生活，想要归隐田园，像陶渊明一样"采菊东篱下"，当一名"羲皇上人"。结尾两句化用陶渊明之句，与"耕田虞讼寝，凿井汉机忘"二句相呼应，显示出诗人受陶渊明的影响极大。

全诗藻饰华丽，带有六朝诗歌的遗风，但题材涉及民间生活，因而带有几分清新气息，将叙事、写景、抒情合而为一，不失为一篇佳作。

羁卧①山中

卧壑迷时代，行歌任死生②。

红颜③意气尽，白璧④故交轻。

涧户无人迹，山窗听鸟声。

春色缘岩上，寒光入溜⑤平。

雪尽松帷⑥暗，云开石路明。

夜伴饥鼺⑦宿，朝随驯雉⑧行。

度溪犹忆处，寻洞不知名。

紫书⑨常日阅，丹药⑩几年成。

扣钟⑪鸣天鼓⑫，烧香厌地精⑬。

倘遇浮丘⑭鹤，飘飖凌太清⑮。

注 释

①羁卧：因病僵卧。

②任死生：放任生死。

③红颜：青年人红润的脸色。

④白璧：平圆形而中有孔的白玉，这里比喻无瑕的美德。

⑤溜：屋檐滴水处。

⑥松帷：像帷幔一样的松林。

⑦饥鼺：饥饿的鼺鼠。鼺，又叫夷由，俗名大飞鼠，长得像松鼠，喜欢在高山树林中生活。

⑧驯雉：驯服的野鸡。

⑨紫书：这里指道经。

⑩丹药：道教中的药物，用丹砂炼制而成。

⑪扣钟：一作"撞钟"。

⑫鸣天鼓：道教养身所用的一种保健方法。两只手掩住两只耳朵，用食指扣击脑袋，发出的声响叫作鸣天鼓。

⑬地精：人参。

⑭浮丘：浮丘公，传说中的神仙。

⑮太清：天空。

译 文

因病僵卧山壑之间已记不清年月，任意游玩高歌放任生死。青年人红润的脸色和意气都消失了，无瑕的美德还在，故交却早已看轻了我。居住在渺无人烟的山间洞户，在窗前听到了鸟鸣声。春色已经沿着岩石爬到了这里，寒光通过屋檐滴水处平射进来。雪后像帷幔一样的松林黯淡阴沉，云雾散去之后才依稀显现石头小路。夜晚我和饥饿的鼯鼠同眠，清晨与驯服的野鸡共行。渡过小溪之后还记得归路，到处找寻不知名的山洞。每天都在阅读道经，丹药还要几年才能炼成？扣响铜钟、鸣起天鼓，烧起香饱餐人参。倘若能遇到浮丘公的仙鹤，我就能飘然飞起来到天空之上。

赏 析

此诗是一首经典的五言排律。从《紫骝马》《战城南》等诗不难看出，诗人早期的诗歌是风格激昂、情感激越的。他曾满怀着"不辞横绝漠，流血几时干"（《紫骝马》）的拯济世人的激情，也怀着"应须驻白日，为待战方酣"（《战城南》）的雄心壮志。但是到了晚年，诗人在承受着仕途不顺和疾病的折磨之时，雄心壮志被消磨殆尽，于是创作了这首诗，表现出未来一片渺茫，激越的情怀不再，诗人孤独地隐居山林，心情无比沮丧。根据诗意可以判断，此时诗人生活在具茨山中，身体残疾、故友不再登门，万分凄凉。

诗的前四句，写诗人病卧深山、年华老去、亲朋断绝的寂寞凄凉形象。"迷时代"写记不清年月，可见诗人对世事已漠不关心，"任死生"是说他已将生死置之度外。这些描写看似超脱，实际上包含着哀莫大于心死的无尽悲哀。而更令诗人悲哀的是，由于他"红颜意气尽"，已成为毫无前途的老病之人，那些"故交"也看不起他，与他断绝了来往。世态炎凉，更令诗人心寒。

随后六句主要描写景物，清幽、秀美的山林景色，在心如死灰的诗人眼里，都笼罩着一层孤寂、凄凉、昏暗的愁绪，如诗中"寒光""松帷暗"等词都显示出这类情绪。但是从另一方面来看，诗人在了无人迹的山中"听鸟声"、观"春色"、漫步于松间石路，一定程度上实现了他长久以来的隐逸之念。接下来四句描写的是诗人在山中的行动。诗人在山涧中，夜晚和饥饿的鼯鼠同眠，清晨与驯服的野鸡共行，好像已经变成了野人，无人问津。诗人到处找寻不知名的山洞，结合后文可知他是在寻仙或者找寻仙药。总的来说，诗人借景抒情，将自己仕途不顺的内心痛苦和被疾病折磨的身体的痛苦烘托了出来。

诗的结尾六句，写诗人开始施行道家的修炼之法，沉迷于道经和丹药，希望依靠扣钟、鸣天鼓、烧香等求得身体康复乃至长生不老。但是显然，这是无济于事的，不过是给自己寻找一种心理上的慰藉，实际上依然是生死任命的情态的延续。

此诗的显著特点是运用凄凉的环境和昏暗的色调，衬托出诗人深沉的哀痛。虽然诗歌略显消极厌世，但其写山谷幽深，思绪飘飞，亦有清丽脱俗之感。境界幽深，情韵深远。

登玉清①

绝顶横临日，孤峰半倚天。
裴回拜真老②，万里见风烟。

注 释

①玉清：为道家的三清（玉清、太清、上清）境之一，传说是元始天尊的居所。

②真老：指道家所信奉的神仙。

译 文

登临绝顶之日，只见孤峰的一半倚着天空。徘徊此地拜见神仙，乘风飞翔见到万里外的风烟。

赏 析

此诗描写高耸入云的仙境，表达了诗人修身养性的志向。

诗的前两句，写出仙山玉清的高峻、险要，仿佛一半倚着太空。想象夸张、意境超逸。结尾两句延续了传统游仙诗的主题，诗人想象自己登上玉清之顶后遇见了传说中的某位仙人，神仙赠给自己灵药，自己服用之后就可以乘风飞翔，见到万里之外的风烟。这里体现出诗人渴望到达仙境、摆脱人间坎坷苦闷的心态。

诗歌营造了一种险峻、辽远、苍茫的境界，寄托了诗人超凡脱尘的情思。笔力雄健，情思悠远。

曲池荷①

浮香绕曲岸，圆影覆华池。

常恐秋风早，飘零君不知。

①曲池荷：一作"曲江池"。曲池，即曲江池，故址位于今陕西西安东南，自秦代起就是皇家园林所在地，唐代成为长安名胜。

译 文

荷花清幽的香气弥漫在弯弯曲曲的堤岸周围，夜晚皎洁的月光铺洒在荷池之上。时常担忧冷清的秋风吹得太早，吹落了美丽的荷花让人来不及观赏。

赏 析

据考证，这首小诗作于诗人早年在长安求官期间，叹惜自己怀才不遇。

前两句描写花朵绚烂，月光皎洁。"浮香绕曲岸"，极言荷花的香味浓郁，远在岸边就能闻到。荷花清幽的香气弥漫在弯弯曲曲的堤岸周围，说明此时正值夏季，荷花开得旺盛。"圆影覆华池"，写夜晚皎洁的月光铺洒在荷池之上。荷花与圆圆的月影交错辉映，让人难以分辨。古人写荷的诗作不计其数，而这首诗采用侧面烘托之法，写荷花以香夺人，虽然没有刻意描绘其曼妙的姿态和出淤泥而不染的纯洁，却让人很容易体会到荷的神韵。

结尾两句忽然借花自悼，借物咏怀，情真意切。"常恐秋风早，飘零君不知"，委婉地表达了诗人对自己年华零落、仕途不顺的慨叹。看似悼花，实为悼己。荷花的境遇与诗人的境遇如出一辙，借荷花之零落写自己年华零落，仍一事无成。

这首诗使用了象征的艺术手法，灵活巧妙。诗人把内心隐蔽的境界与所创造的境界完美融合，技法高超，因物以见我，是咏物诗的上乘之作。

浴浪①鸟

独舞依磐石②，群飞动轻浪。
奋迅碧沙前，长怀白云上。

注 释

①浴浪：乘着波浪上下飞翔。
②磐石：又厚又大的石头。

译 文

浴浪鸟单独飞翔时紧靠着磐石，成群结队飞翔时能掀动细小的波浪。在碧沙前奋力迅速地飞过，胸中常常有凌云的志向。

赏 析

此诗为咏物诗，短小精悍，作于诗人初到蜀地任职时。此诗与诗人后期作品不同，充满了非凡的抱负和远大的理想。

前两句，背景为磐石、轻浪，写鸟的"独舞"与"群飞"，富有镜头感，视角变换灵活，让读者感受到浴浪鸟轻灵飞动的气韵，活泼动人。结尾两句的背景为碧沙、白云，写鸟的"奋迅"与"长怀"，突出浴浪鸟的敏捷、轻巧、努力向上。"长怀白云上"一句显然是托物言志，寄托了诗人的雄心壮志。

诗句将拟人的修辞手法和白描的艺术方法相结合，虽无烘托，但寥寥几笔，便把浴浪鸟的生动形象勾勒了出来。

临阶竹

封霜①连锦砌②，防露拂瑶阶。
聊将仪凤③质，暂与俗人谐。

注 释

①封霜：覆盖着寒霜。

②锦砌：台阶的美称。

③仪凤：即凤凰。古代人多用凤凰比喻竹子。

译 文

竹子覆盖着寒霜与台阶相连，轻拂台阶并为其遮挡露水。暂且忘记凤凰般高贵的资质，与庸俗之人相随。

赏 析

此诗为咏物诗，将竹的生长环境、经历和质地一一铺叙出来，对竹的傲岸性格和美好的资质大加赞扬，并暗含诗人清高而无法脱俗的苦闷。

前两句点题，写竹子覆盖着寒霜与台阶相连，轻拂台阶并为其遮挡露水，暗示自己出身望族，却不是经不起风霜的纨绔子弟。结尾两句寓意鲜明，诗人自认为有凤凰般高贵的资质，却要与庸俗之人相随。其自视甚高

却又无力摆脱凡俗的苦闷、悲愤跃然纸上。

全诗写物摹状使人如观其状、如闻其声，诗句回环照应，简单而婉约，咏竹却不见竹，韵味高远。

含风蝉

高情临爽月①，急响送秋风。
独有危冠②意，还将衰鬓③同。

译 文

高尚的情操沐浴在清亮的月光之下，秋风将阵阵急切的蝉鸣送到远处。在高高的树冠上独怀清高的心性，洁白的蝉翼与疏白的鬓发相同。

赏 析

这是一首咏物诗。蝉是古往今来的诗家屡屡吟咏的对象，诗人们大都托物言志，借蝉述说自己的志向，这首诗也不例外。

前两句对"高情""急响"进行重点描绘，刻画出了清亮的月光和萧瑟的秋风，蝉的高洁也被烘托得极为深入。结尾两句情调一下变得低沉，表面上写蝉栖于高高的树冠之上，实际上暗示诗人自己清高的心性；表面上写洁白的蝉翼与疏白的鬓发相同，实际上是说自己年华早衰、两鬓斑白。高雅的"危冠"和疏白的鬓发形成鲜明的对比，抒发了诗人对时光流逝、年华易老的感慨。

此诗凝练小巧，委婉蕴藉。

葭川①独泛

倚棹②春江上，横舟石岸前。

山暝③行人断，迢迢独泛仙④。

注 释

①葭川：似指白水江，即葭萌水，在今四川昭化北。

②倚棹：指泛舟。

③山暝：指山色昏暗。

④泛仙：像神仙一样乘舟游江。

译 文

在春江上泛舟，船停在了石岸前。山色昏暗行人已经断绝，溪水悠长我独自一人像神仙一样乘舟游江。

赏析

这首诗描写的是太阳落山后诗人独自乘舟游江的闲适恬淡的场景。

前两句描绘出悠然的泛舟场面，体现出诗人此时恬淡、无忧的心境。隋唐之际诗人李百药《和许侍郎游昆明池》中有"税马金堤外，横舟石岸前"之句，此处用其成句，且"倚棹春江上"之句更为雅致，化用无迹，非常成功。结尾二句，孤单而不凄凉，显示出诗人自得其乐的心情。"独泛仙"极言诗人的怡然自得之情，感觉自己仿佛是忘却尘俗烦恼的神仙，侧面体现出对葭川美景和恬淡生活的喜爱。

此诗用笔精练、和谐，境界幽静、宽广，静谧而毫无凄凉孤寂之感，富有洒脱自然的意趣。

送二兄①入蜀

关山客子②路，花柳帝王城③。
此中一分手，相顾怜无声。

注释

①二兄：据卢照邻《悲才难》一文自述，他有兄字杲之，有弟字昂之。《旧唐书·卢照邻传》则说他有兄名光乘，曾任陇州刺史。有研究者认为光乘即杲之，但据《悲才难》所述，杲之仕途不顺，所以疑光乘与杲之一为卢照邻大兄，一为其二兄，即本诗中入蜀者。

②客子：背井离乡之人。

③帝王城：这里指京都长安。

译　文

　　背井离乡之人的旅途关险山高、坎坷难行，京都长安花红柳绿一片繁华。我们在这里告别，四目相望内心悲伤竟说不出话来。

赏　析

　　这首诗有力地表现了卢照邻与他的兄弟之间深深的手足之情。

　　首句描述旅途关险山高、坎坷难行，让兄长小心保重。诗人没有对蜀道之难进行详细描述，而将种种艰险归纳为"关山"二字。第二句"花柳帝王城"，指出离别的地点是京都长安，长安花红柳绿一片繁华，与第一句相互映衬，用长安繁华的"花柳"衬托兄长即将迎来的蜀道上的凄凉、孤苦，用笔不多，感情却深沉凝重。

　　结尾两句属于细节描写，选取分别时一个瞬间情景，将兄弟二人难舍难分、互相担心的手足之情描写得透彻充分。"相顾"二字传神地刻画出二人四目相望，依依不舍，一个"怜"字写出了浓烈的手足之情，"无声"二字突出了不可言说的分别之痛，有白居易的《琵琶行》中"此时无声胜有声"之感。

　　诗歌短小精悍，诗人擅长克制情感，抑扬得当，一、二句巧用对比，使全诗情感充沛浓烈，一波三折，感人肺腑。

宿玄武①二首

一

方池开晓色，圆月下秋阴。
已乘千里兴②，还抚一弦琴③。

注 释

①玄武：这里指玄武山，在今四川中江境内。

②千里兴：千里访友的兴致。《晋书·嵇康传》记载："东平吕安服康高致，每一相思，辄千里命驾。"

③一弦琴：独弦琴，传说中隐士爱抚此琴，《晋书·孙登传》记载，"（孙登）抚一弦琴，见者皆亲乐之"。

译 文

方形池塘中展开清晨的天色，圆月从秋天的树荫中落下。我已经乘着千里访友的兴致来到这里，轻抚独弦琴让我的心情更加愉悦。

赏 析

此诗写诗人秋季歇宿在玄武山时的场景，他欣赏美景、月下抚琴，极为悠闲。

前两句写诗人抚琴的时间和地点：方形池塘中展开清晨的天色，圆月从秋天的树荫中落下。景色十分优美，同时情景交融，与诗人此时惬意的心情十分协调。结尾两句写出诗人心情的愉悦，他已经乘着千里访友的兴致来到这里，被蜀中美景感染，兴致正佳，于是轻抚独弦琴，心情更加愉悦。

这首诗借景抒情，景色优美清新，情趣悠闲恬淡，境与意完美融合，别有韵味。

二

庭摇北风柳，院绕南溟禽①。
累宿②恩方重，穷秋叹不深。

注 释

①南溟禽：原指《庄子·逍遥游》中图南的大鹏，这里泛指来自南方的鸟。
②累宿：长时间借宿。

译 文

北风摇晃着院中的柳树，来自南方的鸟绕着院子飞翔。长时间借宿感恩之心正浓，秋色虽深叹息却不重。

赏 析

这首诗写庭院里柳枝摇曳，群鸟飞舞，诗人心情恬淡。

前两句，诗人看着院子里的柳树和飞鸟，心中颇为惬意。静态的院落，动态的风、柳树与禽鸟，互相依托、互相映衬，构成一幅幽雅动人的水墨画。结尾两句，显示出诗人对自己长时间借宿的山中院落的感恩之意，根据上一首可知，他是乘着"千里兴"来拜访友人的，此首又说在友人的山庄中住了较长一段日子，得到了很好的招待。因此虽然秋色渐浓，却没有引发他多少伤秋之感，可见友情加上美景对人的强大感染力。

这两首诗大约都创作于诗人刚到蜀地之时，他被此地美景感染，对未来尚未失去信心，因此写秋色的诗歌依然充满开朗乐观的感情，富有艺术魅力。

九陇津①集

落落树阴紫，澄澄水华②碧。
复有翻飞鸟，裴回疑曳舄③。

注 释

①九陇津：即九陇江的渡口，在今四川彭州。

②水华：激起的水花。

③"复有"二句：又看到上下翻飞的鸟，怀疑是仙人王乔穿着鞋履在那里徘徊。南朝宋范晔的《后汉书·方术列传上》记载，"王乔者，河东人也。显宗世，为叶令。乔有神术，每月朔望，常自县诣台朝。帝怪其来数，而不见车骑，密令太史伺望之。言其临至，辄有双凫从东南飞来。于是候凫至，举罗张之，但得一只舄焉"。曳舄，穿着鞋履。

译 文

堆积的树荫呈现紫色，激起的水花一片澄澈。又看到上下翻飞的鸟，怀疑是仙人王乔穿着鞋履在那里徘徊。

赏 析

这首诗创作于咸亨二年（671年），当时诗人旅居巴蜀，游览九陇津时有感而发，创作了这首小诗。诗中写九陇津的优美景色，表达了诗人闲适的情绪。

诗的前两句轻描淡抹，写出了浓密的树荫、澄澈的水花，景色优美，恬淡的氛围跃然纸上。"落落""澄澄"连用叠字，轻松明快。"紫"与"碧"这两种悦目的颜色，给读者带来愉悦的感受。结尾两句描画上下翻飞的鸟，增加了诗歌的动感，构成了清新的意境，同时展开了天马行空的想象，将鸟比作传说中的仙人王乔的鞋履，神奇而有趣。这两句与前两句动静相宜，共同组成一幅明丽动人的画面，侧面体现出诗人此时怡然自得的心情。

整首诗语言清丽、别出心裁，略带神奇之感。

游昌化山①精舍②

宝地③乘峰出，香台④接汉高。
稍觉真途⑤近，方知人事劳。

注 释

①昌化山：在今四川雅安。

②精舍：寺院。

③宝地：这里指寺院。

④香台：即佛殿。

⑤真途：这里指仙佛之路。

译文

　　寺院仿佛乘着山峰出现，佛殿仿佛与天河相接。逐渐感觉距离仙佛之路越来越近，这才知道人间万事真的太劳苦了。

赏析

　　这首诗写高峰上耸立的佛家寺院，抒发了诗人超世绝伦之情。

　　前两句写的是昌化山精舍的高峻，侧面表现出此地境象寥廓、气势超旷、人迹罕至，精舍超脱凡尘的气质跃然纸上。"乘峰"和"接汉"，衬托了山寺的寂寥、高旷。结尾两句是对句，"真途"和"人事"形成鲜明的对比，写出了寺院的宁静，反衬出世事的繁杂，尤其是仕途的艰辛，更让诗人对"真途"产生向往。此诗作于诗人辞去新都尉后漫游蜀地期间。他流连山水、放旷诗酒，但萦绕心头的始终是暗淡不明的仕途。他像大多数失意文人那样有心归隐甚至走向"真途"，但最终还是走向劳攘的"人事"，昌化山精舍之类的胜地不过给他们带来片刻宁静罢了。

　　整首诗语句精妙，意境开阔自然。

九月九日①登玄武山

九月九日眺山川，归心归望积风烟。
他乡共酌金花酒②，万里同悲鸿雁天。

注 释

①九月九日：即重阳节。

②金花酒：也就是菊花酒。古人多在重阳节饮此酒。

译 文

九月九日登山眺望故乡河山，归乡的心情和愿望飞越途中弥漫的风烟。远在他乡和大家喝着菊花酒，相隔万里伤心望着雁飞南天。

赏 析

此诗描写诗人在蜀地恰逢重阳节，登上玄武山极目远眺时的所见所感，表达了诗人深深的思乡之情。这首诗作于咸亨元年（670年），诗人任新都尉数年后秩满去官，与邵大震、王勃同登玄武山，三人均赋诗留念，互相唱和，邵诗为《九日登玄武山旅眺》："九月九日望遥空，秋水秋天生夕风。寒雁一向南去远，游人几度菊花丛。"王勃的和诗为《蜀中九日》："九月九日望乡台，他席他乡送客杯。人情已厌南中苦，鸿雁那从北地来。"此诗即卢照邻和诗，思乡心切、情景交融，通常被视为三首诗中最出色的一首。三人的这次唱和，也成为文学史上的一段佳话。

首句点明主题：在九月九日登山眺望故乡河山。登高是重阳节由来已久的风俗。羁旅之人客居他乡，不免思归思乡，极目远眺时自然会向家乡的方向望去。首句很形象地描述出了羁旅之人此时此刻望乡的动态。接下来的一句由动态转而描写此时的心境，诗人没有直接抒发出"归心归望"之情，而是寄情于景，将情感寄托在"风烟"之中，"积"字写得很妙，暗寓思归之情不是偶然生起，而是积聚了非常之久。风烟越浓，诗人的"归

心归望"之情也就越深。说明了诗人的思乡之情异常浓烈。

结尾两句写诗人远在他乡和大家喝着菊花酒，相隔万里伤心望着雁回南天。重阳节的习俗便是登高、喝菊花酒，此为叙事，而羁旅之人此时思乡心切，不免借酒消愁，叙事中寄托了思乡之情。"鸿雁天"为写景，乃是鸿雁南飞之景，但诗人客居他乡，鸿雁南飞衬托了诗人不能北归，此句景中寓情。

此诗中"他乡共酌金花酒，万里同悲鸿雁天"是脍炙人口的佳句，是以鸿雁南飞衬托诗人此时难以归乡的愁绪，得到他乡游子的广泛共鸣。全诗立意别致，感情真挚，结构工整。

骆宾王

骆宾王，字观光，婺州义乌（今浙江义乌）人。他的出生年份争议较大，学者考证出的年份在 619 年至 640 年之间，跨度很大。他逝世的年份争议也很大，一般认为他死于 684 年徐敬业兵败之后，但也有人认为他隐姓埋名，又活了若干年。骆宾王的父亲曾任博昌（今山东博兴）县令，他早年随父亲居住在博昌，自幼天资聪颖，有神童之称，七岁时就创作出名垂千古的《咏鹅》诗。父亲在骆宾王十七八岁时去世，他肩负起家庭重担，积极谋求入仕，由于无人引荐，他科举失利，很久之后才在长安谋得一个小官，却由于生性耿直狷介，不善与同僚相处而失官。后在道王李元庆府中谋到了参军、录事一类的小官，道王让他自述才能，他却耻于炫耀自己，又一次失去了官职。唐高宗乾封元年（666 年）任奉礼郎，又兼任东台详正学士，数年后从军西域，在边塞生活了数年，又入蜀担任军中掌书记。上元元年（674 年）开始，任武功主簿、明堂主簿、长安主簿等微职，终于在仪凤三年（678 年）升任侍御史，却很快由于遭到陷害入狱，一年后遇赦，被贬为临海（今浙江临海）县丞，故世称骆临海。骆宾王此时年岁渐高，依然担任这样的小官，因此抑郁不平，不久辞官。唐中宗嗣圣元年（684 年），徐敬业在扬州起兵反对武则天，骆宾王加入起义军任艺文令，创作了著名的《为徐敬业讨武曌檄》，据称武则天读了此文后感叹道："如此才华却不被朝廷所用，这是宰相的过错啊。"起义在短短的两个月后就失败了，徐敬业被杀，骆宾王下落不明，有人认为他投水而死，也有人认为他削发为僧或者隐居到某处，至今仍是历史之谜。骆宾王是"初唐四杰"之一，也是四人中诗作留存最多的一个。他诗文俱佳，诗以七言歌行最为出色，也善于写五言古诗与五言排律。他的诗内容广泛、善于用典、抒情色彩浓郁，虽然不及其他三杰细腻生动，却善于高度概括，使诗歌具有宏肆壮伟的气势。有《骆宾王文集》传世。

晚憩田家

转蓬①劳远役，披薜②下田家。
山形如九折③，水势急三巴④。
悬梁⑤接断岸，涩路拥崩查⑥。
雾岩沦晓魄⑦，风溆⑧涨寒沙。
心迹一朝舛⑨，关山万里赊。
龙章⑩徒表越⑪，闽俗⑫本殊华⑬。
旅行悲泛梗⑭，离赠折疏麻⑮。
唯有寒潭菊⑯，独似故园花。

注 释

①转蓬：形容像蓬草一样四处飘零的游子。

②披薜：即披薜荔，把薜荔当作衣裳，代指隐士的衣服。出自《楚辞·九歌·山鬼》："若有人兮山之阿，被薜荔兮带女萝。"薜荔，香草名，常绿蔓生灌木。

③九折：蜿蜒曲折。

④三巴：形容水道曲折，三折如"巴"字。

⑤悬梁：半空中修建的桥梁。

⑥"涩路"句：阻塞的水路上聚集着朽散的木筏。涩路，阻塞的水路。崩查，朽散的木筏。

⑦晓魄：晓月。

⑧溆：水岸。

⑨舛：错乱。

⑩龙章：用龙形修饰的服装。

⑪表越：穿行于越地。

⑫闽俗：闽地的习俗。

⑬殊华：与中原有别。华，古指中原。

⑭泛梗：形容漂泊的游子。梗，桃梗，典出《战国策·齐策三》："今子，东国之桃梗也，刻削子以为人，降雨下，淄水至，流子而去，则子漂漂者将何如耳。"后以桃梗比喻随波逐流，命运不受自己控制。

⑮疏麻：相传为神人所种之麻。

⑯寒潭菊：寒凉水潭边的菊花。

译 文

像蓬草一样四处飘零的游子到远方服役，把薛荔当作衣裳来到田家。山形蜿蜒曲折，水道三折如"巴"字。半空中修建的桥梁与断岸相接，阻塞的水路上聚集着朽散的木筏。晓月沉入岩边的雾气，风吹水岸寒沙上涨。内心一时错乱，来到了万里之外的边塞。穿着用龙形修饰的服装穿行于越地，闽地的习俗本来就与中原有异。行踪不定而又悲伤漂泊的游子，回忆起当初折神人所种之麻赠别的场景。只有菊潭边的菊花，与故乡的花儿相似。

赏 析

本诗为诗人入伍后期所创作，即咸亨四年（673 年）前后。当时诗人因事滞留蜀地，奉命外出，傍晚在农家居住。

前两句点题，说明晚憩田家的缘由。"披薜"二字寄意深远，既写出山野间香草遍布、芳香袭人的特点，又隐含诗人对田园生活的向往。接下来六句写景抒情，用近乎白描的手法，将蜀中山水的险阻刻画得淋漓尽致，行役生活的辛劳不言而喻，使后文描写宦途奔波疲倦的文字顺理成章。

"心迹一朝舛，关山万里赊"二句，表明诗人对自己当年从军以取功名的决定感到悔恨，如果当时不那样做，如今也就不至于漂泊千里，无法还乡。"龙章徒表越，闽俗本殊华"二句写自己身处风俗殊异的边塞的苦闷。结尾四句，诗人感叹自己如同桃梗，随波逐流，归乡无日，只能把寒凉水潭边的菊花想象成家乡的花儿，来聊表思乡之情。飘零之悲流露于字里行间，显得真实自然、亲切感人。

此诗内容丰富，融情、景、事为一体，彼此映衬，极富美感。"唯有寒潭菊，独似故园花"两句，用凄寒、孤寂的意象设喻，不露声色地传达出对故乡的无尽思念，堪称佳句。

出石门①

层岩远接天，绝岭上栖烟。
松低轻盖偃②，藤细弱丝悬。
石明如挂镜③，苔分似列钱④。
暂策为龙杖，何处得神仙⑤？

注 释

①石门：位于今四川巴中北，地势险绝。

②轻盖偃：指松树的枝叶形似伞盖。

③挂镜：悬挂的镜子，形容平整。

④"苔分"句：谓苔藓的分布像是排列好的铜钱。

⑤"暂策"二句：化用东汉方士费长房的故事，典出《后汉书·方术列传下》："长房辞归，翁与一竹杖，曰：'骑此任所之，则自至矣。既至，可以杖投葛陂中也。'又为作一符，曰：'以此主地上鬼神。'长房乘杖，须臾来归，自谓去家适经旬日，而已十余年矣。即以杖投陂，顾视则龙也。"为龙杖，指能化为龙的拐杖。神仙，指卖药老翁。

译 文

重叠的岩石远远地与天相接，高绝的山岭上萦绕着云烟。低矮松树的枝叶形似伞盖，细细的藤蔓像是细丝悬在那里。明亮的石头像悬挂的镜子，苔藓的分布像是排列好的铜钱。我暂时挂着能化为龙的拐杖，到哪里才能找到卖药老翁？

赏 析

本诗的创作时期与创作地点没有确切说法。诗人在咸亨元年（670年）于西域入伍，在西域从军三年左右后回到长安，又赶赴蜀地入伍。本诗应为诗人去往蜀地时所作。

前六句均为景物描写，先写远观之景，重叠的岩石远远地与天相接，高绝的山岭上萦绕着云烟，大气磅礴。然后写近景，用了一系列贴切的比喻：低矮松树的枝叶形似伞盖，细细的藤蔓像是细丝悬在那里；明亮的石头像悬挂的镜子，苔藓的分布像是排列好的铜钱。诗人有条不紊地将石门的景色描绘出来，层次井然，丰富多姿，使人恍如亲临，满目秀色。结尾两句描写的是诗人的内心活动。身处这奇幻多姿的景色中，诗人不禁想起古代仙人的故事，仿佛自己也拄着能化龙的竹杖与神仙结交，读来灵巧动人，不落陈套。

本诗在写景方面手法巧妙，笔触凝练，空间转换灵活，善于设喻，视野从开阔到精微，视线由上至下，景物由大至小。诗人按照次序将周边景物全部加入画面，并进行了细致的描写。全诗所写景物次序井然，描绘手法精妙入微，颇具匠心。

至分陕①

陕西②开胜壤③，召南④分沃畴⑤。
列树巢维鹊⑥，平渚下睢鸠⑦。
憩棠⑧疑勿剪，曳葛似攀樛⑨。
至今王化美，非独在隆周⑩。

注 释

①分陕：地名，位于今河南三门峡。

②陕西：古代对陕陌（在今河南三门峡西南）以西地区的泛指。

③胜壤：即美好的土壤。

④召南：即岐山之南。是周朝初年名臣召公奭的封地。

⑤沃畴：肥沃的田地。

⑥维鹊：指喜鹊。

⑦"平渚"句：化用《诗经·周南·关雎》："关关雎鸠，在河之洲。"雎鸠，即鸠鸟。

⑧憩棠：召公休息处的甘棠树。《史记·燕召公世家》记载："召公之治西方，甚得兆民和。召公巡行乡邑，有棠树，决狱政事其下，自侯伯至庶人，各得其所，无失职者。召公卒，而民人思召公之政，怀棠树，不敢伐，歌咏之，作《甘棠》之诗。"

⑨"曳葛"句：蔓延的葛藤像是攀缘的樛树。曳葛，即蔓延的葛藤。攀樛，攀缘的樛树。樛，枝向下弯曲的树。

⑩"至今"二句：表示当世也有圣王的德化之美，这种情况不只存在于强盛的周朝。王化，圣王的德化。隆周，周朝强盛时期。

译 文

陕陌以西地区被开辟出一片美好的土壤，岐山之南划分出肥沃的田地。成列的树木上栖息着喜鹊，平坦的小洲上降下鸠鸟。怀疑召公休息处的甘棠树至今未剪，蔓延的葛藤像是攀缘的樛树。当世也有圣王的德化之美，这种情况不只存在于强盛的周朝。

赏 析

此诗中诗人把眼前的美景与历史上的圣贤故事相结合，营造了一种超越时空的美好意境。

前两句雄浑大气，直扣主题，既开阔了视野，也与典故相融合，衔接自然，读来气势磅礴。中间四句描绘了四组意象，这些意象除本身的美感外，还与贤人典故、民谣唱和、百姓心声联系在一起。"列树巢维鹊"化用《诗经·召南·鹊巢》"维鹊有巢，维鸠居之"之意。"平渚下雎鸠"的意境则与"关关雎鸠，在河之洲"（《诗经·周南·关雎》）一致。"憩

棠疑勿剪"巧妙运用了《诗经·召南·甘棠》"蔽芾甘棠，勿剪勿败，召伯所憩"的美好意象。"曳葛似攀樛"是对"南有樛木，葛藟累之"(《诗经·周南·樛木》)句意的化用。这种艺术手法玄妙动人，有意在言外之用。诗中对典故的巧妙运用令人叹为观止。结尾两句转为抒情，既呼应了开头，也深化了主旨，不但展现了初唐的气象，也追忆了周朝强盛时期的美好教化。

全诗气势雄壮，雄浑典雅，流露出诗人美好的心境和精妙的文学功底。此诗从头至尾紧扣周朝召公受民爱戴的典故，寓情于景，画面绚丽，描绘了分陕地区的宜人美景，歌颂了百姓安宁的祥乐局面。语句淡雅，意蕴悠长。

寓居洛滨①对雪忆谢二②

旅思眇难裁，冲飙恨易哀③。
旷望④洛川⑤晚，飘飖瑞雪来。
积彩明书幌⑥，流韵⑦绕琴台。
色夺迎仙羽，花避犯霜梅⑧。
谢庭赏方逸⑨，袁扉掩未开⑩。
高人傥有访，兴尽讵须回⑪？

注 释

①洛滨：即洛水边。

②谢二：诗人友人，生平不详。

③"旅思"二句：化用南朝齐谢朓《离夜诗》："翻潮尚知恨，客思眇难裁。"旅思，即游子的乡愁。裁，切断。冲飙，暴风。

④旷望：即远望。

⑤洛川：洛水的别称。

⑥"积彩"句：指孙康以雪照明读书之事。见《艺文类聚》："孙康家贫，常映雪读书，清介，交游不杂。"积彩，积雪。书幌，即书帷，此处指书房。

⑦流韵：即余音，此处暗指飞舞的雪花。

⑧"色夺"二句：指雪的色泽超过了白鹤，赛过了梅花。仙羽，即白鹤。

⑨"谢庭"句：指谢安与家人论雪之事。见《世说新语·言语》："俄而雪骤，公欣然曰：'白雪纷纷何所似？'兄子胡儿曰：'撒盐空中差可拟。'兄女（谢道韫）曰：'未若柳絮因风起。'公大笑乐。"方逸，正处在闲适之中。

⑩"袁扉"句：指汉袁安僵卧不起之事。见《后汉书·袁安传》唐李贤注引《汝南先贤传》："时大雪积地丈余，洛阳令身出案行，见人家皆除雪出，有乞食者。至袁安门，无有行路。谓安已死，令人除雪入户，见安僵卧。问何以不出。安曰：'大雪人皆饿，不宜干人。'令以为贤，举为孝廉。"

⑪"高人"二句：指王子猷雪夜访友之事。见《世说新语·任诞》："王子猷居山阴。夜大雪，眠觉，开室，命酌酒，四望皎然。因起彷徨，咏左思《招隐诗》，忽忆戴安道。时戴在剡，即便夜乘小船就之。经宿方至，造门不前而返。人问其故，王曰：'吾本乘兴而行，兴尽而返，何必见戴？'"

译文

游子的乡愁悠远难以切断，暴风袭来愤恨容易变成悲哀。远望洛水的夜景，飘飘摇摇的瑞雪降下。积雪照亮了书房，飞舞的雪花环绕着琴台。

雪的色泽超过了白鹤，赛过了梅花。谢家庭院中赏雪正处在闲适之中，袁安只能僵卧室内柴扉不开。高人如果前来访问我，哪能兴尽便归呢？

赏 析

此诗通过对雪景的描写，流露出诗人对友人谢二的思念之情。诗人运用不同意象，从多个维度勾勒出了白雪的雅致景色和纯洁的品质，描绘出一幅淡雅清幽的雪夜图。本诗中对夜雪高洁品质的赞扬，除了代表诗人与友人的真挚情感，还显露出诗人自身孤高磊落的情怀。诗人在本诗中暗示，虽然自己受到政治上的打击，屡遭诽谤，但依然保持着白雪一般纯粹的内心，没有被险恶的环境所污染，这也是这首诗的主旨之一。

诗的前四句直抒胸臆，写出自己羁旅他乡的悲哀，狂风呼啸、大雪降下，让他不由得想到远在他乡的谢二兄弟的境况。而让诗人"眇难裁""恨易哀"的，自然也包括仕途的失意。五、六句描写积雪照亮了书房，飞舞的雪花环绕着琴台，表明雪花的明亮轻盈，刻画鲜活、细腻，特别是用无形的"积彩""流韵"来比拟有形的雪花，想象奇特，引人遐思。七、八两句描写雪的色泽超过了白鹤，赛过了梅花，展现出雪花的晶莹美好，暗示了其高洁的品质。

结尾四句开始写人，"谢庭赏方逸，袁扉掩未开"二句取谢安和袁安的典故，表明雪势之大。结尾两句中，诗人巧妙运用王子猷雪夜访友的典故，难得雪夜之景如此动人，正应该细细品味，哪能兴尽便归呢？既表达了对友人的真挚情感，也表达了对雪景的喜爱。同时，白雪的高雅素洁的品性，也是诗人自我品格的展示，这也是诗的主要寓意之一。

此诗通过对雪景的描写和赞美，流露出诗人对友人的真挚情感和对白雪高洁品质的欣赏。全诗内容丰富，先表旅思，再言雪色，后抒真情。用词别致，挥洒自如。

北眺舂陵①

揽辔②疲宵迈，驱马倦晨兴③。

既出封泥谷④，还过避雨陵⑤。

山行明照⑥上，溪宿密云蒸。

登高徒欲赋，词殚独抚膺⑦。

注 释

①舂陵：位于今湖北枣阳东。

②揽辔：挽住缰绳。

③晨兴：早起。

④封泥谷：即函谷关。出自《后汉书·隗嚣传》："（王）元请以一丸泥为大王东封函谷关，此万世一时也。"

⑤避雨陵：即东崤山，位于今陕西潼关至河南新安一带。相传周文王曾避风雨于此。

⑥明照：指烈日炎炎。

⑦抚膺：拍击胸口，表示无奈和急切。

译 文

挽住缰绳，因夜行疲劳不已；驱动马匹，因早起而倦怠。出了函谷关之后，又经过了东崤山。烈日炎炎中行走于山中，密云蒸腾中夜宿于溪边。登到高处徒然想赋诗，由于词穷只得拍击胸口长叹。

赏 析

本诗主要描写了行役的艰难。

前两句概括性地描写行役的辛劳，"疲宵迈""倦晨兴"表明诗人从早到晚都需要艰难前行，展示出行役之人的劳苦。三、四句通过"封泥谷""避雨陵"两个地名，展示了行役路线，同时运用典故增强了文字的感染力，表明了行役路途的艰苦，使人对行役之人心生悲悯。

五、六句是对行役过程的具体描写，直接展示了行役的辛劳。白天，在烈日炎炎中行走于山中；夜深了，就在密云蒸腾中夜宿于溪边。行役的困苦，实在不是言语所能说尽的。结尾两句运用孔子"君子登高必赋"和《毛传》"登高能赋，可以为大夫"的典故，说明自己登到高处徒然想赋诗，但被旅途耗尽了精力，头脑呆滞，灵感全无，由于词穷只得拍击胸口长叹，暗示奉命奔走的艰难困苦耗尽人的精力、消磨人的才华，再次抒发了对行役之事的愤懑和哀怨。

本诗从多个角度讲述行役的艰难，视野拉伸自如，场景多变，主题明确，描绘画面时有条不紊。结构上层层推进，最后描写主人公徒然拊膺长叹的样子，水到渠成。

夏日游目聊作

暂屏嚣尘①累，言寻物外②情。

致逸心逾默，神幽③体自轻④。

浦夏荷香满，田秋麦气清。

讵假沧浪上，将濯楚臣缨⑤。

注 释

①嚣尘：指红尘俗世。

②物外：超脱凡世。

③神幽：心神幽静。

④体自轻：身体变得轻松。

⑤"讵假"二句：假如可以借到沧浪之水，我会用来洗涤我的帽缨。化用《楚辞·渔父》："沧浪之水清兮，可以濯吾缨；沧浪之水浊兮，可以濯吾足。"讵，假如可以。假，借到。楚臣，即屈原，此处是诗人自指。

译 文

暂时屏蔽了红尘俗世的烦累，想要寻找超脱凡世的情致。获得安逸之后心灵就会静默，心神幽静身体就变得轻松。夏日水滨荷香满溢，秋天田野麦香清新。假如可以借到沧浪之水，我会用来洗涤我的帽缨。

赏 析

本诗描写诗人在夏季的一段闲暇时光中，极目远眺，心平气和、修身养性时的感触。

前两句点题，"嚣尘累"，指诗人公务中的烦心事；"物外情"，即超脱凡世的情致。这两句是说诗人暂时放下公务，让心灵处于超脱凡世的状态。三、四句描写静坐的感触：获得安逸之后心灵就会静默，心神幽静身体就变得轻松。

五、六句写静心状态下感受到的环境：夏日水滨荷香满溢，秋天田野麦香清新。荷香与麦气不能同时出现，此时却都在诗中，应是诗人的幻想而非实

景。在以上几句铺垫的基础上，结尾两句直接抒情，表示：假如可以借到沧浪之水，我会用来洗涤我的帽缨。此处以屈原自比，展现诗人高洁的形象。

此诗描写诗人想要远离尘世纷乱的愿望，以抒情为主，诗中以景衬情，描绘了诗人淡雅的心性；用屈原自比，显示了其高尚的情操。全诗意境玄妙，格调高远，用词清幽别致，所绘景物形象生动。对心性的描摹细腻动人，从精神的舒缓到眺望的闲适，从修养心性时的飘逸到结尾情感的流露，都刻画得生动传神。

同崔驸马①晓初登楼思京

丽谯②通四望，繁忧起万端。
绮疏③低晚魄④，镂槛⑤肃⑥初寒。
白云乡思⑦远，黄图⑧归路难。
唯余西向笑，暂似当长安⑨。

注 释

①崔驸马：生平不详。驸马，古代对帝王女婿的称谓。

②丽谯：华丽的高楼。

③绮疏：雕饰着空心花纹的窗户。

④晚魄：即月亮。

⑤镂槛：雕花的栏杆。

⑥肃：进，引。

⑦白云乡思：指狄仁杰望云思亲之事，见《旧唐书·狄仁杰传》："其亲在河阳别业，仁杰赴并州，登太行山，南望见白云孤飞，谓左右曰：'吾

亲所居，在此云下。'瞻望伫立久之，云移乃行。"后比喻对亲人的思念。

⑧黄图：指京都。典出《隋书·经籍志》中的《黄图》一卷，记载京都诸事。

⑨"唯余"二句：化自东汉桓谭《桓子新论》："人闻长安乐，则出门西向而笑。"

译文

华丽的高楼四望通透，无尽忧愁纷纷袭来。雕饰着空心花纹的窗户外月亮低垂，初寒通过雕花的栏杆进入房间。白云飘飘思乡之情多么悠远，回归京都的路是那么艰难。我只能向西而笑，暂时把此处当作长安。

赏析

关于本诗的创作时间没有确切说法，从诗的内容来看，应为诗人入伍后所创作。但从诗中所描绘的繁华景色和相伴之人的身份来看，又绝非塞外之事。想来此诗应是诗人入伍后期在蜀地所作。咸亨元年（670 年），诗人效仿班超投笔从戎，从军于边塞，满心指望立功边塞，求取功名。但时光荏苒，功名遥不可及，灰心丧气之后，油然升起一股思乡之情。诗人于咸亨三年（672 年）在西域写的《在军中赠先还知己》诗中就流露出了浓郁的思乡之情。如今千里飘零来到蜀地，回首不见长安，故人亲友隔绝，心中对故乡的思念便愈加沉重。

前两句写凌晨时分，诗人与崔驸马共同蹀步于华丽的高楼，"丽谯通四望"，可见此楼极为通透，但诗人并没有醉心美景，而是陷入了"繁忧"之中。三、四句写雕饰着空心花纹的窗户外月亮低垂，初寒通过雕花的栏杆进入房间，诗人看着明月，心中思乡的千头万绪不知从何说起。

五、六句围绕诗人复杂而沉郁的情感，进行了悲切而深入的慨叹。"白云乡思远，黄图归路难"二句写诗人飘零半生，家乡难返，只能在千里之外对亲友遥寄思念之情，感情沉郁哀婉。结尾两句表面旷达实则无比沉痛，还乡无期，愁思难解，诗人只能向西而笑，暂时把此处当作长安。末尾呼应开头，使"繁忧"的意味愈加浓厚，坦诚地将心中所思所想展现在了读者面前。

此诗写景沉郁悲凉，格调凄凉，文辞畅达，情思真挚悲切。

月夜有怀简诸同病①

闲庭落景②尽，疏帘夜月通。

山灵响似应，水净望如空③。

栖枝犹绕鹊④，遵渚未来鸿⑤。

可叹高楼妇⑥，悲思杳难终。

注 释

①同病：遭遇相同的人，即同僚。

②落景：即夕阳。

③"水净"句：化用南朝梁沈约《八咏诗·被褐守山东》："两溪共一泻，水洁望如空。"

④"栖枝"句：化用曹操《短歌行》"月明星稀，乌鹊南飞。绕树三匝，何枝可依"句意，暗示自己仕途多舛，无处容身。

⑤"遵渚"句：水中小洲上还没有鸿雁落下。出自《诗经·豳风·九罭》："鸿飞遵渚，公归无所。"暗示自己无人提携。渚，水中小洲。

⑥高楼妇：指高楼上的思妇。

译文

寂静的庭院中夕阳已经落下，月光通过稀疏的帘子进入房中。群山自行发出回响，明净的溪水看起来犹如天空一般。乌鹊盘绕着寻找可以栖息的树枝，水中小洲上还没有鸿雁落下。高楼上的思妇多么可怜，悲伤的思念无穷无尽。

赏析

本诗所写为四处漂泊、怀才不遇的惆怅和对家乡亲友的无尽思念。关于本诗的创作时期和地点没有确切说法，从内容来看，本诗应创作于诗人入伍期间。

前两句呼应主题，描写夕阳已经落下，月亮升起，是对题目"月夜"的阐述。三、四句写景：群山自行发出回响，明净的溪水看起来犹如天空一般。景中有情，描绘了一种凄清寂寥的气氛，来映衬诗人寂寞的心境。

五、六句借景抒怀，情景交融：乌鹊盘绕着寻找可以栖息的树枝，水中小洲上还没有鸿雁落下。抒发了自己四处漂泊、返乡无期的难过，更深层的是悲痛于怀才不遇、壮志难成。结尾两句借高楼思妇对情郎的相思，抒发了诗人无尽的思乡之情。

本诗抒发感情采用层层推进的手法，全诗极有章法。"栖枝犹绕鹊，遵渚未来鸿"，不仅是诗人眼前之景，也是对曹操《短歌行》"乌鹊南飞"和《诗经·豳风·九罭》"鸿飞遵渚"典故的巧妙运用，抒发了诗人的身世飘零之感。诗中所选取的典故与意象都与诗人自身的情感巧妙融合，显示了诗人高超的文学功底。

叙寄员半千①

薄宦②三河道③，自负十余年。

不应惊若厉④，只为直如弦⑤。

坐历山川险⑥，吁嗟陵谷迁⑦。

长吟空抱膝⑧，短翮⑨讵冲天。

魂归沧海上，望断白云前。

钓名劳拾紫⑩，隐迹自谈玄。

不学多能圣⑪，徒思鸿宝仙⑫。

斯志良难已，此道岂徒然？

嗟为刀笔吏⑬，耻从绳墨牵⑭。

歧路情虽狎⑮，人伦地本偏。

长揖谢时事，独往访林泉。

寄言二三子⑯，生死不来旋。

注 释

①员半千：唐代大臣，本名余庆，字荣期，齐州全节（今山东济南章丘区）人。官至银青光禄大夫，封平原郡公。

②薄宦：指官位低微。

③三河道：今河南武陟。

④惊若厉：指心中常怀忧惧。

⑤"只为"句：指坚守道德，不愿同流合污。直如弦，《后汉书·五

行志一》："顺帝之末，京都童谣曰：'直如弦，死道边。曲如钩，反封侯。'"

⑥山川险：比喻世事充满险阻。

⑦陵谷迁：犹沧海桑田。比喻世事巨变。

⑧"长吟"句：此处是诗人以诸葛亮比友人。典出《三国志·蜀书·诸葛亮传》注引《魏略》："亮在荆州……每晨夜从容，常把膝长啸。"

⑨短翮：羽毛短小。

⑩拾紫：博取官职。紫，紫绶，古代高级官员用紫色的布当印组（系印的绶带），也有用紫色布做官服的。

⑪多能圣：指孔子。出自《论语·子罕篇》："太宰问于子贡曰：'夫子圣者与？何其多能也？'子贡曰：'固天纵之将圣，又多能也。'子闻之，曰：'太宰知我乎？吾少也贱，故多能鄙事。君子多乎哉？不多也。'"

⑫鸿宝仙：即仙人。鸿宝，道教的一类典籍。

⑬刀笔吏：指舞文弄墨的官吏。

⑭绳墨牵：被世俗法度约束。绳墨，喻法度。

⑮狎：融洽。

⑯二三子：犹言诸位。

译 文

在三河道担任小官，十余年间依然自负。不应该心中常怀忧惧，因为坚守道德不愿同流合污。坐看世事像跋涉山川一样充满险阻，感叹那些沧海桑田般的世事巨变。徒劳地抱膝长吟，羽毛短小该如何一飞冲天？灵魂回到沧海之上，望断缥缈的白云之乡。沽名钓誉博取官职，不如潜隐身形谈玄论道。不去学习博学多才的孔子，只是思念鸿宝仙。仕途奋进的志向难以实现，隐逸之道难道是徒然的？感叹身为刀笔吏，耻于被世俗法度约

束。在歧路分手感情难以融洽，由于地位低下只得置身偏远之地。即将告别凡尘俗事，独自去访问林泉。有句话留给诸位，无论生死我都不会回到官场了。

赏 析

关于本诗的创作时间没有确切说法，从诗中表达的对时事的失望和对前途的悲观来看，应创作于诗人出狱之后，或调任临海县丞时期内。因为诗人出狱后不久所创作的《畴昔篇》中，便有离世隐居之意；在临海任上所创作的《秋日山行简梁大官》诗中，也有消极避世的念头。彼此印证后，可以推测本篇也于当时创作。员半千是诗人年轻时寄居博昌时的友人，之后迁居晋州。员半千为人正直而刚勇，颇以自身才学为傲，满心想着立下一番大功业，因此进取之心甚强。无奈一直无人赏识，出仕后也只是担任地方小官，后因私自开仓赈民而下狱，得到时任河北道存抚使薛元超的救助才获释，但依然长时间遭人排挤。因此诗人为他创作了这首诗，表露自己的想法，劝他不要执着于功名，应效法隐逸之士，以保全自身气节。

这首诗按内容可分为三部分。第一部分为前八句，描写员半千空负才华，沉沦下僚。诗中描写员半千有诸葛武侯的韬略，才华盖世，只因不愿与其他官员同流合污，所以不为时俗所重，至今没有用武之地；虽然历尽官场的险恶，饱尝人情的冷暖，却依然没办法一鸣惊人，只能在低微的官职上委曲求全。"不应惊若厉，只为直如弦"二句，用典极为精准，对员半千的品格进行了概括，同时也是诗人自身性情的生动写照。

中间八句为第二部分，是诗人通过自己的思考来劝解员半千不要执着于功名，要学会保全心性。"不学多能圣，徒思鸿宝仙"二句看似豁达，实际充满辛酸。诗人作为儒生对孔子自然极为尊敬，但此时也感觉到与其像孔子那样辗转半生却不受信任和重用，还不如隐居埋名，寄情于山水，保全自身的气节。功名难成，就当及时放手。

结尾八句为第三部分，诗人感叹身为刀笔吏，耻于被世俗法度约束，因此即将告别凡尘俗事，独自去访问林泉，做一个无拘无束的洒脱隐士。特别是结尾"寄言二三子，生死不来旋"二句，表明了诗人坚定的意志。

本诗既是对友人的劝勉，也是诗人自身情绪的抒发，诗人毫不遮掩地将自己的心志对友人表露出来，情感真挚畅达，意蕴悠长，是诗人对人生深入思考的结晶。诗人后期的生活基本就是按照诗中所写的方式去进行的，只是后来变幻莫测的政治风潮，还是把他卷入其中，不过那是后话了。此诗情感多变，或怨愤，或豁达；或消极，或豪迈，读来意蕴悠远。

帝京篇

山河千里国，城阙九重门。

不睹皇居壮，安知天子尊？

皇居帝里崤①函谷②，鹑野③龙山④侯甸服⑤。

五纬⑥连影集星躔⑦，八水⑧分流横地轴⑨。

秦塞重关一百二，汉家离宫三十六。

桂殿⑩嵚岑⑪对玉楼⑫，椒房⑬窈窕⑭连金屋⑮。

三条九陌丽城隈，万户千门平旦开。

复道斜通鸧鹊观⑯，交衢⑰直指凤凰台⑱。

剑履⑲南宫⑳入，簪缨㉑北阙㉒来。

声名冠寰宇㉓，文物㉔象昭回㉕。

钩陈㉖肃兰扈㉗，璧沼㉘浮槐市㉙。

铜羽㉚应风回，金茎承露㉛起。

校文天禄阁，习战昆明水㉜。

朱邸㉝抗平台㉞，黄扉㉟通戚里㊱。

平台戚里带崇墉㊲，炊金馔玉待鸣钟㊳。

小堂绮帐㊴三千户，大道青楼㊵十二重。

宝盖㊶雕鞍㊷金络㊸马，兰窗㊹绣柱㊺玉盘龙。

绣柱璇题㊻粉壁㊼映，锵金鸣玉㊽王侯盛。

王侯贵人多近臣，朝游北里暮南邻。

陆贾分金㊾将谦喜，陈遵投辖㊿正留宾。

赵李�945经过密，萧朱�946交结亲。

丹凤朱城�947白日暮，青牛绀帻�948红尘度。

侠客珠弹�949垂杨道，倡妇银钩�950采桑路�951。

倡家桃李自芳菲，京华游侠盛轻肥�952。

延年女弟双飞入，罗敷�953使君�954千骑归。

同心�955结缕带，连理�956织成衣。

春朝桂尊�957尊百味，秋夜兰灯�958灯九微�959。

翠幌珠帘不独映，清歌宝瑟自相依。

且论三万六千是，宁知四十九年非。

古来荣利若浮云，人生倚伏信难分。

始见田窦�966相移夺，俄闻卫霍�967有功勋。

未厌金陵气�968，先开石椁文�969。

朱门无复张公子�970，灞亭谁畏李将军�971。

相顾百龄皆有待，居然万化咸应改。

桂枝芳气已销亡，柏梁高宴今何在？

春去春来苦自驰，争名争利徒尔为。

久留郎署终难遇^⑫，空扫相门谁见知^⑬？

当时一旦擅繁华，自言千载长骄奢。

倏忽抟风生羽翼，须臾失浪委泥沙。

黄雀徒巢桂^⑭，青门遂种瓜^⑮。

黄金销铄素丝变，一贵一贱交情见。

红颜宿昔白头新，脱粟布衣轻故人^⑯。

故人有湮沦，新知无意气。

灰死韩安国^⑰，罗伤翟廷尉^⑱。

已矣哉，归去来！

马卿^⑲辞蜀多文藻^⑳，扬雄仕汉乏良媒。

三冬自矜诚足用^㉑，十年不调^㉒几邅回^㉓。

汲黯薪愈积^㉔，孙弘阁未开^㉕。

谁惜长沙傅，独负洛阳才^㉖。

注 释

①崤：即崤山，又名嵚崟山、嵚岑山。在河南洛宁北。山分东西二崤，中有谷道，坂坡陡峭，为古代军事要地。

②函谷：即函谷关。古关为战国秦置，在今河南灵宝境内。因其路在谷中，深险如函，故名。

③鹑野：也就是鹑首，十二星次之一。后来代指秦地，这里指长安四周的关中大地。

④龙山：此处指龙首山。唐朝大明宫建在龙首山。

⑤侯甸服：侯服和甸服。古时候王城外方圆一千里的区域叫作王畿，王畿外方圆五百里的区域叫作甸服，甸服外方圆五百里的区域叫作

侯服。

⑥五纬：指金、木、水、火、土五星。

⑦星躔：星宿的位置、次存。

⑧八水：又称八川。指关内泾、渭、灞、浐、涝、潏、沣及滈八条河流。

⑨地轴：传说中大地的轴，此处指大地。

⑩桂殿：指后妃所住的深宫。

⑪嶻岑：高险的样子。

⑫玉楼：传说中天帝或仙人的居所。此处指华丽的楼宇。

⑬椒房：后妃住的宫室。

⑭窈窕：深远的样子。

⑮金屋：这里指华美之屋。

⑯鸬鹚观：汉宫观的名字，汉武帝所建，在长安甘泉宫外。

⑰交衢：四通八达的道路。

⑱凤凰台：此处指宫苑中的楼台。

⑲剑履：即剑履上殿，皇帝特许的重臣上殿时可不解佩剑、不脱履，是一种殊荣。

⑳南宫：南边的宫殿。

㉑簪缨：古代显贵者的冠饰。比喻高官显宦。

㉒北阙：宫殿北边的门楼，为大臣等候朝见皇帝或上奏章的地方。

㉓寰宇：国家全境。

㉔文物：礼乐典章。

㉕昭回：星辰。

㉖钩陈：星官名，现多作"勾陈"。后代指后宫。

㉗兰戺：对台阶的美称。

㉘璧沼：璧池，古代学宫前的半月形的水池。

㉙槐市：汉代长安读书人聚会、贸易之市。因其地多槐而得名。

㉚铜羽：也就是铜乌。铜制的乌形测风仪器，也称相风乌。

㉛承露：指承露盘。为汉武帝所建，目的是接露水配合玉屑饮用以求仙。

㉜昆明水：也就是昆明池。

㉝朱邸：古代有功的诸侯才可以用朱门，故称王侯宅第为朱邸。

㉞平台：露天台榭。

㉟黄扉：高官办事的地方，以黄色涂门上，故称。

㊱戚里：外戚居住的地方。

㊲崇墉：高墙。

㊳鸣钟：谓钟鸣鼎食。形容富豪之家的生活。

㊴绮帐：华美的帷帐。

㊵青楼：涂饰青漆的楼房，为豪贵之家。

㊶宝盖：用珍宝装饰的华丽车盖。

㊷雕鞍：雕饰有精美图案的马鞍。

㊸金络：金饰的马笼头。

㊹兰窗：雕饰华美的窗户。

㊺绣柱：雕绘精致的柱子。

㊻璇题：玉饰的椽头。

㊼粉壁：指白色的墙。

㊽锵金鸣玉：金玉相撞之声，此处指宴会上载歌载舞的情景。

㊾陆贾分金：这里比喻贵族将家产分给子孙。出自《史记·郦生陆贾列传》："孝惠帝时，吕太后用事，欲王诸吕，畏大臣有口者，陆生自度不能争之，乃病免家居。以好畤田地善，可以家焉。有五男，乃出所使越得橐中装卖千金，分其子，子二百金，令为生产。"

㊿陈遵投辖：《汉书·游侠传·陈遵》："遵耆酒，每大饮，宾客满堂，辄关门，取客车辖投井中，虽有急，终不得去。"辖，古代马车轮子

上的小铁棍，用来使轮子不脱落。

(51)赵李：指西汉时的赵飞燕和李婕妤，二人都出身贫寒，过从甚密。

(52)萧朱：指萧育与朱博。西汉时人，此二人曾互为好友，后来产生嫌隙，成为友情难以善终的代表。

(53)丹凤朱城：即丹凤城，这里指代京城。

(54)绀幰：天青色车幔。

(55)珠弹：以珠作弹，比喻豪贵。

(56)银钩：银色或银质的帘钩。

(57)采桑路：指城南之路。

(58)轻肥：轻裘肥马的略语。

(59)罗敷：古代美女的名字，出自汉乐府《陌上桑》：“秦氏有好女，自名为罗敷。罗敷喜蚕桑，采桑城南隅。”

(60)使君：即汉时刺史。此处暗指《陌上桑》中欲向罗敷求亲遭拒的使君。

(61)同心：同心结。

(62)连理：不同根的草木、枝干连生在一起。此处指织出的花纹图案。

(63)桂尊：此处指珍贵的酒器。

(64)兰灯：古书记载中的一种精致灯具。

(65)九微：九微灯，一干九枝的豪华灯具，汉代皇帝祭神时所用。

(66)田窦：田蚡与窦婴。两人是汉初大臣，窦婴功勋卓著，一度权势极大，后权势渐衰，在与田蚡的权力斗争中失败被杀，次年田蚡也因病去世。

(67)卫霍：即卫青和霍去病，皆是抗击匈奴的名将。

(68)“未厌”句：还没有震压住金陵城的天子之气。厌金陵气，《三国志》裴松之注引《江表传》中记载，有人对秦始皇说，五百年后金陵（今江苏南京）有天子气，秦始皇为了压制金陵气脉，将金陵改名秣陵，并挖掘北山以绝其气势。厌，压。

(69)“先开”句：先开启了石椁上的铭文。石椁文，石椁上的铭文。《庄子·则阳》记载，灵公死，卜葬于故墓，不吉利，后卜葬于沙丘才吉利，挖掘到数仞之深，得到一个石椁，清洗干净后仔细看，发现上面有铭文：“不冯其子，灵公夺而里之。”椁，套在棺材外面的大棺材。

(70)张公子：指汉成帝的宠臣张放，得到赏赐无数，富贵无比。

(71)“灞亭”句：《史记·李将军列传》：“（李广）尝夜从一骑出，从人田间饮。还至霸陵亭，霸陵尉醉，呵止广。广骑曰：‘故李将军。’尉曰：‘今将军尚不得夜行，何乃故也！’止广宿亭下。居无何，匈奴入杀辽西太守，败韩将军，后韩将军徙右北平。于是天子乃召拜广为右北平太守。广即请霸陵尉与俱，至军而斩之。”

(72)“久留”句：《汉武故事》载，汉武帝曾乘辇经过郎署，见颜驷须发皆白，问他何时为郎。颜驷回答：“臣在文帝时为郎，文帝好文，而臣好武。到了景帝时，景帝好美，而臣丑陋。陛下您好少，而臣已老。因此臣三世不遇，故老于郎署。”汉武帝听后深受感动，任命他为会稽都尉。此处反用比典。郎署，宿卫侍从官的公署。

(73)“空扫”句：《史记·齐悼惠王世家》记载，魏勃年少时，想求见齐相曹参，家贫无力求人引荐，于是每天清晨在齐相舍人门外打扫，舍人奇怪，魏勃就请舍人引荐，舍人将魏勃引荐给曹参，曹参推荐他担任了齐国内史。此处反用此典。

(74)“黄雀”句：王莽篡权是白费力气。汉成帝时有歌谣：“桂树华不实，黄爵巢其颠。”黄爵即黄雀，暗指王莽。

(75)“青门”句：《三辅黄图·都城十二门》：“长安城东出南头第一门曰霸城门，民见门色青，名曰青城门，或曰青门。门外旧出佳瓜。广陵人邵平，为秦东陵侯，秦破为布衣，种瓜青门外，瓜美，故时人谓之‘东陵瓜’。”青门，汉长安城东南门。

⑯"脱粟"句：公孙弘为丞相后，故人高贺从之，公孙弘给他吃脱粟的粗米饭，给他盖布制的被子。高贺愤怒地对他说："故人富贵有何用？脱粟布被我自己也有。"公孙弘感叹道："宁逢恶宾，不逢故人。"这里反用此典，意谓显贵之后容易轻视故人。脱粟，糙米，只去皮壳、不精制的米。

⑰"灰死"句：《史记·韩长孺列传》："其后安国坐法抵罪，蒙狱吏田甲辱安国。安国曰：'死灰独不复然乎？'田甲曰：'然即溺之。'居无何，梁内史缺，汉使使者拜安国为梁内史，起徒中为二千石，田甲亡走。"

⑱"罗伤"句：《史记·汲郑列传》："下邽翟公有言，始翟公为廷尉，宾客阗门；及废，门外可设雀罗。翟公复为廷尉，宾客欲往，翟公乃大署其门曰：'一死一生，乃知交情。一贫一富，乃知交态。一贵一贱，交情乃见。'"

⑲马卿：汉司马相如字长卿，后人遂称其为马卿。

⑳文藻：文采，词采。

㉑"三冬"句：《汉书·东方朔传》记载，东方朔少无父母，由兄嫂抚养，十三岁时学书，"三冬文史足用"。三冬，三年。

㉒十年不调：此处用张释之的典故。汉文帝时，张释之为骑郎，十年不得调。实际上也暗喻诗人自己，骆宾王长期担任微职，始终没能升迁。调，升迁。

㉓邅回：困顿。

㉔"汲黯"句：典出《史记·汲郑列传》："始黯列为九卿，而公孙弘、张汤为小吏。及弘、汤稍益贵，与黯同位，黯又非毁弘、汤等。已而弘至丞相，封为侯；汤至御史大夫；故黯时丞相史皆与黯同列，或尊用过之。黯褊心，不能无少望，见上，前言曰：'陛下用群臣如积薪耳，后来者居上。'上默然。"

⑧ "孙弘" 句：比喻无人招贤纳士。孙弘，即公孙弘，汉武帝时为丞相，曾开东阁以延揽天下贤能之士。

⑧ "谁惜" 二句：有谁会惋惜长沙王太傅贾谊，不让他空负洛阳才子之名？长沙傅，指贾谊，曾任长沙王太傅。洛阳才，洛阳才子的简称，此处指贾谊。其为洛阳人，又有文名，故称。

译文

　　国家有千里山河，京都有九重门户。不曾目睹帝京的雄伟，哪里知道天子的尊贵呢？京都处在崤山和函谷关之间，长安四周的关中大地及龙首山都属于侯服和甸服。五星光影相连汇集于天空，八条河流分别奔流横贯大地。秦地有一百二十重关塞，汉家有三十六座离宫。桂殿高险正对着华丽的楼宇，椒房深远连接着华美之屋。大街小巷环绕着宫城，一到清晨千家万户依次把门打开。复道斜着通向鸡鹊观，四通八达的道路直抵凤凰台。重臣们剑履上殿进入南宫，高官显宦走出北阙。名声在国家全境传扬，在礼乐典章中如星辰一样闪耀。后宫有肃穆的台阶，璧池边上是热闹的槐市。铜乌预测着风云的变幻，铜柱高举承露盘接着从天而降的露水。文臣在天禄阁中校勘文章，武将在昆明池中练习水战。王侯宅第与露天台榭相接，黄扉靠近外戚居住的地方。露天台榭和外戚居住的地方都在高墙之内，他们钟鸣鼎食生活奢靡。娱乐之所有华美的帷帐的共三千户，道路旁边涂饰青漆的楼房足足有十二重。他们的车马装着宝盖、雕鞍、金饰的马笼头，他们住着有兰窗和雕刻有玉盘龙绣柱的房屋。绣柱上玉饰的椽头与白色的墙互相映衬，贵族的盛宴上响起金玉相撞之声。达官显贵大部分是皇帝身边的宠臣，清晨他们游览北里，黄昏时游览南邻。享受着陆贾分金一般的安逸，像陈遵投辖一样殷勤留客。他们如同赵飞燕和李婕妤那样过从甚密，如同萧育和朱博那样亲近。京城从白天

到夜晚，都有青牛拉着装有天青色车幔的车子在繁华之地穿梭。栽种着垂杨的道路上侠客以珠作弹，城南的路上娼妓们挂起银色的帘钩。娼妓们装扮时髦如同桃李一般娇艳，游侠轻裘肥马盛游京华。乐师和美人双双进入厅堂内，罗敷和使君带着千骑随从归来。用缦带打成同心结，衣服织成连理的图案。春天的早晨饮着珍贵的酒器中的百味美酒，秋天的夜晚点着精美的九微灯。鲜艳的帷幔和珠帘相互映衬，清雅的歌曲和琴瑟之声互相应和。还以为人生百年不会出现错误，到了五十岁的时候才明白四十九年都是错的。自古以来富贵就如同天空中飘浮的白云，人的一生祸福相依，难以分辨。才目睹田窦两家在争名夺利，不久听闻卫霍两人又建立功勋。还没有震压住金陵城的天子之气，就先开启了石椁上的铭文。豪门之内已经没有了富贵的张公子，灞亭还有谁敬重李将军。人生百岁需要有所凭借，世间万物皆会因时而变。桂枝的香气难以永远保存，柏梁台的饮宴现在在哪里呢？四季更替岁月变换，辛苦争来的名和利都是徒劳。长久地留在郎署难以遇到伯乐，替丞相打扫院门谁能看到我的才能？当时一旦夺得高位尽享荣华富贵，自认为千秋万代都能如此骄奢下去。突然生出翅膀乘着旋风飞上高空，不久就失去海浪的托举跌入泥沙之中。王莽篡权是白费力气，还不如像邵平那样在青门外种植瓜果。黄金会被火烧化，白丝会被染成其他颜色，一贵一贱才能看出真正的友情。曾经的红颜很快就会白发满头，显贵之后容易轻视故人。故人落魄失势，新结交的好友也会远离。韩安国成为死灰，翟公因门可罗雀受到伤害。算了吧，还是回去吧！司马相如以多文采而离蜀，扬雄博学多才却无仕宦门路。东方朔仅用三年时间读文史就足够用一生了，张释之十年没有得到升迁而困顿不堪。汲黯对君王用人后来者居上而心怀不满，公孙弘还没有打开东阁以延揽天下贤能之士。有谁会惋惜长沙王太傅贾谊，不让他空负洛阳才子之名？

赏 析

　　唐高宗上元三年（676 年），诗人从武功主簿转任明堂主簿前创作此诗，在京都广为传颂，当时的人"以为绝唱"。诗题又作《上吏部侍郎帝京篇》，是献给当时的吏部侍郎裴行俭的。"帝京"，即京都，帝王居住的都城。唐太宗曾著有《帝京篇》十首，主要描写了长安的人文地理的繁盛，抒发了帝王志足意满的情怀。此诗继续使用唐太宗创作的诗题。与之不同的是，诗人吸取了汉赋的特点，即用词铺张扬厉，运用了七言歌行的艺术手法，描绘了长安繁盛热闹的景象、上层社会极度奢靡的生活、皇亲国戚之间的互相排挤，表达了中下层有识之士怀才不遇的苦闷之情，在立意上脱离了这个题目只是歌功颂德的传统，富有现实精神，成为一篇佳作。

　　整首诗分成三个部分。第一部分是从诗的开头到"交衢直指凤凰台"，描述了京城繁华的景象。前四句用对句，高唱而入，写了唐王朝疆土之辽阔以及京都的"城阙"之雄伟、"皇居"之壮观。随后六句，诗人用铺陈的笔法描写了长安周围险固的千里山河，从宏观方面描绘出帝京的立体画面，是远景描写。其中"秦塞重关一百二，汉家离宫三十六"二句，加上后文的"且论三万六千是，宁知四十九年非"以及诗人其他作品中对叠用数字的喜爱，让诗人得到"卜算子""算博士"的称号，也是著名词牌《卜算子》的由来，颇为有趣。种种铺垫后，接下来六句开始描绘长安的近景：既有高大华丽的"桂殿""玉楼""椒房""金屋""鸩鹊观""凤凰台"，也有普通百姓居住的"三条九陌""万户千门"，道尽了长安的壮观、繁华，呼应着前文中的"皇居壮"三字。

　　第二部分是从"剑履南宫入"到"宁知四十九年非"，主要描绘了长安的上流社会，特别是皇亲国戚的奢靡生活，让读者看到他们是怎样随意挥霍底层劳动人民的劳动成果的。"贞观之治"开始，唐王朝进入了空前繁华的时期，也导致达官显贵们渐渐走向了豪奢之路，完全沉溺在钟鸣鼎

食、灯红酒绿的享乐之中。这一部分的描写也是分层次的，"剑履南宫人"以下十句基本上还是积极向上的，描写了享受殊荣的将相的昂扬气象。其中，"璧沼浮槐市""校文天禄阁"显示出长安文士的风流儒雅，"习战昆明水"则暗示出长安将领的赫赫武功。"朱邸抗平台"以下十六句，从各个方面描写了长安城中权贵的生活。举例来说，他们的饮食"炊金馔玉待鸣钟"，他们的交通工具"宝盖雕鞍金络马"，他们的住处"兰窗绣柱玉盘龙"……此外，"王侯贵人多近臣"显示出他们和皇帝的亲近关系，"赵李经过密，萧朱交结亲"揭示出他们之间相互勾结、盘根错节的关系，形成了一个错综复杂的体系，为后文指出他们互相排挤做了铺垫。"丹凤朱城白日暮"以下十四句，重点是描述上流社会的荒淫生活。"倡家桃李自芳菲，京华游侠盛轻肥"两句，概括性地写出长安城中娟妓和游侠的奢华生活，他们作为贵族的附庸，生活来源自然是那些"朝游北里暮南邻"的贵族。"同心结缕带，连理织成衣""翠幌珠帘不独映，清歌宝瑟自相依"，香艳奢靡。诗人对此感触颇深，便在随后两句中发出"且论三万六千是，宁知四十九年非"的慨叹，对整个社会风气的腐败表示了担忧。

第三部分为从"古来荣利若浮云"到结尾，诗人向权宦显贵敲响了警钟，其间还包含中下层有识之士的不得志与烦闷之情。"古来荣利若浮云，人生倚伏信难分"二句极为冷峻，诗人以"众人皆醉我独醒"的心态对那些达官显贵发出警告：自古以来富贵就如同天空中飘浮的白云，人的一生祸福相依，难以分辨。这与前文形成了鲜明的对比。接下来，诗人连连用典，用汉朝达官显贵间互相排挤的历史事实讽刺当今社会中这类人的尔虞我诈。他们倾尽一生追逐名与利，换来的却是"徒尔为"罢了。这不但表达了诗人对达官显贵的悲叹之情，同时也揭露了他们肮脏的灵魂。而让诗人更悲痛的是，上层社会仍沉溺在纸醉金迷之中，误以为可以永远享受下去。实际上他们就像田窦两家一样，都曾经煊赫无比，可转眼间一切荣耀都烟消云散。随后，诗人巧妙借用"久留郎署""空扫相门"两个典故，暗示自己滞留京都，空有满腹才华，却无人问津的烦闷，并对统治阶级"擅繁华"的得意忘形发出"莫自矜"的劝告；用桂树巢黄雀和柏梁台的湮废的历史事实来讽刺他们；用"倏忽抟风生羽翼，须臾失浪委泥沙"全面总结了统治阶级盛极必衰的历史规律，精练生动，刻画入微。不仅如此，诗人在第三部分还揭露了当时的浅薄人情与炎凉世态："黄金销铄素丝变，一贵一贱交情见。红颜宿昔白头新，脱粟布衣轻故人。"正因为人情淡薄，世态炎凉，诗人虽然身负扬雄、司马相如与贾谊之才，但遭遇的却是"三冬自矜诚足用，十年不调几遭回"的窘境，只能发出"已矣哉，归去来"的慨叹。全诗就在诗人怀才不遇的无尽慨叹中结束了，他把自己对社会的深沉感触和个人遭遇的满腔郁愤酣畅淋漓地倾泻出来，读者则可以从中体会到诗人奔放不羁的才情。

诗人在此诗中尽力描写了京都的雄壮瑰丽，但这只是用作陪衬。诗人旨在表现的是，繁荣昌盛的表象掩饰之下丑陋的社会现象以及中下层有识之士对繁荣昌盛的表象背后暗藏的社会危机的清醒认识。清朝人沈德潜评论这首诗说："作《帝京篇》，自应冠冕堂皇，敷陈主德。此因自己之不遇而言，故始盛而以衰飒终也。首叙形势之雄，宫阙之壮；次述王侯贵戚之奢僭无度；至'古来'以下，慨世道之变迁；'已矣哉'以下，伤一己之湮滞。此非诗之正声也。"（《唐诗别裁集》）沈氏对这首诗的布局、结构评论恰当，但对《帝京篇》立意来说，沈氏的评论还有不足之处。因此，清人陈熙晋说："此诗为上吏部而作，借汉家之故事，喻身世于本朝。本在抒情，非关应制。国风比兴，岂尚敷陈，《启》中已自言之矣。篇末自述遭回，毫无所请之意露于言表，显以贾生自负，想见卓荦不可一世之概。"（《骆临海集笺注》）《帝京篇》为一篇不可多得的杰作，它与卢照邻的《长安古意》并称为"长歌双璧"。诗人打破了传统诗教的枷锁，吸收了汉班固《两都赋》的艺术手法，先描述京城地势之胜，宫阙之雄伟，犹如"万里黄河东入海"之势，接下来思绪纷繁，以古喻今，铺陈时事，

揭发了京都中丑陋的社会现状及世态炎凉，诗的末尾直抒胸臆，如同神龙摆尾，气势雄壮有力。尤其是诗人在七言歌行的创作中巧用赋法，奠定了盛唐歌行的基础。

畴昔①篇

少年重英侠，弱岁②贱衣冠③。

既托寰中赏，方承膝下欢④。

遨游霸水曲，风月洛城端。

且知无玉馔，谁肯逐金丸⑤。

金丸玉馔盛繁华，自言轻侮季伦⑥家。

九陌⑦争驰千里马，三条竞骛⑧七香车。

掩映飞轩乘落照，参差步障⑨引朝霞。

池中旧水如悬镜，屋里新妆不让花。

意气风云倏如昨，岁月春秋屡回薄⑩。

上苑频经柳絮飞，中园几见梅花落。

当时门客今何在，畴昔交朋已疏索⑪。

莫教憔悴损容仪，会得高秋云雾廓⑫。

淹留坐帝乡，无事积炎凉。

一朝披短褐⑬，六载奉长廊⑭。

赋文惭昔马⑮，执戟叹前扬⑯。

挥戈出武帐⑰，荷笔入文昌⑱。

文昌隐隐皇城里，由来奕奕多才子。

潘陆⑲词锋骆驿飞，张曹⑳翰苑纵横起。

卿相未曾识，王侯宁见拟㉑。

垂钓甘成白首翁㉒，负薪何处逢知己㉓？

判将运命赋穷通，从来奇舛㉔任西东。

不应永弃同刍狗，且复飘飘类转蓬。

容鬓年年异，春华岁岁同。

荣亲未尽礼㉕，徇主欲申功。

脂车秣马㉖辞京国，策辔西南使邛僰㉗。

玉垒铜梁㉘不易攀，地角天涯㉙眇难测。

莺啭蝉吟有悲望，鸿来雁度无音息。

阳关㉚积雾万里昏，剑阁㉛连山千种色。

蜀路何悠悠，岷峰阻且修㉜。

回肠随九折，进泪㉝连双流㉞。

寒光千里暮，露气二江㉟秋。

长途看束马㊱，平水见沉牛㊲。

华阳旧地标神制㊳，石镜㊴蛾眉㊵真秀丽。

诸葛才雄已号龙㊶，公孙跃马轻称帝㊷。

五丁卓荦多奇力㊸，四士㊹英灵富文艺。

云气横开八阵形㊺，桥影遥分七星势㊻。

川平烟雾开，游戏锦城隈。

塘高龟望出㊼，水净雁文㊽回。

寻姝㊾入酒肆，访客上琴台。

不识金貂重，偏惜玉山颓㊿。

他乡冉冉消年月，帝里沉沉限城阙。

不见猿声助客啼，唯闻旅思将花发[51]。

我家迢递关山里，关山迢递不可越。

故园梅柳尚余春，来时勿使芳菲歇。

解鞍⁵²欲言归,执袂怆多违⁵³。

北梁俱握手,南浦共沾衣。

别情伤去盖,离念惜徂辉⁵⁴。

知音何所托,木落雁南飞。

回来望平陆,春来酒应熟。

相将菌阁⁵⁵卧青溪,且用藤杯⁵⁶泛黄菊。

十年不调为贫贱,百日屡迁随倚伏。

只为须求负郭田⁵⁷,使我再干⁵⁸州县禄。

百年郁郁少腾迁,万里遥遥入镜川⁵⁹。

吴江拂潮冲白日,淮海长波接远天。

丛竹凝朝露,孤山起暝烟。

赖有边城月,常伴客旌⁶⁰悬。

东南美箭称吴会⁶¹,名都隐轸⁶²三江外。

涂山执玉应昌期⁶³,曲水开襟重文会⁶⁴。

仙镝流音鸣鹤岭⁶⁵,宝剑分辉落蛟濑⁶⁶。

未看白马对芦刍⁶⁷,且觉浮云似车盖⁶⁸。

江南节序多,文酒屡经过。

共踏春江曲,俱唱采菱歌。

舟移疑入镜,棹举若乘波。

风光无限极,归楫碍池荷。

眺听烟霞正流眄⁶⁹,即从王事归舻转。

芝田花月屡裴回,金谷⁷⁰佳期重游衍⁷¹。

登高北望嗤梁叟⁷²,凭轼⁷³西征想潘掾⁷⁴。

峰开华岳耸疑莲,水激龙门急如箭。

人事谢光阴,俄遭霜露侵。

偷存七尺影,分⁷⁵没九泉深。

穷途行泣玉^⑦，愤路未藏金。

茹荼^⑦空有叹，怀橘^⑦独伤心。

年来岁去成销铄，怀抱心期渐寥落。

挂冠裂冕^⑦已辞荣^⑧，南亩东皋事耕凿。

宾阶客院常疏散，蓬径柴扉终寂寞。

自有林泉堪隐栖，何必山中事丘壑？

我住青门外，家临素浐^⑧滨。

遥瞻丹凤阙，斜望黑龙津^⑧。

荒衢通猎骑，穷巷抵樵轮。

时有桃源客，来访竹林人^⑧。

昨夜琴声奏悲调，旭旦含颦不成笑。

果乘骢马发嚣书^⑧，复道郎官禀纶诰^⑧。

冶长非罪曾缧绁^⑧，长孺然灰也经溺^⑧。

高门有阅^⑧不图封^⑧，峻笔^⑨无闻敛敷妙^⑨。

适离^⑨京兆谤^⑨，还从御史弹。

炎威资夏景^⑨，平曲^⑨况秋翰^⑨。

画地^⑨终难入，书空^⑨自不安。

吹毛^⑨未可待，摇尾且求餐^⑩。

丈夫坎壈^⑩多愁疾，契阔迍邅^⑩尽今日。

慎罚宁凭两造^⑩辞，严科^⑩直挂三章律^⑩。

邹衍衔悲系燕狱^⑩，李斯抱怨拘秦桎^⑩。

不应白发顿成丝，直为黄沙^⑩暗如漆。

紫禁^⑩终难叫，朱门不易排^⑩。

惊魂闻叶落，危魄逐轮埋^⑪。

霜威遥有厉，雪枉遂无阶^⑪。

含冤欲谁道，饮气独居怀^⑪。

忽闻驿使发关东，传道天波万里通。

涸鳞去辙^⑭还游海，幽禽释网^⑮便翔空。

舜泽尧曦^⑯方有极，逸言巧佞^⑰无穷。

谁能跼迹^⑱依三辅^⑲？会就商山访四翁^⑳。

注释

①畴昔：往昔，往日。

②弱岁：即弱冠。古时男子二十岁行冠礼，故用以指男子二十岁左右的年龄。弱，年少。

③贱衣冠：轻视仕途。

④"既托"二句：居住在京城，承欢父母膝下。寰中，天下，这里指京城。膝下，指在父母身边。

⑤"且知"二句：知道自己家境贫困，但哪里肯去阿附权贵？玉馔，精美的饮食。逐金丸，用汉武帝宠臣韩嫣典故，出自晋葛洪《西京杂记》："韩嫣好弹，常以金为丸，所失者日有十余。长安为之语曰：'苦饥寒，逐金丸。'京师儿童每闻嫣出弹，辄随之，望丸之所落，辄拾焉。"

⑥季伦：即西晋富豪石崇，字季伦。

⑦九陌：与下句的"三条"均指长安的街道。

⑧骛：纵横奔驰。

⑨步障：遮蔽在道旁的屏障。典出《世说新语·汰侈》："君夫（王恺）作紫丝布步障碧绫裹四十里，石崇作锦步障五十里以敌之。"

⑩回薄：循环往复。

⑪疏索：稀少。

⑫云雾廓：云消雾散。

⑬短褐：粗布短衣，为平民的服饰。

⑭奉长廊：指在道王李元庆的府中任职。长廊，代指道王府。

⑮马：指西汉辞赋家司马相如，曾任郎官。

⑯"执戟"句：美慕曾做过执戟郎的扬雄的文采。执戟，指执戟侍奉皇帝的郎官，扬雄曾任执戟郎。

⑰武帐：备有兵器的帷帐，是帝王所用。

⑱文昌：即文昌殿，供奉主管功名、禄位的文曲星，这里代指弘文馆。

⑲潘陆：指西晋文学家潘岳和陆机，这里代指文人学士。

⑳张曹：指东汉文学家张衡和三国魏文学家曹植。

㉑拟：考虑，注意。

㉒"垂钓"句：指商朝末年姜子牙七十岁（一说八十岁）时垂钓渭水，被周文王重用之事。

㉓"负薪"句：指西汉时期朱买臣以砍柴为业，常背着柴读书，后来当上了九卿之一的主爵都尉之事。

㉔奇舛：命运不顺。

㉕"荣亲"句：未尽到荣亲的礼节。荣亲，即仕途有成，令父母感到荣耀。

㉖脂车秣马：出使巴蜀之事。脂车，在车轴上涂油脂，以备远行。秣马，喂饱马。

㉗邛僰：今四川邛崃、宜宾一带，借指西南边远地区。

㉘玉垒铜梁：山名，即四川都江堰境内的玉垒山和重庆铜梁区境内的小铜梁山。

㉙地角天涯：指四川成都境内的地角石和天涯石。南宋张世南《游宦纪闻》："顷在成都，尝闻有天涯地角石。暇时访古，及阅图志，乃知天涯石在中兴寺。耆老传云：'人坐其上，则脚肿不能行。至今人不敢践履及坐其上。……地角石旧有庙，在罗城内西北角，高三尺余。王均之乱，为守城者所坏，今不复存矣。"

㉚阳关：战国时巴国三关之一，在今重庆境内。

㉛剑阁：指今四川剑阁剑门山上的剑门关及其栈道，以险峻著称。

㉜修：长。

㉝迸泪：泪如泉涌。

㉞双流：今四川成都双流区，这里指双流区内的两条河流。

㉟二江：指汶江和流江，在四川成都境内。

㊱束马：越过险阻时包裹马脚，防止跌滑。

㊲沉牛：把石制犀牛沉入水中，祭祀山川林泽。出自北魏郦道元《水经注·江水》："李冰昔作石犀五头，以厌水精，穿石犀渠于南江，命之曰犀牛里。后转犀牛二头，一头在府市桥门，一头沉之于渊也。"

㊳"华阳"句：蜀地山川秀丽，表明大自然创造化育的神奇。华阳，华山之阳，代指蜀地。标，表明。

㊴石镜：石镜寺内的蜀王妃冢侧有石，光滑如镜，故址在今四川成都武担山上。

㊵蛾眉：疑指蜀王妃，相传其美而艳，为山精所化。

㊶"诸葛"句：诸葛亮有雄才大略，自号卧龙。

㊷"公孙"句：公孙述跃马驰骋，轻易称帝。化用西晋左思《蜀都赋》："公孙跃马而称帝，刘宗下辇而自王。"公孙，公孙述，字子阳，东汉初扶风茂陵（今陕西兴平东北）人，出身官宦家庭，王莽末年任导江卒正（蜀郡太守）。当时天下大乱，公孙述割据蜀地，公元25年自立为帝，国号成家（一作大成或成），建元龙兴。光武帝建武十二年（36年），东汉大司马吴汉攻破成都，公孙述战死。

㊸"五丁"句：用传说中古蜀国五名勇士的典故。《水经注·沔水》记载："秦惠王欲伐蜀而不知道，作五石牛，以金置尾下，言能屎金，蜀王负力，令五丁引之成道。秦使张仪、司马错寻路灭蜀，因曰石牛道，厥盖因而广之矣。"卓荦，卓越。

㊹四士：指汉代蜀中四位名士，司马相如、严君平、王褒、扬雄。

㊺八阵形：八阵图，是诸葛亮创制的一种作战阵法。

㊻“桥影”句：晋常璩《华阳国志·蜀志》：“西南两江有七桥……长老传言，李冰造七桥，上应七星。”七星，即北斗七星。

㊼“墉高”句：用《元和郡县图志》中益州城建立时的故事，书中记载该城为“秦惠王二十七年（前311年）张仪所筑。初，仪筑城，屡颓不立，忽有大龟周行旋走，巫言依龟行处筑之，遂得坚立”。墉，城墙。

㊽雁文：即雁阵。大雁列阵飞行时像文字，故称雁文。

㊾姝：美人。

㊿玉山颓：指酒醉的样子。化用《世说新语·容止》：“其（指嵇康）醉也，傀俄若玉山之将崩。”

(51)旅思将花发：指由于花开想要返回京城。

(52)解鞅：驻马。鞅，套在马脖子上用来驾轭的皮带。

(53)多违：多次离别。

(54)徂辉：落日的光辉。

(55)菌阁：香阁。菌，薰草。

(56)藤杯：用藤实制成的酒杯。唐王睿《炙毂子》：“藤实杯出西域，藤大如臂，叶似葛花，实如梧桐，实成坚固，皆可酌酒。”

(57)负郭田：城郊的田地。出自《史记·苏秦列传》，苏秦曾说：“此一人之身，富贵则亲戚畏惧之，贫贱则轻易之，况众人乎！且使我有雒阳负郭田二顷，吾岂能佩六国相印乎！”

(58)干：求。

(59)镜川：镜湖，即今浙江绍兴的鉴湖。

(60)客旌：使者所持的旌节。这里指诗人从长安出使吴越。

(61)“东南”句：指会稽（今江苏苏州一带）盛产箭竹。出自《尔雅·释地》：“东南之美者，有会稽之竹箭焉。”

(62)隐轸：繁华富足的样子。

(63)“涂山”句：像大禹在涂山大会诸侯时那样昌盛兴隆。《左传·哀公七年》："禹合诸侯于涂山。执玉帛者万国。"涂山，指会稽山。昌期，昌盛兴隆。

(64)"曲水"句：指王羲之等东晋名士参与的兰亭之会。王羲之《兰亭集序》："引以为流觞曲水，列坐其次。"

(65)"仙镝"句：化自南朝宋孔灵符《会稽记》："射的山南，有白鹤山。此鹤为仙人取箭。"镝，箭头，指箭。鹤岭，指白鹤山，在浙江绍兴南。

(66)"宝剑"句：化用西晋周处斩蛟一事，出自《世说新语·自新》，周处，字子隐，义兴阳羡（今江苏宜兴）人，原本为患乡里，与南山跛虎、长桥下蛟龙并称"三害"，其中周处为害最大。周处上山射虎，又下水斩蛟，得知乡亲们因误以为自己已死而庆祝，遂改过自新，成为一代名将。濑，流得很急的水。

(67)白马对芦刍：典出北宋乐史《太平寰宇记》，孔子与弟子颜回登上鲁东山，遥望千里之外的阊门（苏州古城西门），对颜回说："你看到了什么？"颜回回答："看到了一匹白练，前面有一片蓝色的东西。"孔子说："哦，那是白马和卢刍。"派人到苏州去看，孔子果然说对了。芦刍，芦苇秆。

(68)"且觉"句：化自三国魏曹丕《杂诗二首·其二》："西北有浮云，亭亭如车盖。惜哉时不遇，适与飘风会。吹我东南行，行行至吴会。"

(69)流眄：目光流转。

(70)金谷：指金谷园，西晋富豪石崇所建园林，极尽奢华，故址在今河南洛阳东北。

(71)游衍：畅游。

(72)梁叟：东汉隐士梁鸿。《后汉书·逸民传》载，梁鸿是扶风平陵（今陕西咸阳）人，曾路过京师洛阳，作《五噫之歌》，汉章帝听后知道他是贤人，派人寻找他，他改换姓名去了齐鲁，后在吴地终老。

(73)轼：古代马车上方前端的横木，供人乘车时扶着。

(74)潘掾：即潘岳，曾任太傅杨骏的掾吏。杨骏被诛杀后，潘岳任长安令，曾作《西征赋》，其中有"潘子凭轼西征"句。

⑦⑤分：同"忿"，愤恨。

⑦⑥泣玉：出自《韩非子·和氏》，楚人卞和得到一块玉璞（含玉的石头），献给楚厉王，厉王让玉匠看，说是石头，卞和被认为欺骗君主，砍去左脚。其后又献玉给楚武王，玉匠又说是石头，因而被砍去右脚。楚文王即位后，卞和抱玉璞在楚山下哭了三天三夜，文王让人去问，卞和说了经过，文王让人剖开玉璞，得到了一块无与伦比的美玉，制成玉璧后，就是著名的和氏璧。

⑦⑦茹荼：即吃苦，受尽苦难。茹，吃。荼，苦菜。

⑦⑧怀橘：指陆绩怀橘之事。典出《三国志·吴书·陆绩传》："绩年六，于九江见袁术。术令人出橘食之。绩怀三枚，临行拜辞术，而橘坠地。术笑曰：'陆郎作客而怀橘，何为耶？'绩跪下对曰：'是橘甘，欲怀而遗母。'"

⑦⑨挂冠裂冕：主动辞官。

⑧⓪辞荣：辞去荣名。

⑧①素浐：浐水，流经长安，进入渭水。

⑧②黑龙津：长安附近龙首山边的一条河。

⑧③竹林人：即魏晋之交时的名士阮籍、嵇康、山涛、向秀、阮咸、王戎与刘伶，常在竹林内饮酒谈玄，并称"竹林七贤"。

⑧④"果乘"句：指自己被御史弹劾之事。乘骢马，东汉御史桓典为人正直、不避权贵，常骑骢马，京师流传"行行且止，避骢马御史"的民谣，这里代指御史。嚚书，谗毁之书，这里指御史的弹劾奏章。

⑧⑤纶诰：皇帝的诏命。

⑧⑥"冶长"句：孔子的弟子公冶长曾无辜被关进监狱，孔子把自己的女儿嫁给了他。出自《论语·公冶长》："子谓公冶长：'可妻也。虽在缧绁之中，非其罪也。'以其子妻之。"

⑧⑦"长孺"句：用西汉名臣韩安国"死灰复燃"一事。

⑧⑧高门有阀：指仕宦之家。阀，阀阅，指有功勋的世家、巨室，泛指门第。

⑧⑨不图封：不图谋封侯。这里反用于定国之典，是说审理自己案件的权贵制造冤狱，不为子孙积阴德。《汉书·于定国传》载，于定国的父亲于公说自己治狱时多有阴德，没有冤枉过人，子孙必然发达。其子于定国任丞相，其孙于永任御史大夫，封侯传世。

⑨⑩峻笔：执法之笔，这里指弹劾的奏章。

⑨①敷妙：敷陈巧妙的言语，这里指罗织罪状。

⑨②离：通"罹"，遭到。

⑨③京兆谤：指诽谤诗人在长安主簿任上贪污。长安县属京兆府。

⑨④"炎威"句：炎热的威严依靠的是夏天的太阳，比喻朝中的权贵借君主的宠信权势熏天。

⑨⑤平曲：表面上依法办事，实际上罗织罪状、制造冤狱。

⑨⑥秋翰：秋天鸟新生的长而硬的羽毛，比喻朝中新贵。

⑨⑦画地：画地为牢。典出司马迁《报任少卿书》："故士有画地为牢，势不可入，削木为吏，议不可对，定计于鲜也。"

⑨⑧书空：用东晋殷浩之事。《世说新语·黜免》："殷中军被废，在信安，终日恒书空作字。扬州吏民寻义逐之，窃视，唯作'咄咄怪事'四字而已。"

⑨⑨吹毛：吹毛求疵。

⑩⑩"摇尾"句：比喻自己因迫于权势威压而暂时屈服。出自司马迁《报任少卿书》："猛虎在深山，百兽震恐。及在槛阱之中，摇尾而求食，积威约之渐也。"

⑩①坎壈：困顿，不平。

⑩②契阔迍邅：劳苦困顿。出自沈约《与徐勉书》："契阔迍邅，困于朝夕。"

⑩两造：指诉讼双方。

⑩严科：严厉的法律。

⑩三章律：约法三章，代指简约的法律。《史记·高祖本纪》："（刘邦）与父老约法三章耳：杀人者死，伤人及盗抵罪。"

⑩"邹衍"句：东汉王充《论衡》中记载，战国阴阳家邹衍在燕国做官，曾无辜被燕惠王拘禁，他在狱中仰天长叹，五月中天为之降霜，后洗刷冤屈被释放。

⑩"李斯"句：《史记·李斯列传》记载，李斯是帮助秦始皇一统天下的名相，秦始皇死后与赵高勾结立胡亥为帝，因争权被赵高陷害下狱，被腰斩于咸阳。

⑩黄沙：监狱名，代指当时的吏治。

⑩紫禁：皇宫的别称。

⑩排：推开。

⑪"危魄"句：忧惧的内心希望有人弹劾权臣、搭救自己。轮埋，埋轮，《后汉书·张纲传》记载，东汉大臣张纲被选为特使巡察各地吏治，他在洛阳城郊将车轮埋起来，说："豺狼当路，安问狐狸。"于是上书弹劾权势熏天的梁冀等朝中权贵。

⑫"雪枉"句：指没有办法为自己平冤昭雪。诗人虽然遇大赦出狱，但他被诬告的罪名并没有得到洗刷。

⑬"饮气"句：把怨气往肚子里咽。

⑭涸鳞去辙：比喻遇赦。典出《庄子·外物》："周昨来，有中道而呼者，周顾视车辙，中有鲋鱼焉。"

⑮幽禽释网：用商汤"网开一面"的典故。出自《史记·殷本纪》："汤出，见野张网四面，祝曰：'自天下四方，皆入吾网。'汤曰：'嘻，尽之矣！'乃去其三面。祝曰：'欲左，左；欲右，右。不用命，乃入吾网。'"

⑯舜泽尧曦：指圣明君主的恩泽。

⑪傥：同"倘"，或许。

⑱跼迹：局限自己的行迹，指小心谨慎。跼，曲身。

⑲三辅：指京畿一带。汉代长安附近有京兆、左冯翊、右扶风三个地区，称三辅。

⑳"会就"句：意即打算辞别官场隐居。商山，在今陕西商洛东南。四翁，即商山四皓，东园公、夏黄公、绮里季与甪里先生的并称，均为汉初隐士。

译文

　　我少年时期喜欢游侠，弱冠时轻视仕途。居住在京城，承欢父母膝下。在霸陵边曲折的水滨遨游，在洛阳城头观赏风月美景。知道自己家境贫困，但哪里肯去阿附权贵？玉馔金丸虽然极尽繁华，但我依然轻视像石崇一般豪富的人家。长安的九条大道上千里马竞逐，三条通衢中七香车纵横驰骋。互相掩映的轻便小车在落日下飞驰，遮蔽在道旁的高高低低的屏障连接着朝霞。池中的水像悬起来的镜子，屋中美人的新妆不输鲜花。当年的意气风发、叱咤风云倏忽间过去，四季一再循环往复。多次见到上苑中的柳絮纷飞，几次看到园中的梅花落下。当年的门客如今在何处，过去的朋友已经日渐稀少。别让憔悴损害了我的容颜，总会有秋日晴朗、云消雾散的时候。我被羁留在京都无事可做，见惯了世态炎凉。一朝穿上粗布短衣，六年在道王府任职。写文章愧不如昔日的司马相如，也羡慕曾做过执戟郎的扬雄的文采。挥戈进出帝王的帷帐，带着笔进入了弘文馆。弘文馆藏在皇城之内，那里向来有无数的才子。文人学士的文辞像潘岳、陆机一样连续不断，文苑中屡屡有张衡、曹植一样的人才纵横。朝中卿相都不认识我，王侯面前我怎会引人注意。我想像姜太公一样垂钓渭滨，又想像朱买臣一样负薪读书，到哪里能遇到知己？豁出去将穷困或通达交给命运决定，从来命运不顺的人注定东西漂泊。觉得不应该被视为轻贱之物永远抛弃，为追求功业暂且像飞蓬一样到处飘转。容貌和鬓发年年变化，春光却每年都一样。未尽到荣亲的礼节，想要为皇帝献身建立功业。在车轴上涂好油脂并喂饱马后告别京师，驱动车驾向西南出使邛僰。玉垒山和小铜梁山难以攀登，地角石和天涯石在远不可测的地方。我在黄莺和蝉的鸣叫声中悲伤北望，大雁飞来却没有亲人的消息。阳关雾气弥漫、万里昏沉，剑门关与山相连、异彩纷呈。蜀道多么悠远，岷山高峻绵长。我的愁绪像九折坂一样不断翻腾回转，泪如泉涌滴入了两条河流。寒光闪烁，千里之地暮气沉沉；露气凝结，汶江和流江上一片秋色。前路险峻难行，行人包裹马脚，透过平坦的水面看到了祭祀时沉入的石犀牛。蜀地山川秀丽，表明大自然创造化育的神奇，蜀王妃的石镜多么秀丽。诸葛亮有雄才大略，自号卧龙；公孙述跃马驰骋，轻易称帝。卓越的五丁力大无比，蜀中四士的文采流芳后世。云气横着展开好像八阵图，桥的影子远远地划分为七星的样式。水波平坦、烟雾散去，在成都城边游玩。高高的城墙建在当年大龟走过的地方，护城河流水澄净，大雁列阵飞回。到酒楼之上寻找美人，去琴台之上访问贤士。不知道金貂的贵重，只珍惜酒醉的样子。在他乡消磨岁月，京师被高高的城阙阻隔。没有看到猿为帮助游子表达哀思而啼叫，只知道由于花开想要返回京城。我的家乡在遥远的关山之内，关山遥远难以翻越。家乡的梅花和柳叶还没有落尽，春天到来不要让美丽的景色消失。驻马想要回乡，拉着友人衣袖因多次离别而伤悲。在北梁握手言别，在南浦泪洒衣襟。离别之情因车子远去而更加伤感，离别之念使人爱惜落日的光辉。与知音离别的悲伤何处寄托？只见树叶落下、大雁南飞。归来后看着平坦的陆地，春天到了美酒也酿好了。与友人携手香阁、醉卧清溪，用藤杯来饮黄菊酒。十年不升迁生活日益贫贱，百天之内屡次移官、祸福相倚。只是为了得到城郊的数亩良田，让我再次前往州郡求官。一生抑郁很少升迁，万里迢迢来到镜湖边。钱塘江大潮奔涌、直冲白日，

淮海长长的波涛与远处的天空相接。一丛丛竹子上凝着朝露，孤山之上升起了傍晚的烟霭。幸好有边城的明月，高悬着伴随我的旌节。地处东南的会稽郡盛产箭竹，是三江外繁华富足的名都。像大禹在涂山大会诸侯时那样昌盛兴隆，在曲水畔重新敞开衣襟以文会友。神箭的声音还在白鹤山飘荡，宝剑闪耀着光辉在急流中斩杀蛟龙。还没见到阊门前的白马和芦刍，只觉得自己驾着车像浮云一样四处飘浮。江南节令很多，屡次饮酒赋诗庆祝。与他人共同踏歌《春江曲》，一起唱《采菱歌》。小舟移动仿佛进入镜子中，摇动船桨像是乘着波浪前行。风光无限美好，归舟的桨被荷叶妨碍。正在目光流转欣赏烟霞，就忙于王事乘舟返京。花开的时节徘徊在芝田中，美好的日子里畅游在金谷园内。登高北望嘲笑梁鸿，扶着横木西行想到潘岳。高耸的华山像莲花一般，龙门的水像极速飞行的箭。人事随着光阴更替，突然遭遇霜露的侵袭。苟且保存生命，愤恨直达九泉。怀抱美玉在路的尽头哭泣，愤恨仕途上没有为后人留下财富。受尽苦难唯有长叹，想要怀橘孝亲却只能独自伤心。岁月交替日益消瘦，胸怀、愿望逐渐稀少。挂冠离职辞去荣名，回到田间从事耕作。迎宾台阶、待客院落萧条无人，乱草小径、茅草房屋多么寂寞。林泉之下也可以隐居，何必到丘壑丛生的山中？我住在青门之外，家在浐水之滨。远远望见皇宫，斜靠着黑龙津。荒路上有打猎的骑士来往，穷巷之内有拉柴的车到来。时而有寻访桃源的隐士，来探望我这个竹林贤士般的人。昨夜弹琴奏起悲伤的曲调，今早皱起眉头没有笑容。御史果然发出弹劾我的奏章，又说郎官奉了皇帝的诏命来逮捕我。我像公冶长一样无辜入狱，像韩安国一样成为经溺的死灰。仕宦之家不图谋封侯，弹劾的奏章不加收敛地罗织罪状。刚刚遭到长安主簿任上的诽谤，又遭遇御史府的弹劾。炎热的威严依靠的是夏天的太阳，况且制造冤狱的又是朝中的新贵。就算画地为牢君子也耻于进入，无端入狱的咄咄怪事让我心不自安。无法应付狱吏的吹毛求疵，因迫于权势威压而暂时屈服。大丈夫因不平、悲愁而生病，劳苦困顿直至今日。本来应该凭诉讼双方的言辞谨慎处刑，严厉的法律让我挂念当年简约的约法三章。邹衍悲伤地被关进燕国的监狱，李斯怀恨困在秦国的桎梏中。头发本不该顿时变白，只是因为黄沙狱像漆一样黑暗。鸣冤之声终归难以到达皇宫，也不易推开朱门求得帮助。听到叶落之声惊慌失措，忧惧的内心希望有人弹劾权臣、搭救自己。刑法肃杀严厉，没有办法为自己平冤昭雪。满腹冤屈向谁说，只能把怨气往肚子里咽。忽然听闻驿使从关东而来，传令皇帝的恩泽普施万里之内。幸而像鲋鱼离开涸辙游回大海，禽鸟挣脱罗网飞上高空。圣明君主的恩泽是有限的，小人的谗言或许是无穷的。谁能在京畿一带局限自己的行迹？不如辞官隐居，到商山拜访四皓。

赏 析

这是诗人现存诗篇中规模最宏大的一篇，记述的是自己半生的坎坷经历。仪凤三年（678 年），诗人在百天之内由武功主簿转长安主簿，又升任侍御史，这是他一生仕途的顶点，却是一场悲剧的开端。他被诬陷在长安主簿任上贪污，在当年的冬天入狱。次年遇赦出狱，创作了这首长篇叙事诗。诗中描写自己大半生辗转奔波、沉沦下僚的不幸遭遇，尽情抒发了怀才不遇的愤慨，客观上揭露了封建统治者对人才的压抑。

诗的开头，从"少年重英侠"至"会得高秋云雾廓"，写的是诗人少年时的豪气，以及早年在长安任职时的见闻。诗人生性重侠好义、不附权贵，"且知无玉馔，谁肯逐金丸。金丸玉馔盛繁华，自言轻侮季伦家"四句，突出体现出诗人的性格：知道自己家境贫困，但哪里肯去阿附权贵？玉馔金丸虽然极尽繁华，但我依然轻视像石崇一般豪富的人家。这种节操令人敬佩，但桀骜不羁的个性也是他一生仕途蹭蹬、怀才不遇的重要原因。特别是在门第观念较重的初唐，读书人的命运往往掌握在权贵之手，但诗人却不肯去阿附权贵，自然得不到进身之阶。于是，虽然"岁月春秋屡回薄",但他依然沉沦下僚,以致"当时门客""畴昔交朋"都离他远去,让年轻的诗人对世态炎凉有了一次较为深刻的体会。此外,长安的繁华景象和豪奢气派,是诗人实际生活的侧面写照,因此有研究者推测诗人早年在长安担任的是权贵的府掾之类的官职。

"淹留坐帝乡,无事积炎凉"二句,写自己第一次被罢官之后,经历了一段"淹留""无事"的日子,随后"一朝披短褐,六载奉长廊",当上了道王李元庆的府属,时间长达六年(一说在第一次失官之后,滞留长安、漫游齐鲁并隐居江南长达六年,随后才进入了道王府)。在道王府,他也有升迁的机会,但又因自己的性格错过了。特别是最后一年中,道王让他陈述自己的才能,他却"耻于自炫",离开了道王府。之后,他当上了掌管朝会祭祀之事的奉礼郎,并兼任东台详正学士,就职于弘文馆。"赋文惭昔马,执戟叹前扬"二句,借同任郎官的两位杰出文学家来隐喻自己对奉礼郎这一微职的不满。"挥戈出武帐,荷笔入文昌。文昌隐隐皇城里,由来奕奕多才子。潘陆词锋骆驿飞,张曹翰苑纵横起"六句,写弘文馆中才子济济一堂的盛况,例如年轻的杨炯,此时就在弘文馆中。

"卿相未曾识"到"徇主欲申功",写自己年事渐高但依然壮志未酬的悲愤。诗人在奉礼郎兼东台详正学士任上的时间也不久,仅三年左右就再次被罢官。此时他发已斑白,不由得羡慕起晚年发迹的姜子牙和朱买臣。但是心高气傲的诗人并没有气馁,而是自信"不应永弃同刍狗",下定决心梗泛萍飘、从军边塞。在西域的经历,在诗人一生中非常重要,但是由于适逢兵败,他困居西域近三年之久,生活困顿、前途渺茫、欲归不得,觉得不堪回首,从而将其一笔带过。其中"容鬓年年异,春华岁岁同"二句,写尽物是人非、年华老去却依然怀才不遇的伤感。

"脂车秣马辞京国"到"偏惜玉山颓",写的是诗人离开西域后,前往西南军中,又到蜀中从军的经历。对蜀道艰难的描写,险峻而不失优美。他在蜀中的时间并不比西域久,但由于蜀中物产丰富、风光旖旎、陈迹众多,与西域形成极为鲜明的对比，所以诗人用了很多笔墨来写自己的蜀中游踪。从"他乡冉冉消年月"到"木落雁南飞"，集中描写自己在蜀中时的强烈思乡之情以及奉朝廷诏命回长安前与蜀中知交诗友告别时的动人场景。其中"解鞅欲言归，执袂怆多违。北梁俱握手，南浦共沾衣。别情伤去盖，离念惜徂辉。知音何所托，木落雁南飞"八句，对仗工整，意象悲凉，宛如一首杰出的五律送别诗。

"回来望平陆"到"使我再干州县禄"，写的是上元二年（675 年），诗人风尘仆仆地回到长安。他已经十年没有升迁，得到的依然是州郡小吏的官职。因此，他这一时期的诗歌中屡次发出"十年不调"的哀叹，内心的郁勃悲苦、命运的坎坷不幸，引发读者的深切同情。"百日屡迁"四字，是说自己在上元三年（676 年）初的短短三个来月的时间里，由武功主簿调任明堂主簿，并奉命出使江南的经历。

从"百年郁郁少腾迁"到"水激龙门急如箭"，写的是诗人自长安奉使吴越之地的经历。过了这么久的"飘飘类转蓬"的生活，诗人终于得到返回江南故土的机会，他的内心还是非常兴奋的，所以详细描写了这段旅程，特别是沿途的美好景色。诗人这次出使的使命是什么已不可考，完成使命后他经吴越、过洞庭、游洛阳，然后返回长安，心情还是比较惬意的，诗句中也流露出罕有的轻松氛围，舒缓了全诗的节奏，同时为后文境况的大起大落起到缓冲作用。

"人事谢光阴"到"来访竹林人"，写的是诗人出使江南归来后，遭遇到人生一大不幸——他的母亲去世了。他的父亲在他不满二十岁时就去世了，在他坎坷漂泊的半生中，母亲一直是他的一个重要的精神支柱，前文中"荣亲未尽礼""怀橘独伤心"等句，就侧面显示出诗人和母亲的亲密感情。为母亲守丧时，诗人离群索居，像是一位真正的隐士，并因积劳、悲痛成疾，大病一场。

"昨夜琴声奏悲调"到"饮气独居怀"，写诗人在守丧期满后，终于

升任侍御史，这是一个官阶虽然不高，但是权力却不小的官职。骆宾王依然不改本色，频繁上书指斥权贵，甚至讽谏一手遮天的武后，结局可想而知——他被罗织罪名，关入了监狱。在狱中一年的时间里，他并没有"悔过"，而是坚持自我，并创作出《在狱咏蝉》等杰出作品。"冶长非罪曾缧绁，长孺然灰也经溺""炎威资夏景，平曲况秋翰"等句，显示出他内心极度的怨怒和不满。

结尾八句，写诗人遇赦时的喜悦以及今后的打算，诗人已对官场心灰意冷，打算隐居。全诗到此戛然而止，可见本诗创作于获释之际。"谁能跼迹依三辅"一句极为心酸，京城之中陷阱遍地，一不小心就会获罪，诗人觉得以自己的性格，很难在这样的环境中保全自己，可谓一语成谶。此次诗人虽然获释，冤屈并没有被彻底洗刷，他又被贬为小小的临海县丞，回到了仕途的起点。这场冤狱，是数年后诗人加入起义军的重要原因，这首诗则有助于我们研究诗人加入起义军的心理动机。

这首诗是骆宾王的代表作，全诗采用铺张扬厉的赋法，五、七言交错运用，参差灵活，音韵和谐，语言流畅多致。整体风格典丽凝重，情调沉郁激越。全诗熔叙事、描写、议论、抒情于一炉，内容的剪裁取舍有详有略。诗中鲜明体现出诗人善于隶事用典的特色，但个别用典过于晦涩。这首诗作为对唐人长篇歌行的开拓有发轫之功的杰作，对后世诗人的影响非常深远。明代学者胡应麟在《诗薮·内篇》中说："四言之赡，极于韦孟。五言之赡，极于焦仲卿妻。杂言之赡，极于木兰。歌行之赡，极于畴昔、帝京。排律之赡，极于岳州、夔府诸篇。虽境有神妙，体有古今，然皆叙事工绝。诗中之史，后人但知老杜，何哉？"将此诗称为"歌行之赡"，誉为"诗中之史"，极为推崇。此外，此诗对研究骆宾王生平行踪来说是不可或缺的珍贵资料，史学价值也很高。

艳情代郭氏答卢照邻

迢迢芊路①望芝田②，眇眇函关③限蜀川。

归云已落涪江外，还雁应过洛水廛④。

洛水傍连帝城侧，帝宅层甍垂凤翼⑤。

铜驼路⑥上柳千条，金谷园中花几色。

柳叶园花处处新，洛阳桃李⑦应芳春。

妾向双流窥石镜，君住三川⑧守玉人⑨。

此时离别那堪道，此日空床对芳沼。

芳沼徒游比目鱼⑩，幽径还生拔心草⑪。

流风回雪⑫傥便娟⑬，骥子鱼文⑭实可怜。

掷果河阳⑮君有分，货酒成都⑯妾亦然。

莫言贫贱无人重，莫言富贵应须种⑰。

绿珠⑱犹得石崇⑲怜，飞燕⑳曾经汉皇㉑宠。

良人㉒何处醉纵横，直如循默㉓守空名。

倒提新缣成慊慊，翻将故剑作平平㉔。

离前吉梦成兰兆㉕，别后啼痕上竹㉖生。

别日分明相约束，已取宜家成诫勖㉗。

当时拟弄掌中珠㉘，岂谓先摧庭际玉㉙。

悲鸣五里无人问，肠断三声谁为续㉚？

思君欲上望夫台㉛，端居㉜懒听将雏曲㉝。

沉沉落日向山低，檐前归燕并头栖。

抱膝当窗看夕兔㉞，侧耳空房听晓鸡。

舞蝶临阶只自舞，啼鸟逢人亦助啼。

独坐伤孤枕，春来悲更甚。

峨眉山㉟上月如眉，濯锦江㊱中霞似锦。

锦字回文㊲欲赠君，剑壁层峰㊳自纠纷。

平江淼淼分清浦，长路悠悠间白云。

也知京洛㊴多佳丽㊵，也知山岫遥亏蔽㊶。

无那短封即疏索，不在长情守期契㊷。

传闻织女对牵牛，相望重河隔浅流。

谁分迢迢经两岁，谁能脉脉㊸待三秋？

情知唾井㊹终无理，情知覆水也难收㊺。

不复下山能借问㊻，更向卢家㊼字莫愁。

注 释

①芊路：一作"芊路"，大路。

②芝田：传说中仙人种灵芝之处，此处代指洛阳。

③函关：即函谷关。此关地势险峻。

④"归云"二句：指卢照邻应该已经返回洛阳了。涪江，位于今四川东北部和重庆西部。洛水，即今河南洛河。廛，民居。

⑤"洛水"二句：描写洛阳宫殿的华美。帝城，此处指洛阳，作为唐朝的东都，政治地位非常重要。帝宅，即皇宫。层甍，宫殿的屋脊。凤翼，铁凤凰，古代宫殿的一种装饰物。

⑥铜驼路：即铜驼街，位于今河南洛阳，在当时是繁华的街市。

⑦洛阳桃李：出自东汉宋子侯《董娇娆》诗："洛阳城东路，桃李生路傍。"

⑧三川：洛阳的别名。取名于流经洛阳的河、洛、伊三川。

⑨玉人：此处指卢照邻的新欢。

⑩比目鱼：鲽形目鱼类的统称。这类鱼具有扁平的身体，眼睛只生长

307

在身体的一侧，古人用其比喻感情深厚的恋人。

⑪拔心草：即卷施草，古人认为此草拔心不死，比喻坚韧的感情。

⑫流风回雪：形容女子身姿轻灵。出自曹植《洛神赋》。

⑬便娟：形容女子体态轻盈。

⑭骥子鱼文：出自西晋左思《蜀都赋》："并乘骥子，俱服鱼文。玄黄异校，结驷缤纷。"骥子，指良马。鱼文，鱼皮制的箭袋。

⑮掷果河阳：西晋文学家潘岳曾任河阳令。《晋书·潘岳传》记载，潘岳相貌英俊，气质不凡，年轻时在洛阳道乘车经过时，遇到他的女性都会手拉手把他围起来，朝他的车上扔水果，他回去时车上的水果都满了。

⑯货酒成都：指汉司马相如与卓文君私奔之事。《史记·司马相如列传》记载，二人到成都后开起酒店，司马相如和仆人一起干活儿，卓文君当垆（放酒坛的土墩）卖酒。

⑰"莫言"二句：不要说贫贱二人无人看重，也不要说富贵都是天生的。

⑱绿珠：西晋富豪石崇爱妾。

⑲石崇：字季伦，西晋渤海南皮（今河北南皮东北）人，曾任荆州刺史等职，以奢靡闻名。

⑳飞燕：指汉成帝赵皇后，传说她能歌善舞，后多用于形容体态轻盈的美丽女子。

㉑汉皇：指汉成帝。

㉒良人：古代女子对夫君的爱称。

㉓循默：谓因循常规而缄默不言。

㉔"倒提"二句：化用南朝陈江总《怨诗》："奈许新缣伤妾意，无由故剑动君心。"新缣，新织成的细绢，后用于比喻新欢。慊慊，心有不足的样子。故剑，取自汉宣帝与许平君的故事。汉宣帝是被汉武帝逼死的卫太子刘据之孙，少年时娶地位较低的许平君为妻。后来他被权臣霍光迎立为帝，霍光想让自己的女儿当皇后，宣帝说想要寻找自己贫贱时的故

剑，于是立许平君为皇后。后世用"故剑"指原配。平平，即平常。

㉕吉梦成兰兆：指生儿育女的美梦。典出《左传·宣公三年》。

㉖啼痕上竹：化用湘夫人之事。传说舜帝南巡时死去，他的妻子娥皇、女英相对痛哭，泪滴竹上，竹子上出现了泪斑一样的花纹。娥皇、女英后被奉为湘水女神，又称湘夫人。

㉗"别日"二句：指分别时定下美好誓言，互相劝勉日后成就美满的家庭。约束，即口头誓约。宜家，出自《诗经·周南·桃夭》："之子于归，宜其室家。"诚勖，劝勉之意。

㉘掌中珠：掌上明珠，比喻父母疼爱的儿女。

㉙庭际玉：指优秀的后辈，典见《晋书·谢玄传》："譬如芝兰玉树，欲使其生于庭阶耳。"

㉚"悲鸣"二句：指郭氏因孩子夭折而悲痛欲绝。"悲鸣五里"与"肠断三声"典出东晋干宝《搜神记》卷二十：有人入山得幼猿，母猿追至其家，百般向人乞求，那个人还是杀了幼猿。母猿悲唤之后跳下树摔死，剖开母猿之腹发现肠子寸寸断裂。

㉛望夫台：望夫之台，非实指，此处借此表达郭氏的思念之情。

㉜端居：谓日常生活。

㉝将雏曲：《凤将雏》，古曲名，记载于《晋书·乐志》。

㉞夕兔：月亮的别称。

㉟峨眉山：位于四川峨眉山市西南。此山地势逶迤，层峦相对如女性所画之眉。

㊱濯锦江：即锦江。

㊲锦字回文：绣在锦缎上的回文诗，指情诗。典出《晋书·列女传》，前秦秦州刺史窦滔妻名苏蕙，字若兰，善诗文。其夫被贬到沙漠，她在锦缎上织出八百四十字的《回文旋图诗》寄给丈夫。此诗可以回环往复地读，词意凄婉。

㊳剑壁层峰：指蜀中道路艰险。

㊴京洛：洛阳的别称。

㊵佳丽：佳人。

㊶山岫遥亏蔽：谓山高遮蔽道路。

㊷"无那"二句：指书信稀少，感情淡薄。无那，即无奈。短封，简短的书信。疏索，稀少。期契，誓约。

㊸脉脉：含情不语的样子。化自《古诗十九首·迢迢牵牛星》："盈盈一水间，脉脉不得语。"

㊹唾井：指断绝过去的情感。化自三国魏曹植《代刘勋妻王长杂诗》："谁言去妇薄，去妇情更重。千里不唾井，况乃昔所奉。"

㊺"情知"句：形容对方的感情已没有回转的可能。

㊻"不复"句：典出古诗《上山采蘼芜》："上山采蘼芜，下山逢故夫。长跪问故夫，新人复何如？"此处反用其意。

㊼卢家：古乐府中京洛女子莫愁嫁入显赫的卢家。此处是用卢家比喻卢照邻。

译文

我站在大路上望着洛阳，遥远的函谷关阻隔了蜀地的山川。归去的白云已经落在涪江之外，北还的鸿雁应该已经飞过了洛水边的民居。洛水与洛阳皇城的侧面相连，皇宫的屋脊上垂挂着展翼的铁凤凰。铜驼路上种植了千株柳树，金谷园中的花朵有几种颜色？柳叶和园中花朵处处都是崭新的，洛阳中的桃李树都正值春天。我在双流窥探着石镜，你在三川陪伴着佳人。此时我的离别之情该如何诉说，今天我的空床依然对着美丽的池塘。池塘中比目鱼徒然地游荡，幽静的小路上还生长着拔心草。流风回雪的美人体态轻盈，骑良马、挂鱼皮箭袋的男子也非常可爱。你有着潘安那样令人掷果的容貌，

我有着文君当垆卖酒的德行。不要说贫贱之人无人看重，也不要说富贵都是天生的。绿珠曾经得到石崇的宠爱，飞燕也曾是汉成帝的宠妃。夫君不知在何处醉酒游玩，我缄默不言徒劳地守着忠贞的虚名。对新欢依然心有不足，反而将原配视作平常之人。分别时已经成就生儿育女的美梦，离别后我的泪痕滴满了竹枝。我们分别时定下美好誓言，互相劝勉日后成就美满的家庭。当时我将儿子视作掌上明珠，谁知道这棵庭前玉树提前夭折。我的悲泣之声传到五里之外却无人过问，肝肠寸断谁来为我接续？思念你想上望夫台，日常生活中懒得听《凤将雏》。沉沉的夕阳落下山去，屋檐前的燕子成对栖止。我抱着膝盖在窗前看着月亮，在空房中侧耳听雄鸡报晓之声。台阶前的蝴蝶独自起舞，鸣叫的鸟帮助我悲啼。独坐时看到孤单的枕头就悲痛不已，春天来了悲伤又增几分。峨眉山上的月亮像眉毛一样弯，锦江中的水像锦绣一样绚烂。想要写锦字回文诗给你，蜀中道路艰险让我不知如何寄出。浩荡的平江被清浦分成两半，悠悠的长路之间飘着白云。我知道洛阳多佳人，也知道高山遮蔽道路让你难以回来。无奈简短的书信也很稀少，你不再为我们感情长久而信守誓约。听说牵牛和织女遥遥相望，中间只隔着浅浅的银河。谁的分离会长久得过了两年，谁能含情不语地等待着第三个秋天到来？我知道自己无法断绝过去的情感，也知道你的感情已没有回转的可能。不再借问能否重归于好，任凭你另寻新欢去吧。

赏 析

咸亨二年（671年）初，诗人自西部边塞回到长安，由于没有用武之地，便随友人赴姚州（今云南姚安）从军。六月，诗人从姚州来到蜀地，在成都出入于酒肆之地。在诗人入蜀之前，卢照邻任新都尉一职时与一郭氏女子相恋。后郭氏有孕，而卢照邻赶赴洛阳。卢照邻出发时立下誓约，说不日便会归来。谁知卢照邻出发后书信断绝，音信全无（据后人考证，其时卢照邻在洛阳贫病交加，又染上风疾，境况非常凄惨）。不久，刚出生的孩子夭折了，郭氏心如刀绞。骆宾王抵达成都后，郭氏向骆宾王倾诉此事，满怀同情的骆宾王便替郭氏创作了这首沉郁悲痛的七言歌行寄给卢照邻。因题材为私密的感情之事，故而在诗题上加"艳情"一词。

本诗是纯粹的抒情诗，用郭氏的语气表达对卢照邻的情思与哀怨。"迢迢芊路望芝田"以下四句，描绘了郭氏日夜守候之状。她站在大路上望着洛阳，满心指望能发现爱人的身影，但遥远的函谷关阻隔了蜀地的山川。归去的白云已经落在涪江之外，北还的鸿雁应该已经飞过了洛水边的民居。女主人公的心绪也跟着大雁飘向了洛阳，来到情郎的身边。诗人开篇描绘了郭氏没日没夜盼望情郎的样子，可谓先声夺人，为后文的抒情做出铺垫。"洛水傍连帝城侧"以下八句，用洛阳的繁华与郭氏的凄苦做对比，指责卢照邻不念旧情，赞扬了郭氏坚守感情的品格。对于卢照邻赶赴洛阳后书信断绝的原因，诗人并不知道实情，便以自己的亲身经历作为参考，认为卢照邻是被洛阳的繁华迷住了眼。诗人以细腻的笔触，点明卢照邻之所以"住三川"是为了"守玉人"。诗人的猜测不但与郭氏的想法相同，也符合人情，所以让人感觉合情合理。"此时离别那堪道"以下八句，进一步描写郭氏的哀伤。诗中用成双成对的"比目鱼"映衬郭氏的凄苦；以"拔心草"来形容郭氏心头的悲痛。其中"掷果河阳君有分，卖酒成都妾亦然"二句展示了卢照邻的心性不定和郭氏对感情的坚守。"莫言贫贱无人重"以下四句，是悲极而怨，明写郭氏的自尊自重，暗写卢照邻的朝三暮四。

"良人何处醉纵横"到"啼鸟逢人亦助啼"这二十句，极言卢照邻赶赴洛阳之后，郭氏所经历的悲苦凄凉。诗人先描写卢照邻放浪形骸的生活，再描绘郭氏空闺独守而哀伤不已的样子。郭氏盼不到爱人的归来，便把对他的思念倾注到婴儿的身上，但孩子不幸夭折，这更增添了郭氏的悲苦。接下来，诗人运用比兴手法，描绘屋檐前的燕子成对栖止，郭氏则抱着膝盖在窗前看着月亮，由黄昏到黎明，昼夜相思；天光大亮之后，所见

所闻更增愁思：台阶前的蝴蝶独自起舞，鸣叫的鸟帮助她悲啼。层层推进之下，女主人公悲伤的神态展现在了读者面前。

接下来"独坐伤孤枕"到结尾二十句，从诗意来说可分成两层。诗人先是依靠两个五言句稍做停顿，接着以郭氏的视角进行叙述。先说自己想要写锦字回文诗给卢照邻，但蜀中道路艰险让她不知如何寄出；然后用"也知京洛多佳丽，也知山岫遥亏蔽"两句，表面上替卢照邻解释，实则抒发心中的哀伤，并委婉地指责卢照邻竟然连简短的书信都不肯寄一封，这是第一层。第二层则从"传闻织女对牵牛"到结尾，表达了对卢照邻不念旧情的愤恨。卢照邻赶赴洛阳后数年不返，而女主人公饱受相思之苦，心理上饱受摧残。但她最终明白自己不应这么痴情。"情知唾井终无理，情知覆水也难收"两句，果断地表明了郭氏对这段感情的割舍。诗中从古诗《上山采蘼芜》取典，继续讥讽卢照邻的绝情。结尾两句，表现郭氏情急生愤，表示不再希望与卢照邻重叙旧好。实际上，隐含的思念之情却并没有减少。纵览全诗，开篇愁苦，结语果决，凸显了女主人公认真对待感情，同时自尊自爱的优秀品质。

此诗以弃妇为题材，以第一人称的视角进行创作。全诗以情为主，以事为次。诗中所述之事简单明了，所抒之情却曲折婉转，是诗人所处年代底层女性悲苦生活的真实写照。故而，题中"艳情"二字，实则是哀怨之情。闻一多先生在《唐诗杂论》中评价骆宾王"是宫体诗的改造者"，认为骆宾王"以市井的放纵改造宫廷的堕落，以大胆代替羞怯，以自由代替局缩"。本诗就是诗人极富创造力和开拓精神的力作。诗人通过斟酌词句、巧用典故，将洛阳与成都从情感上联系起来，营造了哀婉而极富美感的意境。情调哀怨，笔触疏朗，情感转折多变，使人读来颇感凄凉。本诗一改当时矫揉造作的创作风气，描写真实社会，抒发真挚情感，为扭转前代文风起到了重要作用，在唐朝诗歌创新方面有所促进。同时，诗中大胆地对饱受封建制度压迫的底层妇女进行了支持与赞扬，这在古代文学创作上是一个鲜明的进步。

从军行

平生一顾重^①，意气溢三军^②。

野日分戈影，天星合剑文^③。

弓弦抱汉月^④，马足践胡尘^⑤。

不求生入塞，唯当死报君^⑥。

注释

①"平生"句：化用谢朓《和王主簿季哲怨情诗》"平生一顾重"之句。顾重，推重，崇尚。

②三军：泛指部队。

③"天星"句：形容宝剑的珍贵。

④"弓弦"句：指弓箭拉开如汉家的满月。汉月，指汉家的明月。

⑤践胡尘：指冲入对方阵地。胡尘，边塞的黄沙。

⑥"不求"二句：暗用班超的典故。《后汉书·班超传》记载，班超在边塞戎马半生，老迈时上疏朝廷："臣不敢望到酒泉郡，但愿生入玉门关。"皇帝非常感动，征班超回到洛阳。不久班超就因病去世，享年七十一岁。

译文

平生最为崇尚的，就是意气充溢三军。日照原野使长戈的影子分明，天上的七星与宝剑的纹理相合。弓箭拉开如汉家的满月，马蹄践踏着边塞

的黄沙。不求活着回到汉地，只愿以死回报君恩。

赏 析

本诗采用乐府旧题，描写了诗人立功报国的雄心壮志。

前两句点明主题，直言诗人的抱负——效命疆场、立功报国，格调雄浑，豁达大气，统摄全文。中间四句详细描写边塞的战斗画面，极言其激烈：从白天到深夜，士兵们都提着利刃，拼死杀敌，弓箭拉开如汉家的满月，马蹄践踏着边塞的黄沙，展现了士兵们视死如归的斗志和立功报国的决心。

结尾两句表明主旨，诗人通过运用东汉班超的典故，进一步表明了要效命疆场、立功报国的壮志豪情。诗人在诗中表达了对班超的钦慕，并通过化用班超之言来表明自己也要像班超那样立功边塞、以死报效国家。抒发了诗人强烈的爱国热情和求取功名的壮志豪情。

全诗格调激昂大气，是诗人自身经历和高尚爱国情操的结晶，也是初唐边塞诗中的佳作。

王昭君

敛容①辞豹尾②，缄恨③度龙鳞④。
金钿⑤明汉月，玉箸⑥染胡尘。
古镜⑦菱花⑧暗，愁眉柳叶⑨颦。
唯有清笳曲⑩，时闻芳树⑪春。

注 释

①敛容：脸色严肃。出自宋玉《神女赋》："整衣服，敛容颜。"

②豹尾：即豹尾车。皇帝出行时，随行的最后一辆车上会悬挂豹尾，此处代指天子属车。

③缄恨：指心存愤恨。

④龙鳞：形容山势险峻，此处也暗指匈奴龙城。

⑤金钿：女性佩戴的嵌有金花的装饰物。

⑥玉箸：指泪水。

⑦古镜：铜镜。

⑧菱花：指铜镜的花纹，呈菱花形。

⑨柳叶：形容女子双眉细长似柳叶。

⑩清笳曲：凄凉哀婉的胡笳曲。

⑪芳树：乐府诗题，属《鼓吹曲辞·汉铙歌十八曲》。

译 文

脸色严肃地告别天子的豹尾车，心存愤恨地经过了龙鳞一般的山脉。金钿像汉家明月一样明亮，泪水染上了胡地的尘土。梳妆用的菱花镜黯淡了，忧愁使柳叶一般的眉毛紧蹙。听到的只有凄凉哀婉的胡笳曲，时而因听到《芳树》而感受到一缕春色。

赏 析

此诗是怀古诗，所述为王昭君远嫁匈奴之事。这首诗大概作于诗人从军于边塞的后期。诗人最初怀着建功立业的雄心壮志从军，一方面想立功报国，另一方面想寻求功名。但这一切随着战争的不利形势和时间的流逝

变得越来越难以实现。诗人在边塞面对着苦寒的军旅生活，经受着雨雪黄沙的袭扰，不禁生出思乡之情，并理解了历史上远离故土之人的心境。于是通过王昭君的典故来抒发自身的愁绪，主题稍显陈旧，但融合了诗人真挚的情感，使人读来百感交集，恍如亲临边塞一般。

前两句描绘昭君离京出塞的画面。"敛容""缄恨"二词，暗示了她此行非本意，心中满是悲苦。三、四句则进行了更加细致的描写：金钿像汉家明月一样明亮，泪水染上了胡地的尘土，极言其内心的悲苦。"辞豹尾""度龙鳞""明汉月""染胡尘"等，一写"汉"，一写"胡"，既达到了对偶的艺术效果，也暗含着故乡缥缈难归之意。

五、六句刻画了哀怨的昭君形象：梳妆用的菱花镜黯淡了，忧愁使柳叶一般的眉毛紧蹙，极言昭君心中的悲苦和哀怨。结尾两句抒怀，表明昭君远离故乡，只能以异国乐曲相伴的悲凉和哀怨。此时诗人困居边塞，王昭君的哀怨，实际上也是诗人自身的哀怨。因此虽然此诗内容并无新意，但由于出自诗人的切身感受，也就别有一番真意，在同类型诗中可称佳作。

诗中对昭君的描写侧重于情态与装饰，笔触细腻动人，格调凄凉而沉郁。

渡瓜步江①

捧檝②辞幽径，鸣榔③下贵洲④。
惊涛疑跃马⑤，积气似连牛⑥。
月迥寒沙净，风急夜江秋。
不学浮云影，他乡空滞留⑦。

注 释

①瓜步江：长江渡口，位于今江苏南京六合区。

②捧檄：指为母出仕的典故。出自《后汉书·刘平传》："庐江毛义少节，家贫，以孝行称。南阳人张奉慕其名，往候之。坐定而府檄适至，以义守令，义奉檄而入，喜动颜色。奉者，志尚士也，心贱之，自恨来，固辞而去。及义母死，去官行服。数辟公府，为县令，进退必以礼。后举贤良，公车征，遂不至。张奉叹曰：'贤者固不可测。往日之喜，乃为亲屈也。斯盖所谓"家贫亲老，不择官而仕"者也。'"檄，诏书。

③鸣榔：本为捕鱼手法，此处借指乘船。

④贵洲：水中洲名，在今江苏镇江一带。

⑤跃马：腾跃的马。用在此处表示波涛汹涌。

⑥"积气"句：此处暗指剑气冲斗牛事。事见《晋书·张华传》："初，吴之未灭也，斗牛之间常有紫气……（雷）焕到县，掘狱屋基，入地四丈余，得一石函，光气非常，中有双剑，并刻题，一曰龙泉，一曰太阿。其夕，斗牛间气不复见焉。"

⑦"不学"二句：化用魏文帝曹丕《杂诗二首·其二》："西北有浮云，亭亭如车盖。惜哉时不遇，适与飘风会。吹我东南行，行行至吴会。吴会非我乡，安得久留滞！弃置勿复陈，客子常畏人。"

译 文

为母出仕辞别了幽静的小路，乘船来到了贵洲。惊涛仿佛是腾跃的马，水汽集聚似乎直冲斗牛。遥远的月亮照得寒沙洁净，疾风吹得夜里江面寒凉。不想学习飘浮的白云之影，白白在他乡滞留。

赏 析

　　本诗大致创作于仪凤元年（676年）秋，即诗人奉朝廷命令巡游江南之时。本诗的主要内容是诗人回乡路过瓜步江时所见之景，表达了游子归乡的欣喜之情。

　　前两句介绍了自己"渡瓜步江"的原因，并用"捧檄"之典言明自己之所以再度出仕，只是为了奉养老母。中间四句运用"惊涛""积气""月迥""风急"等意象，勾勒出一幅波涛如马、水汽氤氲、月远沙净、风急水清的秋月映江图。诗中所绘意境素洁明净，显露出诗人将要回到家乡的满心欢喜。结尾两句，感慨中夹杂欣慰，反映出诗人此时心中既未尽除羁旅之思，又包含游子返乡的开朗欣慰，真称得上百感交集。全诗所绘景象与情感融为一体。以"跃马"形容"惊涛"，用晋张华典故来描绘水汽，以及结尾用曹丕《杂诗》抒发感慨，均显示了诗人高超的文字功底。

　　全诗清丽动人，格调轻快，流露出喜悦与欣慰的情感，使人读来颇为畅怀。

途中有怀

瞦然①怀楚奏②，怅矣背秦关③。
涸鳞惊照辙④，坠羽怯虚弯⑤。
素服三川化⑥，乌裘十上还⑦。
莫言无皓齿，时俗薄朱颜⑧。

注 释

　　①瞦然：怀念貌。瞦，同"眷"，意为反顾。

②楚奏：即"奏楚"，演奏楚地乐曲，用钟仪的典故，指怀念故乡之情。

③秦关：本指三秦之地，此处指长安。

④照辙：晒干的车辙。

⑤"坠羽"句：典出《战国策·楚策四》："异日者，更赢与魏王处京台之下，仰见飞鸟，更赢谓魏王曰：'臣为王引弓虚发而下鸟。'……对曰：'其飞徐而鸣悲。飞徐者，故疮痛也；鸣悲者，久失群也。故疮未息而惊心未至也；闻弦音引而高飞，故疮陨也。'"坠羽，指受伤坠落的鸟。虚弯，犹虚弓，指弓上无箭。

⑥"素服"句：化用西晋文学家陆机《为顾彦先赠妇诗二首·其一》："京洛多风尘，素衣化为缁。"形容风沙大到白色的衣服都变了颜色。三川，即流经洛阳的河水（黄河）、洛水、伊水。

⑦"乌裘"句：典出《战国策·秦策一》："（苏秦）说秦王书十上而说不行。黑貂之裘弊，黄金百斤尽。资用乏绝，去秦而归。"指失意之人。

⑧"莫言"二句：化用三国魏曹植《杂诗七首·其四》："时俗薄朱颜，谁为发皓齿？"朱颜，即红润艳丽的面容。此处暗喻才华。

译文

怀念着故乡，怅然离开了长安。像快要干死的鱼惊慌地处于晒干的车辙，像受伤坠落的鸟害怕空弦的声音。白色衣服由于三川的风尘变了颜色，黑貂裘因十次上书没有回应而变得凋敝不堪。不要说我没有明眸皓齿，是时俗轻视红润艳丽的面容。

赏析

本篇为诗人第一次进京求仕不成返回家乡时所作，是诗人的早期作品。此诗创作的几年前，诗人的父亲死于博昌县令任上，由于家中清贫，

不得不就地厝葬。服丧完毕后，诗人与老母亲搬到兖州的瑕丘县（今山东济宁兖州区）居住。为了振兴家业，诗人上京应试，希望求取功名，不料落榜。由于京都没有落脚之处，诗人不得不回到义乌，希望从家乡的亲友那里得到帮助。此诗便写于诗人回乡途中。

诗的前两句描写诗人走投无路时对故乡产生了深深的思念，于是带着惆怅的心绪返乡。"睠然""怅矣"不假修饰、直白浅露地抒发情感，"楚奏"与"奏关"则将典故信手拈来，显示出诗人的博学。中间四句极力描写诗人心中的惶恐不安与惊慌失措。诗人形容自己是涸辙之鱼、惊弓之鸟，体现出强烈的失意与激愤。随后又把自己比作落魄还乡的苏秦，可见其心中的痛苦与焦虑，以及落第后处境的困难。这四句频繁用典，是骆宾王诗歌的一大特点。由于出自真情实感，这些典故并无堆砌之嫌，而是很好地服务于主旨，令读者对诗人的处境产生深切同情。结尾两句则用比喻的手法表明了对世俗的愤懑：天下并不是没有才子，只是无人能赏识自己。这里诗人再次毫不掩饰地表现出自己的思绪，由于前文的铺垫，并无过分追求功利之嫌。

本诗情感凄切，叙事分明，坦诚地表露出诗人内心的所思所想。各联对仗整齐，音节起伏有力，是唐朝初年诗坛上较早出现的五言诗，也是诗人早期的名作之一。

至分水戍①

行役②忽离忧，复此怆分流③。
溅石④回湍⑤咽，萦丛⑥曲涧⑦幽。
阴岩⑧常结晦⑨，宿莽⑩竞含秋。
况乃霜晨早，寒风入戍楼⑪。

注 释

①分水戍：分水岭的戍楼。分水岭，全国颇多同名的地方，具体所指不详。

②行役：因兵役或公务等事而出行。

③分流：二水分道流动。

④溅石：溅在石头上。

⑤回湍：回旋的急流。

⑥萦丛：成片相互缠绕的草木。

⑦曲涧：弯弯曲曲的涧谷。

⑧阴岩：背阴的山岩。

⑨晦：昏昧。

⑩宿莽：经历严冬仍然不死的草。

⑪戍楼：边防驻军的瞭望楼。

译 文

行役在外忽然感到忧伤，这引人悲怆的分流之水更增添了几缕愁绪。回旋的急流溅在石头上发出呜咽声；在成片相互缠绕的草木的遮盖下，弯弯曲曲的涧谷更加幽深。背阴的山岩常常昏昧凝结，经历严冬仍然不死的草透露出丝丝寒凉的秋意。更何况在结霜的秋日的早晨，萧瑟的秋风正一阵一阵地吹进戍楼。

赏 析

这首诗写诗人在秋天的清晨于分水岭的戍楼上守卫之场景。描写了阴晦、幽深的分水岭，抒发了出行在外，远离故土的悲怆、凄凉之情。

前两句描写诗人背井离乡，与亲友分离，羁旅在外，无依无靠，因此倍感凄清悲凉。而令河流分道的分水岭更加衬托了凄清之感，水之分流正如同诗人和亲友的分别，使诗人触景伤情，感伤不已。"忧""怆"二字奠定了全诗悲痛、低沉的基调。三、四句"溅石回湍咽，萦丛曲涧幽"，回旋的急流溅在石头上发出呜咽声，就像诗人与亲友分别时依依不舍的场景；在成片相互缠绕的草木的遮盖下，弯弯曲曲的涧谷更加幽深，就像诗人所经历的艰险的行程。这就是诗人望见分水岭心生惆怅的原因。

五、六句更进一步地描述分水岭四周昏暗、凄怆的环境，诗人面对此景顿觉前路艰险、昏暗。结尾两句表面上是写萧瑟的秋风正一阵一阵地吹进戍楼，实际上是写秋风钻入了诗人的内心深处，更增添了诗人心中的凄凉孤寂之情。前六句写的悲凉是诗人的主观感受，而这二句则是环境强加给诗人的悲凉之感，使悲凉的氛围更加浓烈。

全诗笔调凝重、沉郁，用笔精练。以景衬情，融情于景，突出了诗人艰辛的戍边生活和背井离乡的孤寂之感。诗句采用层层推进的手法，对仗工整，押韵技法成熟，是一篇成熟的律诗，其形式与内容高度统一。

望乡夕泛①

归怀②剩③不安，促榜④犯风澜⑤。

落宿⑥含楼近，浮月带江寒。

喜逐行前至，忧从望里宽。

今夜南枝鹊，应无绕树难⑦。

①夕泛：傍晚泛舟。

②归怀：归乡之心。

③剩：更加。

④促榜：催促着船快快行驶。榜，船桨，这里指代船。

⑤犯风澜：迎着风浪驾船。

⑥落宿：即将隐没的星辰。

⑦"今夜"二句：化用曹操《短歌行》中"月明星稀，乌鹊南飞。绕树三匝，何枝可依"之句，形容已经望见了故乡，自己今晚不必为栖宿之地发愁。南枝，面向南边的树枝。绕树，即乌鹊环树寻巢。

译 文

归乡之心更加不安，催促着船迎着风浪快快行驶。即将隐没的星辰靠近高楼，月影浮在江上含有凉意。喜悦追逐着游子先到了家门，忧愁因望见故乡而得到宽解。今天栖宿在南枝的乌鹊，应该不用为环树寻巢而犯难。

赏 析

本诗写诗人乘船快到家乡时的心境。诗人此时仕途渺茫，内心就像惊弓之鸟、涸辙之鲋一样无奈彷徨，于是急迫地想远离京都长安，泛舟回到家乡。诗人本处在极度焦虑不安之中，此时日夜思念的故乡近在眼前，于是心中豁然开朗。

诗的前四句描写船行时所见之景，后四句写船近家乡时的所思所想，且时间上有先后之分。前四句中诗人与家乡相距较远，心情仍处在焦虑不

安中。"落宿含楼近，浮月带江寒"二句，廖廓、凄清，是诗人内心的写照。

后四句中诗人已能望见家乡，所以心情骤然变化。"喜逐行前至，忧从望里宽"二句描述了诗人长时间不展的愁容露出了喜色，浓浓的思乡之情得到舒缓，下笔细致入微、生动传神。结尾两句将忧宽的心境进一步深化，增加感情的浓度，构思巧妙，精彩绝伦。全诗除结尾两句外，大部分运用白描手法，更显新颖自然。

此诗为思乡曲，诗歌以"归怀"开头，以鹊栖南枝结尾，描写傍晚乘舟投宿望乡的心境。诗句朴实自然，意境新颖别致，节奏明快，特别是写出了临近故乡时的复杂微妙的心理变化，手法较为巧妙。

久客临海有怀

天涯非日观①，地屺②望星楼③。

练光摇乱马④，剑气上连牛⑤。

草湿姑苏⑥夕，叶下洞庭秋。

欲知凄断⑦意，江上涉安流⑧。

注 释

①日观：即日观峰，泰山峰名，是有名的观日出的地方。

②地屺：山岭。屺，没有草木的山。

③星楼：也就是落星楼，故址在今江苏南京东北。

④乱马：奔驰的马。

⑤连牛：吴地为斗宿分野，斗宿常与牛宿连称斗牛，故又将斗宿称为"连牛"。

⑥姑苏：指姑苏台，传说是吴王夫差所建。故址在今江苏苏州灵岩山。

⑦凄断：悲痛欲绝。

⑧安流：平稳的水流。

译 文

身处天涯而非日观峰，站在山岭上望着落星楼。白练一样的光摇曳着像是奔驰的马，剑气升腾而上与斗宿相连。傍晚在姑苏台被杂草上的露水沾湿衣服，秋天的洞庭湖树叶纷纷落下。想要体会悲痛欲绝的心情，就到江上徒步渡过平稳的水流。

赏 析

此诗作于临海。诗人被贬到临海是在唐高宗开耀元年（681年）的夏天，即出狱的第二年。史料记载，诗人在临海极不得志，于是弃官而去。从诗题中的"久客临海"来看，诗人虽然辞官，但滞留临海的时间还是比较长的。唐睿宗文明元年（684年）春，诗人曾因事进京，此诗写于诗人进京之前。当时高宗离世不久，诗中表达了诗人对国事的极度担忧，把诗人当时的思想状态充分地反映了出来。

前两句把当前的滞留地临海和多年以前的客居地齐鲁紧密地结合起来，表达了诗人对齐鲁的深深怀念之情。同时"望"字巧妙地引出中间四句的景物描写，构思巧妙。三、四句写出了远处的云气袅袅升起的状态。诗人巧妙用典，预示国家将出现险象，有志之士将临危而动。五、六句是写傍晚的露水与飘落的树叶，此处用典，预示着国家即将衰败。这四句反映了诗人对现实生活的不满，以及对国家在皇权更替之时的前途的担忧。诗的结尾两句写诗人徒步渡过平稳的水流，心中无比悲痛。此处说的"凄断意"就是上面诗句所表达的对国事的担忧之情。诗人如此心忧国家，是

他不久后参与徐敬业扬州起义的重要动机。

本诗借古抒怀、融情于景、含蓄蕴藉，让人不得不感叹诗人高超的艺术手法。

西京①守岁

闲居寡言宴②，独坐惨风尘③。

忽见严冬尽，方知列宿④春。

夜将寒色去，年共晓光新。

耿耿他乡夕，无由展旧亲⑤。

注 释

①西京：即长安。

②言宴：言谈说笑。

③风尘：纷扰的现实生活，即尘世。

④列宿：众星宿。

⑤"耿耿"二句：意为诗人因思念故乡及亲人而烦躁不安。耿耿，心中挂怀、烦躁不安的样子。展旧亲，见到亲友。

译 文

闲居在家很少言谈说笑，独自面对凄惨而纷扰的现实生活。忽然发觉寒冬即将过去，才知道众星宿已经移到春天的位置。夜晚随着寒气离去，新的一年与晨光一同到来。在他乡的夜晚烦躁不安，没有机会与家乡亲友相见。

赏析

唐高宗仪凤三年（678年），诗人担任明堂主簿不久，他的母亲离世，诗人为母守孝之后，补长安主簿的空缺。这首诗应该作于其母去世后。

前两句，写诗人闲居在家，很少言谈说笑。以前的欢声笑语已经不再，现在只能独自面对纷扰的现实生活，形象地勾勒出诗人高洁孤傲的形象。三、四句表面上写冬去春来的季节状态，实际上是写诗人心中的感情状态。诗人在寒冷凄清的冬季倍感孤独忧郁，忽然发觉寒冬即将过去，才知道众星宿已经移到春天的位置，但是心情却无法舒畅起来，原因在后文揭晓。这两句中，"忽"和"方"相互对照，形象细致地显示出诗人心中的感触，感情依然是低回阴沉的。

五、六句"夜将寒色去，年共晓光新"，由大而远的景色回归到眼前的情景：守岁。诗人构思巧妙，用词新颖别致。第五句写冬用"寒色"，已经很是新颖，"夜将""去"更觉别致。第六句意为新的一年与晨光一同到来。结尾两句"耿耿他乡夕，无由展旧亲"，意为在他乡的夜晚烦躁不安，没有机会与家乡亲友相见。这两句直抒胸臆，提示了悲愁的起因，抒发了诗人"每逢佳节倍思亲"的心态。

明明是在守岁的欢乐气氛中，诗人却因远在他乡而感到孤独难耐，对亲人的思念之情油然而生。用乐景衬哀情，哀情更切。

送郑少府①入辽②共赋侠客远从戎

边烽③警榆塞④，侠客度桑干⑤。
柳叶开银镝⑥，桃花⑦照玉鞍。

满月临弓影，连星⑧入剑端⑨。

不学燕丹客⑩，空歌易水寒⑪。

注 释

①郑少府：其人不详。

②辽：区域名，指辽西或辽东。

③边烽：边塞报警的烽火。

④榆塞：古塞名，也就是榆林塞，在今内蒙古准格尔。

⑤桑干：水名，源出山西，传说每年桑葚成熟的时候河水就会干枯，故名。今永定河之上游。

⑥"柳叶"句：《史记·周本纪》："楚有养由基者，善射者也。去柳叶百步而射之，百发而百中之。"银镝，对金属箭头的美称。

⑦桃花：也就是桃花马，毛色白中带红。

⑧连星：此处指宝剑上的七星文。

⑨剑端：剑锋。

⑩燕丹客：指荆轲。

⑪易水寒：《史记·刺客列传》记载，荆轲入秦前曾在易水（今河北易县西部）高歌："风萧萧兮易水寒，壮士一去兮不复还。"

译 文

　　榆林塞报警的烽火刚一燃起，侠客便夜渡桑干河抵御外敌。光亮的箭头贯穿路边的柳叶，镶玉的马鞍与桃花马相互映衬。弓影如同满月，宝剑的剑锋上有七星文。休要学那刺秦王的荆轲，白白唱一首《易水歌》。

赏 析

显庆年间（656—661年），契丹等民族屡次侵扰唐朝边境，东北辽阳一带战事不断。郑少府大概就是在这时从军远赴边塞的。郑少府为骆宾王之友，于是骆宾王就写下了这首诗为友人饯行。

前两句，一开始就给人一种雄壮豪迈之感，韵律连贯、急促，抒发了"侠客"（郑少府）不怕牺牲的精神与深切的爱国之情。"榆塞"不但是作战的地点，更暗示了战争的正义性，说明"侠客"的出征是为了保卫边塞。在战场上取胜，不仅要有决心，而且要有精湛的杀敌技巧。三、四句起到承接作用，诗人运用巧妙的笔触，将"侠客"不同凡响的武艺生动传神地表现出来。"柳叶开银镝"为倒装句，是说光亮的箭头贯穿路边的柳叶。这里借用"百步穿杨"的典故，突出"侠客"高超的箭术。第四句中"照"这个字将奔跑的骏马形象地表现了出来。这里不正面描写人物，而是借写马从侧面烘托出"侠客"光彩夺目、英姿飒爽的形象，用的是烘云托月的手法。

五、六句进一步写"侠客"在战场上英勇杀敌的精神，"满月临弓影，连星入剑端"，原本是指拉弓如满月，宝剑的剑锋上刻有七星文。但诗人故意不直说，而是说"满月"是仿照弓的影子，"连星"飞进剑之顶端。构思巧妙，看似写景，实则咏物。诗的结尾两句"不学燕丹客，徒歌易水寒"，反用典故，表述了剑术不过硬导致了荆轲刺秦王的失败。此处让"侠客"不学荆轲，含义奇特新颖。

这首诗不但风格高亢、对仗工整、辞藻华丽，而且构思独特、浪漫唯美。诗中为了突出驰骋沙场、英勇杀敌的英雄形象，描写了俊美的坐骑、精良的武器，用柳叶、满月等进一步烘托，又用荆轲刺秦王的典故表现了"侠客"的爱国之情和为了国家不怕牺牲的精神，形象鲜明而突出。

送费六①还蜀

星楼②望蜀道，月峡③指吴门④。

万行流别泪，九折切惊魂。

雪影含花落，云阴带叶昏。

还愁三径晚，独对一清尊。

注 释

①费六：一作"费元之"。其人不详。

②星楼：也就是落星楼，故址在今江苏南京东北。

③月峡：明月峡，在今四川广元北。

④吴门：吴县（今江苏苏州）是春秋吴国的都城，故称。此处指吴地。

译 文

　　落星楼上望着蜀道，明月峡指向吴地。落下了一万行离别之泪，九折坂令人忧伤惊魂。雪花的影子像花朵一般飘落，阴云像树叶一样昏暗不明。夜晚归去因三径空荡而愁苦，只能独自对着一杯清酒。

赏 析

　　此诗为送别诗，从"星楼""吴门"可以看出，送行的地点大概在吴中。离别的季节为冬季。费六（费元之）生平不详，他从蜀地来到此处，大概是和诗人同行一段路程后再返回蜀地，诗人作此诗送行。

全诗对仗极其工整。"星楼"对"月峡"，"蜀道"对"吴门"等，无不工整典雅，自然和谐。前两句巧用对偶把离别之地和目的地联系起来，两人的感情也因此紧密相连，思路清奇、构思巧妙。三、四句表现了诗人留恋的离情和对友人旅程的担忧，一个流泪送别，一个九折惊魂，双方对友谊的珍视都得到鲜明体现。

五、六句是说雪花的影子像花朵一般飘落，阴云像树叶一样昏暗不明，遣词华丽典雅，气氛阴冷，烘托了别愁。结尾两句，"三径"巧妙暗示了自己与费六都是道德高尚之人，费六离去，"三径"无人踏足，诗人只能独自对着一杯清酒了，凄凉寂寞之感顿生。

诗人与友人费六一个在吴地，一个要去蜀地，两地相隔，离愁满腹。全诗融情于景，感情真挚。对仗手法的运用炉火纯青，使全诗形式内容俱佳，可读性很强。

别李峤①得胜字②

芳尊徒自满，别恨转难胜③。
客似游江岸④，人疑上灞陵⑤。
寒更承夜永，凉景向秋澄。
离心何以赠，自有玉壶冰⑥。

注 释

①李峤：字巨山，赵州赞皇（今河北赞皇）人。曾三度拜相，唐代诗人，也是出色的文学家，与苏味道、杜审言、崔融合称"文章四友"。

②得胜字：拈韵作诗，得到"胜"字韵。

③难胜：难以承受。

④"客似"句：典出《晋书·袁宏传》："谢尚时镇牛渚，秋夜乘月，率尔与左右微服泛江。会（袁）宏在舫中讽咏，声既清会，辞又藻拔，遂驻听久之，遣问焉。答云：'是袁临汝郎诵诗。'即其咏史之作也。尚倾率有胜致，即迎升舟，与之谭论，申旦不寐，自此名誉日茂。"

⑤"人疑"句：典出东汉王粲《七哀诗三首·其一》："南登霸陵岸，回首望长安。悟彼下泉人，喟然伤心肝。"灞陵，又作"霸陵"，长安送别的地方。故址在今陕西西安东，汉文帝陵在此处。

⑥玉壶冰：玉壶盛冰，比喻高洁清廉。玉壶，用美玉制作而成的壶。

译 文

徒劳地斟满精美的酒杯，别恨变得越来越难以承受。你像游江岸的袁宏一样得到贵人赏识，我则像登上霸陵的王粲一样回望长安。寒夜的敲更声响彻在这漫长的黑夜，凄凉的夜景像秋日一样澄净。离别时依依不舍，不知以何相赠，我自有高洁清廉的真心。

赏 析

咸亨元年（670年）的秋天，诗人为送别友人李峤作此诗。前一年的冬季，诗人的东台详正学士之职被罢免。这年四月，吐蕃侵扰边境，朝廷起兵征讨。诗人请求加入征讨敌人的队伍，很快便被准许入伍。当时李峤曾作《送骆奉礼从军》诗为其钱行。初秋，诗人踏上征程，离京向西进发。李峤再次为其送行，于是诗人作此诗赠别。诗中流露出诗人十分诚挚的感情，表现了诗人与友人之间深笃的友情。

诗的前两句营造了一种别恨悠悠、离情依依的氛围。这是诗人心中的感情流露，不同于一般的离别赠诗。第三句借袁宏早年的事迹来赞扬李峤。李峤比诗人年幼，如此比喻不但抒发了诗人对李峤的赞赏之情，还蕴含了激励之意。第四句化用王粲的《七哀诗》来写对长安的依恋，又一次表现了对友人的依依不舍。

五、六句描绘了秋夜景色的凄凉幽静，让人生出忧伤之感，让别恨离愁更浓更深，借景抒情，使感情表达得更加亲切自然。结尾两句诗人自许"玉壶冰"，把真心作为送别的礼物，体现出一种清节自守、至死不渝的美好节操。进而升华彼此之间的友情，使其进入高雅、纯洁的境界。诗歌直抒胸臆，感人至深。

这首诗将离愁别恨写在前，离别赠言写在后，词句贴切自然，感情真挚感人。

在兖州①饯宋五之问②

淮沂③泗水④地，梁甫⑤汶阳⑥东。
别路青骊⑦远，离尊绿蚁⑧空。
柳寒凋密翠，棠晚落疏红。
别后相思曲⑨，凄断入琴风⑩。

注释

①兖州：鲁郡的别称，治瑕丘。今山东济宁兖州区。

②宋五之问：宋之问，字延清，唐初著名诗人，中宗时官至考功员外郎。

③淮沂：淮水和沂水。

④泗水：泗河。源于今山东泗水县境内，因其四源合为一水，故名。

⑤梁甫：梁父的别称，泰山旁边的一座小山。在今山东泰安东南。

⑥汶阳：县名。故城在今山东宁阳北。

⑦青骊：青骊马。一种毛色青黑相杂的骏马。

⑧绿蚁：新酒上漂浮的绿色泡沫。代指新酿成的酒。

⑨相思曲：古乐府曲名，原名《懊侬歌》。

⑩琴风：琴声。

译 文

此地为淮水、沂水和泗水流经之地，在梁父山和汶阳县之东。分别的路上青骊马即将远行，离别的杯中新酒就要饮空。寒冷的柳条没有形成浓密的绿荫，傍晚的海棠花变得稀疏。别离之后演奏《相思曲》的，是那断断续续传来的凄凉的琴声。

赏 析

开耀元年（681年）末诗人奉命前往燕齐。两年前诗人因直言进谏招致祸端，被下狱，获释之后心情一直郁郁不平。现在他来到早年长久居住的兖州，旧地重游，偶遇了友人宋之问，作了本诗赠别。

全诗先写兖州的地理环境，再写凄景离愁，最后写离别后的相思之情，感情深沉内敛。前两句交代了离别的地点。他乡遇故知，对一个情思敏感的诗人来说，一定会令其精神感奋、情绪激动。让人意外的是诗人此时却格外安静，诗中除表现一般的离情别绪外，并没有其他的寄意。三、四句写离别的情景，也是浅言淡语、波澜不惊的。"别路"与"离尊"为传统属对，别无寄意。"青骊"与"绿蚁"则典雅不俗，显示出诗人的渊博学识。

　　五、六句写离别的季节，进而反衬离情。"密翠"与"疏红"错落有致、色彩缤纷，但着一"凋"字、一"落"字，既是写实，又隐隐透露出诗人内心的萧索。结尾两句描写了离别后的相思。后四句仅用平淡无奇的语句表现分别之情，而不是用慷慨激昂的语句表达离愁之苦。这与诗人早年奉使江南时作的《在江南赠宋五之问》诗中表达的那种浓浓的相思之情和对仕途坎坷的不满之情，构成了鲜明的对比。为什么心境会变得如此不同呢？想必是诗人经历牢狱之灾后，思想得到了沉淀，对事物也有更深刻的认识，更懂得隐藏个人感情。

　　此诗韵味丰富，借景抒情，感情真挚。全诗表达的感情含蓄蕴藉，但对仗极其工整，韵律和谐却别具匠心。就像诗人趋于深沉的思想一样，五言律诗作为一种新的艺术形式在诗人的笔下也日渐成熟了。

游灵公观①

灵峰②标胜境，神府③枕通川。
玉殿④斜连汉⑤，金堂⑥迥架烟⑦。
断风⑧疏晚竹，流水切危弦⑨。
别有青门外，空怀玄圃⑩仙。

注 释

①灵公观：道观的名称。

②灵峰：神仙或修道者居处的山峰。

③神府：神仙的宅第。

④玉殿：指传说中天界神仙的宫殿。

⑤连汉：连接银河。形容高耸。

⑥金堂：金子装饰的堂屋，指神仙居住的地方。

⑦架烟：处在烟云的上端。

⑧断风：一阵阵的风。

⑨危弦：急弦。

⑩玄圃：一作"悬圃"，传说中昆仑山顶的神仙的居住之处，那里布满奇花异石。

译 文

灵峰标记出胜地，神仙的宅第枕着通川。玉殿斜着连接银河，金堂远远地处在烟云的上端。一阵阵山风吹拂着傍晚的竹林，潺潺的流水声像极了急弦之声。还有青门之外的隐逸生活相招，徒劳地羡慕玄圃中的仙人却无法归隐。

赏 析

全诗是诗人游览灵公观时的所观所感，表达了诗人官场失意，空怀隐逸之心却又下不了决心归隐的郁闷之情。诗中描写了灵公观庙宇的雄伟和周围优美的景色，表达了失意的心绪和向往归隐的生活志趣。

前两句总写灵公观的美丽景色，"灵峰"与"通川"交代了灵公观是依山傍水的游览胜地。三、四句写灵公观建筑群的金碧辉煌。"玉殿""金堂"既凸显建筑的华丽，又与传说中的仙境密切相关。由于带有一定的幻想色彩，所以"金""玉"并无俗丽之感。

五、六句写景，吹拂竹林的山风，声如琴语的流水，将灵公观的潇洒脱俗之态刻画出来，对仗工整、韵律和谐、情趣盎然。诗的结尾两句写出诗人希望辞官归隐、躬耕于田亩，用典精妙，表达了自己虽然存有归隐之心，但仍难以摆脱世俗之事的苦闷。思路奇特，韵味无穷。

诗首先描写道观的奇峭雄伟，后以景衬情，情景交融、深沉浑厚。

夏日游山家^①同夏少府^②

返照^③下层岑^④，物外狎招寻^⑤。

兰径薰幽珮^⑥，槐庭落暗金^⑦。

谷静风声彻，山空月色深。

一遣樊笼^⑧累，唯余松桂心^⑨。

注 释

①山家：山村人家。

②夏少府：生平不详。

③返照：傍晚的太阳。

④层岑：层叠的山峰。

⑤"物外"句：指想要远离世俗。

⑥幽珮：幽兰制成的配饰，这里代指衣服。

⑦暗金：金黄的槐花。

⑧樊笼：把鸟兽关起来的笼子。形容被约束的困境。

⑨松桂心：指隐居山林的心。

译 文

　　傍晚的太阳悄然落于层叠的山峰背后，群峰间的美景引诱我探寻，让我想要远离世俗。开满幽兰的小路，芳香熏衣；院落中槐树繁茂，地上落满金黄的槐花。幽谷岑寂，风声显得更加响亮；山间空空荡荡，月光幽远而深沉。我走出了被约束的困境，只留下一颗隐居山林的心。

赏 析

　　这首诗描绘了山野村居附近的景致，展现了诗人归隐山林之志。诗人与夏少府结伴游赏山野人家，清静别致的美景，轩敞空旷的意境，让他们一解心中的烦忧苦闷，变得神清气爽。整首诗紧紧围绕一个"游"字，描绘夏天暮色四合时的山间风景，流露出诗人对自然山水的陶醉之情，表达了追寻恬淡生活的志趣，抒发出远离朝堂、归隐山林的渴望。

　　前两句直抒主题，写傍晚到访山林。"物外"二字，已透露出诗人的意趣。中间四句景物描写细致入微，对仗精致工巧。三、四句描绘林间小路，小路上兰花芳香熏衣，院落中槐树繁茂。五、六句表现山间的清幽。"兰径""槐庭""谷静""山空"与"幽珮""暗金""风声""月色"交相辉映，共同描画了一幅日暮时分山中清新、雅致、空灵的风景图。

　　山间美景如此动人，让诗人忍不住在结尾两句表明自己的志向，他渴望逃离桎梏、寄情自然的心情十分强烈。"樊笼累"蕴含诗人对尘世烦扰和官场斗争的厌恶，"松桂心"饱含诗人对山水的热爱、对田园归隐的憧憬，深化了主题。

　　此诗借景抒情，雅致清爽，意味深长。

冬日宴

二三物外友①，一百杖头钱②。

赏洽袁公地③，情披乐令天④。

促席⑤鸾觞⑥满，当炉⑦兽炭⑧然。

何须攀桂树，逢此自留连⑨。

注 释

①物外友：超出世事的朋友。

②杖头钱：即买酒钱。《晋书·阮修传》："（阮修）常步行，以百钱挂杖头，至酒店，便独酣畅。"

③"赏洽"句：《南史·列传第十六·袁湛》记载，袁粲任中书令时，曾经行走在道植白杨的郊外田野，路上碰到一位士大夫，就邀请他一同喝酒。这个人以为自己被袁粲看重，第二天前来拜访，袁粲让人传话说："昨天只是喝酒没有伴侣，姑且邀请你罢了。"竟然不与他相见。

④"情披"句：乐令即乐广，字彦辅，官至尚书令。他年轻时，尚书令卫瓘看到他非常惊奇，说："这人如水中明镜，看到他觉得通达透彻，就像拨云看见青天。"

⑤促席：座席靠近。

⑥鸾觞：雕有鸾鸟图案的酒杯。

⑦当炉：面对火炉。

⑧兽炭：制作成兽形的炭。这里指炭。

⑨"何须"二句：典出西汉淮南小山《招隐士》："攀援桂枝兮聊淹留。"留连，流连忘返。

译 文

两三位超出世事的朋友，杖头悬一百枚买酒钱。在袁公邀客之地赏心欢洽，感情能像乐令一样拨云看见青天。座席靠近、鸾觞斟满，面对火炉燃起炭火。何必去追求功名利禄，在此地相逢自然要流连忘返。

赏 析

这首诗抒发了诗人与朋友冬天聚会畅饮的开怀舒畅之情。字里行间洋溢着沉醉闲居的畅快心情，以及远离官场的愉悦感受，可推测这是诗人初到齐鲁悠闲度日之时所作。

前两句别致有趣。"二三物外友"，指来喝酒的是一些不被俗事缠身、超出世事的朋友。"一百杖头钱"，交代此次聚会并不正式，只不过是聚到乡野小店一起饮酒。中间四句描绘了聚会宴饮的畅快之景：朋友们情投意合，热情奔放不受拘束，相互斟酒对饮，席间欢笑不断。这几句并未进行细节刻画，却通过用典演绎得生动鲜活。历史上的乐广、袁粲等人与诗人这群超出世外的朋友，在性格特点和行事作风上有相似之处，他们都豪迈潇洒、自由自在，因此这种写法自然顺畅、互为映照、相辅相成。结尾两句表达了沉醉自然不想回归官场的想法，这是友人的集体愿望，也是诗人强烈的自我表达。逃离官场悠闲度日是那么惬意自在，让人恋恋不舍，为什么要去攀附权贵，求取功名，被规矩约束，为仕途升迁钩心斗角呢？读来真挚动人。

骆宾王诗词的一大特色是酣畅淋漓的自我表达，这是诗人奋力挣开"宫体诗"艳丽浮华之气的桎梏，让诗词重回"言志""缘情"的切实表现。

该诗极力展现了这一特点：诗人远离官场斗争，走向自然，拥抱山水，心中无比舒畅和自由，并自然而坦率地将这一感受尽情表达出来。这就是此诗精妙的地方。这首诗笔法顺畅，叙事与抒情交织在一起，洒脱超然，孤直高洁。

镂鸡子①

幸遇清明节，欣逢旧练人②。

刻花争脸态，写月③竞眉新。

晕罢空余月，诗成并道春。

谁知怀玉者，含响未吟晨④。

注 释

①镂鸡子：在鸡蛋上雕刻花纹。古时一种传统习俗，在六朝、唐代寒食节、清明节时风行。

②旧练人：以镂鸡子为业的老手艺人。

③写月：点上黄星靥。古代女子用丹点在面颊上的妆饰，形如射月，叫作黄星靥。

④"谁知"二句：比喻具备才能的人没能展现自己的本领。怀玉者，具备才能的人。

译 文

幸好遇上了清明节，欣然与一位以镂鸡子为业的老手艺人相遇。刻上花朵与美人脸争艳，点上黄星靥，画上新月般的眉毛。色彩扩散后只看到

一轮明月，春意盎然仿佛是一首诗。谁知道这位老手艺人竟然具备这般才能，像是一只啼声嘹亮的公鸡却没有在清晨报晓。

赏析

清明节，诗人观看一位老手艺人在鸡蛋上雕刻花纹的过程，并将其所见所想写成了这首诗。诗中描写了老手艺人精湛的雕刻技法，在赞美中暗含了自身的抱负。

诗的前两句明白如话，介绍了时间和人物。诗的中间四句借一连串比喻来展现雕刻画面和老手艺人的技艺。三、四句写老手艺人在鸡蛋上雕画人物形象，简单几笔，一位身姿绰约的美人就跃然纸上。五、六句描绘雕刻的整体画面，春意盎然，仿佛是一首诗。诗人一丝不苟地观赏老手艺人精雕细琢，在赞美其技艺精湛的同时，内心也受到了一些触动。结尾两句，诗人叹服赞美老手艺人的才气，蕴含自身的抱负志向，写得自然诚恳。

这首诗是咏物诗，此类诗以歌咏事物、寄托志向为主要特征。不过相比于《浮槎》《在狱咏蝉》等诗，此诗没有着重于寄托志向，而是细致刻画事物自身具备的特点，仅在末尾稍表心志。这首诗精巧美好，饱含真情实感。相较于"兴寄都绝"的齐、梁诗词，别具一番趣味。

宪台①出絷②寒夜有怀

独坐怀明发，长谣苦未安③。
自应迷北叟④，谁肯问南冠⑤？
生死交情异，殷忧岁序阑⑥。

空余朝夕乌，相伴夜啼寒⑦。

注 释

①宪台：指御史台，汉时改称为宪台，唐高宗时期也曾称过宪台。

②出絷：抓捕。

③"独坐"二句：牢狱中独自一人静坐整夜难以入睡，长长地叹息，心中苦闷难以安宁。明发，彻夜不睡直至明晨。长谣，长歌，这里有长叹之意。

④北叟：即塞翁。典出西汉刘安《淮南子·人间训》："近塞上之人有善术者，马无故亡而入胡。人皆吊之。其父曰：'此何遽不为福乎？'居数月，其马将胡骏马而归。人皆贺之。其父曰：'此何遽不能为祸乎？'家富良马，其子好骑，堕而折其髀。人皆吊之。其父曰：'此何遽不为福乎？'居一年，胡人大入塞，丁壮者引弦而战。近塞之人，死者十九，此独以跛之故，父子相保。"这里用北叟比喻自己，希冀因祸得福。

⑤南冠：春秋时期楚国人的帽子。典故出自《左传·成公九年》："晋侯观于军府，见钟仪，问之曰：'南冠而絷者谁也？'有司对曰：'郑人所献楚囚也。'"这里借指囚犯。

⑥岁序阑：即岁暮。

⑦"空余"二句：典故出自《汉书·薛宣朱博传》："（御史）府中列柏树，常有野乌数千栖宿其上，晨去暮来，号'朝夕乌'。乌去不来者数月，长者异之。后二岁余，朱博为大司空……乃更拜博为御史大夫。"

译 文

牢狱中独自一人静坐整夜难以入睡，长长地叹息，心中苦闷难以安宁。自知应该如塞翁一样，明白天下的事情祸福相倚，但有谁会来挂念牢

狱中的犯人呢？生死关头友情就会改变，忧虑之中又至岁暮。只有禁所枯树上朝夕乌的哀啼，陪着我度过这漫漫长夜。

赏析

　　这首诗当作于仪凤三年（678年），当时诗人从长安主簿调任侍御史，该年冬因遭人诬陷任长安主簿时贪污，被关入御史台监狱，次年遇到大赦才被释放。包括此诗以及著名的《在狱咏蝉》在内的很多作品都是诗人在狱中写的。此诗中，一字一句都将诗人被囚后内心的悲痛难安之情，以及对世态变化、人心冷漠的感伤表露无遗。字字锥心，沉重悲凉。

　　前两句道明题旨，抒写被冤下狱后内心的凄怆不安。飞来横祸，无辜获罪，诗人自是难以安宁，因此整夜不眠，叹息不已。三、四句通过祸福相倚的道理聊以自慰，可作用不大。官场尔虞我诈，世事变幻莫测，人情冷暖，种种复杂愁思交织在一起，虽然诗人试图用塞翁的豁达纾解内心，可这如同借酒浇愁，愁上加愁。

　　五、六句紧承"谁肯问南冠"的疑问，道出人情冷漠、世态炎凉的现实，岁寒深夜里，郁结于心的愁苦更为沉重。结尾两句情感充沛，强烈表现了诗人内心的悲切凄苦。漫漫长夜，唯有哀啼的"朝夕乌"与自己相伴，语虽平谈，其中的悲恨却无比强烈。

　　诗人在诗中毫不遮掩、毫无修饰地表露自己内心真实的苦闷和悲愁，使这首作品具有浓烈的艺术感染力，扣人心弦。

冬日过故人任处士①书斋

神交②尚投漆③，虚室罢游兰④。

网积窗文⑤乱，苔深履迹残。

雪明书帐冷，水静墨池寒⑥。

独此琴台夜，流水为谁弹⑦？

注 释

①任处士：生平不详。

②神交：指心意相通、忘却形态的交往。

③投漆：形容彼此感情融洽。典出《古诗十九首·客从远方来》："以胶投漆中，谁能别离此。"

④游兰：结交的友人。兰，比喻友人。

⑤窗文：窗户上的花纹。

⑥"雪明"二句：指不再写字看书。雪明，典故出自孙康映雪读书。墨池，清洗砚台的水池。《晋书·王羲之传》："张芝临池学书，池水尽黑，使人耽之若是，未必后之也。"

⑦"独此"二句：典故出自高山流水的故事。《吕氏春秋·本味》："伯牙鼓琴，钟子期听之。方鼓琴而志在太山，钟子期曰：'善哉乎鼓琴！巍巍乎若太山。'少选之间而志在流水，钟子期又曰：'善哉乎鼓琴！汤汤乎若流水。'钟子期死，伯牙破琴绝弦，终身不复鼓琴，以为世无足复为鼓琴者。"琴台，即伯牙弹琴的地方。

译 文

过去我们心意相通，彼此感情融洽；现在满屋空寂，结交的友人也离开了。窗户上的花纹满挂蜘蛛网，堆积的青苔上面残留着脚印。书帐荒凉冷清，没有人映雪读书；墨池的水洁净寒凉，没有人在池边写字。独处琴台的夜晚，《高山流水》之曲该为谁而弹？

骆宾王

赏析

　　此诗表达了对故友的追忆思念之情。诗人结交任处士后，常一同游玩聚会，友谊深厚。之后任处士离开，再无音信。此番诗人重回故地，探访朋友的书屋，触景生情、睹物思人，于是写了这首诗抒发内心所感。

　　前两句回忆与任处士的交往以及结伴共游的踪迹，流露出诗人心中浓郁的怀思。当年诗人常来任处士的书屋，两人相聚于此推心置腹，相谈甚欢，这情形仿佛就在昨日。如今屋子还在，人却早已离去。"神交""投漆""游兰"，均可以体现出诗人与任处士友谊的深厚，尤其是二人志趣相投，更为可贵。而"投漆"与"虚室"的强烈对比，则带来物是人非的凄凉感受。随后的四句诗展现了书屋如今的破败凄凉，让诗人感物怀伤，不禁悲从中来。窗上的蛛网、地面上的苔藓，极尽荒凉之至，触目增悲。而"书帐""墨池"的清冷，更令身为文人的诗人触景生情、凄恻难安。诗结尾两句通过"高山流水"这一典故，直言与知己分离之后，不知该为谁抚琴弹奏，将情感的抒发推向顶点，深切地表现出对任处士的情深意笃和诗人对朋友真挚的怀念。

　　此诗字字真挚，满溢思念之情，读来不禁触发物是人非的感伤。

送刘少府①游越州②

一丘余枕石③，三越④尔怀铅⑤。
离亭分鹤盖⑥，别岸指龙川⑦。
露下蝉声断，寒来雁影连。
如何沟水⑧上，凄断听离弦⑨。

注 释

①刘少府：生平不详。

②越州：唐时属于江南道，位于今浙江绍兴。

③"一丘"句：典出《汉书·叙传上》："渔钓于一壑，则万物不奸其志；栖迟于一丘，则天下不易其乐。"枕石，以石为枕，比喻归隐田园。

④三越：指吴越、南越、闽越。这里指吴越。

⑤怀铅：指随身携带笔墨，以便写作，引申为著述之事。铅，石墨笔。

⑥鹤盖：像飞舞的仙鹤一样的车盖。

⑦龙川：这里指钱塘江，源出龙川（今安徽境内的龙溪）。

⑧沟水：城壕，即护城河。

⑨离弦：也作离歌，送行时演奏的乐曲。

译 文

我归隐田园以石为枕，你游历吴越以著述为乐。鹤盖在送别的亭子边分开，你告别此岸直向钱塘江而去。露水降下后蝉不再悲鸣，寒气袭来时大雁的影子相连。不知该如何在护城河之上，听那离歌的凄凉之声。

赏 析

诗人在齐鲁结交了诗友刘少府，交游一阵后，刘少府前往越州游学。行将分别时，诗人作了这首诗，表达了告别友人的不舍之情。

该诗前六句都为对偶，例如"一丘"对"三越"、"枕石"对"怀铅"、"离亭"对"别岸"、"鹤盖"对"龙川"等，虽稍欠工巧，但诗人遣词造句的功底弥补了这一不足，使此诗成为五律初创阶段的重要作品。前两句暗示友人即将离去，并点明自己与刘少府均为乐山乐水的高雅之士。三、四句写离别时的环境，从不同角度表达不舍之情。"露下蝉声断，寒来雁影连"二句描绘秋色，渲染了萧瑟清冷的氛围，把离别愁绪自然、恰当地表露出来，较为贴切自然。结尾两句蕴含着分别时的恋恋不舍，但没有脱离送别诗的基调。

此篇离别赠诗写深秋景色，抒别时离恨，读来清冷岑寂。《伤祝阿王明府》诗序中，诗人说："夫心之悲矣，非关春秋之气；声之哀也，岂移金石之音！何则，事感则万绪兴端，情应则百忧交轸。"他认为写诗要流露内心的真实情感，不能装腔作势、故作姿态。该诗展现的分别之情较为浅淡，大概是因为友谊还没有达到深切的程度。

赋得春云处处生①

千里年光静，四望春云生。
暂日②祥光③举，疏云瑞叶④轻。
盖阴笼迥树，阵影抱危城⑤。
非将吴会远，飘荡帝乡情⑥。

注　释

①赋得春云处处生：即景赋诗时得到"春云处处生"的题目。赋得，即景赋诗时常用的题目。"春云处处生"化用谢朓《和刘西曹望海台诗》："往往孤山映，处处春云生。"

②暂日：猝然从云中出来的太阳，一作"暂日"。

③祥光：吉祥的光。

④瑞叶：玉质的叶片，比喻白云。

⑤"盖阴"二句：指远处树木上的云层如同车盖，高耸的城池上的云

层形似军阵。盖，即车盖。笼，指遮掩。迥树，远处的树木。阵影，指云层形似军阵。危城，高耸的城池。

⑥"非将"二句：化自曹丕《杂诗二首·其二》："吹我东南行，行行至吴会。吴会非我乡，安得久留滞。"吴会，原指古代的会稽郡，后泛指今吴越一带。帝乡，京都。

译 文

千里春光寂静，四处望去春云涌现。猝然从云中出来的太阳发出吉祥的光，稀疏的白云一如玉质叶片那样轻。远处树木上的云层如同车盖，高耸的城池上的云层形似军阵。春云不是害怕吴越遥远，飘荡在此处是出于对京都的留恋。

赏 析

本诗大致创作于调露二年（680 年），这一年诗人被任命为临海县丞。由京城的侍御史变为地方小吏，这对诗人的政治抱负是一大打击，诗人为此"怏怏失志，弃官而去"（《旧唐书·骆宾王传》），心情激荡不安，在与友人登山游赏时即景赋诗，创作了两首诗，即此诗与《赋得白云抱幽石》："重岩抱危石，幽涧曳轻云。绕镇仙衣动，飘蓬羽盖分。锦色连花静，苔光带叶熏。讵知吴会影，长抱毂城文。"这两首诗形式相同，结构一致，内容主旨也相差无几。

前两句破题，用语简洁大气，不似《赋得白云抱幽石》那样幽邃深远。中间四句是对春云的具体描写，连用比喻，用词雅致，手法细腻，是根据宫廷诗的固定模式创作而成的，艺术手法与《赋得白云抱幽石》基本一致，并未有所创新。最后两句"非将吴会远，飘荡帝乡情"和"讵知吴会影，长抱毂城文"极为相似，二者均借典故强化主题，只是把设问变为否定，

用"帝乡情"取代"毂城文"而已，全诗意境并无大的变动。

本诗极力描写春云这一意象，寄情于景，流露出对都城的无尽思念。全诗描写细腻，用词艳丽，明显地带有宫廷诗的痕迹。

在狱咏蝉

西陆①蝉声唱，南冠客思侵。
那堪玄鬓②影，来对白头吟③。
露重飞难进，风多响易沉。
无人信高洁④，谁为表予心？

注 释

①西陆：即秋天，典出《隋书·天文志》："日循黄道东行，一日一夜行一度，三百六十五日有奇而周天。行东陆谓之春，行南陆谓之夏，行西陆谓之秋，行北陆谓之冬。"

②玄鬓：指蝉。蝉为黑色，暗喻人正值盛年。

③白头吟：乐府曲名。相传西汉时司马相如对卓文君爱情不专，卓文君作《白头吟》以自伤。其诗云："凄凄复凄凄，嫁娶不须啼。愿得一心人，白头不相离。"唐吴兢《乐府古题要解》称其"自伤清正芬芳，而遭铄金玷玉之谤"，此用其意。

④高洁：古人认为蝉栖居高枝，以露为食，所以称其高洁。

译 文

秋天蝉不停地鸣唱，激起我这个囚徒的满怀愁思。想起自己正值盛年，此时却只能吟诵《白头吟》那样哀怨的诗句。深秋露重，蝉想高飞，却飞不起来；秋风肃杀，淹没了蝉发出的微响。没人相信我的高风亮节，谁能证明我冰清玉洁的心肠？

赏　析

此诗题下有序云："余禁所禁垣西，是法厅事也。有古槐数株焉，虽生意可知，同殷仲文之古树；而听讼斯在，即周召伯之甘棠。每至夕照低阴，秋蝉疏引，发声幽息，有切尝闻。岂人心异于曩时，将虫响悲于前听？嗟呼！声以动容，德以象贤。故洁其身也，禀君子达人之高行；蜕其皮也，有仙都羽化之灵姿。候时而来，顺阴阳之数；应节为变，审藏用之机。有目斯开，不以道昏而昧其视；有翼自薄，不以俗厚而易其真。吟乔树之微风，韵姿天纵；饮高秋之坠露，清畏人知。仆失路艰虞，遭时徽纆。不哀伤而自怨，未摇落而先衰。闻蟪蛄之流声，悟平反之已奏；见螳螂之抱影，怯危机之未安。感而缀诗，贻诸知己。庶情沿物应，哀弱羽之飘零；道寄人知，悯余声之寂寞。非谓文墨，取代幽忧云尔。"这首诗前的小序，可以说是一篇简短而精美的骈文。小序交代作诗的缘起。首先从监狱的环境写起，借晋代殷仲文仕途失意及西周时召伯明察狱讼的典故，表达了自己身陷囹圄的痛苦和企盼有司明察的心愿。其次写闻蝉鸣而生悲情，哀叹入狱之凄婉。再次写了蝉的形态、习性。最后诗人以蝉自喻，抒发了自己的哀怨之情。这首诗与小序内容有相通之处，作为一首感情充沛的咏物诗，此诗借对蝉的吟咏，寄托自己蒙受冤屈的悲愤。

前两句借蝉声起兴，引起愁思。秋天蝉不停地鸣唱，叫声凄厉，激起诗人的满怀愁思，让深陷牢狱的他联想到自己的不幸遭遇，不禁感怀伤情。这两句托物起兴，一开始就将物我交融在一起。三、四句阐发物我之

间的关系。诗人想起自己正值盛年，却仕途坎坷，屡次被贬，不仅一事无成，还锒铛入狱，以致一夕鬓发斑白，而蝉依然"玄鬓"，不禁黯然伤怀，只能吟诵《白头吟》那样哀怨的诗句。《白头吟》相传是卓文君谴责司马相如的乐府曲，诗人借用这一典故，比喻执政者辜负了自己的一片赤胆忠心。"那堪"和"来对"相对，构成流水对，语气婉转而深切。

五、六句物我合一，表面写蝉，实则感慨自己的处境。深秋露重，蝉想高飞，却飞不起来；秋风肃杀，淹没了蝉发出的微响。"露重""风多"喻世道污浊、险象环生；"飞难进"喻政治上的不遂意；"响易沉"喻自己受排挤。蝉如此，诗人也如此，表明诗人虽欲一展抱负，却无力发声，为黑暗政局所遮蔽。结尾两句运用比喻，以蝉的高洁比喻自己的品格高雅。秋蝉高居树上，餐风饮露，不食人间烟火。自己也是清廉的，却被诬入狱。诗人直抒胸臆，把自己的冤屈和为国尽忠之志，一并宣泄而出。

全诗感情真挚，用典自然，托物言志，由物到人、由人及物，达到了物我一体的境界，是咏物诗中的名作。

秋晨同淄川毛司马①秋九咏（选二）

秋 蝉

九秋行已暮，一枝聊暂安②。
隐榆非谏楚③，噪柳异悲潘④。
分形妆薄鬓⑤，镂影饰危冠⑥。
自怜疏响断，荒林夕吹寒⑦。

注 释

①毛司马：生平不详。司马，官职名，为州刺史的副手。

②"九秋"二句：指秋季已至末尾，姑且在一根树枝上安顿。

③"隐榆"句：指"螳螂捕蝉，黄雀在后"的典故，出自《韩诗外传》："楚庄王将兴师伐晋，告士大夫曰：'敢谏者死无赦。'"孙叔敖……遂进谏曰：'臣园中有榆，其上有蝉。蝉方奋翼悲鸣，欲饮清露，不知螳螂之在后，曲其颈，欲攫而食之也。螳螂方欲食蝉，而不知黄雀在后，举其颈，欲啄而食之也。黄雀方欲食螳螂，不知童子挟弹丸在榆下，迎而欲弹之。童子方欲弹黄雀，不知前有深坑，后有掘株也。此皆贪前之利，而不顾后害者也。'"

④"噪柳"句：蝉在柳树上鸣叫，不是像潘安那样为早衰而悲哀。此句用潘岳悲秋的典故。

⑤薄鬓：古代妇女的一种发式，把两鬓修剪得薄如蝉翼。

⑥"镂影"句：典出《续汉书·舆服志》："武冠，一曰武弁大冠，诸武官冠之，侍中、中常侍加黄金珰，附蝉为文，貂尾为饰，谓之赵惠文冠。"危冠，古时的一种高冠。

⑦"自怜"二句：怜悯自己稀疏的声响断绝，因为荒林黄昏时的风越来越寒冷。

译 文

秋季已至末尾，姑且在一根树枝上安顿。隐身榆树上不是为了进谏楚王，在柳树上鸣叫不是像潘安那样为早衰而悲哀。蝉修饰自己的外形，薄翼如鬓；镂刻自己的形象，装饰高冠。怜悯自己稀疏的声响断绝，因为荒林黄昏时的风越来越寒冷。

赏 析

　　本诗是一组咏秋诗中的第三首，词句甚工，生动形象地描摹了世态并流露出讽世之意。本诗大致创作于唐高宗显庆三年（658 年），当时诗人刚刚返乡，比较能适应闲居的状态，所以这一时期的作品也大多轻快积极。诗中虽然流露出对过往的无限感慨，但并未因此传达消极避世的思想。此诗读来朗朗上口，所用词句精雕细琢，但算不上呕心之作，因此布局立意未能有所创新，艺术手法也较为单一。

　　本诗通过拟人化的创作方法，极言秋蝉之高洁脱俗。前两句描写秋蝉在暮秋时节，于寒风中栖于孤枝的孤寂景象，其高洁的形象已然显现。三、四句为借古喻今，通过用典来说明秋蝉的悲鸣既非求利，也非自怜。其中借物喻人的意味非常明显，诗人自身的情操跃然纸上。

　　五、六句描写秋蝉在寒风中恭敬地装饰容貌、保持形象，暗指诗人在患难中坚守道义、不惧危难的品质。结尾两句以细腻的笔触描写秋蝉在寒风中的无奈与悲怆，将画面的美与诗意的美相融合，使人读来唏嘘不已。

　　诗人在诗中以蝉喻己，表明了自己的高洁品质与坚守道义的志向。笔触细腻，情节动人。

秋 菊

擢秀①三秋晚，开芳十步中②。
分黄③俱笑④日，含翠⑤共摇风。
碎影涵流动，浮香隔岸通⑥。
金翘徒可泛，玉斝竟谁同⑦。

注 释

　　①擢秀：指菊花长势茂盛。

②"开芳"句：指菊花遍地开放。典出汉刘向《说苑·谈丛》："十步之泽，必有香草；十室之邑，必有忠士。"

③分黄：指纷繁的黄菊。

④笑：代指花开。

⑤含翠：指菊花的植株带着青绿色。

⑥"碎影"二句：对黄菊姿态和香气的描写。涵流，沉浸在水流之内。浮香，指黄菊飘散的香气。

⑦"金翘"二句：指虽然菊花酒可以饮用了，却无人与自己一起举杯。金翘，即菊花翘起的金黄色的花瓣，此处代指菊花酒。玉罍，玉制酒杯。

译 文

晚秋时节菊花长势茂盛，十步之内就能看到开放的菊花。纷繁的黄菊一起开放之际，带着青绿色共同在风中摇晃。零碎的影子沉浸在水流之内，飘散的香气连对岸都能闻到。虽然菊花酒可以饮用了，却无人与自己一起举杯。

赏 析

本诗中，诗人借物言情，诗意悠长。金黄可人的黄菊，让诗人看到了自己的影子。诗人运用咏物诗借物抒情的特点，把自身情感寄托在描摹的事物上，使人在奇思中触碰到诗人的内心。

诗的前六句从姿态、香气等方面对秋菊进行了详细描写，突出菊花在晚秋开放之多、姿态之媚、色泽之艳、香气之远，清丽动人。前两句点明菊花开放的季节及其"开芳十步中"的繁盛。三、四句中"笑日""摇风"用了拟人手法，令菊花的形象更为动人。五、六句对"碎影"的描写继续刻画菊花飘逸清丽的风姿，而"浮香隔岸通"则刻画了菊花的芳香远播。结尾两句，运用"金翘泛酒"这一意象，表达了诗人无处觅知音的孤寂之感。此诗不但赞扬了菊花的清幽美好，也传达了诗人自身的孤寂之情，情景相映，使人读来感同身受。

此诗先写菊花的美好姿态，又引出饮菊花酒的意象，转折自然，笔法飘逸，所写意象清丽雅致。同时表达了诗人无处觅知音的孤寂，相比于那些无病呻吟的咏物诗，显得优秀许多。

陪润州薛司空①丹徒桂明府②游招隐寺③

共寻招隐寺，初识戴颙家④。
还依旧泉壑，应改昔云霞⑤。
绿竹寒天笋，红蕉⑥腊月花。
金绳倘留客，为系日光斜⑦。

注 释

①润州薛司空：其人不详。润州，故址位于今江苏镇江。司空，古官职名，三公之一，多为赠官。薛司空应是一位离职在家闲居的高官。

②丹徒桂明府：其人不详。丹徒，唐时润州属县，今江苏镇江丹徒区。明府，古官职名，是对县令的美称。

③招隐寺：位于今江苏镇江招隐山上。

④"共寻"二句：指招隐寺是戴颙的故居。戴颙，字仲若，东晋名士戴逵之子，南朝宋隐士、音乐家、雕塑家。

⑤"还依"二句：化用南朝宋谢灵运《石壁精舍还湖中作》："林壑

敛暝色，云霞收夕霏。"

⑥红蕉：即红色的美人蕉，花色红艳，春夏开花，至冬天仍在开放。

⑦"金绳"二句：用长绳系日的典故。出自晋傅玄《九曲歌》："岁暮景迈群光绝，安得长绳系白日。"

译 文

我们一起寻找招隐寺，初次见到了戴颙的故居。山泉岩壑依旧，昔日的烟霞已变了模样。寒冬里绿竹生笋，腊月中红蕉开花。但愿金绳系住太阳，我愿长留在这里。

赏 析

此诗为作者经润州时所作。此诗的创作时期，正是诗人在政治上遭受挫折，欲归隐避世之时。如今来到戴颙的故居，想到自身的种种遭遇，让诗人仿佛找到了自己的"桃花源"，因此喜悦欣慰、不能自禁。诗中所写就是诗人这种情绪的外在表现。

诗人所游的招隐寺据传说是南朝宋隐士戴颙的隐居之地，因此诗在前两句就点破这一点。三、四句是说和戴颙那个年代相比，山泉岩壑依旧，而昔日的烟霞已变了模样。有一定的物是人非的感慨。

五、六句写景，通过对绿竹笋和红蕉花的描写，抒发了诗人欢快喜悦的心情以及对寺中美景的由衷喜爱。虽是寒冬，诗人眼中的山泉沟壑、竹笋红花，却依然如烂漫春季一样美不胜收，这正是诗人闲适心境的体现。结尾两句是说但愿金绳系住太阳，我愿长留在这里，极生动地描绘了诗人对此地的喜爱之情。

全诗语言流畅、色彩艳丽、感情真挚，是一首出色的记游诗。

棹歌行①

写月涂黄罢②，凌波拾翠③通。

镜花④摇芰⑤日，衣麝入荷风⑥。

叶密舟难荡，莲疏浦易空。

凤媒⑦羞自托，鸳翼恨难穷⑧。

秋帐灯华翠，倡楼粉色红⑨。

相思无别曲，并在棹歌中。

注 释

①棹歌行：乐府曲名，属《相和歌·瑟调曲》。

②"写月"句：谓点上黄星靥，涂上额黄。额黄，指古代妇人涂或贴在额头上的黄色装饰品。

③凌波拾翠：化自三国魏曹植《洛神赋》"或戏清流，或翔神渚，或采明珠，或拾翠羽"及"体迅飞凫，飘忽若神。凌波微步，罗袜生尘"。凌波，形容女子步履轻盈。拾翠，拾取翠鸟的羽毛做首饰，也指妇女游春。

④镜花：即菱花。

⑤芰：即菱，果实称菱角。

⑥"衣麝"句：谓衣香混入荷花飘香的风中。麝，本指麝香，此处指香气。

⑦凤媒：指西汉司马相如用《凤求凰》曲引逗卓文君之事。后世遂用"凤媒"表示自求婚配。

⑧"鸳翼"句：指古代韩凭夫妇之事，事见东晋干宝《搜神记》：韩

凭为宋康王舍人，妻何氏貌美，康王夺之。何氏借书信与韩凭约定自杀，韩凭先自杀，何氏跳高台而死，留下遗书请求将自己与韩凭合葬，康王怒而不许，令两人坟墓相望。两人的坟墓一夜之间长出大树，两树枝干相抱，各有一鸳鸯栖宿树上，交颈悲鸣，宋人称这两棵树为"相思树"。

⑨"秋帐"二句：写女子担心夫君流连于花街柳巷。倡楼，即倡女的居所，也称妓院。

译文

点上黄星靥，涂上额黄，步履轻盈地去拾翠羽。菱花在日光下摇曳，衣香混入荷花飘香的风中。荷叶浓密小舟难以划动，荷花稀疏水岸容易变得空旷。羞于自求婚配，恨鸳鸯无法比翼。秋日的帷帐中灯花璀璨，倡楼之上粉色浓重。没有为相思之情单独创作别的曲子，而是并在了这首《棹歌行》中。

赏析

本诗的创作时间不确定，诗中描写了一个对纯洁爱情满怀期待的女性形象。

全诗可以分成两个部分。前六句以自然景观为背景，描写了女主人公的动态形象，展现了她端庄雅致的姿态。前两句写女主人公点上黄星靥，涂上额黄，步履轻盈地去拾翠羽。"凌波拾翠"巧妙化用《洛神赋》中的句子，令读者可以想象女主人公绰约的身姿。三、四句写菱花在日光下摇曳，衣香混入荷花飘香的风中。这两句借物喻人，女主人公仿佛与荷花融为一体了。不过这清丽的景色并未使女主人公陶醉，而是引起了她的深思。五、六句中的"叶密"和"莲疏"，均与女主人公的内心呼应，象征着她内心的苦涩与空虚。

后六句描写女主人公的心理活动，直接而大胆地描写了她对爱情的渴望。"凤媒羞自托，鸳翼恨难穷"两句生动地展现了女主人公的羞涩和对美好爱情的期盼。"秋帐灯华翠，倡楼粉色红"两句则暗示出她的爱情很难得到想要的

回应，因为她的心上人是一个流连风月场所的浪子。结尾两句中，写她徒然地唱起《棹歌行》。《棹歌行》是描写江南水乡风情的爱情诗歌，集中反映女主人公对爱情的渴望和追求。全诗层层推进，将人物形象刻画得可爱动人。

这是一篇唯美的相思诗，清新而美好，细腻而动人。

海曲①书情②

薄游③倦千里，劳生④负百年。
未能槎上汉⑤，讵肯剑游燕⑥？
白云照春海，青山横曙天⑦。
江涛让双璧⑧，渭水掷三钱⑨。
坐惜风光晚，长歌独块然⑩。

注 释

①海曲：古县名，故址位于今山东日照。

②书情：即述怀。

③薄游：为微薄的俸禄而在外漂泊。

④劳生：指辛勤劳苦地生活。典出《庄子·大宗师》："夫大块载我以形，劳我以生，佚我以老，息我以死。"

⑤槎上汉：指乘槎上天河，典出西晋张华《博物志》："旧说云天河与海通。近世有人居海渚者，年年八月有浮槎去来，不失期，人有奇志，立飞阁于槎上，多赍粮，乘槎而去。"此处指入朝为官。

⑥剑游燕：即携剑从军于燕地以取功名。唐时以燕地为边庭。

⑦"白云"二句：写春日海景。春海，即春季的大海。

⑧"江涛"句：指秦始皇沉璧后复得之事。事见《史记·秦始皇本纪》："秋，使者从关东夜过华阴平舒道，有人持璧遮使者曰：'为吾遗滈池君。'……使御府视璧，乃二十八年行渡江所沉璧也。"

⑨"渭水"句：指项仲山饮马之事，典出唐徐坚《初学记》卷六引《三辅决录》："安陵清者有项仲仙，饮马渭水，每投三钱。"项仲仙，一作"项仲山"。

⑩块然：形容孤独。《庄子·应帝王》有"块然独以其形立"之语。

译 文

为微薄的俸禄而在千里之外漂泊，一生辛勤劳苦地生活。不能入朝为官，又怎会携剑从军于燕地以取功名？白云间的日光映照春季的大海，青山之上横着黎明的天空。江上波涛送来双璧，向渭水中掷入三钱。闲坐叹惜时光已晚，只能孤独地长歌一曲。

赏 析

本诗与《远使海曲春夜多怀》是同时之作，是诗人开耀元年（681年）居于齐鲁时的作品。诗人刚经历了一场冤狱，仕宦之心渐息，本诗题目中的"书情"，就侧重于对未来回归自然的期盼。

诗的前两句是对过去的追悔，颇有"悟已往之不谏，知来者之可追"（陶渊明《归去来兮辞》）之感。接下来八句是诗人对自己内心的描写，表现了诗人决心摆脱过去庸碌的生活方式，追求心灵的自由。三、四句表明诗人不愿继续在仕途上劳心费力，暗示了诗人脱离官场的志向。五、六句写景。诗人运用"白云""春海""青山""曙天"等意象，描绘出了清丽灵动的画面，生动地展示了春意，用大自然的美好景象暗示了脱离世俗的心愿。七、八句以古喻今，表达诗人向往山野，想要归隐山林的志

趣。结尾两句笔锋一变，从美好的想象回到孤寂的现实中。"坐惜风光晚"一句，含义深远，既表达了风景已处于日落时分的"晚"，也是诗人蹉跎一生的"晚"，和开篇"劳生负百年"一句相呼应。念及此处，诗人惆怅地"长歌独块然"。这一声长叹，含着浓浓的哀愁，提升了全诗的境界。

本诗格调哀怨婉转，诗中并未直接表明哀怨的根源，因此富有含蓄之美。

蓬莱镇①

旅客②春心③断，边城④夜望高。

野楼⑤疑海气⑥，白鹭似江涛⑦。

结绶疲三入⑧，承冠泣二毛⑨。

将飞怜弱羽⑩，欲济乏轻舠⑪。

赖有阳春曲，穷愁且代劳⑫。

注 释

①蓬莱镇：故址位于今山东烟台蓬莱区。

②旅客：此处指诗人自己。

③春心：春日所引发的思绪。

④边城：此处指蓬莱镇。

⑤野楼：郊外的楼台。

⑥海气：海市蜃楼。

⑦"白鹭"句：一群群白鹭起伏的样子仿佛翻滚的波涛。

⑧"结绶"句：多次出仕感到极度疲倦。结绶，指佩系印绶，即出仕为官。三入，指多次出仕。

⑨二毛：花白的头发。

⑩弱羽：翅膀软弱，指才能不足。

⑪轻舸：轻快的小舟。

⑫"赖有"二句：指用高雅的乐曲排解烦愁。《阳春曲》，一种高雅难学的曲子。代劳，排解烦愁。

译 文

春日所引发的思绪让我更加伤感，夜晚看到的蓬莱镇显得更加高大。郊外的楼台像是海市蜃楼，一群群白鹭起伏的样子仿佛翻滚的波涛。多次出仕感到极度疲倦，戴着官帽为花白的头发而哭泣。想要飞翔却苦于翅膀软弱，想要渡河又没有轻快的小舟。幸好还有高雅的《阳春曲》，帮助我排解烦愁。

赏 析

本诗创作于开耀元年（681年）春，当时诗人刚刚出狱，奉命去往燕齐，途经登州蓬莱镇，对景伤怀，创作了本诗。

诗的前两句表明当时是春天的傍晚，诗人位于边城蓬莱镇。"春心断"表明诗人有深沉的痛苦。诗人刚刚经历一场冤狱，对仕途已经死心，对继续漂泊感到厌倦、疲惫，因此烂漫的春光不仅没能安慰他，反而增加了春心欲断的愁思。三、四句是景色描写，海水蒸腾，白鹭如涛，给人以如梦似幻之感，展现出诗人的心绪不宁。

五、六句是诗人自述，表明其仕途之艰难，而如今自己白发满头，如何能不自伤？七、八句表明了诗人对现实感到无奈和绝望，"怜弱羽""乏

轻舠"的艰难，主要体现在仕途上的进退失据。结尾两句含义深远，诗人在无尽的烦愁中长歌当哭，抒发深沉的感慨。诗为心声，不平则鸣，内心凄凉，所创作的诗句自然哀伤婉转。

此诗满篇愁怨，句句悲苦。以景衬情，真挚动人，格调哀婉凄楚。

冬日野望

故人无与晤，安步陟山椒①。
野静连云卷，川明断雾销②。
灵岩闻晓籁，洞浦涨秋潮③。
三江④归望断，千里故乡遥。
劳歌徒自奏，客魂谁为招⑤？

注 释

①"故人"二句：指访问友人却没有遇到，自己缓步徐行登上山顶。安步，缓步徐行。陟山椒，登上山顶。

②"野静"二句：描写山川旷野云开雾散的景象。卷，收。断雾，残雾。

③"灵岩"二句：灵岩在凌晨发出大自然的声响，洞浦涨起了秋潮。灵岩，即灵岩山，位于今江苏苏州西南。晓籁，自然界凌晨的声音。洞浦，具体位置不明。

④三江：对各水道的泛指。

⑤"劳歌"二句：只能徒劳地奏乐，又有谁能为我这个游子招魂呢？劳歌，古代送别之歌。

　　访问友人却没有遇到，自己缓步徐行登上山顶。宁静的田野上空连云舒卷，残存的山川雾气也在日光下消散。灵岩在凌晨发出大自然的声响，洞浦涨起了秋潮。水道的水色无法领略，因为故乡遥隔千里。只能徒劳地奏乐，又有谁能为我这个游子招魂呢？

　　本诗描写诗人登山时没有约到友人同行，进而产生对家乡的思念。诗中所述的"故人"，想来是诗人故乡的朋友，因此有了这种感情上的承接。

　　诗的前两句运用白描手法，描写诗人冬季登山却访友不遇，只能自己缓步徐行登上山顶，记录下了沿途的见闻，笔触细腻柔和。三、四句所述为亲眼所见，宁静的田野上空连云舒卷，残存的山川雾气也在日光下消散。这是一幅空旷而又滞重的画面，与诗人的内心对应。五、六句所述为听觉所及，灵岩在凌晨发出大自然的声响，洞浦涨起了秋潮。诗人用这四个意象勾勒出一幅空旷的画面，使后文自然地过渡到思乡之情。

　　结尾四句笔锋一转，抒发思乡之情。"归望断""故乡遥"，纯用白描手法摹景抒情。诗人外出游玩本应心情愉悦，却引起了思乡之情，心中无限哀伤。而"劳歌"给诗人的"客魂"带来的只有低沉凄婉的冷落心境。用浅显易懂的语言来表露情感，是诗人很少采用的艺术手法，因此读起来格外新颖别致。

　　全诗格调开阔自然，情思哀伤绵长，乐景哀情相互映衬，使得哀情更甚。

晚渡黄河

千里寻归路，一苇乱平源①。

通波连马颊②，进水急龙门③。

照日荣光净，惊风瑞浪翻④。

棹唱临风断，樵讴入听喧⑤。

岸迥秋霞落，潭深夕雾繁。

谁堪逝川⑥上？日暮不归魂⑦。

注 释

①"千里"二句：描绘诗人回家途中渡河的情况。一苇，典出《诗经·河广》："谁谓河广？一苇杭之。"乱，横渡。平源，诗中指黄河。

②马颊：马颊河，上宽下窄，形如马颊，是唐代为分泄黄河洪水而开挖的，流经河南、河北，在山东入渤海。

③龙门：即禹门口，在今山西河津西北，为黄河晋陕峡谷的南端出口。

④"照日"二句：描绘黄河波浪翻涌之状。荣光，五彩云气，古人认为是吉祥之兆。

⑤"棹唱"二句：描写诗人听到的船中棹歌与林中樵歌。棹唱，即棹歌，行船之人所唱的歌。樵讴，樵歌，砍柴之人唱的歌。

⑥逝川：流逝的河水，常用来比喻时间、生命等。典出《论语·子罕》："子在川上曰：'逝者如斯夫，不舍昼夜。'"

⑦不归魂：即客魂，此处是诗人自指。

译 文

从千里之外寻找回家的路途，多希望踩着一根芦苇就能横渡黄河。波涛连通马颊河，急流通到禹门口。水面上五彩云气耀眼，吉祥的浪花随风翻涌。晚风夹杂着船中棹歌，耳边回荡着林中樵歌。岸边辽阔夜空上的晚霞逐渐消散，深潭水面上的积雾愈加浓厚。谁能忍受在流逝的河水之上漂泊？客魂在日暮依然不能归家。

赏 析

本诗的创作时间不确定，大致是诗人某次因公外出后返乡时创作的。本诗偏于描写景物，对情感的描绘较为含蓄。

除前两句破题，最后两句寄慨，并前后呼应外，其余皆为写景。诗人想要描绘一幅波澜壮阔的黄河画卷，因此选取大气的意象加入创作之中，使本诗读来气势壮阔、雄浑大气。前两句用夸张手法表达了对渡过黄河、到达家乡的渴望心理。三、四句描写黄河水势的激荡，显现出黄河冠绝天下的气概，其中"马颊"和"龙门"都是极具代表性的黄河景观。五、六句描写黄河上的云彩与浪花，使黄河的形象更具体。七、八句从声音的角度进行描写，船中棹歌、林中樵歌，都是夜色下特有的意象，诗人运用匠心进行选取，使画面增添了一丝灵性。随后两句则将画面向远处延伸，不仅拉开了空间，也通过"秋霞""夕雾"等意象点明了时间。结尾两句呼应开头，笔锋一变，感叹时光蹉跎、归乡不易。笔力矫健，读来气势磅礴。

本诗展现了诗人渲染意象时的高超手法。笔法浓墨重彩，景象雄浑大气，乍一看有不精之感，细细品来，才觉意蕴悠长。诗人运用激浪、彩云、河风、晚霞和夜雾等意象勾勒出了一幅壮阔的黄河夜色图。再加上一组渔舟唱晚、樵歌喧道的画面，可谓美不胜收，不仅增加了韵律之美，也提高了画面的完整度，让人叹为观止。

宿山庄

金陵一超忽①，玉烛几还周②。

露积吴台③草，风入郢门④楸⑤。

林虚宿断雾，磴险挂悬流。

拾青⑥非汉策⑦，化缁⑧类秦裘⑨。

牵迹犹多蹇，劳生未寡尤⑩。

独此他乡梦，空山明月秋。

注 释

①超忽：遥远，此处指历史悠久。

②"玉烛"句：意思是说没有几年是太平盛世。玉烛，指一年四季的气象和畅，比喻太平盛世。还周，谓四时交替，几次循环，即经若干年。

③吴台：指春秋末期吴王夫差修建的姑苏台。故址位于今江苏苏州灵岩山。

④郢门：郢都，春秋战国时楚国都城。在今湖北江陵纪南城，楚文王在此定都。

⑤楸：楸树。一种落叶乔木。

⑥拾青：同"拾紫"，也作"拾青紫"，指获取高官显位。《汉书·夏侯胜传》记载："经术苟明，其取青紫如俯拾地芥耳。"

⑦汉策：指汉人所说的靠明经术就可"拾青"的话。

⑧化缁：变黑，形容衣服破旧。典出陆机《为顾彦先赠妇诗二首·其

一》："京洛多风尘，素衣化为缁。"

⑨秦裘：意思是像苏秦那样，衣服破旧，进言没有得到采纳而离开秦国。

⑩"牵迹"二句：指生平命运乖蹇，劳苦一生却没能减少罪过。多蹇，多困厄和坎坷。寡尤，减少罪过。

译 文

金陵的历史悠久，没有几年是太平盛世。姑苏台上的杂草积满露水，郢都的楸树在风中摇曳。空旷的林中飘着分割成块的雾，险峻的石阶上挂着瀑布。靠明经术没能获取高官显位，衣服破旧像苏秦的散裘。生平命运乖蹇，劳苦一生却没能减少罪过。流落他乡时的梦里，还在惦念家乡的空山与秋日明月。

赏 析

这首诗大约作于开耀元年（681年），是诗人晚期的作品，当时诗人遭到贬谪，前往临海，路上途经南京并在某山庄留宿。诗中充满了对国事的担忧和对坎坷命运的慨叹。

前两句咏史，写金陵的历史悠久，但没有几年是太平盛世。三、四句写古时统治者昏庸无道，以致姑苏台上的杂草积满露水，郢都的楸树在风中摇曳，遭受亡国的祸端。五、六句写眼前景色，空旷的林中飘着分割成块的雾，险峻的石阶上挂着瀑布，场景壮阔险峻。

七、八句诗人直述自身处境："拾青非汉策，化缁类秦裘。"表明自己仕途不顺，怀才不遇，以致一生不得志。"牵迹犹多蹇，劳生未寡尤"两句写自己生平命运乖蹇，劳苦一生却没能减少罪过。想到这里，诗人愁绪万千，忧思难解，只好在结尾两句对月怀人，身处他乡，借明月表达自

己对家乡亲人的思念之情。

此诗风格沉郁，感伤悲苦中含有激愤郁勃之气，这与此前诗人因直言而被构陷入狱，如今又遭贬谪的痛苦心境是相符的。前两句的咏史，表达了诗人对国事的担忧和对统治者的讽喻。后文的抒怀主要抒发了自己仕途坎坷、怀才不遇的愁苦和感叹。语言沉郁顿挫，感情浓厚深沉，具有很强的艺术感染力。

晚度天山有怀京邑

忽上天山路，依然想物华①。

云疑上苑②叶，雪似御沟花。

行叹戎麾③远，坐怜衣带赊④。

交河浮绝塞⑤，弱水浸流沙。

旅思徒漂梗，归期未及瓜⑥。

宁知心断绝，夜夜听胡笳。

注 释

①物华：指都城内的景色。

②上苑：即上林苑，为汉代皇家园林，汉武帝刘彻所建。

③戎麾：军旗。这里借指军营。

④衣带赊：衣带变得宽松，形容人消瘦。

⑤绝塞：指远方边塞地区。

⑥及瓜：指任职期满。

译文

忽然走上了前往天山的道路，心中还想着都城内的景色。云朵舒展仿佛上林苑中茂密的树叶，雪花飘洒好像是御沟中漂荡的落花。途中感叹军营太远，坐下时就可怜衣带变得宽松。交河的水向远方边塞地区流淌，弱水浸入流动的沙漠。在旅途中如同桃梗一般四处漂泊，任职期还未满，离交接回归的日期还有很久。这样的处境让人心思断绝，夜夜听着周围凄凉的胡笳之声。

赏析

这首诗作于咸亨元年（670 年）诗人随军出征西域之时。诗歌主要抒发了远在边塞、思念都城的感情。诗人感叹边塞遥远、空阔，自己是漂泊之人，在远方只能听见胡笳的悲凉凄清之音，表现了对都城和故乡的思念之情。

前四句描写诗人登上天山，极目远眺，想的却是物华天宝的京都。在他眼前，云朵舒展仿佛上林苑中茂密的树叶，雪花飘洒好像是御沟中漂荡的落花。可见诗人虽然身处边塞，心里想的却都是都城景物，思乡之情跃然纸上。面对戍边生活的艰苦和日益消瘦的自己，诗人不由得在五、六句中感叹："行叹戎麾远，坐怜衣带赊。"

七、八句中描写了边塞的荒凉与悲壮，是诗人苦闷内心的写照。此时他已经没有了当初请缨随军戍边时"一得视边塞，万里何苦辛"（《咏怀古意上裴侍郎》）的豪情壮志；而"旅思徒漂梗，归期未及瓜"的深沉感慨和当初"不求生入塞，唯当死报君"（《从军行》）的慷慨激昂也产生鲜明的对比。最后诗人以"宁知心断绝，夜夜听胡笳"的悲慨收束全诗，感情悲凉凄婉。诗人此时在边塞只待了半年多，但其感情和想法与请缨前来时大不相同，这是因为随着战事频频失利，诗人保家卫国、建立功勋的

抱负逐渐消失。而恶劣的边塞环境和艰苦的边塞生活又加深了他对都城的思念。

全诗感情真挚，景中含情，言辞悲凉凄怆，字里行间都是诗人的真情流露，使得此诗情意更浓，令人动容。与一些没有经历过边塞生活的诗人所作的诗歌相比，这首诗内容更为饱满，思想更为深刻。

夕次蒲类津①

二庭归望断，万里客心愁②。

山路犹南属，河源自北流③。

晚风连朔气④，新月照边秋⑤。

灶火通军壁，烽烟上戍楼⑥。

龙庭但苦战，燕颔会封侯⑦。

莫作兰山下，空令汉国羞⑧。

注 释

①蒲类津：即蒲类海，古湖泊名。指今新疆东部的巴里坤湖。

②"二庭"二句：在边庭上看不到回家的路，万里为客，心中愁绪万千。二庭，唐时指西突厥分裂后的南北二部，乙毗咄陆可汗在镞曷山西建王庭，称为北庭；乙毗沙钵罗叶护可汗在虽合水北建王庭，称为南庭。

③"河源"句：黄河源头的水自北面流来。黄河在新疆有三处源头，两处源头从北面流来，一处从东面流来。

④朔气：北方的寒气。

⑤边秋：秋天的边塞。

⑥"灶火"二句：灶火通向军营四周的墙壁，通报敌情的烟雾飘到了瞭望塔。形容边塞战争形势紧张。军壁，军营四周的墙壁，泛指防御工事。军队驻扎的地方都修筑垒壁，故称。烽烟，烽火台上通报敌情的烟雾。

⑦"龙庭"二句：只要在边疆奋战，就会像班超一样被封为侯爵。龙庭，匈奴单于祭祀天地鬼神的地方。燕颔，东汉名将班超从小便有立功边疆的志向，相士说他"燕颔虎颈"，有封"万里侯"之相。后奉命出使西域三十一年，接连平定各地叛乱，官至西域都护，封定远侯。后以"燕颔"比喻封侯之相。

⑧"莫作"二句：不要做兰干山下战败而投降敌人的李陵，白白地让朝廷蒙羞。《汉书·李陵传》记载，汉武帝天汉二年（前99年），贰师将军李广利进攻天山，李陵自请领一队之军到兰干山，以分单于之兵。汉武帝壮而许之，率步卒五千，至浚稽山下，匈奴以八万之众击之，李陵指挥部下杀敌上万，矢尽而降。兰山，指兰干山，是匈奴境内的一座山，与龙城相近。汉国，汉朝，这里指唐朝。

译文

在边庭上看不到回家的路，万里为客，心中愁绪万千。山路自南而来仍然延伸不断，黄河源头的水自北面流来。晚上凄冷的风中夹杂着阵阵北方的寒气，皎洁的月光照着秋天的边塞。灶火通向军营四周的墙壁，通报敌情的烟雾飘到了瞭望塔。只要在边疆奋战，就会像班超一样被封为侯爵。不要做兰干山下战败而投降敌人的李陵，白白地让朝廷蒙羞。

赏 析

咸亨元年（670年），吐蕃进犯西域，名将薛仁贵前往西域征讨。骆宾王以奉礼郎的身份从军西域，正值薛仁贵在大非川（在今青海境内）惨败，唐军几乎全军覆没，骆宾王也因此羁留西域近三年。在边塞生活期间，骆宾王写了许多边塞诗，诗中有对艰苦的军旅生活的讲述，也有对边塞壮丽风光的描写；感情上有保家卫国、建功立业的豪情壮志，也有思念家乡、渴望回归的愁苦。这首诗应为薛仁贵在大非川战败后所作，诗人随军到蒲类津征战，晚上就地宿营时触景生情，于是将所见之景、所生之情诉诸笔端，将当时的自然环境、战争境况真实地展现了出来。

前两句气势低沉、感慨良多："二庭归望断，万里客心愁。"表明当时战况并不乐观，没有取得胜利，又如何回到家乡？回归的日子遥遥无期，内心又怎能不充满忧愁？"愁"字不单是指思念家乡和亲友，也是指当下作战不顺利。诗人满腔热血，面对眼前战况，自然为国家和百姓而万分忧愁。三、四句并非完全描述自然景象，而是含有比兴之意，饱含着复杂的情绪。一方面，山路自南而来仍然延伸不断，通向京城，而征人身处万里之外，望着归路不仅无法归去，还要向着自北面而来的流水前进，离家越来越远。另一方面，黄河源头虽然偏远，但其水流经数万里，最终还是流向了中原腹地，诗人借用流水喻征人之心，象征无论走向哪里，征人的心都像这流水一样惦念故土，这既是天性使然，也是诗人抒情明志的言辞。这两句构思巧妙、语言质朴，使诗歌具有丰富的内涵。五、六句描写了征战之地的景象：晚上凄冷的风中夹杂着阵阵北方的寒气，皎洁的月光照着秋天的边塞，渲染出凄清、萧瑟的气氛。

七、八句抓住边塞征战特有的意象来描写，营造了紧张的气氛，使人仿佛身在其中。诗人在这里并未直接写战争的状况或士兵的动作，但激烈的对战顿现眼前。一个"上"字，将战争的紧张形势展现得淋漓尽致。这两句描写的是在蒲类津征战的真实情况，与题目相照应。面对当下的战况，诗人发出了"龙庭但苦战，燕颔会封侯"的壮志。汉朝班超曾在西域作战，平定多处叛乱，建立卓越功勋。诗人渴望能像班超一样戍边卫国，建功立业。结尾两句通过讽刺李陵投降匈奴的事彰显自己卫国的决心和宁死不屈的英雄气概。据《旧唐书·薛仁贵传》记载，将军郭待封随军出征西域，但不甘居于薛仁贵之下，在征战中不服从命令，以致贻误战机，给军队造成了极为严重的损害。这两句或许也有影射此事之意。

此诗艺术形式丰富，备受诗论家称道。整首诗主要描绘了蒲类津征战的情况和诗人的内心感受。诗歌通过描写凄清的自然环境和形势紧张的战事，表现了征人的艰苦生活。诗人一腔热忱，怀有报国之志，决心戍边卫国、建立功勋，结尾两句更是充满了豪情壮志。全诗意境雄浑，语言有力，情韵深远。

远使海曲春夜多怀

长啸三春晚，端居百虑盈①。

未安胡蝶梦②，遽切鲁禽情③。

别岛连寰海，离魂断戍城④。

流星疑伴使，低月似依营⑤。

怀禄⑥宁期达，牵时⑦匪徇名⑧。

艰虞⑨行已远，昧迹⑩自相惊。

注 释

①"长啸"二句：在晚春三月长啸，平日里种种忧虑盈满于心。谓想以长啸解忧。长啸，发出高而长的声音。端居，平常居住。百虑，种种忧虑。

②胡蝶梦：形容物我两忘的境界。典出《庄子·齐物论》："昔者庄周梦为胡蝶，栩栩然胡蝶也，自喻适志与，不知周也。俄然觉，则蘧蘧然周也。不知周之梦为胡蝶与，胡蝶之梦为周与，周与胡蝶则必有分矣，此之谓物化。"

③鲁禽情：形容急切、忧悲之情。鲁禽，一种海鸟。出自《庄子·至乐》："昔者海鸟止于鲁郊，鲁侯御而觞之于庙，奏《九韶》以为乐，具太牢以为膳。鸟乃眩视忧悲，不敢食一脔，不敢饮一杯，三日而死。此以己养养鸟也，非以鸟养养鸟也。"

④"别岛"二句：小岛被大海环绕，游子魂断边城。寰海，大海。离魂，指漂泊他乡的游子。戍城，边城。

⑤"流星"二句：流星似乎在陪伴着我这个使者，月亮低垂依偎着军营。伴使，陪伴使者。依营，依偎着军营。

⑥怀禄：留恋俸禄。

⑦牵时：被世俗牵绊。

⑧徇名：舍身求名。

⑨艰虞：艰难。

⑩昧迹：隐蔽行迹，这里指违背自己的心愿。

译 文

在晚春三月长啸，平日里种种忧虑盈满于心。无法像庄周梦蝶一样安适，有鲁禽一般的急切、忧悲之情。小岛被大海环绕，游子魂断边城。流星似乎在陪伴着我这个使者，月亮低垂依偎着军营。留恋俸禄并不是期望发达，被世俗牵绊不是舍身求名。艰难出使走了这么远，违背自己的心愿内心非常不安。

此诗作于开耀元年（681年）春，与《蓬莱镇》主旨、结构基本相同。

前两句写诗人从登州离开，在晚春三月来到密州的海曲（今山东日照西），此时内心百种忧虑丛生。三、四句用典，说自己来到之前久居的地方，无法像庄周梦蝶一样安适，虽然感戴齐鲁父老的多方关照，但依然有鲁禽一般急切、忧悲之情。随后四句为景色描写，其中"别岛""离魂""流星""低月"等意象，均有一种凄凉孤寂的意味。有学者认为这些景色描写中情与景较为割裂，结构太过分明，一定程度上影响了感情的充分抒发，这是颇有见地的，也是初唐诗歌一个较为普遍的弊病。

结尾四句集中抒情。"怀禄宁期达，牵时匪徇名"两句为自己的行为做出解释，言明自己留恋俸禄并不是期望发达，被世俗牵绊不是舍身求名，而是现实所迫、养亲所需，不得已而为之。结尾两句直抒胸臆，言人生道路充满艰难险阻，为生计忙于奔波，前路漫漫，辗转漂泊，而自己心为形役，违背自己的心愿，内心非常不安。

这首诗借景抒情，描写了凄清的自然环境，表达了自己仕途坎坷、漂泊无依的羁旅之情和心为形役、为生计奔波而又不愿违背心愿的矛盾内心，感情低沉哀怨。

早发诸暨①

征夫怀远路，夙驾②上危峦。

薄烟横绝巘^③，轻冻涩回湍。

野雾连空暗，山风入曙寒。

帝城临灞涘^④，禹穴^⑤枕江干。

橘性行应化^⑥，蓬心^⑦去不安。

独掩穷途泪，长歌行路难^⑧。

注 释

①诸暨：县名，今浙江诸暨。战国时属越国，曾为越都。秦设诸暨县，汉以后因之。

②凤驾：车乘，车驾。

③绝巘：陡峭的山峰。

④灞涘：灞水岸边。灞，即灞水，渭河支流。在今陕西中部。

⑤禹穴：据说是大禹墓地，在今浙江绍兴的会稽山。这里借指稽山。

⑥"橘性"句：橘树的习性因环境的影响而发生变化。典出西汉刘向整理的《晏子春秋·内篇杂下》："婴闻之，橘生淮南则为橘，生于淮北则为枳，叶徒相似，其实味不同。所以然者何？水土异也。"应化，顺应变化。

⑦蓬心：浅薄的心。形容知识浅薄，不能通达事理，多用于自谦。

⑧"独掩"二句：独自掩住为穷途而哭的泪眼，长歌一曲《行路难》。

译 文

远行之人想着前方的道路，车驾登上了高高的山峦。薄薄的烟雾在陡峭的山峰上横绕，回旋的急流中有微冻的迹象。清晨大雾弥漫，使天空昏暗不清；山风迎面吹来，寒气袭人。京城挨着灞水岸边，会稽山与长江岸边相邻。我来到北方性情已经顺应变化，浅薄的心离家乡越远越不安。独自掩住为穷途而哭的泪眼，长歌一曲《行路难》。

赏 析

这首诗作于诗人年轻时，当时他初次进京谋仕失败，回家乡义乌探望亲朋好友后，在返回兖州的路上经过诸暨，写下了这首诗。

前六句，是诗人走在诸暨崎岖山道上看到的情景，轻寒阵阵，满目凄凉。开头两句点题，"远路""危峦"概括出路途的艰险。接下来四句是对初冬山中景物的描写，一派凄凉萧瑟的景象，烘托出诗人内心的感伤与迷茫。

后六句，抒发所见之景引起的诗人内心的忧愁：自己这个四处漂泊、久居他乡的游子，回到家乡也只是待上一时半刻，随即便与亲友分别，继续过羁旅生活。"橘性行应化"，表明随着外界环境的影响，诗人的性情已经顺应变化，家乡赋予的特征也将慢慢消失。今后要踏上的人生之路不正跟眼前正在行走的这条崎岖之路一样艰难吗？想到这些，诗人悲婉哀伤，内心愁苦万分，只能在结尾两句中"独掩穷途泪，长歌行路难"了。

这首诗景中含情，低沉悲怨，笼罩着一层悲伤的气氛，抒发了诗人彷徨、苦闷的情绪。

望月有所思①

九秋凉风肃，千里月华开。

圆光随露湛，碎影逐波来。

似霜明玉砌，如镜写珠胎②。

晚色③依关④近，边声⑤杂吹哀。

离居⑥分照耀，怨绪⑦共裴徊⑧。

自绕南飞羽⑨，空悲北堂才⑩。

注 释

①望月有所思：诗歌古题，南朝梁刘孝绰有《望月有所思》诗。

②珠胎：古人认为珍珠是明月照耀蚌而令其怀珠胎产生的。

③晚色：一作"晓色"。

④关：边关。

⑤边声：边关羌管、胡笳、画角等乐声。

⑥离居：指征人思妇两地分居，无法相见。

⑦怨绪：哀怨愁苦的心绪。

⑧裴徊：彷徨，徘徊。

⑨南飞羽：指乌鹊。典出曹操《短歌行》。

⑩北堂才：指陆机一样的才华。西晋文学家陆机有《拟明月何皎皎》："安寝北堂上，明月入我牖。照之有余辉，揽之不盈手。"

译 文

秋天凉风肃杀，月光普照千里。月光跟随着浓重的露水，破碎的月影追逐着水波而来。月光如霜照在石阶上，又如镜般照耀让蚌怀上了明月珠。边关夜幕降临，四周传来的乐声凄清哀怨。两地分居各对月光，哀怨愁苦的心绪弥漫徘徊。来到这里成了无枝可栖的乌鹊，辜负了陆机一样的才华。

赏 析

这首诗约作于咸亨二年（671年）秋诗人从军出征边塞期间。前一年，诗人立下"勒功思比宪，决策暗欺陈"（《咏怀古意上裴侍郎》）的志向，抱着"不求生入塞，唯当死报君"（《从军行》）的决心，弃文就武，从军出征，想要保家卫国，同时也渴望建立功勋，改变自己怀才不遇的际遇。但征战并不顺利，唐军在大非川的惨败让诗人的满腔热血渐渐消退，只落得独处荒漠、孤寂凄凉的境况。于是家国之忧、思乡之情、羁旅之愁时时萦绕心间，此诗便是在这样复杂的情绪中产生的。

前六句主要写景状物，紧扣"望月"二字展开叙述。开头两句写秋天凉风肃杀，月光普照千里。点明季节为秋季，并概括出明月普照大地的特点。接下来四句，诗人展开浪漫想象，写月光跟随着浓重的露水，破碎的月影追逐着水波而来。月光如霜照在石阶上，如镜照耀让蚌怀上了明月珠。营造出澄澈、凄清的氛围，并始终不离月之"明"，手法巧妙。

后六句中，诗人困居边关，目睹明月照不尽离别人，此情此景已足够悲凉，然而周围又响起征人吹奏的哀歌，心中便更加愁苦，思乡之情不言而喻。于是诗意由景入情，照应题目中的"有所思"，表达了"离居分照耀，怨绪共裴徊"的思乡之情。另外，这里也暗含诗人对当初投笔从戎的悔意，如今流落荒漠、形单影只，如同无枝可栖的乌鹊，理想未能实现，辜负了满腹才华。

这首诗写清明、澄澈的月光和肃杀、凄凉的边地秋景，抒发思乡之情、羁旅之愁以及怀才不遇、未能实现抱负的心情。景清情哀，情寓景中，凄清悲婉。

在军中赠先还知己

蓬转俱行役，瓜时独未还。
魂迷金阙①路，望断玉门关②。
献凯多惭霍③，论封几谢班④。
风尘催白首，岁月损红颜。

落雁低秋塞，惊凫起暝湾⑤。

胡霜如剑锷⑥，汉月似刀环⑦。

别后边庭树，相思几度攀。

注 释

①金阙：天帝所住的宫阙。这里指皇宫。

②玉门关：两汉时期通往西域的关隘。故址位于今甘肃敦煌西北小方盘城。由于古时大量的玉石由此被运入中土，因而得名玉门关。

③惭霍：愧对霍去病，指没有在边疆立下军功。

④谢班：不如班超。

⑤暝湾：傍晚水流弯曲的地方。

⑥剑锷：剑刃。

⑦"汉月"句：此句暗含思归汉地之意。典出《汉书·李陵传》："昭帝立，大将军霍光、左将军上官桀辅政，素与陵善，遣陵故人陇西任立政等三人俱至匈奴招陵。立政等至，单于置酒赐汉使者，李陵、卫律皆侍坐。立政等见陵，未得私语，即目视陵，而数数自循其刀环，握其足，阴谕之，言可还归汉也。"刀环，刀头上的环。因其形状为圆形，故以月为喻。

译 文

　　我们一起像飘蓬一般来到边塞服役，期满之时只有我没有回去。灵魂早已被长安的皇宫迷住，双眼已望断玉门关。愧对霍去病的是没有在边疆立下军功，也不如班超能够封侯万里。风尘催白了我的头发，岁月损伤了我的容颜。秋雁在边塞上低飞徘徊寻找住处，野鸭在傍晚水流弯曲的地方惊起。胡地的霜如同剑刃一样寒冷，汉月像催归的刀环一样圆。分别以后相思不已，会攀登几次边庭树呢？

赏 析

　　此诗是诗人从军二年之后的咸亨三年（672 年）所作，当时与诗人一同来的幕僚都遵循"瓜代"之例，依次奉命返京，只有诗人仍然留戍边疆。军队连连败退和常年在外的辛苦劳累，把诗人的雄心壮志消磨殆尽。现在眼看着同僚们纷纷离开边塞，回到京城，心里难免生出苦闷之情，所以在为军中好友饯行之时，诗人满怀低落与哀伤之情，作此诗用来赠别。

　　诗的前四句点明主题，抒发思念家乡之情，非常悲痛。其中"俱""独"二字的对比体现出诗人内心的不平之气；"魂迷""望断"极言思归之心的迫切。接下来四句写岁月流逝，自己青春不再，然而仍一事无成，白白浪费了大好时光。因此不由得发出"献凯多惭霍，论封几谢班"的感慨，这与刚出塞时想建功立业、为国做出贡献的雄心壮志形成强烈的对比。说明诗人经过两年戍边生活之后，边塞的残酷现实让他的思想发生了天翻地覆的变化，可见"风尘""岁月"改变的不仅是诗人的外表，更重要的是他那渴望在边塞立功的雄心已经被消磨殆尽。

　　"落雁低秋塞"以下四句描绘了典型的塞外风光，借景抒情。边塞的晚景引发了诗人浓浓的愁思："落雁""惊凫"衬托诗人内心的彷徨与不安；"胡霜""汉月"说明胡地环境恶劣、十分凶险。"汉月似刀环"一句巧妙用典，隐喻任立政等人劝李陵归汉之事，暗指汉月在催促诗人早早还乡，寄意深刻。诗人的浓烈情感通过典型边塞之景完全地展现出来。诗的结尾两句用"别后""相思"与诗的开头回环映衬，再度加深对故乡的思念之情，很好地突出了主题。

　　全诗借景抒情，融情于景，以事兴悲，深刻而凄凉。

浮　槎①

昔负千寻质，高临九仞峰。

贞心凌晚桂②，劲节③掩寒松。

忽值风飙④折，坐⑤为波浪冲。

摧残空有恨，拥肿遂无庸⑥。

渤海⑦三千里，泥沙几万重。

似舟飘不定，如梗泛何从？

仙客⑧终难托，良工⑨岂易逢？

徒怀万乘器⑩，谁为一先容⑪？

注　释

①浮槎：在水上漂浮的树木。

②晚桂：秋冬的桂树。桂凌冬天不凋落。

③劲节：这里指不屈的节操。

④风飙：暴风。

⑤坐：因，由于。

⑥无庸：没有用处。

⑦渤海：我国的内海，位于辽、冀、鲁、津三省一市间，东至辽东半岛南端老铁山角，南至山东半岛北岸蓬莱角。

⑧仙客：此处指海上乘槎之客。典出《博物志》中近海之人乘浮槎到银河之事。

⑨良工：善于造车的出色工匠。

⑩万乘器：帝王使用的器具，这里指帝王的乘舆。万乘，帝王。

⑪先容：先加修饰，后引申为事先为人介绍、引荐。

译文

过去是千寻高的树木，立在九仞高的山峰上。忠贞之心超越秋冬的桂树，不屈的节操超过了寒冬的松树。忽然被暴风摧折，遭到波浪的冲击。饱受摧残充满愤恨，树干臃肿而没有用处。三千里长的渤海，泥沙多达几万重。像船一样漂泊不定，像桃梗一样又能漂到哪里呢？难以得到海上乘槎之客的帮助，善于造车的出色工匠哪里容易遇到？徒有变成帝王的乘舆的资质，谁能先引荐它呢？

赏析

这首诗创作于诗人在齐鲁闲居期间，当时诗人一方面悠游山水，另一方面又时时受到怀才不遇的悲愤的侵袭，于是写下了这首富有代表性的咏物诗。诗题下原有一篇长序："游目川上，睹一浮槎，泛泛然若木偶之乘流，迷不知其所适也。观其根柢盘屈，枝干扶疏，大则有栋梁舟楫之材，小则有轮辕橧椀之用。非夫禀乾坤之秀气，含宇宙之淳精，孰能负凌云概日之姿，抱积雪封霜之骨？向使怀材幽薮，藏颖重岩，绝望于岩廊之荣，遗形于斤斧之患。固可垂荫万亩，悬映九霄，与建木较其短长，将大椿齐其年寿者。而委根险岸，托质畏途，上为疾风冲飙所摧残，下为奔浪迅波所激射。基由壤括，势以地危，岂盛衰之理系乎时，封植之道存乎我？一坠泉谷，万里飘沦，与波浮沉，随时逝止。虽殷仲文叹生意已尽，孔宣父知朽质难雕。然而遇良工，逢仙客，牛矶可托，玉璜之路非遥；匠石先谈，万乘之器何远？故材用与不用，时也！悲夫，然则万物之相应感者，亦奚必同声同气而已哉！感而赋诗，贻诸同疾云尔。"此诗序是一篇出色

的骈文，典雅浓郁、慷慨激昂，将诗的主题表现得淋漓尽致。

全诗是序言内容的高度概括。序中"负凌云概日之姿"描绘了浮槎没有落水前的高耸之状，被简化为首句"昔负千寻质"。序中讲述了此树长在偏远之处，非常茂盛，诗中则说它在"九仞峰"之上，拥有松树与桂树般高尚的品质。序中运用了夸张手法，将浮槎与传说中的事物相比较，表达了赞叹之情："与建木较其短长，将大椿齐其年寿者。"诗中为简化，运用"凌"与"掩"二字表达超过之意。诗的五、六句为了达到语句精练，进一步把序中的描写语句进行简化，把"上为疾风冲飙所摧残，下为奔浪迅波所激射"简写成"忽值风飙折，坐为波浪冲"，虽然失去了铺张扬厉之气，却有了言简意赅的简约美。

诗的第七至十二句，诗人不再追随序中的对应段落对命运与时机进行感怀，而是细致入微地描绘浮槎处境危险、无人相助、不被人赏识的处境。七、八句写浮槎饱经摧残、臃肿无用，寓意显豁，是诗人坎坷生平的象征。接下来四句，浮槎的漂泊流离得到酣畅淋漓的描绘，特别是"三千里""几万重"的夸张以及"似舟""如梗"的贴切比喻，显示出诗人杰出的咏物才能，情景交融、寄意深远。诗人在结尾四句中说浮槎难以遇到良工，变成"万乘器"，托物言志之意非常明显，是诗人怀才不遇之愤的集中体现。这里，诗对序进行了补充。

全诗表达了诗人材大难用的境况，以浮槎自比，空怀一身才华却遭朝廷迫害和冷落。全诗借物抒情，托物言志，比喻生动贴切。

边城①落日

紫塞流沙北，黄图②灞水东。

一朝辞俎豆③，万里逐沙蓬④。

候月恒持满⑤，寻源屡凿空⑥。

野昏边气合，烽迥戍烟⑦通。

膂力⑧风尘倦，疆场岁月穷。

河流控积石⑨，山路远崆峒⑩。

壮志凌苍兕⑪，精诚贯白虹⑫。

君恩如可报，龙剑⑬有雌雄⑭。

注 释

①边城：一作"边庭"。

②黄图：借指京都。

③俎豆：俎和豆，两种古代祭祀、宴会时盛肉类等食品的器皿。这里代指自己作为奉礼郎在京师掌管的朝会、祭祀等工作。

④沙蓬：一种生于沙丘的草本植物。

⑤"候月"句：在月圆之夜将弓弦拉满，防备敌袭。典出《史记·匈奴列传》："（匈奴）举事而候星月，月盛壮则攻战，月亏则退兵。"

⑥"寻源"句：典出张骞出使西域时寻找水源、开通道路等事。寻源，寻找水源。凿空，开通道路。

⑦戍烟：烽火。

⑧膂力：即体力。

⑨积石：山名，即阿尼玛卿山。在青海东南部，延伸至甘肃南部。为昆仑山脉东段中支，黄河绕流东南侧。

⑩崆峒：山名，在甘肃平凉西。

⑪苍兕：传说中的水兽。这种兽善于奔突，可以覆舟，力大无比。

⑫贯白虹：即白虹贯日，古人认为这是精诚感动上天的象征。白虹，日月四周的白色晕圈。

⑬龙剑：古时有宝剑名龙渊、龙泉。因此后来称宝剑为"龙剑"。

⑭雌雄：此处指雌雄剑。传说春秋时吴人干将、莫邪夫妇铸造二剑，分为雌雄，雄的被称为干将，雌的被称为莫邪。

译 文

北方的边塞是一片广袤无垠的沙漠，京都以东的灞水弯曲流淌。我告别俎豆之器，到万里以外的边塞随沙蓬奔走。在月圆之夜将弓弦拉满防备敌袭，为了找到水源多次开通道路。野外的昏暗与边塞战争的氛围相互映衬，相隔遥远的烽火台燃起烽火，互通消息。戍边战士们在风尘中变得倦怠，他们无数岁月都是在沙场上度过的。积石山被河水不停地冲击着，蜿蜒曲折的山路通往崆峒山。雄心壮志凌驾于苍兕之上，战士们对国家的精诚令白虹贯日。想要报答君王的恩宠，唯有持着雌雄宝剑驱除边境的骚扰。

赏 析

此诗描绘了典型的边塞风光，夕阳西下，诗人独自徘徊，想着自己毅然赶赴沙场，经历了无数困难险阻，驰骋沙场的场景，感到非常骄傲，抒发了为报君王的恩宠而愈加努力奋进的雄心壮志。此诗气势雄伟、豪放高亢、自信满满、积极向上，是边塞诗中以立志报国、建功立业为主题的代表作。

诗的前两句将关塞与京都并举，说明诗人虽身处边关，仍心忧京都。诗人运用诗家笔法横跨空间，气势非凡。三、四句描写了诗人回想自己在京中的工作，觉得并不足道，远不如到万里以外的边塞随沙蓬奔走这般豪迈，抒发了诗人对抉择的无怨无悔。这四句均为京城和边塞的强烈比照，为后文的抒情做了铺垫。

　　五、六句是诗人追思边塞的紧张战事和无比艰难的生活，虽然精神上时刻处于紧张状态，但没有消沉的意味。七、八句，写边塞战事吃紧，到处充满危险，紧张的气氛再度提升了，战士们严阵以待的态势跃然纸上。

　　"膂力风尘倦"二句，开始抒发羁旅的感慨，表达了诗人对边疆战士们的同情，他们因风沙而疲倦，把生命中美好的时光都献给了保家卫国的事业。十一、十二句写边塞壮丽的自然景观，带有羁旅穷愁的感叹，但主导思想依然是忠君报国的壮志。

　　最后四句气概豪迈、斗志昂扬，抒发了为君而战、为国而战、为边境的安宁而战的坚贞理想。

　　此诗作于诗人来到战场的早期，此时诗人的雄心壮志还未消磨殆尽，因而感情极为豪迈。全诗情景交融，用典精准，灵活运用铺排、对偶等手法，将苍凉的边塞风光和战士们的英雄气概都展现在读者面前，毫无矫揉造作之感。

咏　怀①

少年识事浅，不知交道难。

一言芬若桂，四海臭②如兰。

宝剑思存楚③，金锤许报韩④。

虚心徒有托⑤，循迹谅无端⑥。

太息关山险⑦，吁嗟岁月阑⑧。

忘机⑨殊会俗⑩，守拙⑪异怀安。

阮籍空长啸，刘琨⑫独未欢。

十步庭芳敛，三秋陇月⑬团。

槐疏⑭非尽意，松晚故凌寒⑮。

悲调弦中急，穷愁醉里宽。

莫将流水引，空向俗人弹。

注 释

①咏怀：阮籍有咏怀诗八十二首，此拟其题，自写怀抱。

②臭：指香气。

③存楚：典出《史记·伍子胥列传》："始伍员与申包胥为交，员之亡也，谓包胥曰：'我必覆楚。'包胥曰：'我必存之。'"

④"金锤"句：典出《史记·留侯列传》："（张良）东见仓海君。得力士，为铁椎重百二十斤。秦皇帝东游，良与客狙击秦始皇博浪沙中，误中副车。"金锤，即铁锤。报韩，报效韩国，张良为韩国贵族之后。

⑤有托：有所寄托。

⑥无端：没有尽头。

⑦关山险：险峻的山岭，此处指世路艰险。

⑧岁月阑：年光迟暮。

⑨忘机：指没有巧诈的心思，与世无争。

⑩会俗：流俗。

⑪守拙：以拙自安，不用机巧与世周旋。

⑫刘琨：字越石，中山魏昌（今河北定州东南）人。西晋著名将领、文学家。

⑬陇月：高山上的月亮。

⑭槐疏：槐树枝叶稀疏。

⑮凌寒：不惧严寒。

译 文

少年时见识浅，不知道交友之道的艰难。说出的话像桂花一样芳香，四海都闻到了香气。想要手持宝剑保存楚国，举起铁锤报效韩国。空有壮心而无所寄托，只能因循随俗没有尽头。因世路艰险而叹息，因年光迟暮而感叹。与世无争不流于世俗，以拙自安却不贪图安逸。阮籍徒劳地长啸，刘琨片刻难欢。庭院中百花凋谢，高山上的月亮圆满。槐树枝叶稀疏，生机未尽；秋冬时节松树枝干挺拔，不惧严寒。琴弦中有急切的悲伤之调，醉里穷苦和忧愁都得到宽解。《高山流水》之曲，切莫向俗人弹起。

赏 析

回顾早年抱负、诉说生平坎坷、表现晚年壮心不已的心志是这首诗的主旨，据考证此诗作于诗人决心参与扬州起义之前。

诗的前四句描述自己少年时见识浅，不知道交友之道的艰难。后来因误交损友，受到诬陷被罢官，遭受排挤，吃尽了苦头。诗人追思前尘往事，悔不当初。接下来的四句叙述了当年的理想和自己的一事无成。"宝剑思存楚，金锤许报韩"表达自己心怀爱国之心，就像申包胥、张良一样。"虚心徒有托，循迹谅无端"表明诗人由于怀才不遇、时不我用，空有壮心而无所寄托，只能因循随俗，没有尽头。

"太息关山险"以下六句是说虽然道路险阻、岁月无情，但自己的报国之心仍未改变。"忘机殊会俗，守拙异怀安"说明自己以拙自安，不用机巧与世周旋，当然也不会贪图安逸。就像刘琨、阮籍那样，虽远离朝堂，但仍忧国忧民，希望有朝一日报效祖国，建功立业。

"十步庭芳敛"以下四句借景抒情。庭院中百花凋谢，高山上的月亮圆满。槐树枝叶稀疏，生机未尽；秋冬时节松树枝干挺拔，不惧严寒。这几句表达了诗人"烈士暮年，壮心不已"（东汉曹操《龟虽寿》）的心

志。诗的结尾四句抒发情感。"悲调弦中急，穷愁醉里宽"二句抒发了诗人虽才华横溢，但怀才不遇的惆怅之情。琴弦中有急切的悲伤之调，醉里穷苦和忧愁都得到宽解。诗人的郁勃之气、悲愤之情跃然纸上。"莫将流水引，空向俗人弹"表达了诗人对世事不公的愤慨之情，言辞恳切，令人悲叹。

此诗写于诗人晚年，是对陈年往事的追思，对自己生平事迹和思想变化的总结。揭示出在无情的现实面前，自己的思想发生了天翻地覆的改变。自己空怀报国之志，却又报国无门。宏大的理想与残酷的现实、博学多才与怀才不遇形成鲜明的对比，令此诗充满着强烈的愤慨之情。这种愤慨之情并不是诗人临时起意，而是长期郁积之后的骤然喷发，发自肺腑，因此动人心魄，让人感动不已。诗歌在艺术手法的运用上独具匠心，诗人晚年回顾自己的一生，内容繁多，但诗人具有较强的概括能力，让整首诗条理清晰，内容多而不乱，叙事、写景与抒怀融为一体，上下融会贯通，实在是一首难得的好诗。

在军①登城楼

城上风威冷，江中水气寒。
戎衣何日定，歌舞入长安。

注　释

①军：指徐敬业的起义军。

译 文

城楼上军威像狂风一样，江面上水汽寒冷，让人胆寒。何日身着戎衣平定天下，唱着歌、跳着舞进入长安？

赏 析

弘道元年（683年），唐高宗离世，唐中宗李显即位，武后临朝称制，不久废中宗立睿宗，完全把持了朝政，重用武三思等佞臣，排除异己，为改朝换代做准备。第二年，开国名臣李勣之孙、被贬为柳州司马的李敬业（徐敬业）打出"匡复唐室"的口号，在扬州起义，一呼百应，仅十来天就聚集了十余万人，让朝廷上下震惊不已。当时骆宾王已辞去临海县丞之职，也投奔在李敬业的军中，担任艺文令，主要负责的是宣传工作。这一时期，他写了有名的《为徐敬业讨武曌檄》（《代李敬业传檄天下文》），把武后的罪责一一列举了出来。其中有一段话可当作《在军登城楼》诗的注脚："是用气愤风云，志安社稷，因天下之失望，顺宇内之推心。爰举义旗，以清妖孽。南连百越，北尽三河。铁骑成群，玉轴相接。海陵红粟，仓储之积靡穷；江浦黄旗，匡复之功何远。班声动而北风起，剑气冲而南斗平。暗鸣作山岳崩颓，叱咤则风云变色。以此致敌，何敌不摧；以此图功，何功不克。"这就是诗人对当时政治、军事形势的分析和估计，也是本诗的创作背景。

诗的开头以对句起兴，诗人登上了扬州城楼，凭栏眺望，思绪飘飞。此时楼高风疾，"城上风威冷，江中水气寒"看似质朴平易不着笔力，实际上以冷衬热、以静写动，很好地表达了勠力同心的豪情与愤慨，显示出了战斗开始前的肃穆、严肃、紧张的气氛和将士们的积极进取、信心满满。

"戎衣何日定",暗指总有一天能成功,诗人必胜的信念溢于言表,阐述讨伐武则天是正义的,是顺应天意、民心的,是以有道伐无道,所以这次战争一定会取得胜利。诗的结尾一句自然顺畅,抒发了诗人的勇往直前和必胜的信心,以及诗人的大无畏气概和反抗精神。

此诗纯用白描,巧妙自然,使诗的韵味更强,极具概括力。全诗对仗工整,语言流畅自然,节奏明快。

于易水①送人

此地别燕丹,壮士②发冲冠③。
昔时人已没④,今日水犹寒。

注 释

①易水:河流名,又名易河,分为南易水、中易水、北易水,为战国时燕国的南界,位于今河北易县境内。《史记·刺客列传》记载,燕太子丹送别荆轲即在此地,荆轲动身刺秦前唱道:"风萧萧兮易水寒,壮士一去兮不复还。"

②壮士:指意气豪壮而勇敢的人。这里指荆轲。

③发冲冠:形容人极其愤怒,头发直竖,把帽子都顶起来了。

④没:即"殁",死。

译 文

　　这里就是当年荆轲与燕太子丹告别的地方，荆轲慷慨激昂、怒发冲冠。如今那时的人都已经死了，只有这易水不曾改变，仍然那样冰冷。

赏 析

　　诗人一生坎坷，一直未等到施展才能的时机，这使诗人倍感苦闷彷徨。这首《于易水送人》就委婉地表达了诗人的心境。

　　首句点题，写诗人于易水边送别友人，随之联想到了荆轲刺秦王的故事。"此地"点明了故事发生的地点——易水。第二句描写了荆轲离别时的悲壮场景以及荆轲慷慨激昂的心情，表达了诗人对荆轲英勇献身的崇敬之情。这两句舍弃了一般送别诗叙述别情离意的内容，直接抒发了诗人内心的激愤之情，为后文的抒情埋下了伏笔。

　　结尾两句以对仗的形式，从咏古转为喻今。诗人触景生情，由昔日荆轲离别时的景象联想到自己的遭遇。"已""犹"两个虚词，不仅使得句子更为流畅自然，而且渲染了慷慨悲凉的氛围，让人产生一种荡气回肠之感。这两句寓情于景，含意深邃，隐含了诗人对现实的愤慨之情，抒发了诗人抑郁悲痛的情感。

　　这首诗虽题为"送人"，却不叙离情，但读者完全可以想象出一幅激昂壮别的画面。全诗熔叙事、描写和抒情于一炉，营造了慷慨悲凉的氛围，抒发了诗人的人生悲慨，精练流利、包蕴无穷，令人感同身受。

玩初月

忌满光先缺^①，乘昏影暂流^②。
自能明似镜，何用曲如钩^③。

注 释

①"忌满"句：指月圆后一定会残缺。先，一作"恒"。

②"乘昏"句：形容月色昏沉，暗影摇曳晃动。

③"自能"二句：自身既然能亮如明镜，哪用得着弯曲似钩呢？自能，一作"既能"。

译 文

月亮忌讳完满，于是抢先残缺；月色昏沉，暗影摇曳晃动。自身既然能亮如明镜，哪用得着弯曲似钩呢？

赏 析

题目中，"玩"字为观看欣赏之意，不过不同于其他赏月者对月色之美的描绘，诗人独具匠心，把月亮拟人化并与之展开一场对谈。

前两句直截了当地点出"忌满"这一深刻的题旨。每月农历初三、初四，月亮升空，形似银钩，又像弯眉，许多人观此月会联想到人与人的分离，例如苏轼在《水调歌头》中把"月有阴晴圆缺"和"人有悲欢离合"

相关联。但在骆宾王看来，月亮缺损是为了戒骄戒满。不自满历来为一种优秀品德，《尚书·大禹谟》中就有"满招损，谦受益"的忠告。首句说的就是这一优良品质，警示观者不要骄傲，因此月初月亮总以残缺的形状出现。"乘昏影暂流"指新月时月色昏沉，暗影摇曳晃动，是实写。

结尾两句为对偶句，前后承接顺畅自然，此处为诗人和月亮的对谈，表面上描述月亮变化的形态，实际上却意蕴深刻：诗人胸怀壮志，一心报效国家，但他身处官场遭遇打压，豪情壮志难以施展。他为人公正刚直，但遭人诬陷，无辜入狱又无法自证清白。然而他不畏强权，没有怠惰消沉，在困境中不屈不挠。诗中所言都是诗人真实的自我表达，结尾两句一为向月亮求索，二为自我勉励，而且独具深意：我的心既然亮如明镜，又为什么要自我贬损，奉承迎合别人呢？

这首诗没有一个"月"字，但句句不离月亮；没有直言自身，但句句都与自己有关。诗人用所见的新月告诫自己戒骄戒满，时刻保持谦虚；而且从月亮"明似镜"想到做人的品格，显露出诗人正直高尚的品质和开阔旷达的胸怀。所以这首诗在描写事物的同时又在表达自我，句句蕴含深意，写得自然贴切。此诗主题别具一格，意境高远，物我合一，堪称绝妙。

挑灯杖①

禀质②非贪热，焦心③岂惮熬。
终知不自润，何处用脂膏④？

注 释

①挑灯杖：用来拨灯芯的工具。

②禀质：天生的品质。

③焦心：指被火烧焦。

④"终知"二句：化自《后汉书·孔奋传》："时天下未定，士多不修节操，而奋力行清洁，为众人所笑。或以为身处脂膏，不能以自润，徒益苦辛耳。"脂膏，油脂。

译 文

挑灯杖并非天生贪求灼热，纵然被火烧焦也不畏折磨。它们身处油脂之间却不想得到好处，哪里用得着这些油脂呢？

赏 析

该诗所写的挑灯杖，本身虽然细小，却不怕牺牲，甘愿奉献自己照亮别人。诗人表面围绕挑灯杖描写，实则透露出自身的情怀抱负，是明显的托物言志诗。

首句表面上说挑灯杖不是喜欢火才去挑灯，实际上借物喻人，表明诗人志向高远，洁身自好，不贪慕荣华富贵。第二句中"焦心"一语令人震撼，挑灯杖奋不顾身的献身精神，象征诗人一心报国的志向，表示自己愿意竭尽所能，纵使受尽折磨，也一往无前、无所畏惧。

诗的结尾两句展现了大无畏的高尚品质，即使身处困境，也不会因此怠惰消沉。"不自润"是诗人不汲汲于富贵荣名的精神的归纳。"何处用脂膏"，一语双关，诗人希望自己施展才华、报效国家的雄心壮志有朝一日能得以实现。

这首诗通过描写事物寄托心志，构想巧妙，自然鲜活。全篇一方面展现了诗人拼搏努力、百折不挠的意志品质，另一方面也凸显其不贪慕功名利禄的高尚节操，意蕴深远。

忆蜀地佳人

东吴西蜀^①关山远，鱼来雁去^②两难闻^③。

莫怪常有千行泪，只为阳台^④一片云。

注 释

①东吴西蜀：诗人所在的吴地和佳人身处的蜀地。

②鱼来雁去：指互通书信。古人将鱼和雁都视作书信的象征。

③两难闻：指双方很难得到彼此的消息。

④阳台：指男女幽会的地方。典出宋玉《高唐赋》："妾在巫山之阳，高丘之阻，旦为朝云，暮为行雨。朝朝暮暮，阳台之下。"

译 文

　　吴地和蜀地之间相隔高耸的关山，双方很难互通书信、得到彼此的消息。不要责怪我每天哭泣，只不过是为了幽会之时那真挚的情感。

赏 析

　　这是一首相思曲，诗中这位女子或许是诗人从军途中或任职蜀中时交往的，该诗应是诗人任职临海县丞时所作。

　　前两句，诉说吴地和蜀地之间相隔高耸的关山，因此书信难达，双方很难得到彼此的消息，流露出心中的怀念。"东""西""来""去"两

两相对，让诗句朗朗上口，诗人的强烈情感也在对比中显现出来。结尾两句写诗人与佳人情谊浓厚，分开后想起她就哭泣不止、泪成千行。"阳台一片云"巧妙化用《高唐赋》中的名句，既切合爱情主题，又为诗歌蒙上浪漫与神秘的色彩。诗人离开蜀地已数年，想起佳人仍然如此伤感，展现出一片真诚之心。

现存的骆宾王的诗词中，此诗为其仅有的一首七言绝句，下笔流畅清爽、情真意切，典故的运用也非常恰当通畅，十分打动人心。诗中先表明两地遥远，书信难寄；后追忆那时的亲密恩爱，哭泣不止，抒发了诗人对旧时恋人的无尽相思。词句明快清丽，情意浓郁而悲苦。

咏 鹅

鹅，鹅，鹅，曲项①向天歌。
白毛浮绿水，红掌②拨清波。

注 释

①曲项：弯弯的脖颈。
②红掌：红色的鹅掌。

译 文

水中有成群的白鹅，伸长了弯弯的脖颈朝向天空歌唱。它们雪白的羽毛漂浮在澄碧的水面上，红色的鹅掌拨弄出一层层清澈的波纹。

赏析

　　相传这首诗写于诗人七岁之时，是就眼前景物所作的小诗，展现了白鹅浮动漂游在水中的动人姿态。

　　全诗第一句连用三个"鹅"字，反复咏唱，体现出对鹅的喜爱。第二句写鹅仰天鸣叫的姿态，形象生动，一个"曲"字体现出诗人对鹅的观察入微。结尾两句是一组对偶句，描述鹅群戏水的场景，着重色彩和动态描写，鲜明艳丽，动静相生。"曲项""白毛""绿水""红掌""清波"，白鹅的这些典型特点被诗人精准地捕捉到，因而他仅用十八个字，就将一群游水鸣叫的白鹅生动地描绘出来，画面趣味盎然、明净优美。

　　这篇短诗清新活泼、丰富多彩，虽为咏物诗，却并无高深的心志，处处洋溢着童趣，读来生机勃勃、天真可爱。诗人也因为这首诗被赞为"神童"，这并不是过分的赞美。这篇短诗传诵至今，历久弥新，备受赞誉，为众人喜爱，也并不是巧合。